二 見 文 庫

誘惑の瞳はエメラルド

ローラ・リー／桐谷知未＝訳

Hidden Agendas
by
Lora Leigh

Japanese translation published by
arrangement with St.Martin's Press, LLC
through the English Agency (Japan) Ltd.

軍で働くすべての人たちに。
わたしたちには、あなたがたが向きあっている危険や暗闇を想像すること
しかできませんが、あなたがたが守ってくれる自由は知っています。
ありがとう。
あなたがたのことを思っています。

誘惑の瞳はエメラルド

登　場　人　物　紹　介

エミリー・ペイジ・スタントン	幼稚園教諭
ケリアン(ケル)・クリーガー	海軍特殊部隊(シール)隊員
イアン・リチャーズ リーノ・チャベス クリント・マッキンタイア ネイサン・マローン	シール隊員
メイソン(メイシー)・マーチ	シール隊員。ハッカー
サミュエル・タイベリアン・ホロラン	海軍提督
ジョーダン・マローン	ネイサンの叔父。元シール隊員
リチャード・スタントン	エミリーの父。上院議員。元シール隊員
カイラ・ポーター	エミリーの友人
ヤンセン・クレイ	リチャードの友人。国防総省職員
エレイン・クレイ	ヤンセンの妻。
リサ・クレイ	ヤンセンの娘
ディエゴ・フエンテス	犯罪組織フエンテス・カルテルのボス
カルメリタ・フエンテス	ディエゴの亡妻
ソール	フエンテス・カルテルの副官
ソレル	テロリスト。兵器ディーラー
〈ミスター・ホワイト〉	ディエゴがアメリカ政府に 送り込んだスパイ
〈ユダ〉	ディエゴの部下らしき謎のスパイ

プロローグ

ディエゴ・フエンテスは、借り住まいの邸宅から断崖と海の広大なパノラマにじっと見入り、運命に思いを馳せた。ひとりの男の運命と、その人生で築き上げたもの、そして引き継がれていくはずの遺産に。生まれながらにして力を持ちつつも、その偉大さがときに愛する者たちによっておとしめられてしまう男の運命に。

自身の帝国を未来へとつなぐ最後の資源を、守り育てる決意を固めた男の運命に。

傍《かたわ》らには、アメリカ合衆国国土安全保障省から盗み出された報告書が置かれていた。追跡している男たちに関する詳細な報告書だ。男たちの強みと弱み、コードネームと居場所。彼らの作戦上の地位と、十八カ月前のきわめて組織的な襲撃におのおのが役割を果たし、ディエゴの末の息子とふしだらな妻を亡き者にしたという事実。

長男の情報もそこにあった。強く誇り高い男。その作戦に加わった男。

五人の男たちのあいだには、きずなと結びつき、忠誠と友情があった。いまでは五人。かつては六人だった。それぞれが、息子へとつながる鎖《くさり》の輪をなしている。

彼らを殺すわけにはいかなかった。殺してしまっては、目的を達成できなくなる。ひとりを除いて全員を殺してやりたいのは山々だが、そうもいかない。このゲームは細心の注意を払って進める必要があった。数カ月前の麻薬取締局《DEA》に対する作戦で、叔父と甥《おい》が犠牲になったのは残念だったが、ふたりは危険を知ったうえでしくじったのだ。失敗は許されない。現在ディエゴは、自分自身と息子とのあいだで行なわれている慎重を要する戦いにおいて、どの駒を動かすかを決めなければならなかった。何カ月もかけて、ゆっくりと息子をおびき寄せつつあった。

ディエゴは革の椅子のひじ掛けを指でとんとんとたたきながら、目をすぼめて遠い水平線を眺めた。

報告書のほかに、アメリカの上院議員たちの情報も届いていた。連中は、麻薬取締法の施行を監督し、実施中の作戦に助言を与える委員会を率《ひき》いている。

それらの作戦のひとつが、徹底掃討作戦《ディープスウィープ》だった。ディエゴが彼らの中枢に送りこんだスパイをあぶり出すために設置された、複数の機関にまたがる特別捜査班だ。

口もとをかすかにゆるめる。わたしは愚か者ではない。たとえ最近のふるまいが、表面的にそう見せていたとしても……。駒に目を配り、犠牲を受け入れ、見せかけとはいえへりくだった態度まで示してみせた。ゆくゆくは築き上げたものを受け継ぐだろう息子を試すために。

いまこそ、新たな手段を講じるべきだ。

ディエゴは振り返り、机の上に両腕を広げて目の前に並んだファイルや報告書を囲むようにした。机の向かい側に、かつて父の相談役を務めたソールが辛抱強く待っていた。しわが刻まれたその顔は、サンティアゴとホセが逮捕され、アメリカの刑務所で裁判を待っているというニュースが入ってきたせいで、悲しみに満ちていた。

「わたしの甥と叔父に安らぎを与えてくれたかな?」ディエゴはソールにきいた。

ソールが堪《た》え忍ぶかのようにうなずいた。「今朝の時点で、金は適切な者たちの手に渡っています。彼らが必要とするものは、すべて手配されるでしょう」

ディエゴはうなずいて椅子の背にもたれ、問いかけるようにソールを見た。「それで、わたしたちのスパイ、〈ミスター・ホワイト〉は? なにかわかったか?」

ソールが重いため息をついた。「以前警告しましたように、あの男は強欲で、しだいに力を増してきています。あなたのカルテルを利用しようともくろむヨーロッパのテロリスト、ソレルと新たに提携を結んだという証拠もあります。機が熟したとやつらが考えれば、結託してあなたに攻撃をしかけるでしょう。しかし、どうやらまだその時ではないと判断しているようです」

ディエゴはうなずいた。そのことは承知していた。何年も前からこういう事態を思い描いていたし、スパイが慎重に言葉を選んで伝えてくる情報からもそれはわかった。ある種の男たちにとっては、重要なのは力だけなのだ。特に、あの男にとっては。テロ組織を率いるソレルとの提携は、大きな力をもたらしてくれると考えたのだろう。

そのやりかたがまちがっていることを教えてやるつもりだった。遅かれ早かれ。

「〈ミスター・ホワイト〉の報告は正確か？」ディエゴはきいた。

「正確です。しかし、それぞれの報告について、重要な鍵となる要素を伝えていません。情報を伏せ、自分の目的のため、あるいは見返りが得られそうな時に備えて取っておくつもりなのです」

「たとえば、こいつの情報か？」ディエゴはファイルを持ち上げ、ソールに向かって放った。

マニラ紙のフォルダーの表紙に貼られた写真には、冷酷な雰囲気があった。薄暗い明かりのせいか、男自身のなかにあるなにかのせいか。野蛮な顔つき、鋭いエメラルド色の目、陰気で危険な表情。常に周囲に警戒されるような男だ。

「ケル・クリーガー。ルイジアナ州の非常に名高い一族の末裔《まつえい》です。あなたの友人が伝えなかったのは、約十五年前、ミスター・クリーガーがニューオーリンズでわれわれと出くわしたことがあるという事実です。クリーガーがニューオーリンズの捜査官のために働いた報復として、われわれは彼の妻を見せしめにしました。その結果あの男は、われわれの優秀な部下ふたりを素手《すで》で殺しました」

「友人がその一件を伝えなかったというのは興味深いな」ディエゴはつぶやいた。

名前は憶えていなかったが、その事件のことはたしかに記憶にあった。クリーガーとかいう男は、妊娠した恋人と結婚して勘当されたのだ。相手は、家も財産も持たないスラム生まれの女だった。クリーガーは弱冠十七歳で恋に落ち、十八歳になる前に結婚した。その半年後には、ニューオーリンズを去って海軍に入隊する。男やもめとなって。

若い妻を養うために、クリーガーはニューオーリンズの小さな食堂で働いていた。ディエゴのカルテル内で高い地位にいるふたりの麻薬供給者がしばしば出入りしていた店だった。クリーガーはカルテルの成員たちの動きを探り、地元警察の捜査官に密告していた。その結果、特に重要な麻薬取引の最中に、ふたりは逮捕されてしまった。

あの若造には警告したのだ。ディエゴは後悔とともに考えた。供給者たちにとって不利な証言をしないよう警告したにもかかわらず、クリーガーはその警告を気に留めなかった。妻と子どもがその代償を支払った。とはいえ、当時ディエゴは妻の妊娠には気づいていなかった。もし知っていたなら、おそらく思いとどまっていただろう。妻を殺すよう命じることはなく、生かしておいただろう。しかし、なにしろずっと昔の話だ。そのころのディエゴは、力は血によってのみ得られると信じていた。

ああ、若気の至りで犯したまちがいだった。慈悲をかける余裕があったならいずれもっとうまく利用できたかもしれない命を、奪ってしまった。そういうまちがいが、男を一人前にしてくれる。しかしそれ以上に、老いが忍び寄るにつれて、自身の寿命を思い出さずにはいられなかった。

「これはどうだ？」さまざまなつながりに注目しながら、ディエゴはもうひとつのファイルをソールに向かって放った。

「リチャード・スタントン上院議員と娘のエミリーです。上院議員は、かつて海軍のシール隊員でした。ほぼ周知の事実です。あなたのスパイが告げなかったのは、上院議員があなたの南米の邸宅を襲って奥さまと息子のロベルトさまを殺したあの作戦計画に関わっていたということです。たしかに、われわれはほかの女たちとともに、議員の娘を誘拐したのですからな。娘のエミリーは、アトランタ幼稚園の教師をしています。伝えられなかったもうひとつの情報は、エミリーがなかなか風変わりな趣味を楽しんでいる点です。ロマンス小説を書いているのですよ。まだ一冊も出版されてはいませんがね。彼女のリサーチ活動も、添付の報告書に含めておきました」

なるほど、この女性はめずらしいリサーチに勤《いそし》しんでいるらしい。ディエゴは胸の内で密かに笑いながら考えた。風のように荒々しいが、降ったばかりの雪のように無垢《むく》な女。無垢であるとは予期していなかったが、婦人科医師の記録がそれを裏づけていた。

「いつもながら徹底しているな、ソール」ディエゴは指で机をとんとんとたたいた。「あの親切なスパイに、わたしを打ち負かすための努力はむだであることを教えてやる時が来たようだ。そのために特別に計画しているちょっとしたゲームがあるのだよ」

「どんな方法です?」ソールが興味を引かれたらしく、上体を乗り出して尋ねた。

「〈ミスター・ホワイト〉は、ある問題を解決してほしいと要求してきた」ディエゴはつぶやくように言った。「このスタントン上院議員に悩まされているのだ。娘への対処も望んでいる。やつはあの娘が、わたしの邸宅に滞在していたときのことを思い出すのではないかと恐れているらしい。特に、いっしょに誘拐されてきた女性ふたりに関するできごとについてね。あの男に、引き受けたと伝えてくれ。それから、〈ユダ〉にメッセージを送って、新たなゲームが実行されることと、わたしがいま恐れている唯一の部隊はシールのドゥランゴ部隊であることを知らせろ。なにしろ、メンバーのうちふたりがすでにわたしを負かしているのだからな。ことによるとわたしは、やつらには歯が立たないと夜中に心配しているのかもしれない」この考えに、ディエゴは唇をゆがめた。

「〈ユダ〉はその情報に疑問を覚えるでしょう」ソールが警告した。「そう簡単にはだませませんよ、ディエゴ」

ディエゴは首を振った。「この情報を伝えるときには、〈ユダ〉が捜している行方不明のシール隊員が、上院議員が捜しているあのスパイ――〈ミスター・ホワイト〉――に監禁されているらしいということも伝えろ。そういううわさをわたしたちが暴露した、と。あのシール隊員の解放を交渉する余地がある、と。そのあとで、すべてのものごとには代償が伴い、いまはその代償を払えるか否かを決断しなければならない時だと伝えるんだ」

「脅しで引きずりこまなければならないほど、息子さんが欲しいのですか？」ソールが穏やかに尋ねた。

ディエゴは拳《こぶし》で木の机を強く打ちつけた。「どうあろうと、息子を手に入れるとも！」どなってから、意志の力で自制を取り戻し、やっとのことで口もとを引きしめた。「脅す必要はないだろう。あいつは約束を守る誠実な男だ。あいつの仲間に出くわすたびに、わたしは手出しを控えてきた。あいつの愛する者たちを救うのに必要なものは与えている。わたしは誠実さを示してきた。今回は、あいつがわたしにそれを示す番だ。これを伝えろ。この娘が危険にさらされると」ファイルを指さす。「彼女は、父親が政府に潜入したスパイの正体を調査しているせいで、危険にさらされる。父親の仲間である行方不明のシール隊員の居場所も知っているスパイのね。例のチームが彼女の保護を任命されるだろう。わたしにはわかる。こうして、息子をわたしに結びつけてくれる鎖の最後の一片を手にするのだ。わたしたちが捕らえている男は、麻薬の在庫が尽きてしまえば、もう実験台としての役には立たない。開発した科学者が死んでしまった以上、もはや金銭的な利益は見込めないだろう。しかしあの男の安全は、息子にとって重要なはずだ」

ソールは長いあいだこちらを見つめていたが、徐々にわかりはじめたようだった。「息子さんは、友人を助けるために、仲間たちを裏切る必要がある。もはや仲間たちに信用されなくなるというわけですね」

ディエゴはゆっくりうなずいた。「メイシーと呼ばれる男が、〈ユダ〉の正体を暴《あば》こうと躍起になっている。メイシーにとって、その情報を見つけ出すことは非常に重要なんだ。〈ユダ〉が進んでわたしたちのもとへ来るつもりがないなら、あいつの正体をばらす手がかりをメイシーに与えてやる」

ソールが頭を下げて承認を示した。老人の反応に誇らしい気持ちがこみ上げ、ディエゴは少し面食らった。ここまで父に近づけたのは初めてのことであり、ソールの承認はディエゴにとって祝福に近いものだった。

「その計画を進めましょう」ソールがゆっくり立ち上がった。重ねた年齢が、かつてはなめらかで力強かった動きを妨《さまた》げていた。「間もなく息子さんを手に入れられますよ」

ディエゴは同意してうなずいたが、心のなかでは息子とのことはなにひとつ簡単にはいかないだろうと恐れていた。息子は、会ったこともない父親を憎むように育てられ、父親に対する恐怖心を植えつけられた。そして生みの母親は、カルメリタの復讐心のせいで息子の命を脅《おびや》かされた。

冷酷な妻カルメリタが死ぬまで、存在を知らなかった子ども。何人もの暗殺者に追跡されて命を狙われ、絶え間なく死や誘拐の危険にさらされていたせいで、息子は血に飢えた報復しか知らない人間に育った。

流血への欲望をくじくのが、もっともむずかしい戦いだった。二年近くにわたって慎重な駆け引きを続けた結果、ようやく息子は目の前の事実を受け入れた。そしていま、もう少しで息子を引きこめるところまで来ていた。仲間たちに常に信頼されている誠実な男を手に入れられるのだ。固く約束を守り、武器を操る男。フエンテス・カルテルを未来へと導く男。

　しかしまずは、もうひとつ、ちょっとしたゲームをしかけてやろう。息子を引きこむには、もうひとつ、念入りに調整された作戦が必要だ。このエミリー・スタントンという女の保護に当たるのは、クリーガーか〈ユダ〉、ふたりのうちのどちらかになる。ディエゴにはどちらが選ばれるかがわかっていた。〈ユダ〉は、そんなか弱き者には心を惹《ひ》かれない。ディエゴが死ぬか、投獄されるかするまでは。

　残るはクリーガーだ。ディエゴはこの十八カ月のあいだに、あのシール部隊について多くを学んでいた。隊員のうちふたりは結婚し、妻に熱烈な愛情を捧《ささ》げている。そのふたりは部隊の上官でもある。地位の低い者が女の保護を任され、上官たちは上院議員を護衛し、メイシーはコンピューターで情報を探るだろう。

　彼らはそれぞれに異なる役割を持ち、実施されるあらゆる作戦で協力して動いていた。しっかり訓練され、制御された強力な戦士たちだ。息子が自分にふさわしい地位を受け入れたとき、その訓練と制御をわが部下たちにもたらしてくれることだろう。

　ディエゴは口もとをゆるめた。カルテルの未来に身を捧げる男によって、カルテルの男たちが海軍特殊部隊と同等の精度で訓練される。フエンテスの力は十倍にも増すだろう。

それがディエゴの夢だった。年月の経過は止めようがないのだから、いつかはベッドに安らかに横たわり、この世から去っていく。自分の遺産が、父と祖父の遺産が、フエンテスの血筋を通じて繁栄しつづけることを確信しながら。ディエゴには、その夢がついに実を結ぼうとするのが見えた。

1

いまが中世だったなら、エミリー・ペイジ・スタントンは魔女として杭《くい》に縛りつけられ、火あぶりにされていただろう。あるいは鎖につながれ、健全な男たちの正気を奪うことのないよう暗く小さな穴に押しこめられていたかもしれない。そう考えてケル・クリーガーはにやりと笑い、自分とエミリーのシボレー・トレイルブレイザーのあいだに注意深く距離を置きながら、ますます混みあってきたアトランタの道路をジグザグに進んだ。

いまが中世だったなら、杭や暗い穴からエミリーを救い出し、革の服を着せて剣を与え、彼女のあとについて戦いの場へ出ていったほうがいい。なぜならまちがいなく、エミリーが向かってくるのを見た男はみんな、驚きにぽかんと口をあけているうちにたくましい女戦士に首を切り落とされているだろうから。

しかしいまは中世ではなく、アトランタの道路は戦場ではなかった。とはいえ、ときどき戦場そっくりに見えることがある。たとえばラッシュアワー直前の現在のように、腹立たしい交通渋滞から逃れようとする者たちが、死を恐れないカミカゼ特攻隊のように車を走らせているときには。

エミリーはたしかに恐れていないらしい。どちらにしても、彼女が恐れをあらわにしたことなど、これまでにあっただろうか。そうすべきときでさえも。縛られて、フエンテスの私有地の薄ぎたない小屋に押しこまれ、憎しみのまなざしで誘拐犯たちをにらみつけていたときでさえも。

エミリーはいま、高速道路であることを試そうとしている。シール隊員でさえ誇らしく思うほどの無謀な運転技術を、だれかに教わったらしい。なにしろ何キロもまえに、ついていたとは気づいていないはずの尾行を振りきっているのだから。

リサーチ。ケルの推測によると、エミリーは本を書くためのリサーチという口実で、なにかの授業を受けている。本はまだ一度も出版されてはおらず、物語はまだ半分しか書き上がっていない。

そのことを考えると、にやりとせずにはいられなかった。エミリーはそのリサーチで父親をひどく苛立たせてきた。ケルは何年ものあいだ、数えきれないほどの愉快な逸話《いつわ》で楽しませてもらった。ときおり上院議員と顔を合わせるたびに、娘の冒険についてわめき散らすのを聞かされたからだ。

しかし現在エミリーに降りかかりつつある危険は、ケルと上院議員に冷や汗をかかせた。二年ほどまえ、フエンテスに誘拐されたことを考えれば、なおさらだった。

エミリーは安全ではない。ボディーガードたちが簡単に手なずけられている様子からして、情報が示唆《しさ》していとおりフエンテスがもう一度誘拐を企てたとしたら、彼らはまったく役に立たないだろう。エミリーは安全ではない。しかし、自分で自分の身を守れると考えている。実際には、その行動が自分の身に危険を招きかねない程度に頭が切れ、忍び寄る悪に危害を加えるにはやさしすぎるような女性なのだ。

周りの者たちも、エミリーは安全だと考えていた。ケルも、フエンテスがゲームのルールを厳守して、前回の誘拐から救い出されたあとはエミリーに手を出さないものと信じていた。おそらく、そうするつもりだったのだろう。もし〈ミスター・ホワイト〉というコードネームを持つスパイが、上院議員に追い詰められつつあることに神経をとがらせていなければ。

しかしエミリーは、父の過保護と危険の影に逆らって、人生を見つけようと奮闘していた。七年間、次々と交替するボディーガードに付き添われ、父の過剰ともいえる愛に耐え、自分の欲求と父の恐れの釣り合いを取ろうとしてきた。

しかしさまざまな面から判断すると、エミリーはその闘いに疲れてきたらしかった。きょうのエミリーは、ここ一週間おなじみになった変装をして、自宅マンションからアトランタ郊外へ出て、大きな街の反対側にあるストリップクラブへ向かっていた。長い茶色のかつらと化粧のちがいだけでは、顔見知り程度の知り合いしかだませないだろう。ケルなら、エミリーがどんな変装をしていようと一瞬で見抜ける。

今朝、彼女の父に口頭で報告をしたときの会話が、多くを物語っていた。ボディーガードのダイソンは、前夜に送ってきた報告からして、いまにも気力を失いそうだった。チェット・ダイソンは上院議員にこう警告していた。事態はうまく運んでおらず、エミリーはますます反抗的になってきて、効果的に護衛ができない。新たに生じた脅威について知らせることを禁じられればなおさらだ、と。ダイソンは神経質になっている。任務を解いてやる潮時だ。

それにしても、エミリーは巧みな運転をしている。トレーラートラックの前で、じゅうぶんな車間距離を取ってさっと車線を移ったが、ケルはその動きに不意をつかれ、危うく追走を阻《はば》まれそうになった。

あちこちで警笛が鳴り響いた。次々と車線を変えるエミリーに対して、男たちが悪態をついているのがわかった。女があんなふうに運転すると、男たちは苛立つ。行動を予測できないからだ。向こう見ずで行動が予測できない女を扱える男はほとんどいない。

ケルは楽しんでいた。挑戦に血がわき立ち、期待に口もとがゆるんでくる。ベッド以外の場所で興奮させてくれる女には会ったことがなかった。しかしこの女性は、中世の魔女たちにも負けないほど、常に男を緊張状態に置かせるのだ。ケルはそれを知っていた。エミリーが十八歳の誕生日を祝い、そのほほえみでケルの小さな世界をひっくり返したその晩からずっと。

エミリーは人生を楽しむ女だ。それは目の輝きとほほえみに表われていた。まちがいなくケルの頭をおかしくさせる女だ。まだ正式にボディーガードを任されてすらいないというのに。ケルはただ、ドゥランゴ部隊が集合して行動に移るまでのあいだ、エミリーと現在のボディーガードを追い回すよう命じられただけだ。部隊長に告げられた偽装を使って彼女の自宅に滞在しはじめたら、いったいどうなってしまうのだろう。

なぜかといえば、エミリー・スタントンには七年前から欲望を感じているからだ。めったにエミリーに近づかないことで、なんとかその欲望を抑えてきた。彼女の家で暮らし、ひとつ屋根の下で眠り、恋人のふりをすれば、くじけてしまうことはわかっていた。ほどなくエミリーをベッドに引っぱりこみ、自分の心に立ち入らせないようにするだけで精いっぱいになるだろう。

車のあいだを縫ってエミリーに遅れをとらないように努めながら、ケルは自分も周囲の車の男たちといっしょになって悪態をついていることに気づいた。もし追いかけようとしていなければ、狡猾《こうかつ》で大胆な女だと認めざるをえなかっただろう。しかしいまは追いかけようとしている真っ最中で、エミリーはそれをひどくむずかしくしていた。

どこへ尾行していくときも、いつもそうだった。そのことにケルは何時間にもわたって悪態をついた。縛り上げて物置に閉じこめてやるとののしった。小さな無人島を見つけて、自分自身や周りの人たちを危険にさらせない場所に送りこんでやると。

跡取りがいない男にさえ、遺言を書いておいてよかったと思わせるような女だ。

四輪駆動車《SUV》がこんなふうに走れるなんて、だれが思うだろう？　ケルはハーレーダビッドソンに乗っていたが、ラッシュアワー直前の四レーンの州間高速道路では、エミリーほど加速することはできなかった。

三年前に中東の刑務所で覚えたアラビア語のあらゆる悪態を並べたてる。それから、思い出したくもないような山奥にある小さな寒々しい監獄で覚えたロシア語の悪態もついてみた。大切なハーレーの後輪が、ほんの数センチの距離でとてつもなく大きな四輪駆動トラックをかすめた。

しかしケルはエミリーの後方の適切な位置に戻り、都心の道路をびゅんびゅんと飛ばす彼女に向かってどなり声をあげた。

ボディーガードがエミリーを扱いきれないことは明らかだった。援護を頼んで抑えつけることさえ思いつかない。たとえ援護がいようと、ずる賢い雌狐《めぎつね》に対してなにができるわけでもないが。そう考えて、思わず吹き出しそうになった。

ＳＵＶとのあいだに注意深く距離を置きながら、ケルは口もとを引きしめ、エミリーの護衛を引き継いだらすぐに、逃げ道のない部屋に閉じこめて鍵を投げ捨ててやろうと誓った。

それから、唇をゆがめてにやりとした。いや、エミリーを閉じこめはしない。最初にするのは、燃え上がる炎と情熱をベッドのなかでどれだけすばやく手にできるか、確かめることだ。

もうじゅうぶん長いあいだ、エミリーを待った。彼女もいまでは年齢を重ねて成熟した。ベッドをともにしたあと、ケルが歩み去る時が来ても、打ちひしがれることはないだろう。エミリーがストリップクラブの裏の駐車場に車を入れたとき、ケルは先ほどの案を考え直した。部屋に閉じこめはしない。この〈ティンボーズ〉からエミリーを連れ出すことでケルがくぐり抜けなければならない地獄を思えば、部屋は彼女には贅沢《ぜいたく》すぎる。鎖につないで、小さな魔女を入れておくのにじゅうぶんな深さの穴を見つけよう。ここから彼女を引きずり出せば、彼はあざだらけになって血を流し、うんざりさせられることはまちがいないからだ。もしかすると、骨の二、三本をへし折られるかもしれない。だったら、少しばかりの満足を求めてもいいだろう。

いや、少しではない。たっぷりとだ。おそらく、ふたりが求める以上に。たぶん、想像してはならないほどに。ずっとエミリーのことを思い描いてきた。穴ではなくベッドのなかで、両腕を頭の上に伸ばし、脚を大きく広げ、誘いかけてくる姿を。華奢《きゃしゃ》なみずみずしい体が自分を渇望する姿を。

ちくしょう、いまは硬くなっている場合ではない。

ケルはハーレーを裏の駐車場沿いの路地に停め、周囲の腐敗のなかで懸命に生きようとしている木々の後ろに隠れて、エミリーとボディーガードが車から降りるのを眺めた。

どうやらけんかで決着をつけることになりそうだ。

けんかが嫌いなわけではない。むしろ大好きだった。しかし上院議員は、危険に直面している娘がストリップクラブに行ったという事実に感謝もしなければ、喜びもしないだろう。あのボディーガードは、明らかに正気を失いかけている。

チェット・ダイソンは元海兵隊員で、たくましく、恐れを知らないと言われていたが、その表情には恐れと捨て鉢な思いが見て取れた。依頼人と言い争いながら、あたりを見回して襲撃者ではなく逃げ道を探している。

ケルは首を振った。彼らが家を出発するとき、ダイソンはエミリーと言い争い、車の鍵を要求し、父親に電話すると脅して毒づいていた。しかし結局、あのばかは助手席に収まって、エミリーの好き勝手にさせたのだ。

ふたりがストリップクラブの裏口の奥へ消えると、ケルはうんざりしてため息をついた。なかに入って、エミリーがなにをしでかすつもりなのか確かめなくてはならない。それはできれば避けたいことだった。これまでに明らかになったリサーチの傾向からして、自制を奪われそうな予感がしたからだ。エミリーがアトランタの無法地帯をリサーチして、かわいい頭を撃ち落とされてもおかしくない行動を取るとは、まったく悪夢のようだ。

ケルは首を振ってハーレーを発進させ、表の駐車場へ回って、〈ティンボーズ〉のドアマンの鋭いまなざしのもとにバイクを停めた。ケルはこの男のあだ名に、ふんと鼻を鳴らした。ドアマンがタイニー《ちび》とはおかしな話だ。おまけにこいつは、二メートル十センチを超える筋肉隆々の大男で、灰色熊がやさしい動物に思えるような表情をしていた。ケルがハーレーから降りたつと、細くあけた黒い目で静かにこちらを見て、たくましい黒い両腕を幅広い胸の前で組んだ。

「ここでどんな面倒を起こすつもりだ、クリーガー？」ケルが扉に近づくと、タイニーが疑わしげにきいた。

「それほど厄介なことじゃないさ、タイニー」ケルはにやりとした。「なかで一杯やらせてくれ。俺のかわいい女が裏口から入っていったんで、目を離すわけにはいかないんだよ」

タイニーの目に、おもしろがるかのような光がよぎった。「チェリーが踊りを教えてるあの娘か？」ケルの聞きちがいでなければ、大男の声には親愛の情のようなものが含まれていた。恐ろしいことだ。予想はできたが、それでも恐ろしい。エミリーには人を惹きつける力があり、惹きつけられた者は自分の望みにかかわらず、気にかけずにはいられなくなるのだ。

ケルだって、けっして望んだわけではなかった。しかし十五年前、妻とお腹の子どもの死からほんの数週間後に初めて会い、あまりにも鋭敏なそのまなざしをのぞきこんだ瞬間、注意しなければ彼女を気にかけずにいられなくなると悟ったのだった。

「ああ」ケルはものうげに答え、疑うような目を向けた。「なぜだ？」

「彼女はきょうの午後、ラップダンス（服を脱ぎながら客のひざに乗って踊るセクシーなダンス）を踊るんだよ。俺のためにな」

怒りが五感を駆けぬけ、体じゅうの骨と筋肉が締めつけられた。

「彼女がなにをするって？」

タイニーがこちらを見下ろしてにやりとした。「今週ずっと、チェリーに教わってたのさ。きょうが試験の日だ。ティンボーは、試しに俺の前でやってみればいいと言った」

冗談じゃない。ケルはにらみ返し、財布を手探りして引き出した。タイニーが満足げにそれをちらりと見たとき、自分がひどい状況に追いこまれたことを悟った。

「あんたが腹をたてるなんて、俺にわかるわけないだろう？」ドアマンの声にはひとりよがりな満足感があった。「おやおや、あんたはいまにもおぼれそうな男の顔つきをしてるよ。俺が、あんたを守ってやったほうがいいのかもしれない」

「いくらだ？」

「あんたが好きだよ、クリーガー」タイニーが首を振った。「だが、彼女はえらくきれいだからな」

ケルは百ドル札を引き出した。

「それに、俺はチェリーがなにを教えてたかを知ってる」タイニーがにやにや笑いを広げた。

ケルはもう一枚百ドル札を引き出した。

「それに彼女は、ほんとにきれいな小さい砂糖菓子だからな」

ケルはブーツからナイフを引き出した。あまりにもすばやい動きだったので、タイニーは喉に刃先を押しつけられるまで、まばたきする時間もないほどだった。

ドアマンがごくりと唾《つば》をのみこんだ。「でもそんなに甘くはないようだ」手を伸ばして、ケルのもう一方の手からおずおずと二百ドルをつまみ取る。「俺より、あんたのほうがいいだろう。あの女は面倒だよ」

ケルは唇を固く結んでナイフを下ろし、ブーツのわきの鞘《さや》に戻した。

「ほかにだれも入れるなよ」と命じる。

「あんただって入れないはずだったんだよ」タイニーがぶつぶつと言った。

ケルは鋭く残忍な目つきで相手をにらんだ。

「だが、ほら、あんたとそのナイフのことはよくわかってるからな」にんまりとして続ける。「だれも近寄らせないようにするよ。もともとそれが命令だしな。でも急いだほうがいいぜ。すぐにショーが始まる。悩殺されることまちがいなしだよ」

ああ、たしかに。エミリー・スタントンが関わっていれば、それがなんであっても殺されそうな気分になるだろう。

元シール隊員の父親は、娘の教育について重大な作戦上の失敗を犯した。エミリーが子どものころさまざまな冒険を味わわせ、大人になったとたんそれを取り上げて、妻を支配したがるたぐいの男と結婚させようとしたのだ。

ケルは何年ものあいだ、遠くからそれを見ていた。上院議員の考えには不賛成だったが、一度も口は挟まなかった。美しい娘を護衛させてあわよくば結婚させるべく、上院議員が次々と男たちを送りこむのをただ見守っていた。そういうもくろみは長くは続かず、たいてい数週間から数カ月で終わった。男たちは尻尾《しっぽ》を巻いて、エミリーの人生からすごすごと立ち去った。

二年前まではずっとそうだった。それからエミリーが初めてきっぱりした態度を取り、家に新たな男を入れることを拒んだ。三カ月後、エミリーはフエンテスに誘拐された。それ以来、自分の身を守る方法を学ぼうと、さらに決意を固めたようだった。

自分自身の限界のほかは、なにひとつ限界を受け入れない女なのだ。自分だけの規則を定めている。ケルにはそれが理解できた。それを尊重していた。すべてが片づくまえに、その規則を彼女の必要性だけでなくケルの必要性も満たすよう改めてもらうつもりだったが。

雌狐に目をつけてしまった。エミリーを飼いならす予定はないが、触れて味わうには、慎重な計画が必要だった。雌狐は簡単には服従しないからだ。

エミリーについて、簡単なところはひとつもなかった。しかしそれはかまわない。ケルにしても、簡単なところなどひとつもないのだから。

2

エミリーは、長い暗褐色のかつらがしっかりと決まった位置に収まり、自然な髪型に見えることを確かめた。化粧は弓形のまゆと目尻の線を強調し、だらしない服装はふだん着ている洗練された心地よい服とは似ても似つかなかった。

とはいえ、ストリッパーのチェリーをだませているとは思わない。エミリーが変装していることは知っているはずだ。しかしエミリーの正体は知られていないし、重要なのはそれだけだった。上院議員の娘が過激なリサーチに出かける場合には、少なくともきちんとした方策を立てる必要がある。特にその上院議員の娘がかつて完全にしくじって、誘拐されたことがある場合には。

父はまだ名誉挽回のチャンスを与えてはくれず、しばらくはその事件を忘れそうになかった。エミリー自身も、忘れそうにないのは同じだった。悪夢がそれを請《う》けあっていた。だからといって、父の繭《まゆ》に包まれた隠れ家に頭をうずめているつもりはなかった。

そんなことをすれば、フエンテスと悪夢に出てくる怪物に負けてしまう。それを許すわけにはいかなかった。

「で、どの衣装にする？」エミリーがダンスを習うために雇ったストリッパーが、ずらりと並んだけばけばしい服を示して言い、無頓着《むとんちゃく》にそちらへ向かって手を振った。

エミリーは衣服掛けにかかった服の列をちらりと見た。チェリー・レインはハイヒールをはかなくても百七十センチを超える長身で、すらりと瘦《や》せていた。エミリーは瘦せている女性たちが気に入らなかった。

赤みがかった金髪が細い肩にこぼれかかり、いつも笑みを湛《たた》えている子猫のような顔を縁取っている。

「女学生の衣装はどう？」チェリーが、衣服掛けにぶら下がった短い格子縞《こうしじま》のスカートと白いブラウスを示した。「男たちはこれが大好きなのよ」

「ちょっとチェリー、それはだめよ」それはできない。わたしは教師なのだから。少なくとも、夏休みが終わればまた教師になる。それだけでじゅうぶんな理由になるだろう。

チェリーがいたずらっぽい笑みを浮かべた。「あなた、自分がどんな空想の世界を逃しているか知らないのね」

エミリーは身震いして顔をしかめ、首を振った。「わたしは遠慮しておくわ」

ストリッパーはただ笑って、また衣装を指で探りはじめた。

「チアリーダーは？」

「うえっ」エミリーは顔をしかめた。「次へ行って」

「あなたに合う服は、そんなにたくさんないのよ」チェリーがまゆをひそめ、エミリーはにらむような目つきをしてみせた。

「わざわざそれを思い出させなくてもいいでしょ」ため息をつく。

「あら、あなたはめりはりのあるきれいな体つきをしてるわ」チェリーが言った。「その曲線美はうらやましいけど、こういう衣装のなかには、ふくよかな体つきをだいなしにしてしまうものもあるのよ」

チェリーが例としてTバックと細いブラジャーを持ち上げた。「曲線美向けの衣装じゃないわね」と笑う。

「わたしらしい衣装じゃないわ」エミリーは首を振った。「飾り気のないものにしましょう」

できるだけ飾り気のないものに。素肌をあらわにしたいわけではなく、ダンスをするとどのくらいセクシーな気分になるかを知りたいだけだ。友人のカイラは、自分でも知らなかったホルモンが目覚めると言っていた。チェリーは、熱くなまめかしい気分にさせてくれると請けあった。

「ふむ。これはどう？　あなたの体つきにも性格にもぴったりだわ。表面上は上品でやさしいけど、内面はすごくふしだらなの」

「ふしだら？」エミリーは怒るべきかおもしろがるべきかよくわからずに、まゆをつり上げた。

これまで生きてきたなかで、ふしだらな人間と見なされたことはなかった。すまし屋とか、氷の女王とか、冷たい女とか言われたことはあるが、ふしだらと言われたことはない。もしかすると、褒《ほ》め言葉として受け取るべきなのかもしれない。エミリーは胸のなかでくすりと笑った。

「内面だけよ」チェリーが楽しそうに目を輝かせた。「男たちは、公的な場所ではまじめで、私的な場所では娼婦に変わる女が大好きなのよ。知らなかったの？」

そう。知らなかった。わたしが受けた教育は、じゅうぶんではなかったらしい。

「興味深いわね」エミリーはつぶやき、チェリーの発言をさっぱり理解できていないことがばれているのではないかといぶかった。

「でも、インテリぶった男のなかには、そうじゃないふりをする人もいるわ」チェリーが肩をすくめた。「ここに来るような男たちよ。彼らは貞淑《ていしゅく》な奥さんを持って、おまけとして色っぽい愛人を持つのよ。でも一部の男たち、女の扱いかたを心得てる男たちには、それが理解できるの」

それで、どこに行けばそういう男を見つけられるのかしら？

「ほら、着てごらんなさい」チェリーが服を手渡した。

それは正確には衣装ではなく、むしろ気取らない通勤用のスカートと白い木綿のブラウスに近かった。しかしこれなら似合うだろう。

「言っておいたとおり、セクシーな下着を持ってきた?」チェリーがエミリーのわきの椅子にスカートとブラウスを置いてきいた。

「もう着けてるわ」エミリーは身に着けているセクシーなレースの下着を思い出してにんまりとした。「うまくいくと思う?」

「完璧よ」チェリーがきれいにマニキュアを塗った手を無頓着に振った。クラブのオーナーが、エミリーのラップダンスのために用心棒をひとり貸してくれることになっていた。「レインボーはあなたのようなお得意さまをだましたりしないわ。必ずだれかを配置してくれる。あなたは彼らをめろめろにさせるわよ」

だれかの前で試せないのなら、わざわざストリップダンスを、それもラップダンスを習うことになんの意味があるだろう? エミリーが必要とするリサーチは、具体的なものだった。自分が淫《みだ》らな人間になれることをエージェントに納得させる方法を見つけなければ、作家としてのキャリアは本格的に始まるまえに終わってしまう。

「熱くなって!」シシリーは言った。「淫らになって。あなたの書く女たちは女になる方法を知っていて、あなたの書く男たちは彼女たちを愛する方法を知ってるってことを、編集者に見せるの。そうでなければ売れないわ」

エミリーはミニスカートとブラウスに着替えながら、あきれ顔をした。熱くなって。淫らになって。乾ききって古びた干しすももになってしまうまえに、官能的な体験をしなくてはならない。

エミリーが書く危険なヒーローたちはそれほど危険でもなく、彼らが愛する女たちは薄っぺらな個性しか持っていなかった。もしかすると自分に問題があるのかもしれない。薄っぺらな作家。熱くなれるような魅力的な男性とつき合ったことがないのに、どうして熱い作品が書けるだろう？

エミリーは唇を噛んで、化粧用の鏡に映った女を、自分自身を見つめ返した。きっとできるわ。カイラが言っていた。男のために踊れば熱い気分になれると。男を誘い、そそのかせば興奮をかき立てられると。残念ながらこれまでのところ、それは作品のなかだけのことだったけれど。

「準備はできた？」チェリーが首を横に傾けて長い赤毛を肩に垂らし、励ますような表情を見せた。

軍の教練指導官ばりにきびしいチェリーに一週間近く教えを受けたのだから、準備はできていた。

「できたわ」そうよ。わたしにはできる。

目の前の床に置かれた驚くほどヒールの高い黒い靴をはき、胃に手を当てて、チェリーのあとについて衣装部屋を出た。

「ずっと見ているわ」チェリーが安心させるように言った。「それに、憶えておいて。ティンボーがラップダンスの練習に貸してくれる男は、あなたに触れることは許されてないから。あたしも見てるし、デイヴィッドも見てる。触れようとしたら、男は挽肉になっちゃうわ。わかった?」

デイヴィッドというのは、チェリーを熱愛している恐ろしく大柄な用心棒だった。奇妙な組み合わせだが、ふたりが相思相愛らしいのは見ればわかった。

エミリーはダンスステージの袖で立ち止まった。チェリーは長い脚ですたすたとステージを横切り、音響室に入った。数秒後、音楽が始まった。

エミリーはゆっくりステージの上を歩いて、音楽に合わせて踊り、腰を揺すって動きをビートに乗せながら、チェリーが言っていた刺激剤はどこにいるのだろうと思った。セクシーな気分にならなくては。淫らな……。

えっ。ちょっと待って。

エミリーはステージの中央で立ち止まった。

血がわき返った。それは頭へとのぼって体じゅうを駆けめぐり、五感を過剰なまでに働かせた。ここ二カ月、クラブにやってくる男たちを何人か目にしたが、こんな男性はひとりもいなかった。

まるでチョコレートのよう。大胆なヴァイキング料理のよう。とびきり危険で、淫らに心を惹きつける。椅子に背を預けて、たくましい両腕を広い胸の前で組み、ダークグレーのT

シャツを着て、ジーンズの上からぴったりしたレザーチャップスをはいていた。濃いサングラスで目を覆《おお》っていたが、表情は率直に言えば官能的だった。

外の風に吹かれて乱れた黒髪が、襟の少し下まで垂れかかり、顔を縁取っている。その顔を見て、最初は口のなかがからからに渇いたが、次にその力強く男らしい唇を味わいたくてよだれが出てきた。味わいたくて、触れたくて。背が高く、がっしりとたくましい、悪い男。

辞書に〝悪い男〟の描写があるとすれば、それはこの男性だろう。まるで欲望の化身だ。純粋な官能の情熱とセックスへの飢え。

パンティーを濡れさせる男。

長い年月のあいだには、数人そういう男に出会ったこともある。見た目に関するかぎりは、いまこの男がしているようなことを彼らもできる。つまり、濡れさせるということ。しかしそういう男に近づいたことは一度もなかった。そう、ひとりを除いて。とはいえそれも、数十センチの距離をあけてのことだった。ラップダンスに必要とされるほど近づいたことは、ほんとうに一度もなかった。

彼を見つめるうちに体がわななき、息苦しさを覚えて唇を開いた。突然の緊張に脚が震えてきた。きょう、こんなことをするなんてばかげている。力が抜けてしまって、そわそわしているようなときに。なにもできないまま時が過ぎ、究極の冒険をする機会をふいにすることがわかりきっているときに。自分の独立心が危険にさらされそうなときに。ホルモンがどっとあふれ出してきたこの瞬間に。

ときどきそうなることがあった。いまがまさにそのときだった。

それは、親密さなどどうでもいいから、触れられる必要があることを思い出させた。抱かれる必要があった。でも、一夜だけの関係では足りない。

すると、食べてしまいたいような美しい唇が、からかうような笑みを形作った。意地悪な挑戦に、エミリーは相手をにらみつけ、五感の均衡を取り戻した。音楽が、セクシーなビートと刺激的な低音とともに聞こえてきて、官能的で性的な心の核の部分がそれに反応した。

エミリーは、長年のあいだ夢に見ていた唯一の悪い男を思い描いた。こちらを見つめている悪い男が、その人物の記憶をよみがえらせたからだ。

ケル。長身で、肩幅の広い、悪い男。彼のことを思い出した。エメラルドのような緑色の目。にこりともしないその表情、なんでも知っているかのような憎らしい態度。目つきだけで濡れさせるわざ。

いま、ステージの向こうにいる悪い男が濡れさせているように。感じさせ、生きていることを実感させるように。

エミリーは動きはじめた。ダンスポールをつかみ、男の顔に浮かんだ傲慢《ごうまん》な表情を、記憶と同じであるはずはなくても、よく似たからかうような口もとの笑みをにらみ返す。そっとついばんでみたいふっくらした唇の曲線。誘惑を始めよう——記憶のなかのケルに対する誘惑を――。

目の前にいるのは幼稚園の教師ではなかった。昔パーティーでダンスの相手をした十八歳の少女でもなければ、長年のあいだ慎重に遠ざけていた若い女性でもなかった。しかしまちがいなく、エミリー・スタントンだった。

エミリーがステージに出てきたとき、いきなり胸から空気を押し出された気がして、ケルはめまいを覚えた。教師のような服装をしている。タイトな黒いスカートに、慎み深くボタンを留めた白いブラウス。ハイヒールが背を高く、脚をよりセクシーに見せていた。あの脚を男の腰に巻きつけて押さえこみ、体を弓なりにする姿を想像した。あの脚が、痛いほど背中を締めつける感覚を。

エミリーがおびえた雌鹿のような姿勢でステージに立つと、ケルは思わず口もとをゆるめた。無垢な表情にはすばらしい効果があった。

しかし、にらむような目つきにはっとして、それに続く動きに衝撃を受けた。魅惑的な巧みさで腕を上げ、そばにあった金属のポールをつかむと、体が音楽に合わせて揺れはじめた。ジーンズの下で股間が悦《よろこ》びにうずいてきた。エミリーが男根の象徴を握って動きだし、そこに背を預けて、官能に目覚めた顔を紅潮させ、目を輝かせて、片手をブラウスのいちばん上のボタンに持っていった。

ちらりと見えた胸の谷間に、口のなかが乾いてきた。男を夢中にさせる乳房。両手をふさぐ乳房。両手がふさがれたくてうずいてくる。

ハードテクノのビートが股間とともに脈打った。それはふたりの周囲で激しく鼓動し、彼女の体とともに揺れて、ケルの神経の末端を撫でつけた。いつの間にか、ほとんどあえぐような息をついていた。

エミリーは本来なら、取り澄ました礼儀正しい社会人であるはずだった。アメリカ合衆国上院議員の娘。幼稚園の教師。

しかしいまは、淫らになる方法に長《た》けた挑発的なじゃじゃ馬になり、ケルの頭をおかしくさせようとしていた。

椅子の上でもぞもぞと尻を動かし、股間の硬い膨《ふく》らみのせいできつくなってきたジーンズになんとか隙間を作ろうとした。この部分が声をあげられるなら、渇望の叫びで建物を崩壊させていただろう。

ケルは歯を食いしばって、懸命にじっと座り、くつろいでいるふうを装った。くつろぐどころではなかったのだが。

ふたつめのボタンがはずされると、口のなかによだれがたまってきた。指が三つめのボタンを探り、その下にじらすような素肌が見えたと思った瞬間、エミリーが背を向け、ポールに寄りかかって体をくねらせた。ポールにもたれたまま足首から肩まで揺らすのを見ていると、下腹部が張りつめた。

くそっ。ジーンズのなかでいってしまいそうだ。

エミリーが振り返り、ボタンをはずした。その下に、罪深い赤いレースのブラジャーがちらりと見えた。

それをはずしてくれ。いいじゃないか、俺にひと口味見をさせてくれよ。

エミリーは次のボタンをもてあそび、脚を開いてしっかり立ってから、それをはずした。それから片手をスカートの裾の下にすべりこませ、背後のポールをつかんで、ケルのために背を反《そ》らした。

ああ、頼むから、もう少しだけいいだろう?

最後のボタンがはずされたが、またじらすような動きが戻ってきた。ポールの周りで腰を揺すられると、ケルの額《ひたい》に汗が吹き出した。エミリーの指がスカートのわきのボタンに触れた。

ケルは黒いサングラスをはずしたくなるのを我慢した。身を乗り出したくなるのを、ズボンの前をあけてどれほど心酔しているかを見せたくなるのを我慢した。エミリーは、これまでに欲しいと思ったあらゆる誕生日とクリスマスの贈り物の包みを解こうとしていた。

それはケルの最大の白日夢だった。無垢で上品な女が、渇望に満ちた目で見つめ返し、湿った欲望に顔をほてらせている。秘密の部分が濡れているのはたしかだ。全財産を賭けてもいい。乳首はまちがいなく硬くなっている。

「すごい……」ケルはつぶやくように言った。美しい曲線を描く太腿からゆっくりスカートがすべり落ち、フレンチカットのレースのパンティーとブラジャーがあらわになった。体を覆っているとは言いがたい下着だ。

乳首はぴんと立っていた。それを舐《な》めたくて舌がうずき、それを吸いたくて、よだれがあふれてきた。

エミリーがまたポールにもたれ、両腕を伸ばして脚を大きく広げ、金属の棒にお尻をこすりつけると、ポールと同じくらい硬いものがジーンズのなかで脈打った。ああ、いつでも俺をこすってくれてかまわないさ。

それからエミリーがふたたび動きだし、妖艶に体をすべらせ、腰を回し、両手を頭の上で動かしながら、ステージの階段をゆっくり下りてきた。

こちらへ向かって。

引き寄せられるかのように。

前をあけたブラウスが肩をすべり、ケルが触れたくてたまらない体を愛撫し、両腕からするりと下に落ちて、背後に忘れ去られた。

ケルは胸の前で組んだ両腕をこわばらせ、必死の思いで、立って彼女を担《かつ》ぎ上げ、ここから飛び出したい衝動を抑えた。

「彼女に触ったら、痛い目にあわせるぜ」

肩の後ろから、怪物めいた用心棒のデイヴィッドが脅すように小声で言った。ケルはおもしろがって唇をわずかに開いたが、目はこちらへ向かってくる天の恵みから片時もそらさなかった。

ラップダンス。

ティンボーは、ケルがタイニーの代わりに入ってきたことに気づいても、うるさいことは言わなかった。しかし決まった役割に徹しなければ、追い出されるだろう。エミリーはダンスを習うために金を払っている。まちがいなく、かなりの金額を。

ケルは彼女の観客だ。金を払ってまで彼女の観客になった甲斐はあった。男たちは大挙して列を作るだろう。クラブをいっぱいにしてステージに押し寄せ、触れようとするだろう。彼女が肌と呼ぶあの湿った絹に、一度軽く触れるだけでもいいから、と。

近づいてくるエミリーの目が、純粋な欲望で輝くのが見えた。じっと座っているには、歯を食いしばらなければならなかった。ちくしょう。硬くこり固まった乳首、そして太腿のあいだの小さな影は湿っているはずだ。かわいい割れ目は濡れているのに、口で味わうことはできない。

ケルは唇を舐めた。

エミリーがさっと唇に目をやり、じっと見つめた。ダンスはすべるような誘惑になり、腰が、豊かな胸が、薔薇《ばら》色の体がゆっくりじらすように揺れた。

エミリーが背中を向け、優雅な動作で目の前に椅子を引いてきた。それからかがみこみ、これまでに目にしたなかでも最高に美しいお尻を間近に突き出した。

小さなパンティーの赤いレースが、肉感的でなまめかしいお尻を中央で分けている。エミリーが太腿をぎゅっと閉じ、腰を回して、ケルの目の前でお尻を収縮させた。

ケルは拳を握りしめ、これまでにないほど自制を困難に感じた。彼女がくるりと回るのを眺め、視線を顔のほうに上げると、熱を帯びた青い目のなかで闘いを繰り広げる淫らな自信と艶っぽい純真さが見えた。

ケルは椅子に深く座り直し、触れて味わってむさぼりたくてたまらないのに、体じゅうの筋肉に自制を強《し》いた。

特に、エミリーが近づいてきて、なめらかな脚でひざにまたがり、桃とクリームの甘く柔らかな香りで五感をくすぐったときには。そしてその下からは……ああ、その下から漂う香りのことはわかっている。レースの下着とその奥のひだを濡らす興奮の、女の欲求のくらくらするような熱さのことは。パンティーの下には、柔らかな巻き毛は一本も見えなかった。

乳房は顔のすぐ前にあり、とがった乳首が繊細な赤いレースに押しつけられていた。細い汗が、レースに覆われていないほんのり日焼けした膨らみを流れ、生地の内側に消えた。

エミリーが太腿でジーンズをかすめてから、まっすぐ立ち上がったが、そもそもそれほど背は高くなかった。情欲の香りに、ジーンズのなかで今度こそいってしまいそうになった。

彼女の香りをかぐことができた。味わうことさえできそうだった。殺す気なのだろうか。

音楽が最高潮に達すると、エミリーがわきに置いた椅子の背をつかみ、すらりとした脚を高く上げて、黒いハイヒールをケルの椅子の背に押し当てた。柔らかな秘密のひだがすぐそばにあり、もう少しで味わえそうだった。繊細な柔らかいレースの上からその下の絹を舐められそうだった。味わってしまったらどうなるだろう。パンティーの湿った生地の上から、渇望のエキスを味わってしまったら。

しかしそうする代わりに、ケルは荒い息を吐いた。その吐息は、かろうじて隠された魅惑的なひだを狙ったものだった。

そして意志の力だけで、解放を押しとどめた。なぜなら、エミリーのほうが自制を失ったように見えたからだ。太腿が張りつめ、叫び声が聞こえたかと思うと、驚嘆に見開いたケルの目の前で、パンティーの湿り気が広がった。

さっと視線を上げてエミリーの目を見た。

いったのか？　エミリーはいったのか？

脚をさっと戻し、ぐらりとよろめく。青ざめた顔で目を見張り、衝撃に唇を開いていた。

いったのか？

エミリーがくるりと振り返り、ケルが動く間も与えずに、ハイヒールを脱ぎ捨てて走り去った。

「くそっ」ケルは椅子から立ち上がって、追いかけようとした。股間が開いた傷口のようにうずき、彼女に手を触れたらどうなるかわかったものではなかった。

しかし、ハムのような手が両肩に置かれ、強力な意図を持って椅子に押し戻そうとした。ケルはなにも考えずにその手首をつかんでひねり、ブーツのわきの鋭いナイフをすばやく取り出した。

「下がってろ」ケルはしゃがれ声で言い、ナイフの刃を男の首の膨れた血管に当てた。「喉をかき切られるようなまねをするなよ」

「上等だ」用心棒が目を見開いた。「あの娘には手を出させねえ」

ケルは相手をにらみつけた。

「あの娘は俺のチェリーの友だちだ。手は出させねえ」

固い決意に満ちた黒い目が、こちらを見下ろした。この大男は、すでに裏口から逃げ出したはずの女のために死ぬつもりらしかった。

「あの娘はだれだ？」彼らは正体を知っているのか？

「彼女は言わなかった。俺はきいてねえ」太い首が、頸《けい》動脈に触れる鋼《はがね》の感触から逃れるかのように上へ動いた。「あの娘はティンボーに金を払った。俺の女が、あの娘の面倒を見るように言った。俺は、俺の女の言うとおりにする」

銃の撃鉄がかちりと鳴る音がした。少しだけ顔を振り向けると、ティンボーがチェリーと呼んでいる女のすらりとした体が見え、まがまがしい四五口径の銃を構えているのがわかった。こちらが動きを封じるまえに発射できるじゅうぶんな距離を置いている。

「下がりなさい、くそったれ」チェリーがどなった。「彼を傷つけたら、あんたに弾をぶちこむわよ」

ちくしょう。

ケルはナイフを下ろし、大男と目を合わせ、少なくとも一発食らうことになるだろうと覚悟した。しかし予想に反して、分厚い唇に笑みが浮かんだ。

「ティンボーは、あんたがリーノとクリントを知ってると言った」デイヴィッドがうなるように言った。「あんたを押さえつけるべきじゃなかったかもしれない。でもあの娘は出ていきたがってた」

ケルはゆっくり女のほうに顔を向けた。銃はしっかり構えられていた。撃鉄は起こされたままで、鋭く光る目は簡単には人を信用しないことを表わしていた。

「あの娘は行ってしまったよ」ケルはゆっくり首を傾けた。「頼むから……」女に向かって手を振る。

「勘弁してやりな、チェリー」デイヴィッドが言って、ため息をついた。「リーノとクリントはこいつを知ってる。ティンボーはこいつを怖がってる。どっちにしろ、もうあの娘はつかまえられないよ」

銃が下ろされた。しぶしぶながら。

「彼女を知ってるのか?」ケルはチェリーにきいた。

「名前を言わなかったわ。あたしもきいてないし」女がぴしゃりと言った。

「彼女はここでなにをしてた?」

チェリーがどうでもいいとばかりに肩をすくめた。「リサーチって呼んでたわ。お金を払ってダンスを習いたいって言うから、あたしが教えたの。お金がもらえれば文句はないでしょ。だからなにもきかなかったの」

金で忠誠心は買えないが、ケルのもとから逃げ去った驚くべき女にこのストリッパーが誠実な気持ちをいだいていることは明らかだった。

「あの娘はここには来なかった」ケルは穏やかな声で言った。「きみは彼女を見なかった。きみは彼女になにも教えていない。もしティンボーが、彼女のことを思い出したかのような行動を取ってみろ、殺してやると伝えておけ」

チェリーが目を丸くした。

ケルはナイフを鞘に収めて、出口のほうへゆっくり歩き、ストリップクラブを出てから、拳で扉を強く打ちつけた。裏の駐車場からタイヤの鋭い音が聞こえ、エミリー・スタントンと無能で役立たずなボディーガードが逃げ去ったことがわかった。しかしそれはかまわなかった。どこに行けば見つけられるか、はっきりわかっていたからだ。

3

ああ、どうしよう。

いったいわたしはどうしてしまったの？

こんなことは、いままでに一度もなかった。一度も。絶頂はほんのかすかなものだったし、たぶん自分でしたほうがうまくできるだろう。しかしオーガズムの強さはともかく、吐息だけで達してしまったことに変わりはなかった。

「あそこでなにがあったんです？」ボディーガードのダイソンが疑わしげにきいた。もちろん、疑うだろう。エミリーは下着と長いコートだけという姿でクラブの裏口から走り出て、トレイルブレイザーに転がりこんだのだから。まるで地獄の番犬に追われるかのように。

たしかに追われているようなものだった。ダイソンが助手席に跳び乗った瞬間、エミリーはスピードレーサーが自慢できるほどの勢いで車のタイヤをきしらせ、後部をぐるりと回転させて、駐車場を出た。

頭がどうかしてしまった。

起こったのはそういうことだ。わたしは頭がどうかしてしまった。ありえないほど長い一瞬のあいだ、完全に正気を失っていた。

「ちくしょう、予想すべきだった」ダイソンが茶色の目に怒りを湛えてまたうなった。「襲われたんですか？」

自分の情欲にね。

エミリーは震える手を熱い頰に当てて、大きく息を吸いこみ、アクセルを強く踏みすぎないよう自制した。家に帰りたかった。いますぐ。しかし違反切符を切られるわけにはいかない。警察に車を止められたら、逮捕されてしまうこともじゅうぶんありうる。

「襲われてないわ」

「ならどうして、下着とコートだけで恐がりのひよこみたいに走ってきたんです？　四週間あなたの護衛をしてるが、走ってるところなんて初めて見た」

この男はなれなれしすぎる。家にボディーガードを置く期間は、二カ月が限界らしい。この男は日ごとに苛立ちを増している。

「走ってなんかいないわよ」

もちろん走っていた。死に物狂いで。絶滅しかけた恐竜が生き残ろうとするかのように。

ダイソンがぼやいたりうめいたりするのを聞きながらも、自分の体が燃え上がり、その熱が太腿からお腹、両胸、顔まで伝いのぼってくるのが感じられた。まるで炎に包まれているかのよう。あるとは知らなかった神経の末端が、不意に敏感になったかのよう。

絶頂に達してしまった。

恥知らずにも。前触れもなく、抑制もなしに。見知らぬ人の顔の前で達してしまった。しかも、なんという顔だったことか。あの男性に近づくにつれ、その顔はさらにすばらしく官能的になった。女がひざまずいて淫らなふるまいをしたくなってしまうような男。内側に隠れているふしだらな部分を見せたくなってしまうような。

そう考えて、身の縮む思いがした。なるほど、チェリーの言うとおりかもしれない。好みにぴったりの男のためになら、ひざまずいて淫らになることもできる。

あの男のためになら。

ああ……あの人はあまりにもセクシーでたくましかった。お腹の筋肉が、ぴったりしたTシャツの下で波打っていた。ひざにまたがると、顎がぎゅっと引きしまった。エミリーがしたことに気づくと、驚きに唇が開いた。

ああ、なんてこと。あの場でいってしまったのだ。彼の顔の前で。

エミリーは自分の顔を手であおいだ。

もちろん、男性は怒っているようなそぶりは少しも見せなかった。むしろ……飢えているように見えた。とても飢えているように。とても激しく。うっとりするほど男らしく。否定しがたいほど男らしく。すぐにでもつかまえてものにしてやるという衝動が感じられるほど男らしく。

一夜だけの関係を期待しているような男だ。〝いつまでも幸せに暮らす〟タイプの男ではない。

エミリーは大きく息を吐き出した。あれはすべて、彼がケルに似ていたせいだ。ケルには何年も会っていない。父によれば、約二年前フエンテスの私有地からエミリーを救ってくれた部隊のなかに、ケルもいたという。しかし姿は見えなかった。見えたのは、救出者たちの黒い覆面だけだった。

そのなかにケルがいたかどうかはわからなかった。

しかしあの男性を見て、ケルのたくましい顎の線を思い描くことができた。ナイフのように鋭い鼻の形も。記憶では、ケルの鼻に骨折の痕跡はなかったと思うが、あの見知らぬ男性にはあった。

それから、あの男性の首には傷跡があったが、ケルにはなかったはずだ。そのことは憶えている。ほんとうに、ずいぶん長いあいだ会っていない。何年も。何年も、ケルのことを考えたことすらなかった。

きょうまでは。

エミリーは体をわななかせた。

嫌悪感に身震いすべきなのに。刺激を得るためにストリップクラブへ行くなんて、どういう男だろう？　最低の部類にちがいない。もしかすると、ほかの方法では女性をものにできない部類の男なのだろうか？

でもあの男なら、簡単に女をものにできるだろう。もう少しでわたしをものにしそうになったのだから。

かろうじて、屈辱のうめき声をあげるのをこらえた。ダイソンがすでに凶暴な表情を浮かべてこちらを見ていることに気づいたからだ。

それに、エミリーは友人たちとはちがって、ホルモンに支配されないことを誇りにしていた。厄介な欲望に冷静さをなくすようなことはない。欲求を制御でき、欲求に逆に制御されるようなことはなかった。

しかしきょうは、明らかに冷静さをなくしてしまった。

それに厄介な欲望のほうは？　それはエミリーを苦しめていた。高価なフランス製のレースのパンティーを濡らし、体の芯《しん》をうずかせ、もっと多くを求めさせた。もう一度強く息を吹きかけられたら。もう一度あの脈打つ熱い小さな絶頂を味わったら。きっとさらに渇望が高まるだけだろう。

エミリーは両脚の太腿をぴったり閉じて、膨れたクリトリスの信じられないほどの感じやすさに顔をしかめた。あの男性が息を吹きかけたその場所。彼の吐息が触れたその場所。こんなにひどいことになるのなら、いっそ指で触れられたほうがよかった。

骨の髄まで悪い男にちがいない。それはかすかに見えた彼の表情に読み取ることができた。目は黒いサングラスに隠されていたが、唇は……エミリーは自分の唇を舐めた。あの唇は表情豊かだった。官能的な飢えに満ちていたが、自分と周囲の状況をしっかり制御していることを示す、揺るぎない線を描いていた。筋肉は引きしまり、体は抑制されていた。ゆっくりと獲物を追いつめ、飛びかかろうとする豹《ひょう》のように。

ある時点で、彼がうなり声をあげたのがたしかに聞こえた。

ああ、ほんとうに、とんでもないことだわ。エミリーは衣装部屋から文字どおり盗んできた長いコートを引っぱりながら胸につぶやいた。あとでコートをチェリーに送り返さなくては。服を捜したり、着替えたりしている余裕がなかった。彼がぱっと立ち上がり、追いかけてきた。時間はなかった。

エアコンの風量を強くして、ダイソンのさらなるぼやきを無視しながら、体のなかで燃える熱を少しでも和らげ、心に渦巻く後悔を押しのけようとした。

究極の悪い男。性的な夢想から現われ出たかのような男。逃げるよりほかにどうしようもなかった。

これはきっと注意を促すベルだ。警告にちがいない。天は、危険な領域に足を踏み入れようとしているエミリーに、自重《じちょう》するよう言っている。体の内側で暴れはじめたふしだら女になりたいという願望は、取り返しのつかない失敗をするまえに、抑えつけなければならない。

あんな男と実際にベッドをともにしたら、どうなってしまうかわからないからだ。ずたずたになるのは心だけではすまないだろう。

深呼吸をして、自分が無事であることを無理にでも思い出さなければならなかった。突然自分を裏切ったホルモンが暴走しても、あの熱い吐息を持つ悪い男がわたしを見つけ出すことは絶対にないのだから。

チェリーはわたしの本名を知らない。クラブの所有者も。もう一度あの男に会う機会はまったくないという確信があった。

ホルモンが後悔の叫び声をあげるのを無視した。いずれ落ち着けば、忘れられるだろう。悪い男たちの夢なら見られる。彼らについて書くこともできる。まあ、とにかく、書こうとすることはできる。でも実生活では……。そうよ、人はどこかの時点で現実に気づかなくてはならないでしょう？

エミリーは額の汗をぬぐい、横を向いてダイソンを見た。ベルトのクリップから携帯電話を取ろうとしている。

「なにをしてるの？」

「あなたのお父さんに電話するんですよ」エミリーの家に来て以来初めて、ダイソンがおもしろそうな表情を浮かべた。男の傲慢さと支配欲がにじみ出ている。少し遅すぎたようだが、それはたしかにそこにあった。

「なぜ？」

「お父さんはあなたと話す必要があるからです。もうたくさんなんだ——」トレイルブレイザーの車体が勢いよく傾いてから元に戻ると、ダイソンは身をこわばらせて鋭い目でにらんだ。

「なにもなかったのよ」エミリーは静かな声で言った。「おびえてしまったの。それだけよ」

「ダンスを習ってる最中におびえたって？」ダイソンがきり返した。

「いいえ、ラップダンスをしていておびえてしまったの」エミリーは穏やかさを保って答えた。

そのとき車のなかに満ちた沈黙は恐ろしかった。勇気を出してもう一度ちらりとダイソンを見た。冷たい値踏みするようなまなざしでこちらをにらんでいる。

「あそこには、クラブの所有者と、ダンサーと、用心棒がふたりいただけだ」ダイソンがなんとか怒りを抑えようとしながら言った。「ちゃんと確認した」

「そう、彼はあなたが確認したあと入ってきたんでしょうね」エミリーはごくりと唾をのんだ。

ボディーガードが大きく息を吸いこんだ。「それを俺に知らせなかったと？」

「ええ、踊りはじめるまで気づかなかったんだもの」

ダイソンが後部窓をじっと観察してから向き直り、きびしい軽蔑のまなざしでこちらをにらんだ。エミリーは危うく身を縮めそうになり、視線をそらして道路を見た。

「なぜあなたはボディーガードを雇ってるんです、ミズ・スタントン？」少し間をおいてからダイソンが尋ねた。

「それは、誘拐事件のあと、パパがそうしろと言ったからじゃない？」エミリーは無邪気さを装って言った。つい口から出てしまったいやみな言葉に、顔をしかめたくなるのをこらえる。

そう、エミリーはかつて、父があの麻薬カルテルを敵に回したせいで誘拐された。しかし父は、ボディーガードを雇っているかぎり、二度とそんなことは起こらない、おまえは安全だと言った。

「危険にさらされる可能性を考えなかったんですか？」

「大柄でタフな海兵隊員に見守られていなければ、危険だったにちがいないわね」エミリーは相手をなだめようとして言った。

「おべんちゃらを言ってもむだですよ」ダイソンが歯の隙間からうめいた。「どうぞ、好き勝手なまねをして車を大破させればいい。あなたになめた扱いをされたことをお父さんに知られて受ける罰に比べれば、事故の怪我《けが》くらいなんでもないだろうさ。ほぼまちがいなく、殺されるだろうな」

自分に、そしてエミリーにうんざりしているような口調だった。

エミリーは身をすくめた。「あなたが言わないなら、わたしも言わないわ」

「冗談じゃない」

「おとなしくすると約束するわ。もうストリップクラブには行かない。ほんとうよ」

ダイソンの表情は揺らがなかった。「まっぴらごめんだね。残念ながら、あなたのお遊びは終わりだ」

なるほど、このボディーガードは思っていたほど意気地なしではなかったのかもしれない。

また父のお説教に耐えなければならないことに気づいて、ハンドルを両手でぎゅっと握りしめた。安全でいるために、どれほど気をつけなければならないか。父は上院議員であり、多くの敵がいるのだから。

そう、父は上院議員であり、エミリーは父がこれまでに成し遂げたすべてのことに絶大な誇りをいだいていた。エミリーが五歳で母を亡くして以来、男手ひとつで育て上げ、注意深く生きる方法を教えてくれた。しかし同時に、冒険についても教えてくれた。銃の撃ちかた、狩りのしかた。強くなる方法、自分の強みを見つける方法。

しかしそれはエミリーが十八歳になるまでだった。突然、父はエミリーに、ドレスを着て化粧をして結婚して子どもを産むように求めた。胸の奥に植えつけられ、いまでは行き場のなくなった冒険心を理解してはくれなかった。

軍に入隊するという考えはあきらめた。それを口に出し、父が真っ青になったその日に。

父は両手を震わせて短い髪をかき上げ、恐怖のまなざしでこちらを見返した。

自分のために父をおびえさせたくはなかった。心配させたくはなかった。だから身を落ち着けようと、冒険への欲求を抑えようと努めた。

大学へ行って、夫を見つけようとした。

卒業して、有名私立幼稚園の教師という仕事に就《つ》き、せめて恋人がいればいいと思うようになった。胸が張り裂けることになったとしても、それだけの価値のある男が相手なら、耐えられるだろう。ボディーガードとして父が送りこんでくる候補者たちについても、感謝はしていた。ほんとうに。しかし彼らにはうんざりさせられた。そして不運にも、ボディーガードを断わった唯一の機会に、誘拐されてしまった。まったく、勘弁してほしい。

「エミリー、お父さんはあなたとゲームをしてるんじゃないんですよ」長い間があいてから、ダイソンが警告をこめた真剣な声で言った。「おもしろ半分にあなたにボディーガードをあてがってるわけじゃないんです」

不意に目の奥が熱くなってきて、まばたきで押し戻した。

「わたしはひとり娘よ。父は心配してるんだわ」

「心配するのにもっともな理由があるってことを考えてみたんですか？　あなたはすでに一度、誘拐されたんですよ。あなたとほかの女性たちを救い出すのに、どれほどの努力を要したか、わかってますか？」

エミリーはハンドルを強く握ってから、ボディーガードに怒りの目を向けた。「わたしが面倒に巻きこまれないように努めてるってことを考えてみた？　まじめで上品で礼儀正しく、父が娘に求めるあらゆるものになろうと努めてるってことを？　安全でいようと努めてるってことを？」あざけるような笑い声をあげる。「もういいわ、ダイソン。あなたにはわからない」

「あなたは男じゃないんだ、エミリー。度胸があることは認めるが、お父さんに、小さな愛娘以外の何者かだと思わせることはできない」もしかすると、このボディーガードは、思っていたよりよく理解しているのかもしれない。

「それなら受け入れたっていいわ」エミリーはささやくように答えた。「父がずっと望んでいるとおり、道義にも分別にも欠けるどこかのうすのろのために子どもを産む雌馬になるよりはましだもの。もうそれだってどうでもいいわ。伝えたいことを父に伝えなさいよ。かまわないわ。だけど、それでわたしを傷つけられるとは考えないでちょうだい。父が欲しがってる孫の精子提供者にならないかぎり、父はほかの人たちと同じようにあなたを交替させるだけよ。それはたしかだわ」

昔からずっとそうだったように。エミリーが子どものころからだ。家政婦や子守に慣れたとたんに、彼らは交替させられた。話ができるだれかを見つけたとたんに、彼らはいなくなってしまう。何年も前に、気にするのはやめることにした。いまさら気にしてもしかたがない。

不思議なことに、ダイソンはそれ以上なにもいわなかった。何度も後ろを観察し、携帯電話をもてあそんでいたが、黙ったままでいた。だからエミリーもそうした。何年も前に、自分の気持ちを説明することをやめてしまった。自分の人生を生きてはならない理由を、父が納得できる形で示さないかぎり、エミリーはそれを求めつづけるつもりだった。人生を。

震えが止まったらすぐにでも。父に立ち向かってくれる見込みなどない、革をまとった悪い男のことを忘れたらすぐにでも。魅惑的な唇、たくましい肉体、体の芯を震わせた情欲の吐息。

まったく。あれを忘れるには、しばらく時間がかかりそうだ。

上院議員の自家用機がアトランタ空港に着陸し、地上を滑走して格納庫へと入った。ドゥランゴ部隊はリムジンの外へ出て、上院議員が降りてくるのを辛抱強く待っていた。

予定にはなかったワシントンＤＣからの来訪は、驚きをもって迎えられた。現在は、ようやく全隊員が海軍基地に戻り、上院議員に関わる作戦に備えているところだった。ディエゴ・フエンテスが上院議員とその娘をふたたび標的にしているという情報は、全員に衝撃を与えた。通常フエンテスは、前回とは異なるルールでゲームをしかけるからだ。ひとつのゲームで負かされれば、そこからは歩み去る。報復はせず、いつもなら二度襲うことはない。ただし、持っていてはならない記憶を持って逃れた者については別らしい。上院議員の娘がそれに当たるのではないかと、フエンテスは疑っているのだ。それに加え、〈ミスター・ホワイト〉という呼び名のみで知られる政府への潜入者を上院議員が調査していることもあって、フエンテスはふたたびエミリーと上院議員に目を留めたのだろう。ドゥランゴ部隊は三年にわたってディエゴ・フエンテスを追っていた。彼の名が、中東で部隊が出くわしたソレルという謎のテロリスト兼兵器ディーラーと結びついて以来ずっとだった。

上院議員が飛行機から降りる様子を、ケルはじっくりと眺めた。上院議員には、もう十五年近くにわたってなにかと世話になっていた。訓練に手を貸してもらい、目標を達成する手助けをしてもらった。この男性の娘が、アトランタの高速道路を悪魔のように走り、淫らな夢のように踊っていたのだ。リチャード・スタントンの不機嫌そうな表情と灰色の目には、娘の衝動的な荒々しさに似たものは見当たらなかった。しかしそれがあることはわかっていた。若いころの上院議員は同じくらい荒々しく、しかも海軍シール隊員しか持ちえない鋼のような自制心を備えていた。

スタントンは身長百八十センチそこそこだが、五十五歳のいまも力強い男だった。その太い声と堂々とした風采が、首都のものごとをうまく動かすのに役立った。在任一期目で、シールに在籍していたときと同様、名を上げつつあった。信頼できるが、逆らってはならない男だ。

「ケル、また会えてうれしいよ」上院議員がすばやく敬礼を返してから、ほかの隊員たちに視線を向けた。

「チャベス。そして、きみたち。出迎えに感謝する。いっしょに車に乗ってくれ。秘書が運転する」

上院議員がリムジンの車内に向かってうなずいた。

数分後、ドゥランゴ部隊の五人はリムジンに乗って静かに待っていた。そのあいだ上院議員は小さな冷蔵庫から水のボトルを出してぐっと飲んでから、非難めいたまなざしをケルに据えた。

「娘のせいで頭がおかしくなりそうだ」スタントンがつぶやき、ボトルにふたをしてリーノのほうに視線を向けた。「あいつがなにをしてたか知っているか？」

リーノがちらりとケルを見た。「はい。クリーガー中尉がきょうの午後、娘さんのあとを追って、居場所を報告しました。どうやら彼女のボディーガードは少し参っているようでした」

「少し参っているだって？」スタントンがぞんざいにきき返した。「チェット・ダイソンだ。憶えているか？」

「はい、上院議員」リーノがまじめな声で答えたが、その目におもしろがるかのような光がよぎったのをケルは見逃さなかった。

彼らは全員、ダイソンの記録を読んでいた。海兵隊のなかでも最強の男のひとりだった。

もしバグダッドで狙撃兵にひざを撃ちぬかれていなければ、いまでもそうだっただろう。

「やつはやめたよ」上院議員が顔をしかめた。

ケルは少しも驚かなかった。

「なんですって？」リーノが驚いた顔で見つめ返した。

「一時間前にダイソンが電話してきて、二十四時間以内に代わりを見つけてくれと言った。やつによれば、娘は本人と周りのあらゆる正気な男にとって危険な存在だそうだ」激しい口調で続ける。「あの男には期待していたのに。いい義理の息子になるはずだったんだ」

上院議員がもう一度、ケルに非難に満ちたまなざしを据えた。

ケルはまゆをつり上げて疑いを示した。ほかの隊員たちが驚きを隠して上院議員を見つめていることに気づいた。ケルは無言でおもしろがりながら相手を観察した。エミリーを知っている者ならだれでも、父親が慎重にボディーガードを選んでいることを知っていた。上院議員は義理の息子が欲しいのだ。そして自分がその男を選ぶつもりでいる。

スタントンは、海軍でシール部隊の指揮をとっていたときと同じ方法で、娘の人生の指揮をとろうとしていた。彼はもはや活動的なシール隊員ではなく上院議員であり、娘はなんの問題もなく自分で自分の男を見つけられると、だれかが教えてやる必要があった。

そうとも。エミリーなら、ケルのために踊ったダンスの半分程度の努力だけで、男たちを家の戸口の前に並ばせることができるだろう。

スタントン大尉は、地獄のような任務中に自身と率いていた隊員たちの命を危うく失いかけたせいで、シールでのキャリアに終止符を打ち、故郷に戻って政界に入った。両親と妻の遺産で私財に恵まれていたおかげもあって、順調に政界の階段をのぼっていき、娘が十八歳になったその日から、ボディーガードを絶え間なくあてがいはじめた。

将来の義理の息子候補だ。

エミリーが逃げ場を探し回る荒々しい娘になるのも不思議はないだろう。

「娘さんはダイソンとつき合っていたんですか?」リーノがきいた。

「いいや!」上院議員が無愛想に答えた。「娘は好みがうるさくて、そこまでいかないのだ」ため息をつく。「それはどうでもいい。ダイソンがファックスしてきた報告書によると、わたしたちが電話しているあいだ、娘は秘密を守るようダイソンを説得していたそうだ」片手で顔をぬぐってから続ける。「まったく、あの娘をなんとかしてくれ。自分で自分の命を縮めてしまうぞ。フエンテスの部下がわざわざ手を下さなくても、自分から危険へ向かっていくのだから」

そんなに悪い娘でもないさ、とケルは胸のなかでつぶやいた。数日間エミリーを観察していた。衝動的だが聡明だ。そして苦悩している。だれかに見られているとは知らずにエミリーが浮かべていた表情を見た。真夜中に、安らぎの場所を求めてマンションの外の小さな中庭に出てきたときに。孤独で、途方に暮れているように見えた。

「娘さんは問題を起こしそうですか?」リーノがきいた。「クリーガー中尉の護衛には、彼女の協力が不可欠です。協力が得られないのなら、追い出されるのを待つだけのボディーガードたちとなんら変わりません」

「娘は水のようにボディーガードをすり抜けるんだ」スタントンがこぼした。「最長二カ月で、娘は彼らを意のままに操るようになる。彼らは娘のためなら死ねるだろうが、問題なのは、娘のちょっとしたしくじりや冒険に、彼らが巻きこまれるということだ。娘は、身を落ち着ける必要があることに気づいていないのだよ」

「上院議員、まだお答えをうかがっていません。娘さんは協力してくれますか?」リーノがもう一度きいた。

「エミリーについてひとつ言えるのは、冒険家の心を持っているということだ」スタントンがうなるように言った。「娘はそれに従って行動し、きみの部下をねじ上げてすっかり混乱させてしまおうとするだろう。夫も恋人も探したがらないくせに、タフな男たちを足もとにひざまずかせるのが趣味らしい」ケルをにらむ。

ケルはひるまなかった。上院議員を尊敬していたし、彼の持つ力を警戒してはいたが、エミリーに関しては意見が一致したことがなく、ためらうことなくそれを伝えたことも何度かあった。

「きみは、じゅうぶんに娘を扱えるほど自分がタフだと思っているんだろう、ケル？」上院議員の笑みは尊大ではあったが、理解を示していた。「きみはそこに座って、俺はじゅうぶんにタフだと自分に言い聞かせている。じゅうぶんにきびしく、じゅうぶんに冷静だと。きみに一週間やろう。これまでにわたしが娘に近づけたすべての男たちと同じように、きみが娘のあとを追い回すようになるまで。ほかの男たちと同じように、娘に笑顔で見送られて、すごすご立ち去ることになるまでな」

いいや、俺はじゅうぶんに頭が切れる。そこがやつらとの違いだ。

ケルは上院議員の言葉に唇の端を引き上げた。

上院議員がそれに応じて哀れむように首を振った。「きみに手を貸してやろう。立派な男があっという間に屈してしまうのを見たくはないし、きみのことが好きだからな。娘の安全を守るためならなんでもやってくれ。物置に閉じこめてくれてもかまわない。その代わり、娘になにかあったらただではおかないからな。わかったか？」

「干渉は、なしにしてください」ケルは言って、部隊長の警告のまなざしを無視した。「娘さんが泣きながら電話してきても、引き下がらないでください。俺のルールが気に入らないと文句を言ってきても、それを変えないでください」

ケルの声に含まれた挑戦に、スタントンが灰色の目をすぼめた。長いあいだ、考えこむような表情でこちらをにらんでいた。

「手荒なまねはするなよ」ようやくそう言った。「娘を虐待《ぎゃくたい》してほしくない」

「言わなくてもわかってるでしょう、リチャード。娘さんは虐待などされません」ケルはひと筋縄ではいかない男だが、女を傷つけたりはしない。

スタントンはもうしばらく視線を据えてから、ゆっくりうなずいた。「いいだろう。きみが主導権を握れ」

これまで、スタントンがどのボディーガードにも与えなかったものだ。ケルは勝利の喜びを抑えようとしたが、満足そうな上院議員のまなざしのなかに、かすかな警戒の色がよぎったのを認めざるをえなかった。

スタントンが座席に深く座り直してリーノのほうを向き、リーノが指揮する護衛の詳細について検討しはじめた。とはいえ、リーノがすべてを取りしきるのではなさそうだった。上院議員はことの進めかたについて明確な考えを持っていたが、リーノの提案も聞きたかったらしい。リムジンがアトランタの街を抜けてエミリーのマンションへ向かうあいだ、計画は議論を通じて実行可能な作戦になった。

上院議員が率いる委員会に入りこんだフエンテスのスパイを捕らえるため、リーノとクリントとメイシーがその下地を作る。そのあいだ、ケルとイアンが娘の護衛に責任を負う。

「エミリーには、一年を通して出席しなければならない慈善や政治関係の集会がたくさんある。これから数週間のあいだにも、いくつか予定されている」スタントンがケルに言った。

「欠席はできない。なにがあっても。非常に重要な集会だからな。それから、エミリーにはイアンが関わっていることを知らせてはならない。イアンのことはただの新しい隣人だと思わせておけ」

「なぜです？」ケルはきいた。「危険をじゅうぶんに承知していれば、自分の身の安全にどこまで気を配るべきか判断しやすくなるのでは？」

スタントンが非難のまなざしを投げた。

「エミリーはちがう」切りつけるように言う。「物書きで、夢想家だ。どれほど自分の命が危険にさらされているかなど、理解できやしない。説明しようとしてもむだだ。それに、もし娘がきみをだまして逃げ出そうとした場合、イアンの援護が得にくくなる。必要以上に娘の心配ごとを増やさないようにしたほうがいい。きみは娘をストリップクラブから遠ざけて、見知らぬ男のひざに乗らせないようにしてくれ」

ケルは、ラップダンスの相手は自分だったという事実を伏せておいた。しかし最終的な計画を聞いているうちに、上院議員とエミリーの関係について、自分なりの結論が導き出された。賭けてもいいが、来るべき会合は円滑には進まないだろう。

エミリーは支配されることをひどく嫌う。一方、かつて海軍シール部隊のリチャード・スタントン大尉だった上院議員は、なにより支配を重視していた。それは薄い唇の線に、まなざしの凍るような色合いに、表われていた。

上院議員は娘を支配したがっている。なんとしても。その行為に対して、エミリーがどれほど心に怒りを燃やそうとも。本来のエミリーの資質がどれほど失われようとも。上院議員にしてみれば、娘の内に秘められた生きかたを抑えつけること以外はどうでもいいのだ。その炎を、ケルはエミリー・ペイジ・スタントンが想像したこともない、ありとあらゆる方法でかき立てようとしていた。父親に知られたら殺されそうな、ありとあらゆる方法で。

4

冷たいシャワーを浴びても役に立たなかった。床を歩き回っても役に立たなかった。セクシーな下着から、いつものゆるい木綿のズボンと大きすぎるTシャツに着替えても役に立たなかった。そしてチェット・ダイソンが荷物をまとめる音を聞き、車に積みこむのを見ていても、もちろんなんの役にも立たなかった。

なにをしても、ひとりの男を忘れられない。あの吐息を、これまで一度も感じたことのなかった恐れを。

記憶にあるかぎり、こんなに情欲をあおられたことはいままでになかった。思い出せるのは太腿のあいだに感じた温かい息だけ。その一瞬のちには悦びが体の芯を貫《つらぬ》き、エクスタシーの震えが全身を走りぬけた。

昔、ボーイフレンドのひとりに〝ぽっちゃりおすまし〟というあだ名をつけられたが、性的な欲望がないわけではなかった。けっこう激しくマスターベーションもする。達しかたを知っているし、触れられることを求め、触れられることを思い描く方法も知っている。自分に触れる方法も知っている。知り合いの男たちのだれかが自分に触れるほど近づいたとしても、別にかまわないと思っていた。しかし昔から、女をなめてかかるタイプの男とはうまく距離を置くようにしてきた。

父のような男たちだ。強く、断固とした支配的な男たち。彼らは、女性本人のためによかれと考えて、きびしい管理を強いる。娘や妻に。そういう男たちは、自分の心の平穏のために、愛する女たちを絶望的なほど息苦しくさせずにはおかない。

まさにエミリーをいちばんその気にさせるタイプの男。特に、悪い男の魂を抱えていることを、目つきだけで女に確信させるタイプ。ケル・クリーガーや、ストリップクラブにいた見知らぬ男のような。

なぜいま、ケルのことを考えているのだろう? もう何年も会っていないから、顔を見てもわからないかもしれない。父がかなり頻繁《ひんぱん》に会っていて、いまでも親しくしていることは知っていた。しかし、父がケルをボディーガードにしてはどうかと勧めたことは一度もなかった。

もちろん、ケルはほかの男たちとはちがっていた。きっと彼は、父が必要だと考える以上に、女性に対して冒険的な火遊びをしかけるのだろう。

悔しいことに、エミリーは冒険を切望していた。寝室のなかだけではない。その外でも。挑戦を切望し、生きることに飢えていた。その両方を与えてくれない男など、なんの役に立つというの?

父が送りこんでくるボディーガードという名の候補者が、エミリーを心からその気にさせることはなかった。彼らは泣きごとばかり言っていた。父をあまりにも恐れていて、ちょっとした楽しみすら提案しようとしない。ほんの小さな冒険をするにも、父に電話をかけて許可を取りたがるのだ。

そう考えて、エミリーはあきれ顔をした。ときどき、自分が切望しているものはほんとうに存在するのかといぶかることがあった。内も外も強い男。世界が公平でないことを知っていて、そこでの自分の役割に責任を負うべきだと知っている男。セックスには単なる行為以上のものがあって、女には胸と太腿とその先に隠された部分以上のものがあることを知っている男。女にも冒険が必要かもしれないという事実を受け入れてくれる男。

それが、エミリーの切望しているものだった。ともに欲望に身を任せるだけでなく、生きることへの欲求を受け入れてくれる、信頼に値する男。永遠にそばにいることはなくても、じゅうぶんに長いあいだそばにいて、肉体的な欲望だけでなく冒険への欲求も満たしてくれる男。

これまで、完璧な恋人のことを夢に描くときはいつも、ケルの顔で頭がいっぱいになった。いまでは、見知らぬ男が取って代わった。

くっきりとした夢想が頭を駆けめぐった。しかしひどく不満なことに、マスターベーションは役に立たなかった。裸になったときに試してみたのだが、ストリップクラブでオーガズムを味わったにもかかわらず、家に戻るとその体はまだ欲求でわき立っていた。なじみのない、やみくもな欲求で。

いまではセックスを強く求める気持ちがよくわかった。しかし、自分が失望する運命だということもわかっていた。情欲の対象がエミリーの人生を訪れる見込みはほとんどないだろう。あの男性がそうしたがっているかどうかさえ疑わしい。

ああいう男たちは、人生の暗い面に入っていこうとしないぽっちゃりした教師とねんごろになったりしない。

エミリーは麻薬をやらないし、試すつもりもなかった。きっとあの男はちょっとした犯罪に手を染めているだろうが、そういう人とつき合って犯罪すれすれのところを歩きたいとも思わなかった。冒険への欲求といっても、その程度だった。

とにかく、手に負えないこの体をおとなしくさせられればいいのだけれど。数時間が過ぎたいまでさえ、興味をそそられたままだった。

エミリーは居間を歩き回り、張りぐるみの家具と重い胡桃《くるみ》材のコーヒーテーブルのあいだに敷かれた厚い敷物の上を行ったり来たりした。夕陽が堅木の床に反射して部屋じゅうに暖かな光を送りこみ、アトランタの熱がテラスのドアの向こうでちらちらと揺らめいた。外の、厚い煉瓦《れんが》の壁に囲まれた小さな中庭は、涼しげに手招きしているようだったが、それも以前ほど平穏には感じられなかった。観葉植物の木陰と咲き誇る夏の花々は、体を満たす情欲をなだめてはくれなかった。いつまでたっても、きょうのできごとに対する反応を、淫らな気分を追い払えそうにない。

ずっと昔から、エミリーが夢に描いてきた究極のイメージは、革の服を身に着けたバイク乗りの悪い男だった。そういう男にとても弱いのだ。高校生のころは、遠くから彼らを見つめ、欲望を感じ、夢想にふけった。しかし、そういう男たちのことはよくわかっていたから、誘いに乗ろうとはけっして思わなかった。

しかしきょうは、もう少しで屈してしまいそうになった。

エミリーは両手の指を組みあわせて、中庭へ続くガラスの引き戸の前に立ち止まり、そこに映るぼやけた顔にまゆをひそめた。

わたしは特に美人というわけではない。どちらかといえば地味な顔立ちで、悪い男たちが目を留めるようなタイプの女性ではなかった。いままでは、それでかまわなかった。肩まで届く鳶色《とびいろ》の髪、平凡な青い目、細いとはいえない体つき。男性を惹きつけるとは思えない。わたしよりずっときれいで、ずっとあでやかな女性はたくさんいる。自分の性的な魅力を知り、男の悦ばせかたを知っている女性たち。男が太腿のあいだの感じやすい部分に息を吹きかけても、うろたえたりしない女性たち。

わたしは見知らぬ男にいかされてしまった。

彼の顔が紅潮して、表情に激しい情欲が浮かんだ瞬間、秘めた部分に吐息が吹きかかり、自分がひどいまちがいを犯してしまったことを知った。こんなふうに自分の身を危険にさらすべきではなかった。自分の素性と、安全と、父の評判を。

自分の心の平穏を。

エミリーは扉の冷たいガラスに額を押し当て、後悔に唇をひねってしかめっ面をした。きっとすてきな心地がしただろう。あのたくましい体に触れて、指先にあの張りつめた筋肉を感じ、あの両手が体をすべるのを感じたら。

彼は、とても清潔で男らしい香りがした。酒や無精さのにおいはせず、清潔な男性の香りだけだった。アフターシェーブローションやコロンの強い香りではない。たくましく純粋な男の香りだ。わたしのような女にはけっして目を留めないタイプの男の。

彼はあのとき、レースの下着と、淫らなダンスと、圧倒的なほどのセクシーな雰囲気に取り巻かれていた。ぽっちゃりした地味で内気なエミリー・スタントンに欲情したわけではない。欲情されないほうがかえって好都合だ。そうでしょう?

携帯電話の耳障りな響きが、物思いをさえぎった。居間とキッチンを仕切っているカウンターのほうに振り返って電話をつかみ、発信者の番号を確かめ、次に起こることを予期しながら急いで出た。

「もしもし、パパ」エミリーは悪い男たちを頭の隅に追いやって、自分を愛し、慈《いつく》しみ、抑えつけようとする人に心を向けた。

「エミリー、元気かい？」電話越しに聞こえる父の声には愛情があふれていた。「忙しいのかな？」

「そうでもないわ」エミリーは答え、その事実を悔やむ気持ちを追い払った。まったく、きょうは金曜日だ。せめてデートの予定くらいあってもいいのに。

「それじゃ、父親のために時間を作ってくれるか？」父の声はひどく深刻で、いつもの快活さややさしいからかいの言葉はなかった。

エミリーはまゆをひそめた。「わたしをののしるつもりなの？」

苛立ちを爆発させた父にののしられるのはいやでたまらなかった。しょっちゅうではないが、それを恐れて身構えてしまうくらいにはよくあることだった。

「ののしったりしないよ」父が穏やかに約束した。「おまえの家から五分くらいのところにいる。友人たちを数人連れていく。それじゃ、あとでな」

友人たちというのは、つまり父のボディーガードたちで、いつも付き添っているひとりよりも数が多いということだ。

エミリーは慎重に息を吸いこんだ。「だいじょうぶなの、パパ？」

「わたしは元気だよ」しかしそのやさしい声に、エミリーの胸は締めつけられた。「警護をしてもらっているだけだ。もうすぐ行くよ」

数秒後、通話を終わらせたエミリーは、携帯電話を見下ろしながらまゆをひそめ、下唇を嚙んだ。悪い男と情欲についての考えは消え、不安が胸に満ちてきた。父は心配している。わたしからそれを隠そうとするほどに。

なにかよくないことがあったのだ。ひどくよくないことが。

五分後、かろうじてだらしない服から白いカプリパンツと薄いグレーの木綿のタンクトップに着替えたところで、正面の私道に車が入ってくる音が聞こえた。楽なサンダルをはいて玄関のほうへ向かい、すばやくのぞき穴を確認してから、父のために扉をあけた。

「こんにちは、パパ」後ろに下がると、父が入ってきて軽く抱きしめた。

そのあとから、背が高くたくましい男が三人入ってきた。三人とも女性の呼吸を荒くさせるほどハンサムだったが、エミリーは父の顔に浮かんだひどく険しい表情に注意を奪われていた。

エミリーはちらりと三人に目を向けてから、ゆっくり奥の居間に入った。

男たちのひとりが引き戸のほうへ移動して、重い日よけをさっと下ろし、今度は窓のところへ行って、そちらも厚いカーテンをぴったり閉じた。

「なぜあの人はカーテンを閉めているの？」エミリーはその男性の背中を眺めた。とてもすてきな背中を。広々として、白い木綿のシャツの下で筋肉が盛り上がっている。広い背中は逆三角形を描いて、ぴったりしたジーンズへとつながっていた。うっとりさせるようなお尻の形をまったく隠していないジーンズへと。

「ごめんよ、エミリー」父が穏やかな声で言った。エミリーは振り返って、父の顔に刻まれた深いしわと空色の目に浮かぶ懸念《けねん》に気づいた。

父は五十五歳のいまも、はつらつとしたハンサムな男性だった。二十年近く前に妻を亡くしたあと再婚はしなかったが、ある種の〝交友関係〟を築いていることはエミリーも知っていた。

「いったいなにごと？」三人の男たちが家のなかを歩き回るあいだ、エミリーは父から目をそらさなかった。「ねえ、ダイソンが腹をたてているのはわかってるわ。たぶんパパもなんでしょう。でもあれはちょっとしたリサーチで——」

「エミリー、ストリップクラブのことではないんだ」父が首を振ったが、唇はまっすぐに結んだままだった。また父を失望させてしまったことはわかっていた。

「騒ぎたてるほどのことじゃなかったのよ」エミリーは言った。「ダイソンはなんでも大げさに考えるんだから。そうでしょう？」

「たしかに、男にはそういう傾向があるな」父がうなずいた。「助手席に座っているときに、猛スピードで違反切符をすり抜けて飛ばしたりされるとね。あのストリップクラブでは、数週間前に暴行未遂事件があったんだ。飛行機を降りるまえにダイソンからの報告を読んで、白髪が増えたよ」

なぜ、ダイソンが裏切ることはないと一瞬でも考えたのだろう？　最終的に恐れに屈してしまうとき、これまでのボディーガードは全員そうしたというのに。

「わたしは無事だったわ」エミリーは肩をすくめた。「ボディーガードってまるで壁蝨《だに》みたいね。どんなものからも楽しみを吸い取ってしまうんだから」

背後にいる男性のひとりが鼻先で笑う音が聞こえたが、エミリーは振り向かずに、そちらをにらむ父を見ていた。

「エミリー。とりあえず座ろうじゃないか」父が手を取ってカウチのほうへ導いた。恐怖で心臓が高鳴りはじめた。

父は怒っていない。ののしりもしない。それは恐ろしいことだった。遠い昔、夜中にエミリーを起こし、母が家に戻ってこないことを告げたときと同じ表情を浮かべていた。母がもう二度と家に戻ってこないことを。

「なにがあったの？」エミリーは、なにか気に入らないことが起こりそうなときにいつも表われる本能的な攻撃性を抑えこんだ。父のこの顔つきとまなざしには見覚えがあった。

父がとなりに座った。「エミリー」ときり出す。「フエンテスが戻ってきたんだ。われわれが受け取った情報によると、ふたたびおまえを誘拐しようともくろんでいるらしい」

一瞬、暗闇に覆い尽くされそうになった。腐りかけた植物のにおいと不潔な男性の体臭が五感に満ちた。苦い恐怖をのみ下し、すさまじい衝撃を押し戻さなければならなかった。記憶とは呼べないような記憶の断片が、頭のなかを曇らせた。痛みを、裏切りを嘆《なげ》くすすり泣き。恐怖と闘いながら父を見つめ、裏切りという考えはどこから出てきたのだろうといぶかった。なぜ裏切られたことを知っているのだろう？　わたしはなにを見て、なにを聞いたのだろう？　投与された麻薬の効き目が切れても、それは思い出せなかった。

「たしかなの？」エミリーは深呼吸して、部屋に立ちこめるバニラのさわやかな香りを吸いこんだ。

これが相当な重荷になることはまちがいなかった。それに、正直に言えば、震え上がるほど恐ろしかった。誘拐されたときのことはあまり憶えていないのだが、愉快な記憶はひとつもない。

「情報はたしかです、ミス・スタントン」雷雲のような灰色の目をした背の高い黒髪の男性が、一歩進み出た。「しかも、フエンテス・カルテルは本気です。あなたが、彼らを脅かしかねないものを見るか聞くかしたと考えているようです。それに加えて、上院議員は政府に入りこんだフエンテスのスパイを捕らえようとしています。フエンテスはそれをなんとしても阻止したいのです」

「エミリー、こちらはリーノ・チャベス中佐。わたしたちの護衛に責任を負ってくれるシール隊員だ」

「よろしく、ミスター・チャベス」エミリーは震える笑みを向けた。「パパをしっかり見守ってね。ときどき遅れずについていくのがむずかしい人だから」

男性はセクシーなほほえみを浮かべた。「最善を尽くしますよ」とうなずく。「お父さんは、いまはあなたのほうを心配されていますが」

「リーノの後ろにいるのが、クリント・マッキンタイア少佐だ。それからおまえの寝室から出てきたのが……」父が三人めの男性に非難のまなざしを向けてから言った。「ケル・クリーガー中尉は憶えているだろう」

エメラルドグリーンの目が、捕食動物のように鋭く、とろけるように熱くエミリーをとらえた。エミリーは初めてその男性をまっすぐ見つめた。全身に衝撃が走るとともに、肺から空気が抜けていくのを感じた。あの目。あのまなざしのなにかに催眠術をかけられ、熱を送りこまれ、彼がいままで寝室にいたのだと気づいて身をすくませる。

赤いレースの下着が、ベッドの上に投げ捨ててあった。先ほどまでの欲情の香りを帯びたパンティーが。恥ずかしさで頬がかっと熱くなり、必死で決まり悪い思いを押し隠す。

「よろしく、ミスター・マッキンタイア。こんにちは、ケル」エミリーは咳払いをして、体じゅうでざわめきはじめた神経をどうにか静めようとした。

「エミリー。頼みがあるんだ」父が言って、注意を引いた。「ケルが、おまえとともにここに滞在する。わたしが始めた調査が終わるまで、ケルがおまえの個人的なボディーガードになる。彼に協力してもらわなくてはならない」

「わたしはいつも協力してるわよ、パパ」エミリーはにっこり笑って言った。「でも今回は、彼がやめてしまわないように、特別に努力するわね。友人を追い出したくはないもの」

ああ、どうしよう。困ったことになった。ケルがわたしの家に？　同じ屋根の下で眠るの？　すでに太腿のあいだで、焼けつくような熱がどんどん高まっているのが感じられた。そんな場合ではないのに。よくないことだ。

父が顔をしかめた。「それだけではないんだよ。ケルがおまえのボディーガードであることは、だれにも知られてはならない。おまえがボディーガードをくびにしたのは、恋人が嫉《しっ》妬《と》したからだということにしてくれ」

まさか。

エミリーはさっと父を見た。冗談だ。冗談に決まっている。

しかしそうではなかった。父の目を見ればわかった。父が発している緊張感からそれが伝わってきた。

エミリーはもう一度ケルに視線を向けた。そのとき、世界が足もとから崩れ去った気がした。あのからかうような笑み。少し前に見たではないか。あのくしゃくしゃに乱れた髪と、筋骨たくましい体も。いまは、サングラスはかけていない。レザーチャップスもはいていない。顎の無精ひげはきれいに剃《そ》ってある。しかし、彼にまちがいなかった。

なんてことだろう。五時間前、わたしはこの人の顔の前で達してしまった。その彼が恋人のふりをするですって？

ケルは正体を隠していた。わたしを追っていたからだ。初めからあの男は空想上の恋人本人で、わたしは彼の顔の前でいってしまった。

信じられない。まるで『トワイライト・ゾーン』みたいだ。頭のなかにテレビドラマのテーマ曲が流れた。

「それはあまりいい考えとはいえないわ」エミリーは差し迫った悦びと破滅のわななきを必死で抑え、父のほうに振り返った。「わたしがしばらく実家に戻ればいいんじゃない？」

それは完璧な解決策だった。父はエミリーが引っ越して以来ずっと、実家に戻らせたがっていたのだから。ただ家に戻ればいい。予定をいくつか取り消して、新しい本に向けたリサーチを一時的に取りやめなければならないだろうけど。

ずっと見るのをためらっていた、ライヴのセックスショーのリサーチ。しかしきっと、エージェントは執筆にもう少し時間をくれるだろう。ほとんどはリサーチのために必要な時間だった。なにを書くかがわからないのではない。どう書けばいいのかがわからないだけ。

ところが、父はゆっくり首を振った。そう、もちろんそんなに簡単な話ではない。

「エミリー、連中は、この部屋と同じくらいたやすく実家にも入りこめるだろう。しかも、わたしは家にはいない。わたしは警護特務部隊とともに、議事堂近くのマンションに滞在する。これが唯一の答えなんだ」

そんなはずはない。ほかにも答えはあるはず。なにをするにも、方法がひとつだけなんてことはけっしてない。わたしが生徒たちに教えようとしているのは、そういうことではないの？　さまざまな方法で新しいものごとに挑戦する能力。もちろん、ほかにも答えはある。それを見つけなければならないだけ。

「パパといっしょに住めば――」

「それはできないんだよ、エミリー」ケルが断固とした声で言った。「警備上の理由から、上院議員は今回の脅威のことはなにも知らないと周りに印象づける必要があるんだ。きみがDCに来て隠れたら、やつらに感づかれてしまう」

エミリーは自分に破滅をもたらす男を見つめ返した。革の服を着た悪い男。だめ。この人を追い払わなくては。彼に対する反応がふたたび表われるのがすでに感じられた。体が熱くなり、彼のために踊った挑発的なダンスを思い出す。淫らで、セクシーな。内側のふしだらな女を解き放つのはむずかしくなかった。現実に彼とともに暮らせば、それを閉じこめておけなくなりそうでひどく恐ろしかった。

「エミリー。ケルがここにいるほんとうの理由は、だれにも話してはならないよ」父が重いため息をつき、エミリーの注意を引いた。「情報の機密性を保つ必要がある。ケルは恋人だとみんなに信じさせるんだ」

エミリーは、一瞬ひるんだ。父がまた言った。父がわたしと男性の関係について、恋人という言葉を使ったの？　しかも、この男性との関係について。

驚きに目を丸くして、父を見つめ返した。

不意に父が、おもしろそうに唇をぴくりと動かした。「わたしはそれほど年寄りではないぞ。それに、おまえがこの言葉の意味を知っていることくらいは、わたしにもわかる」

やれやれ。自分が二十五歳にしていまだに処女だと、どうやって父に伝えたらいいのだろう？　父が、大柄で筋肉隆々の政府職員やボディーガードたちをひっきりなしによこしては、娘の身を守らせ、あわよくばベッドにも潜りこませようとしているというのに？

なぜ女性のボディーガードをよこさないのかはわかっていた。送りこまれる男たちはひとり残らず、個人的に身元を調査され、義理の息子候補として厳選されているということも。考えるのよ、エミリー。答えはあるはず。手を触れたくてたまらない男性といっしょに暮らすなんて絶対にできない。特にこの男性とは。すでに〝筋金入りの悪い男〟というあだ名で呼んでいる男性とは。この先も絶対に手に入らないけれど、求めつづけずにはいられない男性とは。

「ベサ伯母さんのところに泊まればいいわ」エミリーは言った。「伯母さんに刃向かおうとする人なんてだれもいないわよ」

ベサ・オルダーマンはボストンの弁護士で、父でさえおびえるほどの癇癪《かんしゃく》持ちだった。

しかし父は首を振った。たしかに、ベサを巻きこむのはよくない。

「本気なのね」エミリーは力なく言った。

「残念だが」父が答えた。「しかし心配するな。ケルはプロだ。個人的な護衛の仕事をするのは、これが初めてではない。大統領や外国の要人を護衛したこともある。ケルならおまえに遅れずついていけるだろう」

そうね、でもわたしはどうやって彼についていけばいいの？　エミリーはケルに視線を向け、先ほど自分が彼にどれほど近づき、私的な関係を持ったかを見せないようにした。父ならそれを利用して、この哀れな男性と無理やり結婚させてもおかしくない。

この状況からどうやって抜け出せばいいのだろう？　護衛を断わるわけにはいかない。エミリーが危険にさらされていることを確信していなければ、父がこんな計画を立てるはずがないからだ。

「わかったわ」なんとかそう口にして、愛想のいい笑みを顔に貼りつけるしかなかった。それから、ちらりとケルを見た。「記憶が正しければ、この人はすごくたくさん食べるのよね。買いだめしなくちゃならないわ」

ケルがにやりとした。それは気弱な者に向けたほほえみではなく、男としての純粋な挑戦を表わしていた。エメラルド色の目の光には、茶目っ気だけでなく、熱っぽさがあった。淫らな熱っぽさが。内にひそむ女が刺激され、エミリーはサンダルばきのまま身を震わせた。

「エミリー」父が呼びかけた。「ケルの言うことを聞くと約束してほしい。おもしろ半分にひとりで逃げ出すんじゃないぞ。ストリップクラブやダンスクラブもだめだ。ケルにおまえの身の安全を守らせると約束してくれ」

エミリーは父の目をまっすぐに見て、胸にわき上がってきた疑念を表情で示した。たしかに、軍のことはあまりよく知らない。しかし、どこか納得がいかない気がした。

「どうしてシークレットサービスではなくて、海軍シール部隊が関わっているの？」ためらった末にエミリーは尋ね、立ち上がってカウンターのところまで歩いてから、向き直った。

「シールは攻撃部隊かと思っていたわ」

「攻撃部隊でもあります」リーノが答えた。「俺たちは対フエンテス・カルテルに最も経験を積んでますから。連中がどう攻撃するか、連中がどんな人員を使って攻撃をしかけるか。上院議員の護衛では、DCのシークレットサービスとも連携しますし、ここでもシークレットサービスの警護官ふたりが援護を任されています。しかしこれは護衛であるとともに調査活動でもあるので、作り話が必要なんです」

なるほど、それなら筋が通る。以前、シール部隊が何年にもわたってひとつの調査を行なうことがあると、父が言うのを耳にしたことがあった。頻繁にではないが、あっても不思議はないことなのだ。

「これまでに、おまえに嘘をついたことがあるかい、エミリー？」リーノの説明が終わると、父がカウチから立ち上がり、深いしわが寄るほど顔をしかめて言った。

「嘘をついてるとは言わなかったわよ、パパ」エミリーは反抗的に顎を上げた。「でもパパはいつも、どんな危険があるかについて、全体像や真実を話してはくれないでしょう。ばかなボディーガードたちをここによこすとき、十回のうち九回は、ただのうわさに基づいているか、わたしがしようとしていることを聞きつけて、それをやめさせるためじゃないの」

父のまなざしに驚きがよぎるのがわかった。父はわたしを、そんなことにも気づかないぼんやりした娘だと考えている。

「おまえは面倒を起こしたがる」父がつぶやいて、気まずさを隠すのがへたな三人のシール隊員をちらりと見た。

こんなふうに非難されるのはうんざりだった。

「わたしは面倒を起こしたりしないわ、パパ」エミリーは穏やかで冷静な声を保った。父とけんかしたくはなかった。

「知らない男たちのためにラップダンスをしているだろう」父が噛みつくように言った。「それをおまえはなんと呼ぶ?」

エミリーは恥ずかしさに顔を赤らめた。「楽しみよ」ときり返す。「ちょっと考えてみて。パパが躍起になって探している義理の息子に、彼らがなる可能性だってあるでしょ」

ぐっと口をつぐんだが、すでに言葉は飛び出していた。怒りの言葉。非難。苛立ちが限界まで達しそうだった。父はまたしてもわたしに、黙って小言を聞くことを求めている。しかも、わたしを護衛する任務を負った男の前でそうするように求めている。

　エミリーはいきなり首を振って父に背を向け、片手を上げて、胸に突き刺さってくるにちがいない冷ややかな反応を防ごうとした。

「まずは傲慢《ごうまん》な態度を改めて、ケルに協力しなければならないぞ」どちらにしても、父はその言葉を口にした。それは胸を貫き、屈辱で身震いを起こさせた。ラップダンスの相手をした男にこんな姿を見られ、聞かれているのだから。

　エミリーは大きく息を吸って、まばたきで涙を追いやり、今回は傷ついたりしないと決めた。

「それじゃ」父のほうに向き直って言う。「どのくらいケルを滞在させるつもりなの？」考えこむようなケルの表情をちらりと見たが、目は合わせないようにした。「二週間？　四週間？」

「ケルがおまえを制御できるかぎりずっとだ」父がぴしゃりと言った。

　エミリーはぎゅっと唇を結んだ。「それなら、帰るときにいっしょに連れていったほうがいいわよ。だれにもわたしを制御できないわ、パパ。もうそのくらいは、わかっていてもいいころでしょう」

5

父が帰るまでには、エミリーはすっかり疲れきっていた。ボディーガードが変わるたびに、息苦しい気分と、振り払えそうにない無力感を覚える。

しかも今回はいつもよりひどかった。ケルはただのボディーガードではないからだ。彼は謎めいた友人であり、エミリーが十歳のころから人生の一部となり、十代のあいだ夢の一部となっていた人だった。思い出せるかぎりずっと、彼に半分恋をしていた。そしていま、ケルが恋人であるかのようなふりをすることになった。彼に触れられたかのような、彼のキスと両手の愛撫を知っているかのような、恋人のふりを。

そのことについては、空想ですら書けそうにないのに。どんな感触がするのかは想像もつかなかったが、激しくそれを求める気持ちならわかった。ケルに触れられる夢から覚めたとき、体をわななかせる渇望。いつもすぐそばまで近づくのに、実際に触れることはけっしてなかった。

いまもそれが感じられた。それは血の流れに乗って全身をめぐり、ほかのどんな男も自分が求める恋人の基準に達しないのは、ケルのせいでもあることを思い出させた。ずっとケルを求めていたから。ほかの男が入りこむ余地を与えない、頑《かたく》なな気持ちでケルを求めていたから。

「この家の規則は単純よ」エミリーはきり出し、自分を奮《ふる》いたたせて、あまりにも魅惑的な来客にまっすぐ顔を向けた。

言いかけたことは、きちんと最後まで言ったほうがいい。「わたしに干渉しないでね。そうすれば、わたしもあなたに干渉しないわ」

ケルはテラスの扉の前に立っていた。夕方の長い影が部屋に落ち、危険に満ちた外套《がいとう》のように彼を取り囲んだ。

ケルは危険に見えた。いや、危険だった。記憶にあるよりももっと。たとえほかの男たちと同じように面倒をかけてやりたくても、それはできそうになかった。

「干渉するなって?」ケルが思わせぶりにほほえみ、エミリーの体に視線を這《は》わせた。「それは無理だと思うな。ボディーガードには目的があるんだよ、エミリー。人の体を守《ボディーガード》るという目的がね。俺は自分の仕事をとてもまじめにとらえている」

ケルが視線をしばらくエミリーの太腿に据えてから、顔のほうに上げてよこしまな笑みを浮かべた。

「もちろんそうでしょうけど、家にいるあいだはじゅうぶんに安全よ。警備システムだけでもフォートノックスの金塊貯蔵所より厳重なんだから、お互いに干渉しないでいることにはなんの問題もないでしょう。そうじゃない？」

エミリーは震えていた。震えながら、一挙一動に不安を読み取られていることがはっきりわかっていた。昔から、思いを隠すのは得意ではない。欲望を隠すのはもっとむずかしかった。

思春期を迎えて以来、ケルが視線を向けるたびに、その目に訳知りの光が浮かぶのが見えた。胸の内で高まる渇望を知られているという確信があった。もちろん、だからこそ五年もケルに会っていなかったのだ。彼はエミリーを避けていた。それはひどく屈辱的なことだった。

「そうはいかないよ」ケルが穏やかに言った。

ケルはエミリーの扱いかたを決めようとしていたが、まゆをひそめたり、目に計算高い光をよぎらせたりすることはなかった。男たちはみんな、最初はこんなふうに躊躇《ちゆうちよ》する。彼らの存在を歓迎していない依頼人をどう扱えばいいのか、よくわからないというように。

「どうしてそうはいかないの？」エミリーは理性のある声を保った。「ひと月もしないうちにまた幼稚園が始まるから、学習計画やらなにやらの準備で忙しくなるのよ。少し執筆もするつもりなの。ひとりで楽しむ方法は知ってるし、かなり得意よ。あなたも同じような方法を知ってるといいんだけど」

「ふたりでやったほうがうまくいくこともあるよ」ケルが指摘して、ゆっくり近づいてきた。エメラルド色の目にとらえられると、どうしても視線をそらせなくなった。「さっき俺に約束しただろう、エミリー。反故《ほご》にするつもりかい?」

「なんの約束?」ケルの香りがした。彼が間近まで迫ってくると、信じられないほどたくましい体と男の官能の香りにうめき声をあげたくなった。

後ずさりして、身を引くべきだ。しかしその場に釘づけになったまま、彼を見上げ、全身を包みこむ見えない熱の帯を感じていた。

「なにも約束なんてしてないわ」

「したよ」男らしく官能的な低い声に、お腹の奥がぎゅっと締めつけられた。「秘密の部分に俺の息がかかったせいで、パンティーを湿らせたとき、きみは固い約束をした。俺はそれを受け取るつもりだよ。それを味わうつもりだ」

エミリーは衝撃に身をこわばらせた。

「わたしのパンティー?」やっとのことでささやく。

「赤いレースのね」ケルが手を上げ、指の背でエミリーの鎖骨をなぞった。わななきが走った。「あっちの、汚《けが》れのない白いベッドに放ってあったよ。まだ濡れていて、桃とクリームの香りがした。俺が桃とクリームに目がないことは知ってるかい、エミリー?」

エミリーはぱっと飛びのき、よろめいて壁にぶつかりそうになった。唖然《あぜん》としてケルを見つめ返す。目が輝きを増す一方で、顔は妖《あや》しく熱く、淫らな色気を帯びてきた。

エミリーは必死に首を振った。「あなたじゃなかったはずなのよ」あえぐような声で言う。

「用心棒のはずだったわ」

「そいつを退《しりぞ》けるために、大枚をはたかなくてはならなかったよ」ケルがつぶやいて、にやりとした。「相当な大枚をね。それも取り戻すつもりだ。すぐそこにある、きみのあの大きなベッドで、降りしきる雨のようにきみに覆いかぶさってね。教えてくれよ、きみは男に、降りしきる雨のように覆われたことがあるのかい？」

ルイジアナ州のフランス系住民に特有のケージャン訛《なま》り。口調に含まれたかすかなケージャン訛りが、背筋に強烈なわななきを走らせた。エミリーは首を振った。抑えようのない発作的な動作だった。

こんなことが起こるなんて嘘でしょう。反応なんかしていない。熱くなんかなっていない。太腿のあいだがこんなに濡れているなんてありえない。乳首がぴんと立って、タンクトップの生地を押し上げているなんて。

「一度も？」ケルが声を低くしてさらに歩を進め、エミリーをその場にとらえた。がっしりした体が、壁に背を当てたエミリーの息の届く距離にまで近づいていた。

「やめて！」もっと力強い言葉になるはずだった。憤《いきどお》りと怒りの声を出したつもりだった。

「五年も会ってなくて、家に入ってきたとき顔もわからなかったあなたと、いきなりベッドに潜りこむとでも思うの？」

　体のほうは、そうする準備がすっかり整っていたけれど。

「やめる？」ケルが頭を下げ、唇で額に触れた。

　エミリーは自分の呼吸で息が詰まりそうになった。あっという間に悦びにのみこまれて、ひざの力が抜け、不意に全身が震えだした。

「お願い、やめて」エミリーは目を閉じて両手を壁にぐっと押し当て、最後の力を振り絞って、彼に触れるのをこらえた。もし触れてしまったら、さらに恥ずかしい思いをするだろう。きっとうめき声をあげて背を反らしてしまう。最後には、自立心を捨て去るようななにかをせがんでしまう。

「ほんとうに？」両手が両腕の素肌をそっと撫で下ろした。「ほんとうに、それがきみの望みかい？　俺は、またいかせてあげられるよ。小さなさざ波じゃなくて、悦びではじけさせてあげられる。それが欲しいんじゃないのかい？」

　それが欲しかった。死ぬほど、欲しくてたまらなかった。

「いいえ！」自分でも信じられないことに、エミリーは両手でケルの胸をぴしゃりとたたき、壁から身を投げ出すようにして押しのけると、怒りのまなざしを向けた。

　ケルはわたしを笑っているのだ。目のなかに、口もとの笑みに、それがあった。わたしを笑い、挑発している。支配しようとしている。

「最低な男ね」エミリーはあえぐように言った。「わたしの家で、こんなふうにわたしに乱暴する権利はないはずよ」

「乱暴するだって？」ケルは、いまや明らかに笑っていた。おもしろがっている表情が、ナイフのように胸の奥に突き刺さった。彼は欲情しているかもしれないが、こちらほど切実ではないのだと気づき、悔しさにかっと顔が熱くなった。彼はからかっているのだ。ただそれだけ。

「わたしに近づかないで」エミリーはぴしゃりと言い放って、まばたきで涙を追いやった。

「あなたのゲームには乗らないし、じょうずな嘘もお断わりよ。どちらもなしで、わたしはやっていけるわ」

エミリーはくるりと背を向けて、必死でケルから遠ざかり、バスルームに閉じこもって、恥ずかしさと決まり悪さを洗い流そうとした。

「待てよ、エミリー」ケルが片手でエミリーの腕をつかみ、しっかり向き直らせてから、まゆをひそめてこちらを見た。「これはゲームなんかじゃない。まちがいなく、これもな」

止める間もなく、ケルがエミリーの手のひらを、自分のジーンズの膨らみにぐっと押し当てた。彼の目がまた燃えるように輝いた。「少しばかりきみと戯れるのも悪くない。だが信じてくれ。どれほど本気できみに触れるつもりかは、自分でもわかってる。俺はあのベッドできみと寝る。唯一の問題は、それがいつかということだ」

「地獄が凍りつくまでないわね」

「ほんとうかい？」ケルのほほえみはやさしくなっていたが、まだ茶目っ気に満ちていた。「聞いたところでは、地球温暖化が進んでるらしいぞ。逆に地獄は、すでに凍りついてるんじゃないかな？」

「そんなことないわよ」エミリーはとげとげしい声で言い返した。「もし凍りついてるなら、あなたはご主人に呼び戻されて氷を削《けず》ってるはずだもの。だから手を離して！」

ケルは手を離したが、エミリーはその顔に浮かんだ愉快そうな表情を見て、歯の隙間から押し殺した声を漏らした。くるりと背を向けて寝室のほうへ歩み去り、戸枠が揺れるほど勢いよく扉を閉める。

怒りに震えながらベッドのわきへ行って、受話器を取り上げ、指に力をこめて父の携帯電話の番号を押した。

「エミリー？」心配そうに問いかける父の声がした。

「あの人はくびよ！」エミリーの声は震えていた。心臓がどきどきと高鳴って、息が詰まりそうだった。「わかった？　いますぐよ。ここに戻ってきて、連れて帰って」

しばらくのあいだ沈黙が流れた。

「ケルが乱暴したのか、エミリー？」父が抑えた声できいた。

嘘をつきたかった。物心がついて以来初めて、父に嘘をつきたいと思った。

「あの人はどうかしてるわ」エミリーは答えた。「頭がおかしいのよ。彼といっしょにここにはいられない」

「ケルは乱暴したのか、エミリー？」父が強くきっぱりした口調で問いただした。

「いいえ。乱暴したわけじゃないわ」エミリーは叫んだ。「でもパパがあのブルドッグを連れに来ないなら、わたしが彼に乱暴するわよ」

ふたたび沈黙が流れた。沈黙は嫌いだ。

「パパ、こんなことを頼むのは初めてでしょう」不意に声を落として言う。「いつだって、言われたとおり男の人たちをとどまらせてきたわ。いつだって、彼らが番犬みたいについて回るのを許してきたわ。今回だけ、お願いしてるのよ。別のだれかを見つけて」

もう何年も、父になにかを懇願《こんがん》したことなどなかった。経済的にも自立し、しかるべき責任を負うように努めてきた。

父が疲れたため息をつくのが聞こえた。「それはできないよ、エミリー。わたしにとっては、おまえのいまの要求より、おまえの命のほうが大切なんだ。ケルはとどまる」

衝撃が走りぬけ、体の震えがますます大きくなって、恐怖で頭がぼんやりしてきた。

「本気じゃないでしょう？」ささやき声で言う。

「もし乱暴されたのではなく、身の危険を感じて恐れているのではないのなら、そう、わたしは本気だ。もう一度きくぞ。ケルに乱暴されたのか？　乱暴されそうで怖いのか？」

わたしの心をずたずたにされそうなのよ。体から魂をもぎ取られそうなのよ。

「邪魔してごめんなさい」どうやって震える声を抑えたのか、自分でもわからなかった。しかしエミリーはそうした。自尊心が声をしっかりさせ、冷静にさせた。まっすぐに立ち、目の前の壁を見つめる。

「エミリー――」

「じゃあね、パパ」エミリーは静かに電話を切って、まばたきで涙を追いやり、初めから父に電話すべきではなかったと気づいた。

「怖いのかい、エミリー?」

さっと振り向くと、そこにケルがいた。音もなく扉をあけ、ゆったり戸枠にもたれている。足首を組み、片方のたくましい前腕で体を支えて。

「あなたを?」エミリーはあざけるように言った。「いいえ、まさか。ちっとも。さて、失礼するわ、シャワーを浴びなくちゃ」ベッドのわきを回ろうとしたとき、パンティーが目に留まった。先ほど放り投げたベッドの中央にではなく、くしゃくしゃになって端に置かれている。

エミリーは慎重にそれを拾って眺めてから振り返り、それをケルのほうにそっけなく放った。もちろん、ケルは片手で難なく受け止めた。

「持っていていいわ」エミリーはとげとげしい声で言った。「楽しんでちょうだい。あなたがわたしの体の特定の部分に近づけるのは、そこまでだから」

くるりと向きを変え、努めてゆっくりバスルームへ移動し、なかに入って静かに扉を閉めた。錠を下ろして、怒りの叫びをどうにかのみこむ。

ケル・クリーガーは、女が戯れでつき合えるような男ではない。気軽なからかいや、罪のないキスや、暗闇でのささやきなど、ありえない。彼は真の意味で雄の動物だった。エミリーは不意に、獲物になったかのような無力感を覚えた。

これまでわたしはなにを求めていたの？　自分には制御できない男？　泣きごとを言わず主導権を握れる男？

頭がどうかしていたにちがいない。

ケルは閉じたバスルームの扉を見つめ、まゆをひそめた。エミリーは怖がっていた。逃げ去ったとき目のなかにそれが見え、声のなかにそれが聞き取れた。しかしそれは、肉体的な危険を感じた女の恐怖ではなかった。未知のなにか、不確かななにかに向き合った女の恐怖だった。

ケルは首を振り、エミリーがケルの任務を解くよう上院議員に訴えたときの声を思い出して、唇を固く結んだ。父親に向けた子どもの泣き声。わかってほしいという懇願。しかしどうやら上院議員は、その泣き声を気に留めようとはしなかったらしい。

もっとも上院議員は、これまで一度も娘の泣き声を気に留めてこなかった。〝元気を出しなさい〟と言い、涙をふいてもっと努力するように励ますだけだった。上院議員は娘を誇りにしながら、困惑させられていた。しかし最後にはいつも、エミリーの要求より、自分の希望を通すのだった。

ケルは首を振って寝室の戸口から出ると、そっと扉を閉めた。両手で絹とレースのパンティーをぎゅっと握りしめる。柔らかな生地を顔に当てて桃とクリームの香りを吸いこみたい気持ちを、懸命にこらえた。エミリーがこれを返してもらえると思っているなら、大きなまちがいだ。しかし、もう一度はいてもらうことになるだろう。そして歯だけを使ってこれを引き下ろし、覆われていた甘くなめらかな部分をむさぼる。

居間を通りぬけようとしたとき、ベルトにつけた携帯電話がせき立てるかのように、AC／DCの『ヘルズ・ベルズ』のメロディを流しはじめた。ケルはにやりとしてホルダーから電話を取り、表示された番号を確かめて、さっと開いた。

「こんばんは、上院議員」ケルは応対した。

「いったいどうなってる？」上院議員が電話越しにどなった。「ふたりきりになってまだ一時間もたっていないというのに、娘が泣きそうになって電話してきて、代わりをよこしてくれと訴えていたぞ。いったい娘になにをした？」

「俺たちはただ、基本原則を決めようとしてたんですよ、リチャード」ケルは穏やかに答えた。「エミリーはそれに少し取り乱したんです」

「わたしの目をくらまそうとするなよ、ケル。わたしはばかではないぞ」

「ええ、わかってます」ケルはきっぱりと言った。「あなたは、娘の怒りに対応しようとする父親です。俺をこの任務からはずしたいなら、それもしかたありません」それはありえないが。「しかし任務に就いてるあいだは、俺が最適だと思うやりかたでエミリーを守ります」

「乱暴したのか?」

「ほんとうにその質問をする必要があるんですか?」

電話口の向こうに沈黙が流れた。上院議員の頭のなかで考えをめぐらせる音が実際に聞こえるかのようだった。

「エミリーは知的で頭のいい女性です。俺たちはふたりとも、それを知ってます」ケルは言った。「ボディーガードくらい、簡単に手なずけられます。きょうのストリップクラブや、これまでにボディーガードたちを引きこんだ冒険を見てわかるように、驚くほど勇敢です。俺はだまされたり、手なずけられたり、言いくるめられたりして、不必要に彼女の身を危険にさらしたくない。基本原則を決めるには数日かかるでしょうが、それさえ決まれば、エミリーも落ち着くでしょう」

ケルはこの筋書きを押し通すつもりだった。

上院議員は黙ったままでいた。ケルもそれにならった。テラスの扉と窓の錠が下りていることを確かめてから、家のなかを歩き、あてがわれた部屋に入る。

「エミリーはいい娘だ」ようやく上院議員がやんわりと言った。「娘の心は傷つきやすい。踏みつけにするようなまねはやめてくれよ、ケル。きみには、ほかのだれよりも娘を傷つける力がある。エミリーは昔から、きみにのぼせていたんだからな」

しかし奇妙なことに、上院議員はそののぼせ上がりを進展させようとはせず、ケルをエミリーに押しつけようとしたこともなかった。

「俺はだれも踏みつけにしたりしませんよ、リチャード。俺のやりかたに納得してもらいたいだけです」

スタントン上院議員がうなり声をあげた。「もし娘がまた電話してきたら、その要求を考慮するぞ。なにをしているにせよ、きちんと修復しろ」

「干渉しないと約束したでしょう」ケルは念を押した。

「それは、すでに半分きみに恋してる娘が、泣きそうになって電話してきて、いままで一度も頼まなかったことを頼んでくるまえのことだ。修復しろ、クリーガー。やさしくな。さもないと、わたしたちは言い争うことになる。それは望まないだろう」

できれば言い争いは避けたいところだが、うまくこなす自信ならあった。

「あなたの選択に任せますよ、リチャード」少し間を置いてから、ケルはできるだけていねいに答えた。「荷造りする必要が生じたら、知らせてください。すぐに取りかかりますから。それまでは、娘の怒りに対処させるために電話してくるのは控えてください。任務に不都合をもたらしますし、俺たちのどちらにとっても不要な緊張を生むことになりますから」

「クリーガー中尉、きみはわたしの忍耐力を試すつもりだろう」

「俺が、あらゆる人の忍耐力を試すことにどれほど秀でてるかを思い出してください」ケルは指摘した。「あなたは今回も、俺を許すしかないと思いますよ」

「わたしがそうするのを祈っていたまえ」上院議員がきり返した。「いいから修復しろ。これは命令だ」

電話が切れ、ケルは苦笑いを浮かべて首を振った。娘の扱いより父親の扱いのほうが厄介かもしれない。

ケルはレースのパンティーをドア横の化粧箪笥《けしょうだんす》の上にのせ、リュックのところへ行って荷物を解きはじめた。武器はベッドのそばに置き、ホルスターに入れた予備の武器は編み上げのワークブーツの上端にくくりつけて、ジーンズの裾で隠した。

いつもベルトに装着しているグロック社製の拳銃は、ナイトテーブルの引き出しにしまい、自動小銃と予備の弾薬はベッドの下に押しこんだ。

衣類はクロゼットと化粧箪笥にしまった。数分で荷物を解き終え、部屋を見回しながら、漠然とした不満を感じた。

エミリー・スタントンのなにが、昔もいまも、これほど自分を惹きつけるのだろう？　彼女がどれほどの美女に成長しつつあるか、胸の内にどれほど抑えがたい炎を燃やしているかに気づいた日以来、エミリーはケルを硬くさせた。痛いほどに硬く。恐怖に震え上がらせ、五年ものあいだ逆方向に逃げ出させるほどに硬く。エミリーにはどこか新鮮で、どこか荒々しく飼いならされていないところがあった。しかしそれは抑えこまれていた。愛情からとはいえ、父親が無理に押しつけようとする人生のただなかで生き延びるために、それは抑圧され、表面下でふつふつと煮えたぎっていた。エミリーは、父が娘に求めているものを絶対に与えようとしなかった。スタントン上院議員は、父親の命令に従い、その言いつけや自分の幸せに疑問を唱えたりしない、かわいい小さなお人形が欲しいのだ。

ケルの見たところ、問題はふたりが似すぎていることにあった。もしエミリーが男に生まれていたら、とてつもなく優秀なシール隊員になっていただろう。しかし男には生まれなかった。やさしく繊細で、傷つきやすい女に生まれた。

やさしく繊細なものがどれほど壊れやすいかは、よく知っていた。フエンテスはすでに、ケルが大切にしていた女性をひとり破滅させていた。あの麻薬王が、もうひとりの女性まで破滅させるのを許すわけにはいかない。

妻のタンジーと生まれなかった息子のことを考え、胸の奥がぎゅっと締めつけられた。タンジーは荒々しくはなかった。やさしくたおやかで、その体は短いあいだしか地球にとどまっていられないことを知っているかのようだった。

タンジーはケルを笑わせてくれた。クリーガー家とボーレイン家両方の資産の相続人ではない、ひとりの人間としての自己を認めさせてくれた。目を開かせ、大人になっていく方法を教えてくれた。身内の者たちなら、おまえはそのままで完璧で、おまえの人生のすべても同じように完璧になるはずだと諭《さと》しつづけたにちがいない。

いまではタンジーの顔さえよく思い出せなかった。もう何年も夢にすら見ていない。長年のあいだに、熱い槍で突き刺されるような痛みも薄れた。後悔がわき上がった。妻を奪い去った悪と、エミリーにはタンジーが持ちえなかった強さでケルをつなぎ止める力があるという認識に、怒りを覚えた。

タンジーを愛したときのケルは、少年だった。もしエミリーが大人の男の心を盗むとしたら、自分の魂が脅かされる危険性もずっと大きくなる。

彼女を失ったら、生きていけないだろう。

いつも胸の内でなぞらえていたように、エミリーは小さな雌狐のようだ。好奇心旺盛で、頑固で、なまめかしくて。

エミリーは意欲に満ちている。たとえ常に求めるものがわかっているわけではなくても、そこへ向かって努力している。ケルはエミリーが求めるものになるつもりだった。あの荒々しい衝動のすべて、熱い渇望のすべては、俺のものだ。

男は若くして、風を飼いならすことはできないと学んだ。だから代わりにその一部となって、それを導く方法を覚えた。それがエミリーにつながる鍵だ。鬱積《うっせき》した冒険への欲求のすべてを導いてやる。雌狐と同じように、風と同じように、エミリーは飼いならせない。しかし彼女を楽しむことはできる。もちろん、ケルはそうするつもりだった。

6

「あのとらえどころのないケル・クリーガーをとうとう恋人にしたのに、わたしに教えてくれなかったのはどうして？」

エミリーはため息をこらえて、小さなテラスのテーブルの向かいに座って疑いのまなざしを向ける親友のカイラ・ポーターを見た。翌日のことだった。

疑いのまなざしは容赦なかった。カイラをだませるはずはなかったが、真実を告げるわけにはいかないのもたしかだった。

昨夜エミリーは用心深くケルを避け、遠くから彼を眺めて、どう扱うのがいちばんいいのかを考えた。しかしまだなにも思いついていなかった。もちろん、もう少し彼のことを実際に知れば、役に立つかもしれない。彼が乱暴しないことはわかっていた。信頼できる人だということも。ケルは父の友人であり、頭の片隅ではいつも、万一のときには頼れる存在だとわかっていた。

一度も頼ったことはないけれど。

「彼に聞こえるわよ、カイラ」エミリーはまゆをひそめて指摘した。「声を小さくして」

逆の面から見れば、ケルのほうも、本人が思っているほどエミリーのことを知らないはずだった。余分な情報を与える必要はない。

「エミリー、あの人はあなたをベッドから引っぱり出して、コーヒーをいれ、あなたが目を覚ますまえにどこからかシナモンロールを調達してきてくれたのよ。そのあいだ、いっぺんのキスも抱擁もなしにね。彼は新しいボディーガードなんでしょう。またお父さんに屈してしまったのが恥ずかしくて、そうと認められないのよ」

「彼はボディーガードじゃないわ」エミリーは懸命に苛立ちを隠し、しっかりした声で言った。「ほんとうよ、カイラ。大げさに考えすぎだわ。あなたになにもかも話すわけじゃないんだから」

「男たちについては、なにもかも話してくれるじゃない」カイラがふんと鼻を鳴らした。

「あなたの熱弁を何時間も聞かされてきたわ」

「男たちが満足させてくれないときだけよ」エミリーはにっこり笑って言った。「ケルは満足させてくれるのかもね」

エミリーは気取った笑みを浮かべたまま、椅子に深く座り直して、ケルがいれたコーヒーを味わった。すばらしくおいしかった。憎らしい男だ。しかもケルは家を離れることなく、どこからか焼きたてのシナモンロールを手に入れてくれた。

「ふうん、そうなの」カイラが片手で頬杖をつき、テーブル越しにグレーの目で茶化すようにこちらを見た。肩まで届く黒髪が顔に垂れかかり、神秘的な影を落とす。

カイラはあでやかな美女そのものだった。端整な顔立ち、ふっくらした唇、切れ長の魅惑的な目、完璧な弧を描くまゆ。本人も、とびきりの誘惑者であることを自覚している。本気でないことが相手の男性にわかるよう、適度のからかいを交えるのがこつらしい。

エミリーのボディーガードたちの少なくともふたりは半分カイラに恋していたし、ほかの男たちも極上の肉をひと切れ味わおうとする狼のように荒い息をしていた。

「ええ、そうよ」エミリーはうなずいて、友人がその話題を打ち切ってくれることを願った。扉のすぐ内側の居間で、CNNを見るふりをしているケルが気になってしかたなかった。

「それじゃ、ひとつのキスマークもなしに、彼があなたの厄介なバージン問題を解決してくれたってわけ？　彼にお祝いを言わなくちゃね」

エミリーはコーヒーにむせ返り、もう少しでカイラの愉快そうな顔に向けて吹き出しそうになった。愕然として友人をにらむ。信じられない。殺してやろうかしら。つるし首にしてやるわ。玄関から閉め出して、もう二度と家に入らせない。少なくとも、ケル・クリーガーが立ち去るまでは。

屈辱が駆けぬけ、頬がかっと燃え上がってから、顔全体が熱くなった。

ケルが聞いていなかったはずはない。

「俺はキスマークを隠すのが好きなのかもしれないよ、ミズ・ポーター」ケルの声が背後から聞こえた。穏やかでやんわりとした不機嫌そうな声。「それに、俺はエミリーがバージンだったことを厄介な問題だとは考えなかった」

エミリーは両ひじをテーブルについて顔を覆い、足もとのコンクリートの下に沈みこんでしまいたいと思った。

「あなたがここに出てくる必要はないわ」歯を食いしばって、無理に両手を下ろし、振り返ってケルをにらんだ。

ケルが唇の片端を引き上げてにやりと笑い、緑色の目でさっとエミリーに視線を走らせた。まるでその体を所有していて、あらゆる部分を本人よりもよく知っているかのように。

ケルはくつろいだ様子で戸枠に寄りかかり、まるでからかっているように、茶目っ気をあらわにしてこちらを見下ろしていた。「食料品店に行く必要があるよ、シュガー」まるでエミリーがそれを知らなかったかのように告げる。「そのシナモンロールだけじゃ長くは持たないし、食べ物が必要になるからね。きみについていくために、エネルギーを補給しないと」

カイラが鼻先で笑った。エミリーはうなり声をあげたい気分だった。

「それじゃ、わたしは失礼するわね」カイラが椅子から立ち上がった。日焼けしたなめらかな肌が、襟ぐりの深いキャミソールとぴったりした股上の浅い白いショートパンツのおかげであらわになっていた。

まるで性の女神のようだ。台座から身を起こし、完璧に平らなお腹を人間たちにちらりと見せてくれた女神。

エミリーは、痩せた女が嫌いだということを自分に思い出させた。ゆるい寝間着用のシャツと木綿のレギンスを身に着けたままここに座っていると、野暮ったい女になったような気がした。

髪はほとんどとかしておらず、化粧もしておらず、ひと晩じゅうベッドで身もだえしていたような気がした。毛布と自分自身の情欲に身もだえしていただけなのだが。

「あしたの朝はもう少し遅くなってから来てね、カイラ」エミリーは言って、あとに続いて立ち上がった。自分がそうしても優美さに欠け、魅惑的な趣《おもむき》も足りないことは無視した。

「エミリーは忙しいかもしれないよ」ケルがつぶやくように言った。

「ふうん」カイラのにやにや笑いは少しも意地悪くはなく、人のよさが感じられたが、疑うような表情も消えてはいなかった。「いつも、エミリーが自分の立てたあらゆる計画にボディーガードたちを引っぱりこむ手腕に感心してるのよ」ケルに視線を向ける。「たしかに、今回はずいぶんうまくやったと認めざるをえないわね」

「地獄へ堕《お》ちなさい、カイラ」親友を奈落の底に追いやろうとするのは、これが初めてではなかった。

「あそこの人たちも、もうわたしには飽き飽きですって」カイラが笑った。「代わりに買い物に行くことにするわ。大金持ちの叔父さんが、誕生日にギフト券を送ってくれたの。有効に利用させてもらうわ」

カイラの叔父は、ギフト券やら車やら最高のパーティーの招待状やらを、絶えず姪に与えつづけていた。しかしカイラは少しも身勝手ではなく、気立てがよかった。問題は、どんな小さな嘘も通用しないということだった。まるでなにもかも見透かされているようだ。

エミリーは友人といっしょに部屋を抜けて、玄関から見送り、快活に手を振ってから、ゆっくりケルのほうに振り返った。彼はテラスの扉を閉めていた。

「うまくいくはずないわ」エミリーはきっぱりと言った。「みんなはわたしをよく知ってるのよ、ケル。わたしはぜんぜん嘘がつけないし、パパもそれは知ってるわ。あなたもわかったでしょう。あなたのちょっとした作戦を見直して、修復する方法を見つけてちょうだい」

「みんなが自分たちの問題を俺に修復しろと言う。少しうんざりしてきたよ」ケルがうなり、考えこむようなまなざしで見つめ返した。「どうして最初に、きみがバージンだってことを教えてくれなかったんだい?」

あまりの恥ずかしさに、燃え尽きて灰になってしまいそうだった。エミリーはケルをにらみ、苛立ちに奥歯を噛みしめた。

「あなたには関係ないからじゃない?」わざと愛想よくきき返す。

「いまは、きみのあらゆる行動が俺に関係ある」ケルが答えた。「そのことに慣れてくれ。さて、きみのひどく疑り深い友人に、俺がすでにきみのすてきな体を味わったと納得してもらうために、すべきことを考えようじゃないか」

瞬《また》く間に、体がとろけていった。

いやだ、瞬く間にとろけてしまうなんて、信じられない。しかしそれが感じられた。熱がお腹の奥をいきなり打ちつけて、秘めた部分とその中心を燃えたたせ、膨らませ、蜜を送りこんで、新しいパンティーを濡らすのが感じられた。

不意にケルの表情が、妖しく危険な官能の色を帯びてきた。

「詳細を説明できないとね」と言う。

「詳細？」エミリーは後ずさりしたが、ケルは動いていなかった。「どんな詳細をカイラに話してほしいの？」

「俺が完璧なキスマークをどこにつけたいか、知ってるかい？」ケルが低い声で言ってから、足を踏み出し、ゆっくり近づいてきた。エミリーは息を弾《はず》ませた。

「どこ？」かすれた声で尋ね、突然近づいてきた性の野獣に釘づけになった。

まるで追われる獲物のような気分だった。エミリーの純潔は絶滅の危機に瀕し、究極のハンターがいま、容赦なく追いつめようとしていた。

あまりにも魅惑的。

あまりにも危険。

ケルが目の前で立ち止まり、激しく波打っている胸を見下ろした。乳首がぴんととがり、寝間着用のシャツの薄い生地を押し上げた。シャツが〝もう起きたの？〟ときいているかのようだ。

「言おうか、それとも実際に見せようか？」

見せて。見せて。

「言ってくれればいいわ」エミリーはまた後ずさりしたが、カウチの低いひじ掛けにぶつかり、ケルが巧みにここへ追いこんだのだと気づいた。

「見せるほうがいいな」ケルが頭を下げた。

エミリーは哀れっぽい泣き声を漏らした。

濃密なエメラルド色の目をうっとりとのぞきこみ、情欲が熱く淫らに満ちていくのを見つめながら、自分自身が性と官能の興奮におぼれていくのを感じる。

その波は、一瞬のうちに悦びの嵐に変わった。唇にケルの唇が触れ、軽く吸うようなキスをする。エミリーは不意にもっと欲しくなって、両手を伸ばした。ささやくようなエクスタシーだけでは、とうてい足りない。

まるでキスをするためにあるような唇だった。粗いビロードが唇を撫でつけたあと、舌が曲線をなぞり、歯が下唇をついばんだ。

「扉を開いてくれるのかい？」ケルが両手をエミリーの腰にぴったり当ててきいた。「それともこじあけなきゃだめかな？」

興奮が五感の隅々まで走りぬけ、打ちつけるような官能の熱にびくりと震えた。

エミリーは大きく息を吸った。「きくくらいなら、必要ないんでしょう。ちがう？」

なんてことを！

言葉を発したとたん、五感が叫びだした。ケルが貪欲なうなり声をあげ、キスを奪った。顔を傾けて唇を重ね、唇のつなぎ目を舌でまさぐって舐める。もっと触れたくてたまらない気持ちにさせられた直後に、体ごと引き寄せられた。

次の瞬間、世界がぐらりと傾き、気がつくとカウチの上で彼に覆いかぶさっていた。ケルが一方の手でエミリーの片脚を太腿の上に引き上げ、もう片方の手を髪に絡めて抱きしめた。どうしよう。ケルの体にまたがっているのだ。唇と舌でうっとりさせられながら、太腿のあいだに彼の硬い部分がこすりつけられるのを感じた。

エミリーは両手をケルの髪に差し入れ、ぐっと引き寄せてむさぼろうとした。悦びは、もはや抗《あらが》えない力になっていた。

これまでずっと抗ってきたのに。性的な欲望に抗う方法は知っていた。ボディーガードたち、父に孫を与えるための候補者たちの魅力に抗う方法は知っていた。しかし、これには抗えなかった。

ケルの手が腰から移動して、ナイトシャツを引き上げるのを感じたが、止められなかった。キスを続けることにすっかり意識を奪われていたからだ。

ゆっくりと動き、ついてこいと命じる唇。しっかりとエミリーの唇をふさぎ、喉から渇望の叫び声を引き出す。もう一度触れられなかったら、とても耐えられないと思わせる唇。ケルのキスは炎の嵐のようだった。反発と疑いを焼き払い、想像もできなかったような悦びのなかにエミリーを放りこんだ。

これほど心地よく、これほど熱い悦びを感じたのは初めてだった。自分のほうが彼の上に乗っているのに、すべてを支配されているかのような。自制はいったいどこへいってしまったの？

「そうだよ、エミリー」ケルが唇に向かってささやき、いったん身を引いた。エミリーはどうにか目をあけ、仕返しに彼の唇を軽く嚙んだ。

「やめないで。お願い、ケル……」懇願でもなんでもするから。

ケルが唇を下げて舌で顎をなぞり、頰で首をかすめた。エミリーは思わずわなないた。新たに伸びてきた顎ひげのざらりとした感触に激しく震え、悦びにおぼれていく。

夢のような心地よさ。エミリーは頭を動かし、首を彼の頰に押しつけて、もっと親密にその粗さを感じようとした。

「気に入った？」ケルがささやいて、両手をエミリーのシャツの下に入れ、たこのできた熱い指を背中にすべらせてから、不意に歯で首をなぶった。

気に入ったかって？　いいえ、気に入らない。ばらばらになり、力と分別を奪われ、愛撫によってふぬけにさせられつつある。

「ええ」エミリーはあえぎながら答えた。

「これは気に入った？」ケルがエミリーの下で体を伸ばし、腰を回しながら持ち上げて、股間の硬い隆起を太腿のあいだに強くこすりつけた。頭のなかに火花が飛び散り、あまりの快感に目がくらんだ。

エミリーは両手でケルの髪をぎゅっとつかみ、懸命に自制を保とうとした。もういままでは、気を失わずにいるだけで精いっぱいだった。ケルがまた唇を奪い、両手を下へ動かして、ぴったりしたレギンスとレースのパンティーのなかへ押しこみ、お尻を包んでぎゅっと握った。

どうにかなってしまいそう。

「まあ、驚いた！　わたしはまちがってたのね！」

ケルはエミリーを抱えたまま体を起こし、すばやく彼女を扉から離れた側に下ろしたあと、あいた戸口に立っている女に視線を向けた。

人物の予測はついていた。テラスにいるエミリーとカイラに加わるまえにイアンと連絡を取り、カイラ以外の人間が玄関から侵入して来た場合に備えて、正面を見張ってもらっていたからだ。

カイラはびっくりした様子でこちらを見つめていた。グレーの目は見開かれ、この意外なできごとをおもしろがり、からかいながら納得しているようでもあった。

「いやだ、ドアの錠を下ろさなかったわ」エミリーが横でつぶやき、あわてて服を整えた。ケルはカウチから立ち上がった。

「ノックのしかたを忘れたのかな、ミズ・ポーター?」のんびりと尋ねる。カイラが声の調子に気づいて、目に理解の色を浮かべるのがわかった。

「錠が下りてなければ、ノックはしないわ」カイラが手で質問を払いのけるようにした。

「エミリーはいつも、わたしのためにドアをあけておいてくれるのよ」

ケルは振り返ってエミリーを見た。

「だって、わたしが少し取り乱してたことは憶えてるでしょう」エミリーがつぶやいて頬を赤らめた。どきりとするほどかわいらしかった。

ケルはカイラのほうに向き直った。「これからは錠を下ろすことにする。なにか忘れたのか?」

カイラが腰を傾けて片手を当て、冷静にこちらを見た。「いいえ、別に。エミリーがあとでちょっと、買い物に行きたくないかと思って」

「エミリーは俺と過ごす」ケルが答えると、エミリーが背後のカウチから立ち上がった。

「彼は食料品の買い物に行かなくちゃならないのよ」エミリーがきっぱりと言った。どうやら落ち着きを取り戻したらしい。「また今度ね、カイラ」

「食料品の買い物にね」カイラがじろじろとケルを眺めた。「そう、ひとつだけ言っておくけど、牛肉《ビーフ》を買う必要はないと思うわ。いまのままでも、家のなかに筋肉隆々《ビーフ》の男はあり余ってるみたいだから」笑いをこらえるようにして、ふたりに手を振る。それからくるりと向きを変えて玄関を出ると、扉を閉めた。

ケルは扉のところまで行って慎重に錠を下ろしてから、エミリーに向き直った。

「これからは錠を下ろすんだ」と命じる。

「もちろんよ」エミリーが大きく息を吸って、しばらくのあいだ部屋を見回してから、そばに戻ってきた。「もう二度とないわ」

「なにがもう二度とないって？」ケルは疑いをこめてきいた。

「カウチでのことよ」エミリーが手を振ってそちらを示した。「もう二度とないわ」

「わかった。次はまっすぐベッドへ行くことにしよう」どこへ向かうかについて、ケルの頭のなかには一片の疑いもなかった。

エミリーが眉根を寄せた。

「どこだろうと二度とないっていう意味よ」ぴしゃりと言い返す。「絶対に」

悪夢のなかだとしても、必ずもう一度あるだろう。ケルは視線を返し、服の層の下に感じた秘所の熱さ、探索する唇の貪欲さ、腰を回して股間をこする動きを思い出した。その生まれながらのなまめかしさに、ケルはいまも歯を食いしばって欲望を静めているところだった。

「きみは自分をごまかしてるんだ、エミリー」ケルはやんわりと言った。「明白な事実から目をそらす女だとは思わなかった。あれはもう一度あるよ。いや、何度もね。それは疑わないほうがいい」

エミリーが唇を舐めた。柔らかな曲線はキスで膨れていたが、ぎゅっと結ばれていた。内側からわき上がる欲求を抑えようという努力で張りつめている。

「あなたに身をゆだねはしないわ、ケル。あなたこそ自分をごまかさないで。あれは」またカウチのほうに手を振る。「あれは一時的な判断の誤りよ。それ以上のなにものでもないわ」

「どうしてゆだねないんだい？」ケルはやさしく尋ねて、目のなかの影を見つめた。青い瞳の奥に鋭い痛みがよぎった。

エミリーが皮肉っぽく唇をゆがめた。「わたしを管理する必要を感じている人なら、もう父がいるわ、ケル。恋人にまで同じことをしてもらう必要はないの。それに、あなたを結婚に追いこむ機会を与えて、父に待望の義理の息子を差し出すつもりはないわ。わたしたちのどちらも、そんなことは望んでないでしょう。だからあきらめてちょうだい。外へ出て、面倒を見るべきほかのだれかを見つけて、相手をしてもらってから、仕事に戻ってくればいいわ。ほかの男たちがそうしたようにね。心配しないで、告げ口はしないから。ボディーガードたちとはちがって、わたしは口の閉じかたを知っているもの」

なるほど、父親が雇った愚かな連中のだれにも手を触れさせなかったとしても、不思議ではない。とはいえ、ボディーガードたちを責めるわけにもいかないだろう。エミリーとひとつ屋根の下で暮らしながら、まったく相手にされないのではやっていられないはずだ。どこかで〝慰《なぐさ》め〟を見つけるしかなかっただろう。

「それで、きみはどうしていたんだい、エミリー？」ケルはきいた。「触れられたり、抱きしめられたりする必要があるときは？」

「それはね、ケル、ただ代価を思い出せばいいのよ」エミリーが冷ややかに笑った。「わたしの自由。広い視野からきちんと見れば、とても簡単だったわ。父に無難な結婚をせっつかれる年齢になってから、もうずいぶん自立を失ってきたんだもの。申し訳ないけど、もうこれ以上失いたくはないのよ」

「どうして俺といると自立を失うと思うんだい、エミリー？」

もの悲しいあきらめの色が目に浮かんだ。

「わたしは避妊をしていないわ、ケル。どの方法も使えないのよ。ピルも、注射も、リングも。みんな試してみたけど、体が受けつけないの。あとはコンドームだけ。でもコンドームは破れるでしょう。子どもができてしまって結婚したら、自立を失ってしまう。あなたが結婚しなかったら、父に破滅させられるわ。キャリアの面でも、人生の面でも、公的にも私的にもね。それに、わたしはあなたと結婚しない。あなたがどういうタイプの男性かはわかってるから」

「ほんとうに?」

エミリーがわざとらしく笑った。「あなたの奥さんは家にいて、子どもを産んで、あなたがいないあいだきちんと言いつけを守るんでしょうね。あなたは仲間たちと戦争ゲームをして、家にいるときには彼らと野球を見て、ほかになにもやることがないときには妻と寝るのよ。せっかくだけど、わたしは遠慮しておくわ。一生バージンでいるほうが、妻のことになると分別より男性ホルモンが過剰になる大柄でタフな最低男と結婚するより、ずっと気楽よ」

ケルは、だんだん高くなっていく声を聞いていた。エミリーが言葉を切って歯をかちりと嚙みあわせ、唇を結んでから、背を向けて指で髪をかきむしった。

「お父さんはそうだったのかい?」

エミリーが苦みを含んだ声で笑った。「母は亡くなるまえに、父と別れようとしていたわ。父に愛されすぎているからと言って。わたしには理解できなかった。パパはわたしたちを愛してくれた。それをいやがるってどういうこと?」首を振り、無力感をにじませる。「母が亡くなったあと、父はわたしを溺愛《できあい》したわ。戦いかた、狩猟と追跡のしかたを教え、山登りも教えてくれた。そして、わたしは十八歳になったの」

「そして、お父さんがきみを嫁《とつ》がせることに決めた」ケルはあとを受けて言った。

エミリーが振り返った。「あなたもよく知っているようにね。そう、わたしと父がそれをめぐって闘っていたことを、あなたはずっと近くで見て知っていたんでしょう」

「それじゃ、どうして大学のボーイフレンドたちのだれかと寝なかったんだ？　たとえきみが既婚男性を選んだとしても、無理はないと思うくらいだよ。なぜバージンでいたんだい、エミリー？」

エミリーがまじめな顔をした。そこに嘲笑や皮肉はなかった。「それでは不足だとわかっていたからよ」悲しげにささやく。「経験しなかったことを惜しむより、経験したことを惜しむほうがつらいわ。これ以上なにかを惜しんで暮らしたくはないの」

「なぜだ、エミリー？」ケルは歯を食いしばるようにしてまたきいた。「お父さんを愛していながらも、そこまで極端な手段をとってお父さんの勝利を阻んできたなら、なぜあきらめる？　なぜ好きなように生きて、お父さんには〝地獄に堕ちろ〟と言わないんだ？」

「父はわたしに、地獄に堕ちろとは言わないからよ」エミリーが弱々しく答えた。「そんなふうに父を傷つけることはできないわ、ケル。あまりにも父を愛しているから」

「お父さんのほうは、きみを傷つけることも、きみの発達しすぎた責任感を利用することも気にしていないように思えるけどな」ケルは指摘した。「だがきみが忘れてるのは、自分自身についても責任を負わなくてはならないということさ。いま、俺はきみとベッドに行き着こうとしてる。俺は精いっぱいきみの身を守るつもりだが、もしゴムが破れてきみが妊娠したとしても、俺はきみのお父さんに、自分の赤ん坊や自分の女の面倒を見ろと脅される必要はない。もう子どもじゃないんだ。どうすればいいかはわかっている。欲しいものを手に入れるかどうかは、ただきみの決断にかかっているんだと思うよ。永遠にパパの小さな娘でいたいなら別だけどな」

7

最後には、エミリーに恋してしまうのだろう。

ふたりでスーパーマーケットの青果コーナーを見て回っているとき、ケルはその真実を受け入れた。エミリーが胡瓜《きゅうり》を妙に熱心に眺めたあと、ケルの下半身をちらりと盗み見たのがわかった。

大きさを比べているのだ。この小さな雌狐は、股間の隆起と胡瓜を比べてサイズを想像しようとしている。

ケルは口もとがゆるむのを隠しながら、太い円筒形の野菜を二本選んでカートに入れた。それからサラダの残りの材料を選び、果物のほうへ向かった。

「好きなものは？」ケルが尋ねると、エミリーはまだ顔を赤らめながら横で立ち止まった。

「西瓜《すいか》がいいわ」エミリーが特別な興味をこめてその果物を見た。

ケルもそれを見つめながら、目がちかちかしてくるのを感じた。西瓜の食べかたは知っている。エミリーの体に甘い果汁がしたたる場面を想像した。ひとつカートに入れ、彼女を精肉のコーナーに導く。

エミリーはケルに選ばせ、用心深くカートを眺めていた。それから缶詰類と小麦粉と砂糖のコーナーへ向かった。ケルがカートを押してレジのほうへ進みはじめたころには、エミリーの顔に心配の表情が見て取れた。

「こんなに買えないわ」とうとうエミリーが低い声で言った。ちょうどケルがチョコレートバーをひとつかみカートに放りこんだところだった。「わたしは幼稚園の教師なのよ。この街ではそんなに高いお給料はもらえないわ」

ケルはまゆをひそめて彼女を見た。「食料品は俺のカードで買って、必要経費として報告するよ。月末にはきみのお父さんに処理してもらえる」

「まあ、驚きね」エミリーがため息をついた。「いいから、支払いをすませたあとレシートを渡してちょうだい。ATMでお金を下ろすわ。現金はあまりないし、クレジットカードは持ってこなかったから」

エミリーが下唇を噛みながら、食料品を眺めた。「たくさん食べるのね」

ケルは歩みを進めてカートをレジの奥へと押した。レジ係が背後の飲料ケースから手を離して、品物をスキャナーに通しはじめた。

まさか、エミリーはボディーガードたちの食費を払っていたのか？

「こんにちは、スタントン先生」レジ係がエミリーにほほえみかけ、歯列矯正《きようせい》器をちらりと光らせた。「よい夏をお過ごしかしら？」ケルのほうを横目で一瞥《いちべつ》する。

「静かなものよ、キミー」エミリーが答えた。「弟さんは夏休みを楽しんでる？」

「ええ、とっても。放課後に個人指導してくださったこと、母が先生にお礼を言うようにって。マークは、前よりずっと読むのがじょうずになったわ。これで一年生になっても安心ね」

エミリーが小さな笑みを浮かべてうなずいた。「マークは賢い子よ。少し手助けが必要なだけだったわ」

「そうね、本を読むのが好きになってきたみたい。見ればわかるわ」少女が笑って、話しながら品物をすばやくスキャンに通した。「このあいだ、弟を図書館に連れていって、どっさり本を借りさせたのよ。こちらは、あなたの新しいボディーガード？」ケルに向かって軽く会釈する。

エミリーがあきらめたように肩を落とした。「いいえ、キミー。こちらは、わたしの、えぇと、友だちよ」そう言って咳払いをすると、キミーが作業の手を止めた。

エミリーに向かって目をぱちくりさせてから、振り返って驚いたようにケルを見つめる。ケルがゆっくりウインクしてほほえみかけると、キミーが顔を赤らめた。

「うわあ」明らかに感嘆した様子で、ささやくように言う。「スタントン先生、すごいわ。彼、めちゃくちゃすてきじゃない？　弟さんがいたりしないのかしら？」

「いたら恐怖よ」エミリーがケルにだけ聞こえる声でつぶやいてから、無理に笑顔を作って
すばやく答えた。「いないわ」
「残念だわ」キミーがもう一度、ケルのほうをこっそり見た。「ほんとに、めちゃくちゃす
てきね、スタントン先生」
「ありがとう、キミー」エミリーが答えると同時に、レジに合計金額が表示された。
それを見てエミリーの顔が少し青ざめたことに気づき、ケルは激しい怒りを覚えた。札入
れを取り出してレジ係にクレジットカードを渡したが、それよりなにかを殴りたい気分だっ
た。エミリーが泊まり客の食費を払っていたのはまちがいない。そして男たち、とりわけ上
院議員が雇うような男たちがたくさん食べることはわかっていた。
「この人は支払いもしてくれるのね」キミーが新たな尊敬をこめてケルを見た。「あたしが
あなただったら、とうぶんのあいだ彼を放さないわ、スタントン先生」
エミリーはなにも言わなかったが、キミーがレシートをケルに渡そうとすると、手を伸ば
した。ケルは先を越してすばやく受け取り、勝ち誇った笑みを浮かべて、レシートをエミリ
ーの手の届かないところでひらひらさせた。
「そうよ、本物の男がどんなふうに面倒を見てくれるものなのか、先生に教えてあげて」少
なくともキミーのほうは、楽しんでいるようだった。
「努力してるよ、キミー」ケルはまたウインクした。「でも彼女は頑固でね」

「ええ、なかなか手ごわいわ」キミーがうなずいた。「でも、ものすごくかっこいい女性よ。それを忘れないでね」

「俺はケル。ケル・クリーガー」手を伸ばすと、キミーがかわいらしく頬を赤らめて握手に応じた。

「キムバリー・エーケンズよ」キミーが甲高い声で言った。「あなた、めちゃくちゃすてきね」思春期の少女らしい興奮と明らかな喜びをこめて、ため息をつく。

「きみもだよ」ケルは言って、くすりと笑った。袋詰め係の少年がこちらをにらみ、エミリーもとがめるようにまゆをひそめてみせた。「さよなら、キミー」

「さよなら」キミーが物欲しげに言った。「近いうちにまたいらしてね」

ケルがそれに答えて手を振ると、エミリーがまた不機嫌そうなまなざしを向けた。

「レジ係の女の子といちゃつくのはやめて」うなるように言う。「みっともないわ」

「きみが俺といちゃつこうとしないからさ」ケルはにやりとした。「自尊心の高揚に役立つんだよ」

「あなたってほんとに、どうかしてるわ」エミリーがぴしゃりと言った。「それから、あのレシートを渡して」

「いやだね」

「いますぐよ」

ケルはトレイルブレイザーのそばで立ち止まった。「相当な金額だよ」つぶやくように言って、ジーンズのポケットから車の鍵を出し、満足げにほほえみかける。「ほんとうに払いたいのかい？」

「あなたはくびよ！」エミリーがどなった。

ケルはトランクのロック解除ボタンを押し、袋詰め係の少年が後部トランクに荷物を積みはじめるのをちらりと見た。それから身をかがめ、エミリーの目を見たあと、唇で耳に触れた。

「臆病者」低い声で耳にささやきかける。

エミリーがさっと飛びのき、苛立ちをあらわにして歯を食いしばった。先ほど見せた無力感など軽く吹き飛ばせる本格的な癇癪を起こしそうだった。彼女はまるで、かごのなかの鳥のようだ。かごの柵は、愛と罪悪感と責任感でできている。両親の不和にも、母の死にも、父の心配にも、責任を感じているのだ。

エミリーのなかにいる女は、強さと生命力に満ちて、どの方向をめざせばいいのかわからないまま、自由を求めて必死に進もうとしている。

「わたしは臆病者じゃないわ」エミリーが押し殺した声で言った。

「証明しろよ、エミリー」ケルは顔を上げて挑むように言ってから、エミリーを車の助手席に座らせた。「自分と俺に、それを証明してみろ」

ケルはエミリーがなにか言い返すまえに扉を閉め、食料品の袋を積み終えた少年のところへ行った。体つきは大人だが、中身は子どもだった。手脚がひょろひょろと長く、瘦せた体になじみのない筋肉が育ちつつある。薄茶色の目で嫌悪をこめてケルをにらみ、驚くほど頑なそうな唇をぎゅっと結んでいた。

「ふくれっ面をしていても、欲しいものは手に入らないぞ」ケルは少年に言った。この年齢のころにはすでに妻と子どもを失っていたことに気づき、胸がずきんと痛んだ。このころはすでに親子の縁を切られたあとで、両親にぞっとするような申し出を突きつけられていた。結婚相手の貧しい女がいなくなったのだから、家族のもとへ戻らないかと。

「どういう意味さ?」少年が嚙みつくように言った。

ケルは相手を見下ろし、無言のまま、目と顔の表情だけで自分の強さを示した。少年がさっと横に視線をそらした。

「男になれ」ケルはうなり声で言った。「どうすればいいのかわからないなら、学ぶんだ。それから、ガールフレンドが感じ入ってたことを責めるんじゃないぞ。俺は子どもじゃない、大人の男だ」

少年はこちらをにらみ返したが、頭のなかであれこれ考えていることが伝わってきた。ときには、それでじゅうぶんなこともある。

「それが、きょうおまえが学んだヒントさ」ケルは言った。「ここまで来るあいだ、減速バンプを越えるたびにカートをがたがた言わせてたんだからな。よく考えるんだ。できたら、実践もしろ」

ケルはトレイルブレイザーの横を回って運転席の扉をあけ、車に乗りこんだ。

「爆弾について点検しなかったわね」開口一番、エミリーが言った。「わたしに危険が迫ってるなら、フエンテスがトレイルブレイザーに爆弾をしかけていて、あなたがエンジンをかけたとたん爆発する可能性がないって、どうしてわかるの？」

ケルはハンドルに両腕をのせて、驚きの目でエミリーを見た。

「テレビの観すぎか、本の読みすぎだよ。どっちなのかはわからないが」

エミリーがさげすむかのように鼻を鳴らした。「わたしの父はシール隊員だったのよ。忘れたの？」

「それを忘れるのはひどくむずかしいだろうな」ケルは答えて口もとをゆるめ、鍵を回した。発動したのはモータだけだった。

エミリーが悪意に満ちた目を向けてから、顔を背けて駐車場を見回した。

「援護はどこにいるの？」

ケルはにやりとした。エミリーはとても頭の回転が速い。それも好きなところだ。

「シークレットサービスの警護官がふたり、ついてきてる」イアンのことは言わなかった。

シークレットサービスは優秀だが、ケルは自分の仲間以外、だれも信用していなかった。

「父はいつも、ものごとは自分で確かめなさいと言ってたわ」

「地面に寝転がって車の下を確かめはしなかったようだな」

エミリーがそっけなく肩をすくめた。「問題を見つけ出す正確な方法を学ぶのに、ちょっと苦労してるの。でも、いまそれに取り組んでるところよ」

ケルは疑いの目をちらりと向けた。「車に爆弾がしかけられたかどうか確かめる方法を学んでるって？」

「有意義な趣味に思えたのよ」エミリーが胸の前で腕を組んだ。「わたしはなんでもかんでも学んでるの。リサーチよ、わかるでしょう」

欲望がずしんとはらわたに響いた。リサーチ。その言葉を聞くたびに、ひざにまたがってきたしなやかな小さい体と、欲求に湿ったパンティーを思い浮かべずにはいられなかった。

「ああ、リサーチか」額に汗が吹き出してくるのが感じられた。「きみのその趣味を、どうにかする必要があるな、エミリー」

エミリーが深いため息をついた。「もう聞き飽きたわよ、ケル。聞き飽きたわ」


食料品をしまい終わるころには、冷蔵庫と戸棚はぎっしり埋め尽くされてしまった。

ダイエットなんて、どこへやら。十代のころから落とそうと努めている余分な体重は、そのまま保たれることに決まったようなものだ。

ふたりは感じのよい小さなイタリア料理店に立ち寄って昼食をとった。カロリーたっぷりの料理、罪深いほどこってりしたデザート。ワインはあまりにも喉ごしがよくおいしいので、ボトルで頼みたいのを我慢しなければならなかった。

食料品の代金を払っていくだけでもたいへんだろう。もしかすると今回はプライドを捨てて、家に住み着いた大食漢の食費を払ってくれるよう父に言うべきなのかもしれない。善良な上院議員には、せめてそのくらいの義務はあるだろう。問題は、父にお金を無心するのがいやだということだった。いやでたまらない。一時期、父はエミリーの口座に男たちの食費を送金していた。しかし、父が送金した金額について前回言い争いをしたあと、一ドルも受け入れないことに決めた。それについては、頑として譲らなかった。

いまやエミリーは、これまでに思い描いたあらゆる性的な夢想の対象とともにいて、その男性をどうしたらいいのか、さっぱりわからないでいた。いや、どうしたいかはわかっていた。彼の体を隅から隅まで舐め回したい。彼に覆いかぶさり、その素肌の一部になりたい。それはひどくまちがったことだった。あんなにセクシーで、あんなに淫らで、姿を見ただけでパンティーが濡れてきてしまうような男が、いていいはずがないからだ。

最後の食料品を棚に収めたあと、エミリーは家のなかを歩き回って、閉じたカーテンや錠を下ろした窓を見つめ、内側で高まっていく情欲を抑えようとした。

とはいえ、すでに一度ケルの顔の前で達してしまったのだ。彼のことを、味見すべきお気に入りのごちそうであるかのようにふるまっても、自分のお堅い〝バージン〟としての立場が損なわれるわけではない。

「もし料理が好きじゃないなら、俺がしてもいいよ」

エミリーはさっと振り返り、部屋の向こうにいるケルを見た。食品棚と小さな冷凍庫が置かれた奥のほうから出てきたところだった。

ジーンズを腰の低い位置ではき、幅広いベルトを締めている。デニムに覆われたたくましく長い脚が目を引き、そのあいだの膨らみが口のなかに唾をためさせた。はっと視線を上げると、ケルが緑色の目を楽しそうに躍らせていた。

「料理するのはかまわないわ」エミリーは両手をカプリパンツのポケットに入れて、キッチンを抜けてくるケルを眺めた。

腕と胸の筋肉が波打ち、ぴったりしたTシャツと洗いざらしのジーンズがそれを際立たせている。ジーンズは愛情深い両手のように、彼のお尻と股間を包んでいた。あんなふうに両手で包んでみたかった。

エミリーはくるりと背を向けてテラスの扉のほうへ歩いたが、錠が下りていることに気づいて、また向き直ることになった。誘拐の危険が迫っているのだ。落ち着かないというだけで、外へ出るわけにはいかない。

目を閉じると、なにかが頭にささやきかけた。ひょっとすると、なんらかの記憶が？　フエンテスにとらわれたあのとき以来、たしかに記憶に焼きついているだれかの声が聞こえた気がした。

「あの男を捕まえられると思う？」エミリーは尋ねた。「フエンテスのことだけど」

「捕まえるさ」ケルが口調に絶対の自信をみなぎらせ、猫のような目をきらりと光らせてこちらを見つめた。「あいつと、あいつのスパイをな」

「父は、スパイのことはあまり話してくれなかったわ」

「フエンテスは政府の上層部にスパイを送りこんでる。そいつが情報を提供してるんだ。俺たちがスパイを捕らえれば、フエンテスは善戦に敬意を表して、きみとお父さんを放っておいてくれるはずだ」

「ほんとうに？」エミリーは疑いをこめてきいた。「どうも信じられないのはなぜかしら？　あなたたちの部隊が前回の誘拐からわたしを助けてくれたとき、フエンテスは手を引くはずじゃなかったの？」

誘拐された三人のうち、エミリーはいちばん順調に回復した。ひとりは、投与された麻薬のせいで、まだ統合失調症に近い状態のままだった。もうひとりのブリッジポート上院議員の娘は、救出の数日後に亡くなった。

「なにか事情があるらしい。情報によると、フエンテスのスパイが襲撃を要請したようだ」ケルが冷蔵庫をあけ、先ほど入れておいたビールを取り出した。「俺たちの任務は、仲間の隊員たちがスパイを突き止めるまで、きみとお父さんの安全を守ることだけさ。そうすれば、きみはもうだいじょうぶだ」

「あなたがあそこにいたこと、憶えてないのよ」エミリーは額をさすってまゆをひそめ、記憶がひそんでいる頭の暗い片隅を探ってみた。「あなたがいたこと、憶えてるはずなんだけど」

ケルがビールのふたをひねってはずし、すばやく指ではじいてごみ箱に投げ入れながら、唇を結んできびしい表情をした。

「きみは麻薬を投与されていたんだよ、エミリー。〝娼婦の粉〟は記憶に影響を及ぼす。そうなるように作られていたんだ」

「被害者にセックスをせがませるのよね」エミリーはポケットのなかで拳を握ってケルと向き合った。「わたしはあなたにセックスをせがんだの、ケル?」

ケルが、揺らがない穏やかな目で見つめ返した。

「ほかの人にも見られたのかしら?」エミリーは不安な気持ちでささやいた。「あなたに恥をかかせたの?」あるいは、自分自身に。

ケルが首を振って、口もとにゆがんだ笑みを浮かべた。「いいや、きみは俺に恥をかかせたりしなかったよ。それに、セックスをせがんでもいない。お父さんは、俺が報告書に書いたことを話してくれなかったのか？」

話してくれなかった。

「父は、わたしが勇敢だったとだけ言ったわ」エミリーは力なく肩をすくめた。「どういう意味かと、ずっと考えていたのよ」

「お父さんが言ったとおりさ」ケルがやさしい賞賛のまなざしをして、静かな声で言った。「きみはとても勇敢だった。俺が指示したとおりの場所にほかの女性たちを集めて、あそこから出してやると言った俺を信じてくれた。きみが俺に、自分の仕事をさせてくれたんだ」

自尊心が胸に満ちてきた。ケルは嘘をついていない。目を見ればわかった。この二年間で初めて、心のなかのなにかが解き放たれ、和らいだ。

「ありがとう」エミリーはそわそわと咳払いをした。不意に部屋の張りつめた空気が濃密になった。「父にはきけなくて――」

ケルがすばやくうなずいてから、ビールを持ち上げてゆっくり飲んだ。まるで気をそらすなにかを必要としているかのようだった。

「リチャードは、きみに俺の報告書を見せるべきだったんだ」ビールを下ろして言う。

エミリーは腕を組んで縮こまり、体に染み入ってきた寒けを防ごうとした。思っていたよりもずっと多くの事実を、父が隠してきたことに気づいたからだ。

「父に言ったのよ。監視委員会の任務を父が引き受けたとき、わたしたち両方の身が安全でなくなるかもしれないと」

「お父さんはなんと言った？」

「わたしを守ると言ったわ」エミリーはあきれ顔をした。

「お父さんは、きみがしっかり守られるように手を尽くしてるよ」ケルは穏やかな声で言ったが、表情は張りつめ、まなざしはあまりにも鋭かった。もう一度ビールを唇のところへ持っていき、ひと口飲む。

セクシーな眺めだった。唇をガラスの口に当ててらっぱ飲みし、瓶を下ろして下唇を舌でさっと舐める。

今朝ケルはひげを剃らなかったので、頬と顎は前日からの無精ひげに覆われていた。それが遊び人のような、海賊のような雰囲気を与え、これまで以上に妖しく危険に見せていた。もっとセクシーに。もっと野性的に。

「ええ、そうね」エミリーはあざけるように唇をゆがめた。「父はわたしがしっかり守られるように手を尽くしてるわ」胸の前で腕を組む。「教えて、ケル。わたしのベッドに潜りこんで、父にそれを見つかったら、どうするつもりなの？　父があなたをわきへ連れ出して、このちょっとしたゲームの規則をたたきこんだら？　あなたは彼の娘と結婚して面倒から救ってやるか、キャリアとすべての夢をぶち壊されるかのどちらかよ」

「それはないね。お父さんは、そうなるときみに思わせてるだけさ」

エミリーは驚きに目を丸くした。「あなたは父をもっとよく知ってると思ったけど、ケル。どうやら、父がどれほどわたしを結婚させて子どもを産ませたがっているか、まったく知らないようね」

「いや、お父さんの計画については、だれにも負けないくらいよく知ってるつもりさ」ケルがわざとらしくにんまりした。「だが慎重にやる方法くらいわかってるよ、エミリー」

「あなたって父にそっくりね」父の顔によく見られるのと似たような傲慢さと決意がケルの表情に刻まれていた。「自分が正しくて、欲しいものを欲しいままの形で手に入れられると確信してるんだわ。わたしは景品じゃないのよ、ケル。あなたの退屈を紛らすためのおもちゃでもないわ」

ケルの笑みには、露骨な男の自信と性的なひたむきさがあった。

「そう、きみは欲しいものを手に入れるのが怖くてたまらない、頑ななバージンなのさ」ビールを持ち上げてもうひと口飲み、確信をこめた目をおもしろそうにきらりと光らせる。

「頭がどうかしたんじゃない?」

「むらむらしてるだけだよ」ケルが肩をすくめた。「ストリップクラブできみが顔にこすりつけてきた甘美なものを味わいたくて、硬くなりすぎてほとんど歩けないくらいなんだ」

「だから寝てもいいっていうの?」

「いいっていうだけじゃないよ、エミリー。確実にそうすべきだってことさ。俺がものすごく硬くなってるのもほんとうだが、きみのパンティーがまた濡れてきたのもまちがいないはずだからね。確かめてみようか?」

どうかしている。正気とは思えない。これまで目にしたなかで最も自信過剰の男だ。ボディーガードたちとはまったくちがう。欲望を隠そうとはせず、それをだれがどう思おうと気にしない。

エミリーは、背の高いたくましい体に視線を走らせた。太腿に目を留め、ジーンズの下の大きな膨らみを見る。

「わたしをうまく操れると思ってるんでしょう」エミリーはゆっくり口もとをゆるめた。「顔にそう書いてあるわ。あなたに触れられ、触れることに夢中にさせるだけで、すべてがたやすく進むと考えてるのよ」

ケルが唇の端をぴくりと動かした。

「あなたは思いちがいをしてるわ」エミリーは両腕を下ろして歩み寄り、ケルがいぶかしげな目をするのを見つめた。硬い胸をかすめるくらいまで近づいて立ち止まり、片手を引きしまった腹筋に這わせる。

「そうかい?」

「ええ」エミリーは指でベルトをなぞってから、ゆっくりそれをはずしはじめた。「わたしは夢中になるかもしれないわ、ケル。とてもたやすく」ベルトがゆるむと、ケルが問いかけるような目をした。エミリーは指でジーンズの金属のボタンを引っぱった。「わたしがリサーチした、欲しくてたまらない、夢に見たすべてを試せるかもしれないわ」ふたつめのボタンがはずれた。「あなたとベッドに潜りこんで、すっかり乱れてしまうかもしれないわ」三つめ、そして四つめ。

指の下でジーンズが開き、ぴったりした白いブリーフとその下の大きな膨らみが現われた。

「からかってるのかい？」ケルがきいた。その声。その目。まるで挑発しているようだ。

エミリーは慎重な手つきで、硬い部分を覆うブリーフを引き下ろした。太く大きなものがあらわになり、押し殺したうめき声とともに息をのむ。力強く脈打ち、頭部は興奮と熱で紫色に近いほど充血して、先端には小さなしずくが浮かんでいる。

「からかってないわ」エミリーはささやき声で答えた。

ケルに歩み寄ったとき、欲しいものはわかっていた。きっと彼は許さないだろうと思った。主導権を奪い、エミリーが欲しいものではなく、自分が欲しいものを手に入れるだろうと。

しかしケルはじっと立ったままで、その体は刻々と張りつめていった。

エミリーは高まっていく渇望が頭を打ちつけ、全身を熱く駆けめぐるのを感じた。彼を味わい、口での愛撫についてリサーチしたことすべてを実行に移したいという欲求で、唾がたまってきた。

「シャツを脱いで」ささやき声でやさしく言うつもりだった。命令するつもりではなかった。しかしシャツは脱ぎ捨てられた。ゆっくりと。とてもゆっくりと。驚くほど引きしまったお腹と、波打つ胸と、たくましい両腕があらわになった。

触れなくてはならない。もう引き返せない。目の前にブロンズ色の肉体が広がっていた。その素肌に比べると青白い両手をお腹に押し当て、ゆっくり撫で上げて、中央にちりばめられた黒い胸毛をかすめる。体から発せられる熱と、心臓の鼓動を感じた。手のひらをちくちく刺す感触にぞくりとする。

「最後に男に触れたのはいつだい、エミリー？」ケルが尋ねた。「最後に我を忘れたのは？」

エミリーは両手から体じゅうに伝わる悦びにぼうっとしながら、ゆっくり首を振った。「ずっと前よ」息が苦しくなってきて、うまく思い出せない。「もうずっと前」

エミリーは彼の胸に指を這わせ、頭を下げた。

ケルを味わいたかった。舌で触れると、その愛撫にケルがびくりと動いた。しかし自分からは触れようとも抱こうともしなかった。自分の望むことをさせようとはしなかった。

彼の味がどっと五感に流れこんだ。濃密で、男らしく、清潔な味。人工的なものはなにもない。純粋で粗野な男の味だけ。ほんのすこし塩気があって、かすかに麝香《じゃこう》の香りがする。夢中にさせる味。エミリーは歯で胸骨の上の筋肉をなぞり、もう一度舐めた。

「触れたいのよ」うめき声で言い、わき立つ力に圧倒されて震える。「一度だけ。今回だけ」

もう抑えがきかなかった。胸を唇で撫でつけ、舌で舐め、歯でかすめると、うっとりと酔わされ、すばらしい自由を感じて陶然となった。「あなたに触れることを夢見てきたのよ、ケル。ずっと前から」

「触れてくれ、エミリー」ケルが吐息のささやきで答えた。夢のようなかすれ声が五感に響いて、けしかけ、励まし、求めるままに、夢見たままにふるまうことを許した。「好きなように触れていいんだよ」

自由。それは波のように押し寄せ、体と心を駆けめぐって、もうなにもかもどうでもよくなり、彼の味以外はなんの意味もなくなった。彼の感触以外は。この力強くセクシーな獣の手綱《たづな》を握っているという、よこしまで開放的な感覚以外は。

8

男が雌狐を手なずけようとするとき、つかみかかったり、手荒く扱ったりはしない。そんなことをすれば、指を失い、雌狐も失ってしまう。彼女は抜け目なく、ずる賢く、風のように自由だ。しかし触れるのが大好きで、愛情深く陽気で、心をそそり、じらすのがうまい。それでも、愛撫され抱かれたがっている。

雌狐を捕らえようと決めた男は、まず忍耐を学ぶ。自制を学ぶ。そして雌狐にルールを守らせることを学ぶ。とりあえず最初だけは。

ケルはカウンターのわきを指でぎゅっとつかんだ。エミリーの熱くかわいい舌が胸を舐めた。悦びがこみ上げた。熱を帯びた小さな電撃が体を走り、筋肉が張りつめた。視線を下げ、ちらちらと見える彼女の表情に惹きつけられる。ゆっくり着実に、触れる自由に五感を浸《ひた》していくのがわかった。

ケルは雌狐を捕らえたかった。誘惑し、愛撫し、制御したかった。どうやらそのための完璧な餌《えさ》を見つけたようだ。彼女が一度も経験していないこと。熱くなった女のために特別に用意されたごちそう。両手で体をまさぐり、舌で舐めて味わう。自分が主導権を握っているという幻想。

拷問《ごうもん》のような苦しさだった。あまりにも強烈で、あまりにも熱い快感の拷問に、ケルは両手をじっと動かさず、雌狐につかみかかりたい気持ちをこらえているしかなかった。

待ったほうが、ずっとすばらしい結果が得られることもある。

「キスして、ケル」エミリーが顔を上げ、きらめく青い目で見つめた。ケルが頭を下げると、瞳の奥に欲望の炎が燃え上がった。「あなたにキスされるのを夢見てきたの」

「きみからキスしろよ」ケルは挑むように言った。「持ってるものを見せてくれ」

唇と唇を触れ合わせ、エミリーはためらうものと予期していた。が、予想に反して下唇を軽く噛まれて引き寄せられ、炎のように熱い小さな舌で唇をなぞられた。

思わず胸からうめき声を漏らすと、エミリーが口もとをゆるめた。細い指を腕からうなじまですべらせ、髪に差し入れる。それから髪の房に絡めてぐっと引き寄せた。唇が、最初は欲望のささやきとともに、次に焼けつくような要求とともに押しつけられた。

エミリーが顔を上向けて、なめらかな湿った舌でケルの舌を撫でつけ、シャツとブラジャーを通してビーズのような乳首を胸にこすりつけた。

彼女に触れたくてたまらなかった。触れたくて両手がむずむずした。しかし一方の手でカウンターをつかみ、もう一方の手はわきに下ろしていた。そして雌狐のことと、彼女を抱きたい欲求について考えた。

「エミリー」やさしく名前をささやくと、エミリーがいったん唇を離し、ふたたび首から胸へとたどっていった。ケルはゆっくりカウチのほうへ動きはじめた。

「ここにいて。行かないで」エミリーがウエストをつかんだが、ケルは後ずさりを続けた。

「座らせてくれよ」ケルは甘くささやくように言って、声が感覚に訴える効果を目にした。エミリーの表情から心配の色が消え、またなまめかしさが戻ってきた。ふたりはカウチまでやってきた。「ここで楽にさせてくれ。なんでも好きなようにしていいから」

座るか寝そべるかして楽な姿勢を取らなければ、彼女の口が目的の場所へたどり着いたとたん、床にくずおれてしまうだろう。なんてことだ。エミリーのせいでひざから力が抜けていく。股間がかつてないほど硬くなっている。

ケルが慎重に腰を下ろし、ゆっくりひじ掛けのところに置かれたクッションに寄りかかると、エミリーもあとに続いた。片方のひざをわきのクッションにのせ、もう片方をケルの太腿のあいだに入れる。それから唇で腹に炎の軌跡を描き、細い指でジーンズとブリーフの生地をなぞってから、繊細な竿《さお》の部分に触れた。

ケルは腰をびくりと動かし、背を反らした。指で頭部を握られると、歯を食いしばって、彼女を組み敷いて服をはぎ取りたいという衝動を抑えた。

「エミリー」歯の隙間から声を漏らす。

「ちょっと待って」エミリーが息を切らしてささやいた。「やりかたはわかってるわ。ほんとうよ。本で読んだことあるの。わかってるわ」

ああ、ちくしょう。彼女の声はひたむきで、あふれんばかりの興奮に震えていた。指がそそり立つものを包みこもうとした。

「シュガー、思ってるのとはちがうかもしれないよ」ケルはうめくように言った。

「映画でも見たことあるわ」エミリーが自信ありげに言った。「やりかたはわかってるのよ」

彼女のリサーチに殺されそうだ。

エミリーが充血した頭部を口で覆い、すぐ下のひどく敏感な部分に舌を巻きつけて、吸いはじめた。

「ああ、くそっ!」ケルは睾丸《こうがん》を鞭で打たれたかのように背を反らした。快感が駆けぬけた。平凡な心地よさでもなければ、じわじわした熱さでもない。それは激しく焼けつくような感覚で、神経の末端にまで伝わった。ケルは歯をむき出しにして苦しいほどの快感に耐え、貪欲な渇望にうなり声をあげた。

そしてエミリーを眺めた。最初はためらいもあり、唇の動きにそれが感じられたが、そのあと探していた正しい位置を見つけたらしく、ケルの体から魂を引きはがしにかかった。

鳶色の巻き毛が炎のように垂れかかって太腿を撫で、エミリーが口を動かしはじめた。いっぱいまで口に含んで強く吸い、舌で感じやすい部分をなぶる。それから唇をぐっと閉じて太い頭部を包み、口の上側で吸った。

ちくしょう。彼女のいまいましいリサーチに正気を奪われそうだ。いったいなにを考えていたんだ？　ケルは拳をゆるめて両腕を持ち上げた。考えられるのは、エミリーの髪をつかんで、その口を望むままに動かすことだけだった。

すると、エミリーがうめき声をあげた。純粋な悦びと、荒々しい誘惑の声。ケルは懸命に両手を元に戻し、快感に息を弾ませて、額に流れる汗を感じた。

どうかしていた。十代のとき以来、雌狐を手なずけようとしたことはなかった。当時もうまくはいかなかったのだ。なぜいまならできるなどと考えたのだろう？　とりわけ、目の前にいるこの雌狐を。

しかしいまこの瞬間の彼女の顔、彼女の表情は、生きているかぎり忘れないだろう。まつげが目を覆い、妖しい青い瞳の光だけが見える。頰は赤く染まり、キューピッドの弓のような唇は大きく開かれて充血した硬い部分を包み、細い指が竿を握っていた。

口で愛撫されるのは初めてではないが、これはいままでいちばんそそられる経験だ。エミリーの唇が脈打つ竿を上下し、指が竿を撫でつけ、舌が舐めて味わった。このまま繊細な貪欲さで吸われていたら、魂を奪われてしまうにちがいない。

「ああ、エミリー」ケルは何年も前に消したと思っていたケージャン訛りの濃密な声でうめいた。「きみの口は完璧だよ。心地よくて、熱くて」

情熱的な小さいあえぎ声が体を震わせ、ケルは唇に向かって腰を押し出した。懸命に自分を抑えたが、頭がおかしくなりそうだった。睾丸が張りつめて解放を求め、背筋をぞくぞくさせる。

「なんて貪欲なんだ」ケルはうなった。舌が先端の小さな裂け目を撫で、抑えきれずにこぼれたしずくを確かめて舐め取る。「そうだよ。思うとおりに吸ってくれ、エミリー」

ケルは指をカウチのクッションに埋め、顔をゆがめて歯をむき出しにして、快感に抗った。あと一分だけ。あと一分だけだ。

柔らかなしゃぶる音が頭に響きわたり、エミリーがさらに口の奥深くまでケルを導いた。ゆっくり、とてもゆっくり、喉まで導く。動きを止め、口を離す。もう一度吸い、離す。また奥まで吸われると反射的に身がこわばり、先端への愛撫にうなり声が漏れた。ケルは腰を引き、口を離すよう促そうとした。

切迫感は和らいだが、それも一瞬だけだった。エミリーが目の端に涙をにじませてまで、ケルをつなぎとめようと口を上下に動かすのを見て、またそれが戻ってきた。

「エミリー」ケルは必死の思いで彼女を見つめ、荒々しい声で名前を呼んだ。エミリーがまつげを上げると、その目に満ちた途方もない悦びがちらりと見えた。「そこまでだ、雌狐め。もうじゅうぶんだよ」

ケルは体を曲げて起き上がろうとしたが、エミリーが有無を言わさず片手を腹に当てて押さえつけた。

「次にどうなるか、わかってるのか？」ケルはうなり、目の上の汗を振り落としてエミリーをにらんだ。「きみの口のなかでいってしまうよ。初めてなのに、そんなことはしたくないだろう」

彼女はバージンだ。まったく、なんてことだ。バージンの雌狐に自制を揺るがされ、奪われそうになっている。エミリーが満足げに目を光らせて、またケルを口に含み、奥深くまで導いた。

ケルはぐっと頭を反らし、両手をクッションから離してエミリーの髪に絡め、その場に押しとどめて彼女の口を満たした。熱い液体が力強く激しくほとばしるのを感じ、体が快感と陶酔にざわめき、痛いほど締めつけられた。あらゆる骨と筋肉が張りつめ、胸から何度も荒々しいうめき声が漏れた。

それは無上の悦びだった。これまで一度も経験したことがないものだった。エミリーはフェラチオの教師になれる。この口で男を破滅させられるだろう。そしていま、あふれ出た情熱のしずくをすべて飲み尽くして、ケルを破滅させようとしていた。

「こっちへ来いよ」ケルはかすれた声で言った。エミリーは緊張を解き、最後にもう少しだけ舌を這わせてから、ゆっくり顔を上げた。

ケルは両手を彼女の髪に絡めたまま、湿って光る薔薇色の唇を眺め、記憶に焼きつけた。

せた。

「ケル」エミリーの声は痛いほどの欲求に満ちていた。ケルは体の上に彼女を乗せ、引き寄

「俺の口のところへ来いよ、エミリー」ケルは荒っぽく命じた。「来いよ、俺の上に。きみの甘いあそこを味見させてくれ。きみが差し出せるものを見せてくれ」

ケルがさらに引き寄せると、エミリーが体を押しつけてわななかった。まだ服を着ている。ゆっくり脱がせて考える時間を与えるつもりはなかった。エミリーがそろそろと移動すると、ケルは両手で彼女の両ひざをクッションにのせ、自分の体を引き下ろした。唇を彼女の下に持ってきてから、柔らかい木綿のカプリパンツを縫い目の両側からつかんで引っぱる。

それは破れ、布が裂ける音にエミリーが息をのみ、身をこわばらせた。しかしその緊張を長続きさせるつもりはなかった。生地が破れると、唇がそこにたどり着いた。ケルは、彼女を覆っている絹の三角形の端を歯でとらえ、横へ引っぱってから、手で押さえた。

これで、舌で自由に触れられるようになった。自由に湿った割れ目にすべりこみ、神々の美酒を、身を滅ぼすもとになりかねない熱く甘い蜜を味わえるようになった。

エミリーは、重大なまちがいを犯したことに気づいていた。作戦ミスだ。でも止められなかった。我を忘れていた。カプリパンツが破れる音を聞いた瞬間、もう止めることはできないと悟った。自分では絶対に止められない。なにひとつ止められない。秘密のひだに舌が触れたとたん我を忘れ、もっと欲しくてたまらなくなった。

それからケルがキスをした。唇でひだを覆い、体が壊れてしまうかのようなキスを与えた。顎の短い無精ひげがざらりと触れて、焼けつくようだった。少し粗い舌の感触が、揺らめく炎のように子宮を打ちつけ、体を張りつめさせた。

「ああっ。ケル。ケル」頭がくらくらしてきた。ケルが唇を軽く当て、クリトリスの周りや上をついばんでから、膨れたひだを唇で吸い、熱烈なキスをした。

体と頭に稲妻が走りぬけた。きらめく鋭い光が閉じたまぶたの裏ではじけ、エミリーは震えはじめた。

「ケル――いいわ。すごくいいわ」

ケルがふたたび舌で舐め、入口からうずく通路に焼けつくような感触を送りこんだ。気が遠くなるような悦びが満ちてきて、世界が狭まり、ケルの口と舌とその愛撫以外はなにもなくなった。信じがたい快感がすばやく駆けぬけ、息を弾ませる。

エミリーはなにかに向かって疾走していた。本で読んだことがあるだけの、夢見たことがあるだけのなにかに。経験するとは思っていなかったなにかに。

はあはあとあえぎながら、彼の舌に合わせて腰を動かそうとし、待ち構えている悦びの絶頂に近づこうとした。しかしケルの両手はいまや断固として容赦なかった。腰をしっかりつかんでその場に押さえつけ、自由を奪って、キスしたり舐めたりするたびにますます乱れさせた。

エミリーは片方の手で彼の髪をつかみ、もう片方でカウチの後ろのクッションをつかんで頭を反らし、懸命に目をあけた。その瞬間を選んで、ケルが奥へと舌を押しこんだ。一度強く突いてから、すばやく舐め、もう一度突く。エミリーは叫び声をあげた。あまりにも激しい快感。全身に炎が燃え上がり、魂からなにかが切り離されるのを感じた。興奮と激情に包まれ、体がぴんと張りつめたあと、驚くほど強烈で激しい愉悦が突きぬけ、体じゅうの筋肉がそれに反応してわななきはじめた。

あまりの心地よさに、どうにかなってしまいそうだった。目に涙がこみ上げ、泣き叫ぶ声があたりに響いた。それでもケルはやめなかった。舌で舐めてうめき声をあげながら、エミリーから静かにあふれる蜜を吸いつづけた。エミリーは彼の上でぐったりと力をなくし、目がくらむような悦びにすっかり混乱して、もう自分を支えていられなくなった。

「ほら、おいで」ケルがやさしくささやいて体を抱え上げ、身を起こしてエミリーを胸からすべり下ろし、両腕を巻きつけた。

エミリーは泣き声を漏らし、いつの間にかカウチにあおむけに寝そべっていることに気づいた。ケルが太腿のあいだに身を置き、カプリパンツの残りの生地を引き裂いた。

「新しいのを買ってやるよ」約束して、生地の切れ端を床に放る。「きみを見たいんだ。俺の下で裸で乱れてるきみを」

ケルが両手でシャツの端をつかみ、エミリーの体からすばやく引きはがして、破れたカプリパンツと同様に放り投げ、熱烈な目でこちらを見下ろした。焼けつくようなまなざしを注ぎながら、大きな温かい手をお腹に当て、レースで覆われた両胸の膨らみまで撫で上げる。

ブラジャーがはずされるまで、数秒しかかからなかった。ケルがフロントホックを指ではじき、悦びのうなり声をあげて、感じやすい熟《う》れた膨らみからブラジャーをはぎ取った。

たこのできた指が曲線を包んで重みを受け止め、親指が痛いほど硬くなった乳首をこすって苦しめた。

息をつくこともできなかった。こんな愉悦を味わったことは一度もない。こんな激しい興奮を経験したことは一度もなかった。それは子宮を引きつらせ、血の流れに乗って駆けめぐり、体を襲う猛烈なうずきのもとに、エミリーを無力のまま置き去りにした。

ケルが顔をゆがめて貪欲な表情を浮かべた。緑色の目を妖しく光らせ、瞳の奥にエメラルド色の炎を燃え立たせながら、こちらを見つめる。

「なんてきれいなんだ」ケルがうなった。

ジーンズを腰の低い位置に下ろし、片手で自分の硬い部分をつかむと、ゆっくりこちらへ身をかがめる。

エミリーは抵抗できなかった。抵抗すべきだとわかっていた。やめるように、考え直すようにと叫ぶべきだと。しかし、あまりにも心地よすぎて、あまりにも熱く切羽詰《せっぱ》まっていた。あたりを『ヘルズ・ベルズ』の音色が満たした。

ふたりは、はっと凍りついた。

エミリーは、ケルのジーンズのベルトにぶら下がったままの携帯電話にさっと視線を向けた。ケルが小声で悪態をついた。

また『ヘルズ・ベルズ』が響きわたり、ケルがホルダーから電話を取ってすばやく応じた。

「上院議員。なんのご用ですか？」

エミリーはぞっとしてケルを見据えた。自分の体からほんの数センチの位置にある硬く勃《ぼっ》起《き》した部分をちらりと見てから、さっと目を合わせる。そこにはおもしろがるような表情と、皮肉なあきらめがあった。

エミリーはなんとか気を落ち着けようとして、カウチの上で身を起こし、手探りで床に落ちたシャツを拾って、頭からかぶった。

ふわふわと漂っているような気分だった。まるで知らないうちにつながれていた綱から放たれて、懸命にバランスを取り戻そうとしているかのようだ。どうにかカウチから立ち上がり、そわそわと指で髪をかき上げて、父と話すケルを眺めた。

彼の声は穏やかで、先ほどの情熱的な声音は跡形もなく消えていた。カウチから立ち上がってジーンズをはき、エミリーがあさって出席する予定のパーティーについて話し合っている。

父が手配した、代わり映えのしない政治的な行事に出席する気にはなれなかった。特に、ケルといっしょに出席する気にはなれなかった。

いまは。自分の体が欲求で焼けつくようにほてっているのに、ケルが背を向けて落ち着いた冷静な声で父と話しているあいだは。

エミリーはぎろりとにらみつけたが、ケルは少しも会話を中断することなく、床からシャツを拾って身に着けた。

あまりにも背が高く、あまりにもたくましく、その愛撫はあまりにも巧みだった。まるで本能的にエミリーの弱みを、探索して触れたいという、触れられたいという欲求を知っていたかのように。

両手がまだその欲求でうずいていた。体はそれを求めて燃えていた。どうやって抵抗すればいいのかわからなかった。

これまでにも、性的な欲望を知る機会はあった。ためらいを捨てて、愛撫に身をゆだねようかと考えた瞬間もあった。しかしいつもなんとか自制を保って、その場から逃れてきた。今回は、自制を保つことができなかった。逃れることができなかった。あえぎ声をあげ、もっと欲しいとせがんだ。父からの間の悪い電話がなければ、いまごろケルの体の下でうめき声を漏らしていただろう。

エミリーは唇を噛んで、伏せたまつげの下からケルをちらりと見た。ケルはカウンターに寄りかかって低く響く声で話し、エミリーの一挙一動を視線で追っていた。

不意に、自制の気持ちが戻ってきた。周囲に壁が迫ってきて、空気が濃密になり、セックスの香りと自身の後悔に包まれて息苦しさを感じた。

激しく頭を振ってくるりと向きを変え、寝室に入って苛立ちとともに勢いよく扉を閉めた。それからシャワーのほうへ向かった。

冷たいシャワーを浴びるために。

自制心を取り戻さなくてはならない。どういうわけかそれは、ゆっくり触れられるたびに、ひとつまたひとつと官能的な発見をするたびに持ち去られてしまった。どうやって取り返せばいいのかわからなかった。どうやって心を守ればいいのかも。

なぜなら、ケル・クリーガーがそれを奪いつつあることがわかっていたから。キスするたび、愛撫するたびに心を奪い、魂を危険にさらしつつあったから。彼を手放せば、粉々になってしまうだろう。かといって、引き留めるわけにはいかない。

父は娘のそういう結婚を夢見ている。エミリーが最も恐れる悪夢だ。愛し心配するあまり、家に閉じこめようとするかもしれない男。満ちあふれる夢をしぼり取り、後悔だけを残して去っていくであろう男。

母に起こったのは、そういうことだったのだろうか？　エミリーは考えながら、シャワー室に足を踏み入れた。父の束縛があまりにも激しかったから、逃げるしかなかったのだろうか？　事故を起こして病院で死の床に就いているとき、後悔しただろうか？　母は知っていたの？　後悔していたの？　母が置き去りにしようとしていた夫と子どものことを、その選択がふたりにもたらす恐怖のことを考えてみたのだろうか？

何年も前に、自分はそうはならないと誓った。意志の弱い女にはならない。わたしを制御しようとする男とは結婚しない。父の要求にしっかり立ち向かう方法を学ぶまでは、強い男に屈して心を預けないようにしようと。

父に立ち向かえない女が、どうして恋人や夫に立ち向かえると信じられるだろう？

そして、女がケル・クリーガー中尉に立ち向かえる見込みがあるだろうか？　彼は登る者にとっての究極の山であるような気がした。最も危険で、最も険しく、そしてまちがいなく最も魅惑的な。

とにかく、慎重にならなければ。ケルはわたしの弱みになりつつある。そしていまのエミリーには、その弱みを抱えこめるだけの余裕はなかった。

9

ケルは上院議員との電話を切り、長いあいだ手のなかの携帯電話をじっと見つめていた。あの男にはひとつ貸しができた。まったく、なんという間の悪さだ。あと一分遅ければ、電話を無視して、エミリーに初めての情熱的な交わりを教え、この上ない悦びに浸っていただろう。

あるいは、頭を吹き飛ばすほどの狂気に。電話があの独特の曲を鳴らしはじめてようやく、自分のそそり立つものにコンドームを着け忘れていたことに気づいた。

ばかなやつめ。それでいて、自分は身の守りかたを知っているなどとエミリーに請けあったのだから。

しかし、その狂気はこれまで一度も味わったことのない最高の悦びでもあった。

バージンの女を相手にすることに、臆してもいいはずだった。とりわけ、娘のために特定の銘柄《めいがら》の夫を精力的に探す父親がいるバージンの女を。分別と自己保存を奪い去るバージンの女を。長年のあいだ、夢で誘惑しつづけてきた女。あの熱い唇で触れられた瞬間、首に縄をかけられたような気がしてもいいはずだった。

しかしエミリーの愛撫には、どこかしっくりくるものがあった。懸念をいだきながらも、どこか心に呼びかけるものが。懸念なら山のようにある。父親がおもな心配ごとのひとつだ。

ケルは首を振って、もう一度携帯電話を開き、リーノの短縮番号を押して待った。

「五分しかないぞ」リーノが穏やかな声で応じた。「上院議員は、議事堂で会議がある。送っていくところだ」

「あんたをきりきり舞いさせてるのかい？」ケルはにやりとした。

「言葉に気をつけろ、中尉。メイシーと交替させて、おまえを上院議員のそばにつけたっていいんだからな」

冗談じゃない。「いや、遠慮しとくよ、中佐。要点だけ言おう。あさって出席するパーティーのことだ。上院議員はイアンの名前を出さなかった。俺はあいつを配置してほしい。もしスパイが政府職員で、上院議員の調査を恐れるほどスタントン親子に近いところにいるなら、面倒なことになるかもしれない」

リーノはしばらく黙っていた。「シークレットサービスが後方につく。警護官たちのファイルを見たが、優秀な連中だった」

「いやな予感がするんだよ、リーノ。イアンを配置してもらいたい」

ケルは迫り来る危険を漠然と感じていた。上院議員がエミリーを出席させるつもりの政治家たちのパーティーについて話しはじめた瞬間から、その予感はますます強くなってきた。

「いいだろう」リーノがすばやく決断した。「おまえの礼装用軍服は、あす上院議員の別邸に着いたとき、そこに用意されてるだろう。イアンは飛行機で入れるように、手続きをしておこう。シークレットサービスの警護官をひとり、イアンの使ってるマンションに残して、おまえたちがいないあいだミス・スタントンの家を見張らせるようにする」

ケルはその人員の配置にうなずいた。「上院議員のスケジュールによると、俺たちは午前中にDCに到着することになってる」

「クリントが別邸で待ってるだろう。パーティーが開かれる邸宅の警備の配置図と、そこまでの運転ルートを用意してるはずだ」

「あんたとメイシーは配置につくのか？」

「上院議員がパーティーに参加してるあいだだけだ」リーノが答えた。「もうひとつ言っておく。用心しろよ。上院議員は、そっちで起こってることに妙に浮かれてるようだぞ。おまえが上院議員の娘とよろしくやってるなら、ものごとが悪い方向へ転がった場合、ひどい目にあわされるのを覚悟しておけよ」

「議員がどんな憶測をしてるのかわかるか？」

「いいや、だが昨夜電話を受けたとき、あからさまなしたり顔でにやにやしていたぞ。そのあとおまえのファイルを取り出して、かなり長い時間それを眺めていた。だから背後に気をつけろよ《ウォッチ・ユア・シックス》」

かつてのシール隊員が、結婚指輪を利用して別のシール隊員の破滅をたくらむ以上にひどいことはめったにない。ケルが心配なのは、だれが上院議員にその進行状況を伝えたかということだった。ふたりがいっしょにいて触れあっているところを見た人間はひとりしかいない。あの女の経歴を調べたかぎり、甘やかされ退屈している裕福な小娘という以外はなにも出てこなかった。しかし、どうやらあの裕福な小娘には、ほかの人間には見せない一面があるらしい。

「しっかり目をあけておくよ――」

「ジーンズのファスナーは閉めておけよ」リーノが念を押した。「おまえが彼女のストリップを見たあと、どんな状態になってるのかはよくわかってるからな」

「あれはラップダンスだ」ケルは自分の満足げな声に顔をしかめた。

リーノがふんと鼻を鳴らした。「結婚式にはちゃんと呼んでくれよ。一見の価値はありそうだ」

「まさか」ケルはうなった。「そんなことになったらすぐに出ていくさ」

「背後に気をつけろよ」リーノがもう一度言った。「DCで会おう」

ケルは電話を切り、寝室から出てきたエミリーのほうに視線を上げた。髪はまだ湿っていて、化粧もしていない。別のカプリパンツではなくジーンズをはいて、Tシャツを腰の低い位置でたくしこみ、幅広いベルトをしっかりと締めている。

　表情は反抗的で、身ぶりはひどく機嫌を損ねていることを示していた。ケルはその種のメッセージを読み取るのは得意だったが、どうして自分がその原因となったのかを理解するのはあまり得意ではなかった。

「父はパーティーを取りやめるべきなのよ」エミリーは言って、冷蔵庫のところまで歩き、水のボトルを出した。「時間のむだだわ。インテリ連中がめかしこんで、だれかが用意したシャンパンを飲みながら突っ立ってるだけのお粗末な会よ」

「お父さんを当選させてくれた政治献金と選挙への助言に、感謝を示す会だろう」ケルが補った。「きみはもてなし役だ。これまできみがずっとパーティーを仕切ってきたんだから、この時点で代わりを務められる者はいないよ」

　言われなくてもわかっていた。エミリーは体じゅうが苛立ちでわき返るのを感じた。消すことのできない激しい欲望から生まれた焦燥《しょうそう》と、危うくそちらへ足を踏み出しかけた恐怖で。

「父は、わたしがDCに移動するための飛行機を手配したの？」しばらくしてからきく。

「あなたが聞いてるといいんだけど。当然、わたしには教えてくれなかったから」

　家に筋骨たくましい男がひとりいれば、父はわざわざエミリーに計画を伝えたりしない。いかにも父らしい。ほんとうに頭にくる。

「あすの午前中に、海軍基地へ向けて出発する。アナポリス行きの海軍のヘリコプターをつかまえることになってる。お父さんの車がそこで俺たちを拾って、首都の別邸へ連れていってくれる」

「翌日、ダンモア邸の夜のパーティーへ向かうのね」エミリーは締めくくった。「段取りはわかってるわ」

ダンモア家は父の政治的な盟友で、政界で大きな力を持っていた。

「だったら、そこから抜けられないこともわかるだろう」ケルが肩をすくめて、またエミリーの体に視線を這わせた。胸と太腿には、心持ち長めに。「どうして服を着たんだ?」

エミリーはぎょっとした。先ほど正気を失いかけたことについて、これほど無遠慮に指摘されるとは予期していなかった。

「与えられたチャンスを生かして、危機一髪で逃れるのがいちばんだと考えたからよ」

ケルが目を妖しく光らせて、愉快そうに唇をねじ曲げた。たくましい腕を胸の前で組み、熱をこめてこちらを見つめる。その表情にみなぎる情欲を無視することはできなかった。

「〝危機一髪〟か。おもしろい表現だな」

「あなたはコンドームを着けてさえいなかったじゃない」エミリーは歯を食いしばって言った。

「きみの口にくわえられてるときも、着けてなかったよ」ケルが指摘した。「それでもきみはやめなかった」

ケルの答えは、あふれそうな怒りをさらにかき立てただけだった。わたしを操ろうとしている。制御しようとしている。それを感じた。いつも父がそうするのを感じるように。

「それで妊娠するわけじゃないでしょ。なにをするつもりなの、ケル？　父に気に入られるために、わたしを身ごもらせて、父が欲しがってる義理の息子になるつもり？　スタントン家の財産と権力がじゅうぶんな報酬になると判断したわけ？」

「お父さんのお金は必要ないよ、エミリー」ケルが薄ら笑いを浮かべて言った。自己満足の笑みに胸をときめかせるはずではなかったのに。キスがどんな感触だったかを思い出すはずではなかったのに。「それから、きみを身ごもらせるのは、俺の計画には入っていない。いまの時点で大事なのは、きみを熱く濡れさせて俺でいっぱいにすることだけさ」

エミリーはぽかんと口をあけてケルを眺め、目をしばたたいた。

「けだもの！」

ケルが笑いと欲望に満ちたきらめく目で見つめ返し、ものうげに頬をかいた。

「俺はけだものじゃないよ」きっぱりと言う。「ほんとうさ。女ならだれでもいいってわけじゃないんだ、エミリー。俺はこの任務が終わるまでに、きみのパンティーのなかに入りこむと決めた。そして確実に、俺がそこにいたことをきみが一生忘れないほど強く深く入りこむつもりさ」

エミリーは息をのんだ。「あなたはどうかしてるわ」

「その悪口を聞くのは初めてじゃないな」ケルがこの上なく自信に満ちた表情で言った。

エミリーは拳を固めたくなる衝動をこらえた。足を床につけたままにして、ケルのむこうずねを蹴りつけたくなる衝動をこらえた。

「あなたってほんとうにいやなやつ《ペイン・イン・ザ・アス》ね!」ぴしゃりと言う。

「いや、まだまださ」ケルがウインクした。「でも時間をくれれば、いずれきみのお尻《アス》にたどり着くよ。そのことを考えながらでも、あしたの旅行のための荷造りができないかな? 荷物は軽くするんだよ。俺たちが乗る予定の海軍のヘリコプターには、じゅうぶんなスペースがないことが多いから」

エミリーの言うとおりだ。彼女の顔が驚きから狼狽《ろうばい》に変わるのを見つめながら、ケルは認めた。俺はいかれている。すぐにこの女のもとから、できるかぎり急いで逃げ出すべきだ。なのにここに突っ立って、エミリーを見つめ、青い目に怒りの炎が揺れるのを眺め、癇癪が表面に浮かび上がってくるのを待っている。

赤い髪の下に、手に負えない跳ねっ返りが隠れていることはわかっていた。そそのかすべきではない——跳ねっ返りは危険なこともある——しかし花火のような激発を期待せずにはいられなかった。

「シール隊員のどこが大っ嫌いだかわかる?」不意にエミリーがどなって、鋭い目つきでこちらをにらみ、全身を怒りで小刻みに震わせた。

ケルはまゆをつり上げてみせた。「いつも正しいところ？」

「いつもとんでもなくうぬぼれてるところよ。あなたは自分が完璧に正しいと思ってるんでしょう。完璧に制御できてると。あなたはこのろくでもない世界が、自分を中心に回ってると思ってるんでしょう、そうじゃない、ケル？」

「自分自身の世界はね」ケルは訂正した。そこははっきりさせておきたかった。「それが訓練と呼ばれるものさ」

そう言ったとき、エミリーの目をよぎった苦痛は予期していなかった。

「ええ、それが訓練と呼ばれるものね」歯ぎしりして言う。「それが自由になるということよね、ケル。制御する力を与えられるということ」

「制御する力が欲しいのかい、エミリー？」ケルは首を振った。「きみがそれを欲しがってるとは思えないな。もし欲しいのなら、もう何年も前に手に入れてるはずだからね。シール隊員についてひとつ教えてやろうか。俺たちは強さを読み取るすべを知ってるが、同時に弱さを読み取るすべも知ってる。もしお父さんがきみを制御してるのなら、それはきみが望んでるからというだけのことさ。制御する力が欲しいって？　だったらボスはだれかをお父さんに示してやればいい。シール隊員を引き下がらせる女になれよ、エミリー。そうすれば、お父さんはきみが求めてる尊敬を与えてくれるさ」

エミリーは衝撃を受けてケルを見つめ返した。父とのあいだになにがあるのか、彼に理解できるはずがない。

「あなたはわかってないのよ――」

「わかる必要はない。わかる必要があるのはきみだけさ」ケルがきっぱりと首を振った。「きみはどんなシール隊員にも立ち向かえる、じゅうぶんに成熟した女だ。お父さんが望まないからというだけで、欲しいものが得られないのはおかしいよ」

エミリーはいまにも叫びだしそうになった。いまにもケルになにかを投げつけそうになった。いったい父はどこから、殺したいと思わせるただひとりの男を見つけてきたのだろう？

「得られないなんてだれが言ったのよ」エミリーがきり返した。首から顔がみるみる赤らんできて、髪の生え際まで濃いピンク色に染まり、鳶色の髪とあいまって炎のイメージを作り出した。目はぎらぎらとした青に輝いていた。これほどあでやかなものを目にするのは生まれて初めてだ、とケルは思った。

「ところで、ベッドを使おうか、それともガスレンジを使おうか？　飢えにさいなまれそうだよ」

ケルのまなざしは、その飢えがどちらにでも向かえることを請けあっていた。信じられないことに、エミリーは怒りが欲望を刺激するのを感じた。情欲がお腹の奥で激しいリズムを刻み、怒りが頭を駆けめぐった。

「あなたの銃を使うことにしましょう」エミリーは息を弾ませて言った。「あなたの空っぽの頭のまんなかに、いい感じの小さな穴をあけるのよ」

ケルがため息をついた。「それは夕食後まで待ってくれ。胃が空っぽなまま死ぬのはいやなんだ」

「自分がすごくもの知りだと思ってるんでしょう！」エミリーは金切り声をあげそうになるのを懸命にこらえ、胸のなかでわき立つ怒りを押しとどめた。「答えならなんでも知ってると思ってるんでしょう、そうじゃない、ケル？」

「いいや、エミリー。そんなことはない」ケルは力強く答えた。エミリーのまなざしに浮かぶ苦痛に耐えがたくなってくる。「すべての答えを知ってるわけじゃないさ。俺にわかってるのは、いま見えてるものと、過去にきみが雇った能なしのボディーガードたちから聞いたことだけだよ。俺に見えてるものがわかるかい？」

エミリーはひるんだ。「あなたに見えてるものなんて、どうでもいいわ」

「俺には、あまりにもひたむきに人を愛する女が見える。人の痛みや苦しみに敏感すぎて、愛する者たちに同じだけの尊敬を求めようとしない女が。俺には、バージンのままでいた女が見える。バージンだよ、エミリー。触れて触れられることを渇望してるすばらしく情熱的な女なのに、それなしで暮らしてるんだ。父親を傷つけないですむように。だれと結婚するか、いつ結婚するかは自分の問題であって、父親には関係ないと説明せずにすむように」

ケルの口調に非難は含まれていなかった。もし含まれていたなら、反発しただろう。ののしる言葉を返していただろう。

「あなたの思いちがいよ」エミリーはささやき声で言った。「わたしがバージンのままでいたのは、父とけんかしたくないからじゃないわ。父とのけんかで、ほかの人に代償を払わせたくないからよ。信じないなら、チャーリー・ベンソンに電話してみなさい。よければ電話番号を教えるから。彼は海軍士官学校の卒業生で、わたしが十八歳になったあと初めてできたボーフレンドだったわ。わたしの寝室からこっそり出てきた彼を父がつかまえて、わたしが結婚を拒むと、父は彼の輝かしい海軍でのキャリアをだいなしにしたの。わたしの決断のせいで、父はひとりの男性の人生をだいなしにしたのよ、ケル。わたしはそのことを忘れない。あなたも、憶えておいたほうがいいかもしれないわよ」

ここから逃れる道はなかった。外をうろつくわけにはいかないし、夏じゅう寝室で過ごすつもりもない。あとはケルと向き合って、闘うだけだ。

しかし、チャーリーの運命を思い出して後悔を覚えてはいたが、エミリーはケルとの言い争いを楽しんでいる自分に気づいた。ケルは声を荒らげたりどなったりはしなかったものの、力強さを増していた。その力強さが体の内側にあるなにかに挑みかかり、それを表面へと押し上げて、こちらからも挑みかかることを求めた。

「ベンソンはきみの寝室に忍びこんだんだよ、エミリー」ケルが笑った。「きみは十八歳の誕生日を迎えたばかりだったが、あいつはもう二十代だった。当然の報いだよ」

「父は彼をアナポリスから追い出したのよ」

「あいつは士官の娘にちょっかいを出した。危険は承知してたはずだ」

「ほらね？」エミリーは声をあげた。「あなたは父とそっくりだわ。チャーリーは若かったのよ。ロマンチックな気分になってただけだわ」

「むらむらした気分になってただけさ」ケルが尊大に胸の前で腕を組んだ。「あいつは下半身ばかり立派で頭は空っぽだった。きみにはもっといい男がふさわしい」

「で、あなたはその頭のなかに優秀な頭脳を隠してるっていうのね？」エミリーは怒りをこめてあざけった。

「俺は子どもじゃない」ケルが緑色の目に自信をみなぎらせて言った。「きみの太腿のあいだに顔をうずめたとき、すべきことがわかっていたという事実を見れば、きみにもそれは明らかなはずだろう」

「セックスの話じゃないわ」エミリーは指で髪をかき上げてつかみ、思いきり引っぱれば苛立ちもいっしょに引きぬけるだろうかと考えた。

叫びだしたい気分だった。我慢ならない男だ。

「ああ、これはセックスよりずっと重要な話だ。きみと俺の話だよ、エミリー。そしてきみの大切なお父さんは、この試合に加わる権利を持っていない。余計な口は出すなと言えばいい。それとも俺が言おうか」

「やめて！」

「お父さんは、きみの寝室の窓からこっそり出ていく俺をつかまえはしないよ。いつものように策略をめぐらせて、きみのベッドにいる俺をつかまえるだろう。それが起こるまえか、あるいはあとに、きみが対処するんだな。きみの選択しだいだ。俺は海軍士官で、お父さんはもう海軍に所属していない。俺に手出しはできないさ」

「あなたをベッドに入れたりしないわ！」エミリーは叫んだ。自分を抑えられなかった。とんでもない男だ。完全にいかれている。

「エミリー、キスひとつだよ」ケルが人差し指を立てた。「キスをひとつくれれば、証明してみせよう。きみをあおむけに寝そべらせて、なにが起こったかわかるまえに貫いてあげよう。いっそのこと、試してみればいいじゃないか」ケルの表情が誘いかける。「俺を試してみなよ」

ああ、どうしよう！　エミリーは呼吸を奪われた。子宮のなかで小さな爆発がいくつも起こって、どうにかなってしまいそうだった。太腿のあいだにとろけるような感覚があり、熱い液体と引きつるような悦びに息をのむ。

「絶対にいやよ。悪いわね、ケル。何年も前に、シール隊員はリストからはずしたの。できれば、これからもよく気をつけるつもりよ」

エミリーは振り返って、最後の逃げ場、唯一の逃げ場、つまり寝室のほうへ向かった。もう少しでたどり着くところだった。しかしドアのところでケルにつかまり、くるりと向きを変えさせられ、壁に押しつけられた。エミリーは驚いてケルを見上げた。

驚いたのは、彼の表情から戯れが消えたせいだった。そこに満ちていた茶目っ気と情欲は、純粋な情欲に変わった。濃密で、淫らで、謎めいた官能的な情欲に。

「リストから削除したのかい、かわいい人《シェール》？」ケージャン訛りが強くなり、濃密でセクシーな香りが口調に加わる。「だったら、目の前のシール隊員を候補者のトップに加えておいたほうがいい。約束するよ、俺の雌狐ちゃん。このシール隊員は、きみが大切に守ってきた純潔を奪うつもりだからね。そしてすべての味を、すべてのあえぎを、すべての突きを堪能《たんのう》する。あてにしてくれていいよ」

エミリーは目を見開いてケルに視線を注いだ。これまでに知るようになった冷静で落ち着き払った自信過剰のケル・クリーガーとはちがっていた。いくらかはそういう部分も残っているけれど。

目の前にいるのはひとりの荒々しい男だった。セックスのあらゆる味を知っている男だということが、表情に、輝く瞳の奥に表われていた。それはエミリーの体に響きわたり、秘めた部分に当てた唇と内側を突いて舐めた舌の記憶で燃え上がらせた。

両手首をつかまれて壁に押さえつけられ、たくましい腕の力で身動きを封じられた。腰をぐっと押しつけられると、ジーンズの下で硬く大きくなっているものを感じた。ケルが宣言したとおり、意図は明らかだった。エミリーを奪うつもりだ。

「ありえないわ」自分のあえぎ声にひるむ。しわがれた淫らな声だった。誘いかけ、挑発するかのような。

「成り行きに任せるさ」訛りは消え、声は穏やかになり、向こう見ずな笑みが戻ってきた。「それについては、成り行きに任せるしかないさ」

10

俺はエミリーにおぼれつつある。ケルにはそれが感じられた。現在負っている任務には必要のない情欲と飢えをぐっとこらえ、正気を奪おうとする炎のような女から遠ざかった。

部屋に引きこもって、あすのワシントンDCへの旅に向けて慎重に荷造りを始めたのはケルのほうだった。小さなリュックひとつに、武器と予備の弾薬、ふだん着の着替えを収めた。リュックのクッション敷きの底には、防水袋に包んだ偽名の身分証明書とクレジットカード、そしてじゅうぶんな現金が入っていた。これで、陥《おちい》る可能性のあるたいていの状況には対応できるはずだった。錠の下りたあらゆる扉と数種類の警備システムを突破するための小さな道具箱も詰めこんだ。

準備は万全だ。

それから、帰宅するまでイアンのマンションに保管しておく分として、大きめのダッフルバッグにライフルと、二丁の予備のリボルバー、弾薬、短剣など、ほかの武器を詰めた。

アトランタとその周辺地域には、ほかにも武器の隠し場所があった。二軒の隠れ家と、バス乗り場のコインロッカー。ケルはすべてに備えることを、身をもって学んだ男だった。

それだけを取ってみても、情欲のみでエミリーの人生に踏みこめるなどと考えたのはまったく愚かだった。エミリーはとんでもなく厄介な女だ。しかも、ケルの心にじりじりと忍びこんでくる。昔から、そうなるだろうと感じていたとおりに。この五年間、もっともな理由があるからこそ、彼女を避けてきたんじゃないのか？

いや、そうか？

ほんとうの意味で遠ざかっていたわけではなかった。エミリーの周囲をこっそり出入りして、ボディーガードたちを調べ、街にいるときには彼女の様子を確かめた。誘拐されたことを知ったとき、ケルはちょうどある任務を終えたところで、弾丸で軽傷を負い、人間には耐えがたいほど何日も寝ていなかった。

しかし知らせを受けてすぐ、ケルは荷造りをして、言葉巧みに上官を説得し、リーノとその部下たちが救助に向けて乗りこんだ航空母艦へと飛んだ。

どうにかぎりぎりで部隊に加わることができ、上院議員とリーノをうまく操って、敷地内で激しい戦いが行なわれるあいだ、エミリーと女性たちを守る位置についた。

そして確実に守ってみせた。エミリーはデートレイプドラッグを投与され、性的な興奮をあおられて朦朧《もうろう》としながらも、懸命に闘っていた。小屋の隅でほかのふたりの女性たちを抱きしめ、身を伏せながら、希望と渇望をこめてこちらを見つめていた。

その後ずっとケルをさいなんでいたのは、こちらの顔を認識したときのエミリーの目の記憶だった。希望と渇望。ケルの名前をささやく様子。しっかり自分の足で立とうと、救出の役に立つことならなんでもしようと努める様子。

自分の気持ちを止められなかった。止めたかった。頭と心からエミリーを締め出し、情欲を消し去り、その夜以前の男に戻りたかった。荒々しい青い目をのぞきこみ、自分の魂に共鳴する欲求を見てしまう以前に。それ以前は、エミリーから離れていることはむずかしくなかった。しかしそのあとは、離れていることができなくなった。

エミリーは心から自由を欲している女だ。美しいかごに閉じこめられた鳥のように。罪悪感の柵で作られ、若気の過ちへの後悔と、娘を守れる男と結婚させようとする父の決意で錠を下ろされたかご。

スタントンのものごとの進めかたはまちがっていると、ケルは確信していた。しかし、上院議員の娘に対する愛は、はっきり見て取れた。エミリーの父に対する愛が見て取れるように。

それは、スタントンが初めてケルを自宅の夕食に招いてくれた十五年前から変わらなかった。タンジーの死から、ほんの数週間後のことだった。ケルを雇っていた刑事がリチャード・スタントンと学生時代の友人同士で、刑事が法執行機関へ移るまでは海軍の仲間だったのだ。一度電話をしただけで、当時のスタントン大尉はまっすぐルイジアナ州にやってきて、ケルの世話を引き受けてくれた。

父と娘の愛は、そのころからますます深まるばかりだった。

しかしケルの目には、エミリーの父への愛が、過去のできごとと父の心痛に対する気遣いのせいでひどく損なわれているという事実も見えた。エミリーは欲しいもののために闘わずに、尻込みしている。スタントンはそれを完全に利用していた。

やめさせなくてはならない。エミリーの指に指輪をはめるときには、彼女が望むからそうするのであって、父親への罪の意識からであってはならない。

そう考えて、ケルははっとした。まんまとわなにはまった。こうなるとわかってはいたのだ。あの小さな雌狐と、結婚するつもりだった。ケルは空想の世界に浸るような男ではない。なにかが自分のもとにやってくれば、それとともに進む。おそらく一生に一度しかないだろうが、祖父母が夢見ているものを与えてやることになる。彼らが文句なく承認できる義理の孫娘。長年のあいだ、ケルはその考えがどうしても受け入れられなかった。

ケルは寝室をゆっくり歩き、小さなバスルームに入った。そして成長して男になった鏡のなかの自分を見た。もう何年も、自分の目をのぞきこむのは避けてきた。そうするたびに、ずっと昔、頼りにしてくれた者を守れなかった自分の失態が見えるからだった。

自己嫌悪が見え、激怒が、両親と祖父母に向けた無意味な非難が見えた。

かつて、彼らを許せる日は来るのだろうかと自問したことがあった。失った家族のことを、締めつけるような痛み以外の感情とともに思い浮かべられる日が来るのだろうかと。

タンジーは殺されたとき、妊娠七カ月だった。息子は妻のお腹のなかで死んだ。両親と祖父母は、葬式にすら来なかった。ケルは雇い主の刑事とともに棺のそばに立ち、怒りに燃え、事実上ひとりぼっちだった。

ケルは泣いた。ひざをつき、流した苦い涙とともに、若さの最後のひとかけらが体から流れ出ていった。

いまケルは、自分自身を見つめ、成長した男を目にした。リーノにはいつも、正気ではないと言われている。ケルはほかの男たち、シール隊員たちでさえ避けるような危険を冒してきた。あまりにも多くのことについて、世界を異なる目で見ていたので、周りの人を居心地悪くさせてきた。

もう夢を失った少年ではなかった。大人の男だった。胸のなかで高まりつつあるエミリーへの感情は、女に対する男の愛だった。どんな男も女も確実に安全でいられることはないというのに、安全をあたりまえと考える人が多すぎるという事実を、ケルはようやく受け入れた。エミリーは傍らに立って、自分の身をきちんと守ろうとしてくれる女だ。

そしてケルは、これ以上魂を侵す孤独とともに生きていくことはできないとわかっている男だった。家と、愛と、頼りにできる女が必要だ。常に向きあわなければならない危険をじゅうぶんに理解できる強い女が。

エミリーこそ、その女だった。

一週間前なら、火遊び以上のものが欲しくなるとは思いもしなかっただろう。しかしいまのケルはそれと、それよりずっと多くのものが欲しかった。

11

ケル・クリーガーに恋してしまうかもしれない。

翌朝、エミリーは太陽が昇るまえにコーヒーとシナモンロールの香りで目覚め、そのことを認めた。昨夜はケルに対するあまりの怒りでよく眠れず、言い争いのことばかり考えていたが、頭にはひとつの事実がしっかり植えつけられていた。

ケルはわたしの心に忍びこみつつある。こんなはずじゃなかったのに。父が差し向けてきたほかの男たちと同じように、彼にも用心するはずだったのに。ケルがシール隊員であることは知っている。支配的で、制御する力を持ち、好きなときにわたしを苛立たせることのできる人間だということも。

しかし、ケルはずっとエミリーの夢の恋人だったのだ。

しかも、彼は抑えつけようとはしなかった。

ケルの意に反するようなことを実際にやってみたわけではないけれど。いまはまだ。でも彼は、わたしの不安定な気持ちを利用して操ろうとすることもなかった。挑みかかり、正面から向きあって、考えさせた。

　ケルはわたし自身について、わたしの人生について、急速に悪化しつつあるとわかっている父との関係について考えさせた。

　それが父の過ちであると同時に、わたしの過ちでもあることを気づかせた。

　残る疑問はひとつだけだった。いずれこの男の寝首をかいてやるような事態にならずに、わたしは生き延びられるの？　それに答える唯一の方法は、実際にケルとベッドをともにすることだった。

　そう考えると、体じゅうがかっと熱くなった。エミリーはシャワーを浴び終えて、ケルといっしょにその日一杯めのコーヒーを飲んでいた。そして、くつろいでいる自分に気づいた。

「約二時間後に海軍のヘリコプターをつかまえる」ケルが腕時計で時間を確かめてから、小さな手帳になにか書きつけた。

　ケルは左利きだ、と気づく。それがセクシーに見えるなんて、どうかしている。

「DCに行くまえに、アナポリスへ飛ぶのね」エミリーはうなずいた。

「予備の着替えを俺に預けてくれ。ジーンズ、Tシャツ、長袖のシャツ、あとは下着も。万が一の場合に備えて、緊急用の荷物に入れておきたい」

　エミリーは驚いて、なにかを書きつづけるケルを見つめた。

「なぜ？」

ケルが顔を上げて、まじめな緑色の目を向けた。冷たくはなかったが、集中していた。

「言っただろう。万が一の場合に備えてだ」

「万が一の場合を予測してるの？」恐怖は感じなかった。ケルのまなざしがそれを許さなかった。

「俺は常に、万が一の場合を予測してる」ケルが言って、手帳に視線を戻した。「それを準備と呼ぶ」

「ただのパーティーよ。どんなことが起こるというの？」

「狙撃者、忍びこむか友人のふりをする暗殺者。なにが起こってもおかしくないよ、エミリー。生き延びる秘訣は、それに備えることさ」

「父は、邸宅の周りじゅうの警備を固めたと言ってたわ」エミリーは指摘した。「どうやってジェームズ・ダンモアの警備員たちの横を通りぬけるの？　彼らは優秀よ」

ケルがまた顔を上げた。今度の目つきは射抜くかのようだった。

「彼ら全員を個人的に知ってるのか？　彼らが見て見ぬふりをしたり、賄賂《わいろ》を受け取ったりすることなどないと、心の底から信じられるくらいに？」

「いいえ」エミリーはゆっくり答えた。

「それなら、彼らに自分の身の安全はゆだねるな。俺にゆだねろ」

「あなたがいなくなったら？」エミリーは茶化すように尋ねた。ボディーガードたちはみんな、どこかの時点で去ってしまう。

「そうしたら、俺に教わった手本と、俺に受けた訓練を役立てるんだ」ケルが、エミリーの驚きの表情は見ずに顔を下げた。「常に準備しておけ、エミリー。常に他人が整えた安全策を疑え。そして常に、常に自分の本能を信じろ」また顔を上げ、探るようなまなざしをしてから、うつむいてまたなにかを書く。

「なぜそんな話をする気になったの？」

ケルは唇をぴくりと動かしたが、目は上げなかった。

「きみのリサーチへのちょっとした貢献と考えてくれ」

その答えに、エミリーはいぶかるような目つきをした。

「それだけじゃ足りないわ」

「いや、足りるはずさ」ケルが立ち上がって手帳をぱたんと閉じてから、息をのむのがやっとというほどすばやく、エミリーを椅子から引き上げた。

たとえ抵抗したいと思ったとしても、その時間はなかった。ケルが片腕で腰をつかみ、硬くなった部分のほうにエミリーの体をぐっと押し上げて、明らかな欲望をこめて唇を奪った。

エミリーはとろけていった。抵抗する必要なんかないわ。昨晩、いずれケルとベッドをともにすることを受け入れた。彼とベッドをともにしたくてたまらない。彼の腕のなかで見つけたばかりの悦びを、もっと味わいたい。

エミリーはいま、ケルの腕のなかにいた。腕を彼の首に巻きつけ、指を髪に絡める。ケルが片手で同じことをして、頭をぐいと後ろに引っぱった。

喉からすすり泣くような声が漏れ、閉じたまぶたの裏で色鮮やかな光がはじけた。ケルが腰に回した腕でさらに引き寄せ、ひざを曲げて硬い膨らみがエミリーの太腿のあいだに収まるようにした。その部分から体が溶けてなくなってしまいそうだった。

ケルが唇を傾けてしっかり重ね、エミリーはさらに唇を開いた。舌で彼の舌を積極的に撫でつける。最初の意思表示の段階で、夜更けの決心を少しずつあらわにする段階で、主導権を握られたくなかった。

ケルは飼いならせるような男ではない。たぶん、あきらめる覚悟ができるずっとまえに、去ってしまうのだろう。でもこうして腕に抱けるあいだは、わたしのものだ。

「ああ、きみはすばらしい味がする」ケルがうなって、エミリーの唇を軽く嚙んでから、身を引いてこちらを見つめた。

「あなたのほうがすばらしい味よ」エミリーは舌でケルの下唇の曲線をなぞり、彼の目がぱっと燃えて情欲に満ちるのを眺めた。

「朝になったとたん、すっかり甘くとろけて腕に抱かせてくれるんだな」ケルが文句を言って、ため息とともに手を離した。「荷物を持っておいで。俺が食器を流しに運んでおこう。出かけなくてはならない」

「ハーレーで行きましょうよ」エミリーは提案した。

ケルとベッドをともにすれば、いいことがいろいろあるかもしれない、と不意にエミリーは考えた。人生がもっと刺激的になるかも。

「絶対にだめだ」ケルがすぐさまその意見を却下した。「俺たちはブロンコで行く。そのほうが安全だ」

「バイクで悪いやつらをうまくかわすことはできないってこと？　わかったわ」

「ああ、どこから飛んでくるかわからない弾丸を、うまくかわすことはできないよ」ケルがきっぱりと言った。「ハーレーは、防御なしですむほど安全なときだけ使う。きみはまだそこにたどり着いていない」

エミリーははっとして、ケルに目を向けた。

「きみと言い争う気はないよ、エミリー。俺がだめだと言うときには、常に理由がある。それを理解してくれ。説明する時間がないときが来るかもしれないから」じっと見つめていると、ケルがにやりとしてみせた。

「やってみるわ」エミリーはようやくうなずき、いったいケル・クリーガーとは何者だろう、父がいつも見つけてくるボディーガードたちと、なぜこうもちがうのだろうと考えた。

「やってみるだけじゃ足りない。自分で判断できるだけの制御を身につけるんだ。事態がとんでもない方向へ転がったとき、きみを信頼できないとだめだからね。もしそのときが来たら、俺が確実にきみを信頼できるよう、ふたりで努力しよう」

エミリーはじっくりとケルに視線を注いだ。ベッドをともにしたい男というだけではない、娘の身を守るために父が雇った腕っ節の強い男というだけではないなにかが見えた。そこにはひとりの男性がいた。彼の目には影があった。これまでに何度も、表面下に隠れた暗闇がちらりとよぎる瞬間があったことに気づく。

エミリーが棚の上のお人形になりたがっていないことを理解できるほど、ケルを強い男にしたのはいったいなんだろう?

「やるわ」エミリーは意を決して答えた。「努力するわ」

ケルがきびきびとうなずいた。「俺の頼みはそれだけだ。さあ、荷物を取ってきて、出発しよう。アナポリスまで送ってくれる操縦士には、きっちり守らなければならない予定があるんだ。だから時間どおりに行く必要がある」

エミリーはすでに歩きだしていた。ひと組の着替えを詰めておいた大きな一泊旅行用バッグを取りに、寝室へ向かう。部屋に入ると、ケルに言われたもうひと組の着替えを用意し、化粧簞笥から財布を出して、居間へ戻った。

ケルが待っていた。着替えを受け取ってビニール袋に入れ、防水テープで留めてから、標準サイズのダッフルバッグのわきに抱えた黒いリュックのほうに詰めこむ。

「きみの隣人のイアン・リチャーズもいっしょに乗っていく」ケルが言い、先に立って玄関へ向かった。

「わたしの隣人のイアン？」エミリーは立ち止まって、困惑してケルを見た。「裏のマンションに住んでるブロンドの人？　カイラに向かって、硬い腹筋をちらりと見せるのが好きな人？　当ててみましょうか。彼はあなたの相棒なのね？」

「そう、そいつだ」ケルの声は、少し不機嫌そうにかすれていた。「きみは、俺の相棒の硬い腹筋に気づくべきじゃないな」

「見逃すのはむずかしいわよ」

ケルが瞳の色を陰らせて眉をひそめ、警報器を解除して扉の錠をあけた。なんだか……嫉妬しているように見える。そう考えて、エミリーはぞくぞくした。思いも寄らないことだった。

「で、あなたの相棒を使うのも、父の提案だったの？　彼がここにいることを話さなかったのも、父の提案？」

「追加的な防護策だよ。それだけのことさ」ケルが肩をすくめた。

エミリーはため息をついた。「ともかく、彼はかっこいいものね。訓練を受けた護衛者が必要なら、目の保養になる人のほうがいいわ」

「目の保養だって？」ケルが身ぶりで外へ出るよう示しながらつぶやいた。「あいつの顔をちょっとぶん殴ってから、修正してやらなくちゃならないな」

扉の外にその男性が、たくましい体にジーンズと木綿のシャツを身に着けて立っていた。エミリーは問題の顔を見てから振り返り、ケルに向かってふんと笑った。

「あきれた人ね」と言ってから、ケルだけに聞こえるよう声を落とす。「彼にいたずらはしないと約束するわ。あなたに同じ約束はしないわよ」

「雌狐め」ケルがぶっきらぼうに言って、警報器をセットし直し、外へ出て扉を閉めた。それからすばやく鍵をかけて振り返り、熱い視線をエミリーの体に走らせた。「生意気な口をきいた罰として、お尻をたたいてやろうか」

エミリーはにんまりとして、旅行かばんの持ち手を肩にかけ、思わせぶりにウインクした。

「お尻をたたけば、もっと悪い子になるだけよ」

「それが俺の期待してることとさ」ケルがしたり顔でにやりと笑った。「そうなると、お尻をたたくのが何倍も楽しくなるんだよ。知らなかったのかい？」

「変態」エミリーは笑って、心のなかが軽くなったような気分で、もうひとりのシール隊員が待っているブロンコのほうへ向かった。

「跳ねっ返り」

楽しくなってきそうだ。

しかし数時間後、エミリーは、アトランタからアナポリスまでの飛行ほど楽しいことがあるだろうかと考えていた。ブラックホークに乗っていたからだ。しかもただのブラックホークではなく、最新型だった。父に聞いたところでは、能率が飛躍的に上がって、軍事的にも進歩したそうだ。

着陸したとき、エミリーはまだ飛んでいるような気分だった。操縦士が親指を立てて賞賛のしぐさをした。

「お嬢さん、補佐をありがとうございました」副操縦士の席に着いたエミリーに明るい笑みを向ける。エミリーは飛び跳ねたくなるのをこらえた。「クリーガー中尉のもとにお返ししますよ」

わきの扉があき、ケルが口もとにかすかな笑みを浮かべてこちらを見上げた。やれやれという表情でエミリーのウエストをつかみ、滑走路に下ろす。

「ねえ、見てくれた？」エミリーは甲高い声で言ってぴょんと跳ね、ほんとうにまだ飛んでいるような気分で彼の肩につかまった。そして、もう何年も感じていなかったような興奮に満たされて笑った。「ものすごく楽しかったわ、ケル。操縦士は、計器やなにかについての質問にもぜんぶ答えてくれたのよ。あそこに座らせてくれたなんて、信じられる？」

エミリーはケルを抱きしめた。そうせずにいられなかった。ケルは抱擁を返してくれた。力強くたくましい両腕が、思いやりと賞賛をこめて体を包んだ。

「見たよ、小さなパイロットさん」ケルが言って笑った。「さあ、行こう。リムジンが待ってるし、グリーリー中尉にはほかにも寄る場所があるからね」

ケルが操縦士に敬礼してから副操縦士席の扉を閉め、イアンとふたりでエミリーを囲むようにして、リムジンまで導いた。

イアンは運転手とともに前の席に乗ったので、ケルが後部座席の扉をあけてエミリーを乗せ、目をすぼめて海軍基地を見渡した。

それからリムジンに乗りこんで、運転席と後部座席のあいだの仕切りを閉じ、熱をこめた目でこちらを見つめた。不意にエミリーの呼吸が苦しくなってきた。

エミリーは飛行のせいで浮き浮きしていたが、ケルのまなざしはその興奮を追いやってしまい、代わりに唐突で圧倒的な耐えがたいほどの渇望を呼び起こした。

「きみのお父さんに、命令どおりの輸送機ではなく海軍の最新ヘリコプターにきみを乗せ、操縦室でなにをさせたかを説明させられるまでに、あと約四十五分ある」ケルがうなった。

「おしかりを受けるまえに、報酬が欲しいな」

そう言いながら近づいて身を寄せ、エミリーを革の座席にあおむけにさせて、獲物をむさぼることに決めた飢えた捕食動物のように覆いかぶさってきた。

ケルはむさぼりたい気分らしかった。飢えた気分らしかった。しかしエミリーの期待とはちがって、唇が最初にとらえたのは唇ではなかった。歯で首をこすり、太腿を開かせて、そのあいだに硬い膨らみを押しつける。

エミリーはこみ上げる愉悦に腰をぐいと動かした。荒々しい欲望をどうにか抑えようとして――なにしろ父が別邸で待っているのだから――指でケルの硬い上腕をつかみ、顔を横に向ける。

しかし愉悦は高まっていくばかりだった。唇と歯と舌が火をつけて、体じゅうの血をたぎらせはじめた。刺すようなキスが、粗いビロードの感触と熱く鋭いうずきを伝え、唇にそれを感じたくてたまらなくなった。ケルをむさぼりたい。味わいたい。

「ああ、ケル。耐えられないわ」エミリーは泣き声を漏らした。ケルが指を髪に絡めてその場に押さえ、唇で首から鎖骨へとたどって、もう一方の手でブラウスのゆるい襟ぐりを引っぱった。

軽いストレッチ素材のひもはすぐにほどけ、片方の胸の膨らみとセクシーなレースのハーフカップブラが現われた。

「ああ、きみの胸が好きだ」ケルがかすれた声で言って、指のあとを唇で追った。

舌で乳首をなぶられたとき、もし呼吸ができたなら、激しい悦びに叫び声をあげていただろう。しかしエミリーはただ息をのみ、彼の体の下で身じろぎもせず、全身を打ちつけるすばらしい感覚を味わおうとした。

ケルが舌でゆっくり乳首の周りに円を描いてから、先端を舐めた。体が熱くなった。信じられないほど熱く。それから唇で乳首を包み、口のなかに引き入れて吸いはじめた。

乳首から子宮にまで響く力強い悦びの一撃に、エミリーは腰をびくりと跳ね上げた。体の芯を彼の硬い膨らみに押しつけ、一瞬動きを止めてから、身をくねらせる。そうせずにはいられなかった。クリトリスへの刺激はすばらしく、それだけでじゅうぶんなくらいだった。ぴったりの位置で動き、ぴったりのリズムを見つけさえすれば――。

「そうだよ、エミリー」ケルが片手でお尻をぐっと支えてから、唇を乳首に戻し、腰を動かしはじめた。

すばらしい心地がした。ケルが一回突くごとに激しい熱が伝わり、それはいくら味わっても味わい足りなかった。クリトリスが硬く膨らみ、ぎゅっと締めつけられた。乳首は燃えるようで、ケルに触れたくてたまらなくなった。

シャツを引っぱって、懸命に素肌に手を伸ばそうとしたあと、あきらめて首筋をとらえ、わきに引き下ろして唇で首をたどれるようにする。それから、自分がどれほど覚えの早い生徒であるかを証明した。

ケルの素肌に唇を当て、ついばみ、生命力にあふれた強靭《きょうじん》な肉体に舌を這わせてから、脈打つ血管を歯でなぞる。その愛撫は本能的なものだった。ケルが乳首を口に含んでしっかりと熱く吸うそのやりかたが、あまりにも心地よすぎてなにも考えられなかったからだ。ただ感じて、燃えるだけだった。

「ケル。すごくいいわ」エミリーはケルの首に向かってうめいた。ケルがブラウスの生地を引っぱって、もう一方の胸をあらわにした。

「ああ、とんでもなくいいよ」ケルがほてった乳房に向かってつぶやいた。「よすぎて、ここで始めたことを後悔しそうだ」

歯で乳首を転がされると、エミリーは頭を反らして叫び声をあげた。ケルが両手でブラウスを胸の上に押し上げ、よこしまな訳知りの目でじっと見下ろした。

「欲しいものを言ってくれ」ケルがうなり声で言った。

エミリーは唇を開いて息をのんだ。「えっ？」

「どこに俺の唇が欲しい？」

「言うの？　あらゆるところにあなたの唇が欲しいわ、ケル」エミリーは叫ぶように答えた。

「どこでもいいの。どこかに触れて」

ケルの荒々しいキスと愛撫、太腿のあいだをこする隆起を、いくら感じても感じ足りなかった。しかしふたりがはいているジーンズが、彼の行く手を阻んでいた。

「どこか言ってくれ、エミリー」ケルが情熱のせいで深みを帯びた声で命じた。「欲しいものを言うんだ」

欲しいもの。舌で唇を舐め、なんとか息を吸おうとする。頭にじゅうぶんな酸素が行きわたっていないみたいだ。欲望の霧を追い払えるほどには。

「あなたに奪ってほしいわ」ささやき声で答えた。

ケルが瞳をぱっと燃え上がらせてから、顔をしかめた。

「リムジンのなかじゃ無理だ」とうめく。「それにはもっと時間が必要だよ」

頭を両胸のあいだに下げ、唇でなぞって、舌で洗うように愛撫する。エミリーは彼の頭を抱えて、もっと多くを求めた。

「ケル？」ジーンズがゆるめられ、指が生地を開くのがわかった。

「きみを感じたい」ケルが指をすべり入れた。「あと少しだけ」

たこのできた指が素肌をこすり、パンティーのひもの下にすべりこんだかと思うと、心の準備もできないうちに、秘密のひだに直接触れられた。

「ああ、きみのかわいいここが大好きだよ」ケルがやさしく乳房のわきを噛んだので、エミリーは背を弓なりにしてまた彼の名を叫んだ。

指でぐっしょり濡れた部分をさすられ、蕾《つぼみ》の周りを淫らに撫でられると、エミリーは背を反らし、息もつけずに叫んだ。

打ちつけるような悦びが、肺に残っていた空気を奪い去った。指がすべり下りていき、どうしようもなくうずいている部分への入口を見つけると同時に、親指がふたたび蕾を見つけた。神経の末端に沿って突きぬけるような感覚がはじける。

エミリーはただ、振り落とされないようにつかまっているしかなかった。ケルが唇を胸から下へ動かし、お腹から下腹部を舌で愛撫してから、ジーンズの開いた部分まで進み、そのあいだずっと、指でエミリーの正気を危うくさせていた。

彼に触れたかったが、頭がぼんやりしてどうすればいいのかわからなかった。叫びだしたかったが、肺にじゅうぶんな空気を吸いこめなかった。

できるのは、身をよじることだけだった。ケルの指が入口をやさしくまさぐって押し、激しい熱と愉悦を体じゅうではじけさせた。

指がなかへとすべりこみ、入口を広げていっぱいにすると、差し迫ったオーガズムに子宮が引きつった。

「ケル」エミリーは彼の下でやみくもに身をくねらせた。「ああ、もっと」

「もっと」ケルが下腹部に向かってつぶやいた。「そうだ、もっとだ。きみのここの香りは俺をおかしくさせるよ、エミリー」

不意に動いてエミリーのジーンズを引き下ろし、親指を蕾からはずして、代わりに唇で吸い、舌で舐める。

エミリーはケルの髪をつかんだ。腰を反らし、彼の舌がゆっくり、ひどくゆっくりクリトリスの周りで動くのを感じると、懇願しはじめた。

「いかせて、ケル」

ケルがゆっくり舌を動かして蕾を舐めた。

「ああ、もっと。強く」

すぼめた唇でやさしくキスされると、もう少しで正気を失いそうになった。

「お願い、じらさないで――お願い」

ケルが周りを舐めて、さらに引きつらせ、欲求でうずかせた。全身の血がたぎり、じっとりと汗をかきながら、身をよじる。もっと欲しくてたまらず、ケルの口に体を押しつけ、両手で彼の髪をつかんで引き寄せた。

ジーンズを脱ぎたかった。ケルの腕のなかで裸になり、体を覆われたかった。しかし太腿を包むデニムが押さえつけた。そのあいだケルは口でエミリーを苦しめ、拷問した。同時に指で撫でつけ、入口を広げ、腰を上げさせて、さらに奥へと進もうとする。

もっと奥へ来てほしかった。苦しいほどの欲望が体の奥から響き、筋肉を締めつけ、引きつらせ、とてつもない力で、ブラックホークに乗っていたときよりも高く速くエミリーを飛びたたせた。

「ケル、お願い」エミリーは彼の名を叫ぼうとした。「お願い。死んでしまう――もっと――欲しいの」

喉から漏れたむせび泣きの声は、この上なくすばらしい苦悶のしるしだった。悦びがあまりにも激しくあまりにも熱烈すぎて、耐えられそうになかった。それでもエミリーは耐えた。エクスタシーがはじけ、全身を駆けめぐって、焼き尽くした。そのエネルギーに体をぎゅっとこわばらせたあと、静かなわななきに包みこまれた。

12

エミリーのなかに身をうずめてしまったら、下半身をさいなむ飢えを満足させるまえに、ふたりとも殺されることになるだろう。

ケルは急いでエミリーの服装を整えて座らせ、震える息を吐き出してから、反対側の席に移動して彼女を見つめた。

少なくとも、運転席と後部座席のあいだの仕切りは防音になっている。くそっ、エミリーが発した叫び声のせいで、危うくジーンズのなかでいってしまいそうになった。長く引き延ばすような、愉悦と欲求が入り混じったせつない叫び声。

窓から外を見て、家に着くまでに残されたおよその時間をすばやく計算してから、髪に指を通して、少しでも元の髪型に戻そうとした。エミリーがハンドバッグから櫛《くし》を出し、手早く自分の髪を整えた。

「あなたのもやってあげましょうか?」エミリーが生意気な笑みを浮かべて、櫛を差し出した。

「やってみろよ」彼女をけしかけるのが楽しかった。

エミリーが口もとをほころばせると、ケルは太腿をこわばらせ、指を座席にぐっとうずめた。エミリーが短い距離を移動して、ケルの脚の上にまたがり、ひざに座った。

「度胸のある女だ」ケルはおどけたうなり声で言った。「そのジーンズを引き裂いて、いまの俺の自制心がどれほど弱々しいか教えてやりたいのを、どうにか我慢してるんだぞ」

「ふむ」エミリーがケルの髪に櫛を通し、自由なほうの手で髪の房を撫でつけた。「父の執事が、わたしたちのためにドアをあけたときの驚きを想像してごらんなさいよ」

ケルは顔をしかめた。執事のことは知っている。シーマン・ロジャーズは、上院議員が負傷したときそのシール部隊にいた。数年後、ロジャーズは敵に捕らえられた。部隊に救出されるまえに、両脚を折られ、数本の肋骨にひびを入れられ、片手の指はほとんど粉々にされていた。

回復して除隊になったときスタントンに雇われ、それ以来ずっと上院議員のそばについていた。もう十二年にもなる。妻が別邸をいつでも使えるように管理し、夫妻はどちらも上院議員とその娘を敬愛していた。

「さあ、これできちんと整ったわ。首のキスマークさえなければ、リムジンのなかでわたしにいたずらされたと、パパが知ることもないのにね」

ケルはエミリーの視線をとらえた。そこにはかすかな恐怖が見て取れた。

「わざとつけたんじゃないのよ」エミリーがささやいて、自分の席に戻り、ジーンズに包まれた太腿を両手でそわそわとさすった。「パパは気づかないかもしれないわ」

「そうかもな」たわごとだ。上院議員がひと目で気づくことはわかっていた。「でもそれは、きみの首にあるキスマークほど問題にはならない。わざとつけたわけじゃないんだ」

エミリーがさっと首に手を当ててから、ハンドバッグを探って鏡を出し、ショックを受けた様子でのぞきこんだ。

それほど目立ってはいなかった。ケルが歯で嚙んだせいで、クリーム色の肌にごく小さな傷がついただけだった。数時間のうちに消えるだろう。しかし数時間も余裕はなかった。

「殺されるわ」エミリーがごくりと唾をのんだ。「まずいわ、ケル。すごくまずいわよ」

「ああ。俺たちはいくつか法律を破ったらしいな」ケルは茶化すように同意した。「こういうふうに考えてみろよ。少なくとも、俺がきみのあそこに口をうずめたことは、お父さんにはわからないさ」

「わたしを動揺させようとするのはやめて」エミリーが鏡をぱたんと閉じて、ハンドバッグに戻した。「いったいどういうつもり？　なぜ、父に感づかれても平気みたいなふりをするの？　どうかしてるわ」

「なぜ俺が隠したがらなくてはならない？」ケルは腕を組んでじっとエミリーを見つめた。

エミリーが頭を反らして座席の背に預け、布張りの天井を眺めた。

「とんでもないことになったわ。父はあなたに、わたしと結婚しろと迫るでしょうね。わたしが断われば、父はあなたを船の富士壺《ふじつぼ》はがしかなにかに降格させるわよ」

ケルは口もとをぴくりと動かした。「そうは思えないな。お父さんは上院議員であって、海軍提督ではない」

エミリーがゆっくり向き直った。「忘れてるようね、わたしの名づけ親は海軍提督なのよ、ケル」恐怖に満ちたささやき声で言う。「しかも別邸に来る予定だわ」

「ホロラン提督か」ケルはうなずいた。「心配するな。提督は俺のがさつなユーモアのセンスが気に入ってるのさ」

「もっとまじめに心配したほうがいいわよ」

「俺は心配してないよ、エミリー」なぜなら、ケルはエミリーと結婚する意志を固めていたからだ。それが当然の成り行きだと、彼女が同意してくれたらすぐにでも。

しかし男は、エミリーのような女に強制はしない。やさしく導くのだ。野生の雌狐のようなエミリーは、頑として意見を曲げず、だれかに無理強いされれば呼吸することさえ拒むだろう。

しかし、上院議員と、おそらくは海軍提督とも、あとでじっくり話しあわなければならないだろう。

「あなたとは結婚しないわよ！」エミリーがぴしゃりと言った。「あなたのことを知らないもの。あなたを好きかどうかもわからないんだから」

「それでも、俺と寝るつもりかい？」ケルは茶化すようにまゆをつり上げた。

この質問にエミリーが一瞬黙った。「そうね、ゲームをしかけてくるあなたより、キスしてるときのあなたのほうが好きだわ。わたしをだまそうとしないでよ、ケル。あなたがどんなことをたくらんでいようと、きっと見抜いてみせるから。必ずね」

見抜かれるはずはない。

「なにもたくらんでなんかいないよ」ケルはほほえんでみせた。エミリーの苦境をおもしろがっているという事実を、あえて隠そうとはしなかった。

エミリーはもう何年も前に、父を手なずけていいはずだった。そうするだけの能力がある。いまそれを学ぶつもりがないなら、ケルが代わりに学ぶしかない。そして、彼女の複雑な気持ちと、さらには上院議員の気持ちをなだめなくてはならない。エミリーよりも、父親の複雑な気持ちをなだめるほうがずっとむずかしいだろう。

午前十一時少し前、リムジンは別邸の正面に停まった。イアンと運転手が先に降りて扉のわきに立ち、ケルは扉をあけて車の外へ出た。

「異状なしだ」イアンがつぶやき、耳に着けた無線機に触れた。

ケルはうなずいてから、エミリーの腕をつかんでリムジンから降ろし、背後に回ってすぐ後ろから上院議員の立派な別邸の石段をのぼった。

すぐさま玄関扉があいて、ロジャーズの堂々とした姿が目に入った。執事が体を盾にするようにわきに立つと、エミリーはすばやく家に入って、大きな玄関広間に歩を進め、かすかに後悔を感じながらあたりを見回した。

エミリーは五年前、ここを離れてアトランタへ引っ越し、父の過保護による息苦しい環境から逃げ出した。いまこうして戻ってきて、自分を追い立てた息苦しい感覚がどっとよみがえってきた。

「エミリー」父が広間の突き当たりにある書斎から出て、満面の笑みを浮かべてこちらへ歩いてきた。その後ろからサミュエル・タイベリアン・ホロラン提督が現われたので、エミリーは口もとをほころばせた。

サム叔父さんだ。ほんとうの叔父ではないが、名づけ親で父の親友でもあり、エミリーが子どものころは頼れる味方でもあった。

背後でケルとイアンが気をつけの姿勢を取り、父と提督が敬礼を返すと、少しだけ緊張を解いた。

「こんにちは、パパ。ここには滞在してないと思ったんだけど?」エミリーは広間を見回した。

父が別邸に滞在していないときは、裏の小さな家に住んでいる家政婦のフェイはやってこない。しかし彼女はここにいて、紺色のスラックスとそれに合ったブラウス、鮮やかな白いエプロンを身に着けていた。

「滞在はしていないよ、エミリー」父が答えた。「だが、おまえがここにいるあいだ、フェイの助けが必要かと思ってね」

父がエミリーの肩をしっかりつかんで額にキスをしたあと、まゆをひそめて身を引いた。首に視線を向けてから、エミリーの背後に目をやる。

「ひとことでもなにか言ったら、出ていくわよ」エミリーは静かに言って、やっとのことで声が震えるのを抑えた。「サム叔父さんの前でけんかを始めたら、絶対に許さないから」

父がこちらに視線を戻し、にらむような目をして、怒りに唇を引き結んだ。

首のキスマークがかっと熱くなるのを感じた。これは宣言だ。リムジンのなかで確かめたときにも、ケルがどういうつもりだったのかはわかっていた。所有の宣言。男としての所有のしるし。

「わたしは本気よ、パパ」まっすぐ視線を返しながら、胸にわき上がってきた恐怖を意識した。「うんざりさせないで」

「エミリー・ペイジ、おまえは、なんてきれいなんだ」提督が父の横で立ち止まって、ふたりにいかめしい目を向けてから、エミリーを腕に引き寄せてすばやく抱きしめた。

「あなたもいつもどおりハンサムだわ、サム叔父さん」エミリーは無理に笑顔を作った。

五十五歳の誕生日を祝ったばかりの男性にしては、とても颯爽《さっそう》とした姿だった。洗練された服装をして、はしばみ色の目はあいかわらず鋭い。ただ、濃い茶色だった髪は、すっかり白くなっていたが。

「もちろん、わたしはいつもどおりハンサムだよ。おまえのお父さんとはちがってね」親指で肩越しに父を示す。「わたしは年齢とともに磨かれていくばかりなのさ」

エミリーは思わず唇の端を引き上げてから、父の目つきを見てまっすぐに戻した。

「ドレスは届いたのかしら？」フェイのほうに顔を向けてきく。

「すべてきのう届いてますよ、エミリーお嬢さん」フェイが答え、同じように父の顔をちらりと見た。「ぜんぶ寝室に運んでおきました。クリーガー中尉の礼装用軍服も届いてます。お嬢さんのおとなりの部屋に運んであります」

エミリーはきびきびとうなずいた。「ウィルマ・ダンモアに電話して、すべて順調かどうか確かめなくちゃ。わたしの代わりに準備を引き受けてくれたことに、お礼を言うわ」

「そうしなさい、エミリー」父がこわばった声で言った。「わたしはこれまでに得た情報について、クリーガーと話す」

あのことについて話すつもりにちがいない。

「わたしを出ていかせるようなことはしないでね、パパ」声に含まれた警告を隠そうとはしなかった。「今週末、パパをがっかりさせたくはないけど、必要ならそうするつもりよ」

「エミリー」ケルが背後に歩み寄って、肩に両手をのせるというひどく浅はかなことをした。しかもなお悪いことに、頭のてっぺんにやさしく唇を押し当てた。

提督がまゆをつり上げて、父のほうをちらりと見た。

「頭の切れる男にしては、自衛の意識があまりにも欠けてるようね、ケル」エミリーはぴしゃりと言って、一歩遠ざかった。「申し訳ないけど、片づけなければならないことがあるの。もしばかなことがしたいなら、自分ひとりでやってちょうだい」

ケルから身を離し、旅行かばんとハンドバッグを運転手から受け取って、階段のほうへ向かう。

「パパ」エミリーは最初の段で立ち止まり、父をじっと見つめた。「わたしを愛してる？」

父がまゆをひそめた。「わたしを試そうとするな、エミリー。おまえらしくないぞ」

「わたしを愛してる、パパ？」

「愛してることはわかっているだろう」父が不機嫌な顔でにらんだ。

「それなら、なんの脅迫も要求もしないわね？」

父が眉間のしわを深くした。「わたしは脅迫などしない」

「要求も最後通牒《つうちょう》もなしよ。さもないと、次にボディーガードをわたしの家によこしたら、警察を呼ぶから。わかった？」

父が苛立たしそうに顎を引いた。「ああ」

「よかった」エミリーはさっとうなずいて、ひざの震えを見られていないことを祈った。「それじゃ、パーティーの手配をするわ。また、出かけるまえに話しましょう」

ことさらのんびりと階段をのぼっていくとき、父の苛立たしげなうなり声が聞こえた。踊り場まで来て、しばらくじっと父を見下ろしてから、寝室に入って扉を閉めた。

エミリーは大きく息を吐き出し、お腹にぎゅっと手を押し当てた。そして、自宅に閉じこもっていたほうがよかったかもしれないと思いはじめていた。

ケルは口もとがゆるむのをこらえて、上院議員が険悪なまなざしを向けてくるのを見ていた。勘ちがいでなければ、提督が唇をぴくりと動かし、はしばみ色の目を楽しそうに輝かせた。

「クリーガー中尉、自分の家だと思ってくつろいでくれたまえ」提督がケルの〝休め〟の姿勢を見てうなずいた。

「ここはわたしの家だ、サム」上院議員がうなった。「きみにはそういう権限はない」

「わたしはきみより地位が上だよ」提督がからかうように言った。

「わたしの家だ！」上院議員が食いしばった歯のあいだから言った。

サム・ホロランが薄笑いを浮かべて首を振った。「こんなふうに考えてみたらどうだい」ケルの首を示す。「あの娘は、自分がもらったものより大きなものを相手に与えられるんだよ。小熊を守る母熊のようなふるまいはやめるんだな、リチャード。あの娘はもうティーンエイジャーではなく、大人の女性なんだ」

スタントンが顔を紅潮させてケルをにらんだ。

「俺はエミリーと結婚するつもりです、リチャード」ケルは慎重に声を落としたが、それでもきっぱりと言った。エミリーに聞かれてはいけない。

ふたりの男が驚きの目で見つめ返した。

「そうなのか？」上院議員が用心深い期待をこめてきいた。「娘は知っているのか？」

「いいえ、知りません。しかるべきときが来るまで知らせたくないと思ってます」

わざわざ上院議員に情報を隠して、父親としての自尊心を刺激しても意味はない。エミリーはいまでも彼の娘なのだし、どこかの男が婚約や結婚の意志も示さずにこれほど露骨に娘に触れたら、どんな気持ちがするかは想像できた。考えてもみろ、とケルは顔をしかめるのをどうにかこらえて胸につぶやいた。たとえ既婚だとしても、自分の娘の首にあんなマークを見たくはないだろう。もし娘がいたなら。

上院議員と提督が心配そうに視線を交わした。

「わたしの執務室へ」スタントンがきびすを返し、先に立って執務室のあいた扉のほうへ向かった。「そのことについて話しあうのなら、娘には絶対に聞かれたくない。娘のあの目つきがどうも気に入らん」最後の言葉には困惑が含まれていた。「あんな口をきいたことは一度もなかったのに」

「あの娘は成長しつつあるんだよ、リチャード」提督が承認するようなまなざしをケルに向け、小さくうなずいた。

「いや、悪い習慣を身につけつつあるんだ」上院議員がきり返してから、刺すような視線をこちらに投げた。「どうやらきみの責任らしい」

「たしかにそうでしょうね、上院議員」ケルは少なからぬ自負をこめて同意した。

もちろん、それはケルの責任だった。任務対称の女性が、臆病すぎて生きる力に欠けていては困る。自分の身を守るための常識と用心深さを、ある程度身につけていてほしい。

エミリーの周りには常に頼れる人材がいるが、もしケルが国外にいるとき問題が発生した場合、その友人たちのところまで彼女が確実にたどり着けるようにしておきたかった。

上院議員をうまく説得するのは簡単ではないだろう。娘にはもう、綿にくるまれて大切にしまわれるつもりがないことを理解させるのは。

エミリーには強くなってもらいたかった。強くなってもらう必要があった。ケル自身が正気でいるために。

スタントンが執務室の扉を注意深く閉め、きびしい目つきでこちらをにらんだ。ケルは黙ってその場に立っていた。提督は部屋の反対側にあるホームバーのほうへ歩いていった。

「きみと結婚するようにエミリーを仕向けることができると思うか?」スタントンが疑わし

げにきいた。

「俺は仕向けたりしませんよ、リチャード」

上院議員が首を振った。「どうやら、きみはエミリーのことをよくわかっていないらしい。言っただろう、もっとこの家でわたしたちとともに過ごすべきだったんだ」

束の間ケルは、相手に手加減するべきだろうかと考えた。しかし上院議員のほうにそのつもりがないことは明らかだった。

「いいや、リチャード。あなたこそ、娘のことをよくわかってない」ケルはきり返した。「エミリーは臆病な少女ではないんだ。あなたが手綱をゆるめてやらなければ、彼女は自由を手に入れるのとあなたに満足してもらうのを同時にやろうとして、いつか参ってしまうだろう。求めてるものを与えてやれば、エミリーはきちんと身を落ち着けますよ。ちょっとした楽しみを味わうためにあなたの目を逃れようとする代わりに、自分の身の安全について考えるようになります」

「ちょっとした楽しみだって？」上院議員が不吉な声でうなった。「ストリップクラブに行って、どこの馬の骨とも知れない男を相手にラップダンスをするような楽しみのことか？」

「自分のことを馬の骨だとは思いませんね」ケルは言って腕を組み、自分の言葉が相手に伝わるのを待った。

それほど長くはかからなかった。

「きみはあの場にいたのか?」怒りで声が震えていた。

「ラップダンスの相手は俺だったんです。エミリーは女にしてはすごく用心深くて、銀行口座からかなりの大金を払ってダンスを習ってましたよ。あなたがよこすまぬけどもの食費のせいで、ひどく資金不足のようでしたがね。彼女は注意深い女です。エミリーがクラブにいるあいだの人払いを任された用心棒たちは、彼女が手を触れられることのないように徹底してました。エミリーはちゃんと気をつけてます」

「だがラップダンスだぞ」上院議員がどなった。

「それは彼女の勝手です」ケルは言った。「あなたには関係ありません。俺たちがここにいるあいだ、あなたはありとあらゆることで俺をどやしつけてやろうと待ち構えてるんでしょうけどね。俺はチャーリー・ベンソンじゃない。あなたには、俺の階級や部隊での地位を剥奪する力はない。だから、そこに手段を見つけようとしないでください。政治的な影響力に関して言えば、俺のほうで貸しのある連中を利用することだってできる。敵からであれ、あなたからであれ、エミリーを守るためならね」

一瞬、上院議員の顔に驚きの表情がよぎったのも無理はなかった。スタントンは、ケルがその気になればどんな影響力を行使できるかをよく知っていた。知りあって十五年間、一度もその影響力を使うと脅したことなどなかったということも。「リチャード、威嚇《いかく》できない相手を見つけたようだな」提督がバーカウンターでウイスキーを飲みながらのんびりと言った。「その青年のことは放っておけ。わたしたちには、話しあうべきもっと重要なことがある」

ケルは提督に視線を向け、その薄茶色の目に一瞬怒りが浮かぶのを見た。

「なにかあったんですか？」ケルは上院議員を一瞥してから、提督に視線を戻した。

「情報提供者からまた連絡があった。フエンテスによるエミリーの誘拐命令は取り消され、代わりに暗殺者が送りこまれた。そいつは昨夜フエンテスの根城を出て、ここＤＣに向かった。わたしたちはその暗殺者を捕らえる必要があるんだ、クリーガー中尉」

その発言に含まれた意味に、ケルは衝撃を受けた。提督をまじまじと見返してから、怒りに体をこわばらせてスタントンを見据えた。

ふたりはパーティーを計画どおり進めて、エミリーを危険にさらすつもりなのだ。ケルはそのことに激怒した。

「俺は知らされてませんでしたよ」

情報が入ったときに、すぐさま知らせを受けるべきだった。エミリーの護衛を強化すべきだった。事態が収束するまで、秘密の隠れ家に住まわせておくべきだったのだ。

「それはわたしの責任だよ、中尉」提督がきびしい声で言った。「フエンテスのスパイに、その情報を得たことを知られてはならない。平常どおりにことを運ぶ必要がある。きみとイアンが、ダンモア邸に配置する警備員たちと協力してエミリーを守るんだ。きみたちが到着するまえに情報を伝えて、これ以上エミリーを動揺させてもしかたないと思ってね」

これ以上エミリーを動揺させる？　ケルはふたりの男をにらみ、思いきり体を揺さぶってやりたくなった。ふたりが上官であることなど関係ない。エミリーを危険にさらしかねない重要な情報を隠していたのだ。

「上院議員、エミリーの護衛に責任を負ってるのは俺だということをお忘れですか」ケルは歯を食いしばって言った。「俺はその情報を知らされるべきでした」

「いま知らされただろう」スタントンがため息をついた。「多少遅れようと事態になんら変わりはない」

「パーティーは中止にすべきでした。いまからでも中止にすべきです」

「中止にしたら、フエンテスが娘を狙って送りこんだ誘拐者だか暗殺者だかを捕らえる見込みはまったくなくなってしまう」スタントンは言い、目に恐怖をよぎらせた。「エミリーはひとり娘なんだよ、クリーガー。わたしの命なんだ。わたしがきみよりも楽観的だとでも思うのか？」

「さあ、わかりませんね、上院議員。もしかすると、あなたは危険の気配に生きがいを覚えるのかもしれない。ひとつだけたしかなことがある。エミリーはいますぐＤＣを出なければならない。こんなところに用はない」

「そして一生逃げつづけるのか？」スタントンがどなり、初めて胸の内の怒りをあらわにした。「わたしたちの行動計画はきっちり定まっている。動きを変えれば、フエンテスも変えるだろう。暗殺者を捕らえれば、この襲撃をフエンテスに依頼した憎むべきスパイについての情報が得られるかもしれない。それが唯一のチャンスなんだ」

「だから、さらなる脅威を俺に秘密にしておいて、エミリーを暗殺者の弾丸の前に引っぱり出すんですか?」ケルは声を荒らげ、かつてないほど激しい怒りがこみ上げるのを感じた。「エミリーを守るには、彼女の身に迫るどんな小さな危険でも、俺が知っていなければならないことをお忘れですか?」

「きみは情報を得ただろう」スタントンがどなり返した。「ドゥランゴ部隊が娘を守れるだけの時間の余裕があるうちに、情報を得たんだ。娘に関して不必要な危険を冒したくないんだよ、中尉」

「まさにそれがあなたのやってることですよ、リチャード」ケルは辛辣《しんらつ》な口調で言った。「不必要な危険を冒してるんです。エミリーがDCに入ったとたんさらされる脅威の程度を俺に伝えなかったことでね。エミリーはパーティーには出席しません。話はこれで終わりです」

「だれがそんなことを言ったの?」

ケルはさっと振り返り、執務室に入ってきたエミリーと向きあった。

「あなたの声はよく通るのよ」エミリーが顎を引き上げ、反抗的な目つきをして、部屋の奥へ歩を進めた。

鳶色の髪を天井の明かりにきらめかせ、青い目に挑戦的な光を浮かべながら、まず父を、次にケルを見る。

「エミリー、おまえは聞かなくていいことなんだよ」スタントンがきっぱりと言って、小さな子どもに向けるような笑みを向けた。

「ほんとうに？」エミリーがまゆをつり上げた。その声の調子にケルは顔をしかめた。女たちのことはわかっている。あの間延びした口調には気をつけたほうがいい。

「ケルとわたしでなんとかするよ、エミリー」

「そうはいかないわ」エミリーがケルに視線を向けた。「これは、なにも言わずあなたに従うべきときのひとつなのかしら？」

エミリーの表情と口調からして、そうでないほうがよさそうだった。

「そう願うよ」まず無理だろう。

「ずっと願ってらっしゃい」エミリーが皮肉っぽく言って、父に向き直った。「これからはもう、保護者ぶるのはやめて。これは、義理の息子を獲得するための企てのひとつではないのよ。わたしがほんとうに危険にさらされてるなら、いったいなにが起こってるのかわたしに話すべきだわ。さもないと、あと一秒も協力しないわよ」

13

エミリーはどこか現実感を失ったような気持ちで、父とケルと提督との会合を終えて立ち去った。長年のあいだ、エミリーは父を安心させる娘でいようと精いっぱい努力してきた。自分の欲求を押しのけ、抑えつけようとし、じきに父の目にも子どもではなく大人として映る日が来ると繰り返し自分に言い聞かせた。十代のころ与えてくれた訓練で、父の心配を払拭《ふっしょく》する力を身につけたことに気づいてくれるだろうと。ずっと続けている護身術の訓練で、以前の技術に磨きがかかっていることに。

娘を守っているという幻想を父に与えながら、自分の欲求を隠して渇望をなだめようと努め、ごくたまに向こう見ずな冒険をしてボディーガードたちをあわてさせてきた。

わたしのやりかたはまちがっていた。父とサム叔父さんが、エミリーの知らないところで起こっていたことを説明するのを聞くうちに、それがはっきりわかった。

フエンテスがもたらす脅威の程度、ワシントンDCにいるエミリーに迫る危険。

それを父は教えないつもりだった。耳を傾け、途中で何度か質問をし、それぞれの男たちの表情を見ながら、深い悲しみがこみ上げてくるのを感じた。

これはつまり、父がどれほどわたしをわかっていなかったか、理解していなかったかということだ。父はわたしを保護したかった。心配したくはなかった。わたしへの危害を確実に防ぐために集められた警備部隊を、盲目的に信じてもらいたがっていたのだ。

エミリーはケルをちらりと一瞥した。椅子にゆったり腰かけ、緑色の目でエミリーの顔をじっと見つめている。まるでなにかを分析してすべてを自分のなかに取りこみ、あとで入念に調べるつもりでいるかのようだった。

椅子のひじ掛けに片方のひじをのせ、思案ありげに指で下唇をなぞっている。なまめかしく、心をかき乱すしぐさだった。たぶん意図的にやっているのだろう。

「ケルがあすの晩のパーティーのあらゆる詳細を、部隊長から受け取ることになっている」父が締めくくり、探るような目をエミリーに向けた。

「それなら、その会合にわたしも加えてくれたほうがいいわね」エミリーは言った。

「その必要はないよ、エミリー。わたしがなにもかもうまく取りはからうから」なだめるような〝パパ〟らしい口調が戻ってきた。今回は、そのゲームに乗るつもりはなかった。

「もちろん、パパがなにもかもうまく取りはからうんでしょうね」エミリーはうなずいて立ち上がり、ちらりと振り返って提督とケルを見た。ふたりも立ち上がった。「でも今回は、わたしも少しばかり協力するわ」こわばった笑みを浮かべる。「チャベス中佐に、なにがいつ起こっているのかをわたしに知らせるように指示してちょうだい。それがすんでから、パパがわたしたちと夕食をともにするかどうかをフェイに伝えるわ」

父がにらむような目つきをした。「わたしはおまえの生徒ではないぞ、エミリー・ペイジ」陰気な声で告げてから、同じように立ち上がる。「そんなふうに話しかけるんじゃない」

「わたしだって生徒じゃないのよ、パパ」エミリーは落ち着きを保って言った。「とにかく、子どもみたいな扱いをされるのはもううんざりなの。いまここで、それは終わりにしましょう」

父の目が暗く陰り、苦痛に満ちるのがわかった。さっと顔を背けた父を見て、胸が痛んだ。一瞬エミリーは五歳に戻り、父が先ほどと同じ目つきをして母の死を告げ、あとに涙が続いたことを思い出した。

「それについては、あとで話しあおう」父がぞんざいに言ってから、咳払いをしてケルのほうを向いた。「わたしは一時間ほどでホテルに戻る。チャベスとマッキンタイアとメイシーは、早急にダンモア邸周辺の警備対策を完成させなければならない。彼らはわたしとともに出発する。だが出発前に、部隊長はきみと話したがるだろう」

ケルがすばやくうなずき、そのために必要なほんの一瞬だけエミリーから視線をはずした。

「その会合には、当然わたしも連れていってくれるでしょうね」エミリーは冷淡なほどに礼儀正しく言った。

「いいや、連れていかない。だがきみが確実に必要な情報を得られるようにする」

エミリーは怒りがこみ上げてくるのを感じた。苛立ちと無力な憤りが混じりあい、大きく深く息を吸う。

「受け入れられないわ」

「受け入れてもらわなくてはならない」ケルが鋭く用心深いまなざしを向けた。「部隊長にはきみの質問に答える時間はない。しかし俺が情報を伝えるときに、きみが俺に質問することはできる。きみが会合に出る理由はないし、もし出ても、俺が情報を得るためのわずかな時間の邪魔になるだけだからだ」

エミリーは唇をぎゅっと結んだ。ケルはすでに、起こっている事態についてエミリーに知らせる意志があることを証明した。彼が情報を隠すことはないだろう。

エミリーは大きく息を吐いてうなずいてから、父に向き直った。「わたしが家に帰るまえに、一度話しましょう」

「その口調は気に入らないな、エミリー」

「だったらごめんなさい、パパ。でもいまは、これで精いっぱいなの。それに話をしなければならないわ。話をするか、パパがボディーガードたちをまとめてどこか遠いところへ放り出すかよ。だれひとり、わたしのもとに残すつもりはないから。自分の護衛くらい自分で雇えるわ」

「そこにはクリーガー中尉も含まれるのか？」父の声はよどみなかったが、そこには鋭い皮肉があり、ケルとの関係がほかのボディーガードとの関係よりはるかに進んでいることへの認識があった。

ケルが唇をぴくりと動かして、輝く目を向けた。エミリーがどんな決断をしようと、味方になってくれるような気がした。

「ケルはまったく別よ」エミリーは答えて父を見た。「でもその話題を深く追求したくはないでしょう。さて、まだやることがあるから、失礼するわ」

父に軽く会釈して振り返り、自分を奮いたたせて冷静に扉へと向かった。叫びだしたかった。父を、そして自分をののしりたかった。

ここまで事態を悪化させてしまったのは自分のせいだった。それはわかっていた。もっと早く父と対決すべきだった。もう何年も前に自分の立場を守り、父が加えようとする制御は受け入れられないことをしっかり伝えるべきだった。冒険が必要であることを。刺激が必要であることを。たとえ父が心配しようと、生きる必要があることを。

そして、ケルが〝ふたりで協力して動く〟ことを見た目ほど気楽にとらえていないような気がするのはなぜだろう？　彼がパーティーの中止を要求したときの口調を聞いた。その声は太く荒っぽく、尊大な要求に満ちていた。

のんびりした態度にだまされはしない。

ケルは獲物を観察し、そっと忍び寄り、待ち伏せする豹のような男だ。

エミリーはすでに、逃げないと決めていた。父と話し、しぶしぶ与えられた情報を聞きながら、自分の計画を立て、自分の決断を下しはじめていた。きょうがその第一日めだ。執務室の外に立って、父とケルの激した声を聞いた瞬間、もうほかの人が自分のために決断を下すのは許すまいと決めた。

わたしは大人だ。もう何年も自分で判断を下してきた。わたしにはできる。やりかたもわかる。このふたりの男たちにきっぱりと、その権利を行使するつもりだと教えなくてはならない。

一時間余り過ぎたあと、エミリーはウィルマ・ダンモアにかけた電話を切った。ウィルマは、エミリーがパーティー会場の屋敷周辺の警備について尋ねても、気を悪くしたような様子はまったくなかった。警備員の数、最も警備の厚い場所、そして警備の手薄な部分。もちろん、ウィルマ・ダンモアはなにひとつおろそかにはしていなかった。おそらく、ほとんどだれの助けも借りずに国を動かせる数少ない女性のひとりだろう。

エミリーは机に着いてダンモア邸の簡単な見取り図を書いた。幼少時からの訪問の記憶に基づいて図を描き、ウィルマに教えてもらった警備の詳細を加えた。

作業を進めながら、後ほどウィルマと話しあうべきいくつかの問題をまとめた。最後のメモを書き終えたところで、寝室の扉があき、ケルが入ってきた。

ケルの体から怒りが波のように伝わってくるのを感じた。

「俺はきみにここを離れてほしい」ケルが暗く険悪な声で言って、扉をかちりと閉めた。「きみはパーティーに行く必要はない。飢えた犬の目の前に新鮮な肉をぶら下げるみたいに、暗殺者の前に身をさらす必要なんてないんだ」

エミリーは椅子に背中を預けてケルを見つめた。ケルがゆっくり近づいてきて、身をこわばらせ、憤然とこちらをにらんだ。

そのまなざしは捕食動物のようで、表情はどう猛だった。以前だったら、言い争うのをためらったかもしれない。この表情は知っていた。俺のやりかたに従え、さもないとどうなるかわからないぞ、という群れのボスの顔つきだ。

この場合、これから起こるのは〝さもないとどうなるかわからない〟のほうだった。エミリーに引き下がる気はなかったからだ。

「ほかにあの男を引きずり出すいい方法があるの？」エミリーは論理的に言った。少なくとも、論理的であることを願った。「永遠に逃げることはできないのよ、ケル。わたしと同じくらい、あなたにもよくわかってるでしょう」

「永遠に逃げろと言ってるわけじゃない。フエンテスにきみを狙わせた野郎を捕らえるまでだ」ケルが指で乱暴に髪をかき上げた。「エミリー、理性を持って考えてくれ。絶対にきみが傷つかないという保証はどこにもないんだ。俺には無理だ」苦しげに顔をゆがめる。「きみをそんな危険にさらすなんて」

「なぜ？　わたしはただの任務の対象でしょう、ケル。終われば立ち去って次の仕事へ、さらに次の仕事へと向かうだけだわ。あなたは全力を尽くして――」

「きみはそれだけだと思ってるのか？」

ほとんど息をのむ間もなく、椅子から引き上げられていた。ケルが両手でしっかり上腕をつかみ、まっすぐ立たせてにらみつけた。

「ほかになにがあるの？」エミリーはきいた。不意に心臓が高鳴り、これまで存在しなかった感じやすさが全身を震わせた。

ケルの意志の力が、体を取り巻くのが感じられた。それは彼の目の荒々しい輝きに、口調のかすかなケージャン訛りに、ふと唇に浮かんだなまめかしさに表われていた。

「ほかになにがあるか教えてやろうか、エミリー」ケルが唇をぐっと引いて食いしばった歯を見せ、決意のうなり声をあげたかと思うと、頭を下げて唇をエミリーの唇に重ね、口を開いて容赦なく舌を押し入れてきた。

激しく、ひたむきに。拒むことも逃げることもありえなかった。突然燃え上がった渇望があるだけだった。

それは感情にあおられた欲求の、切望の一撃だった。貪欲な官能の心を満たす猛烈な探求だった。ふたりの目が合うたびに、それは高まっていった。

エミリーが彼のためにラップダンスをしたとき、舞台のぎらつく照明を通して初めて目が合った瞬間から、それは徐々に高まっていた。初めて目が合ったとき、ケルのまなざしは黒いサングラスの奥からしっかりエミリーのまなざしと絡みあい、自分でも存在を知らなかった魂の一部を開いた。

その日以来、ケルの愛撫以外はどうでもよくなった。舌で舌を撫でつけられると、瞬く間に情欲が燃え上がり、満たされていった。不意に彼の腕の感触に包まれ、指が髪に潜りこんだので、エミリーもひんやりとしたなめらかな彼の髪に指を差し入れた。

これが欲しかった。欲しくてたまらなかった。その気持ちがあまりにも積み重なって、五感と自制が崩れ落ちそうだった。悦びはあまりに大きすぎた。体じゅうを駆けめぐって神経の末端をちくちくと刺す淫らな電流に、ひとりの女がどうやって耐えればいいのだろう？　叫びだしたくなった。彼のあらゆる部分に体をこすりつけ、もっと感じたくなった。猫のように。もっと多くをねだるセクシーな子猫のように。

「ちくしょう！　きみは俺の理性を奪っちまう」ケルがうなっていきなり重ねた唇を離し、顎から耳の繊細な線をなぞり、感じやすいうなじまでたどった。

「もっと奪わせて」エミリーはすすり泣くような声で言って、ケルのシャツを引っぱった。彼を裸にしたかった。「もうじらさないで、ケル。今回は、最後までして」

ケルを体の上に、体のなかに感じたくてたまらない。顔を振り向けて唇で彼の唇を探るあいだ、喉から漏れるか細い欲求の叫び声を抑えられなかった。

しかしそれは効果を発揮した。ケルが両手でエミリーのシャツの裾をつかみ、胸の上まで引っぱってから、キスを中断して頭から脱がせた。

次はケルのシャツだった。エミリーが両手で両端をつかんで引っぱり、ボタンを飛ばして前をあけた。生地が広い胸に垂れかかった。

「荒々しい雌狐だ。そうだろ？」はっきりとした意見だった。その口調は淫らな欲望に震え、子宮を貫いた。

「とても荒々しいわ」エミリーはあえぎ、後ずさりしてジーンズのボタンに手をやり、スニーカーを脱いだ。「裸になって、ケル。いますぐ」

ふたりはすばやく服をはぎ取った。ケルはベッドの端に座り、エミリーがジーンズをゆるめて下ろすのを見ていた。

数秒のうちに、ケルがブーツのひもをほどいて脱ぎ捨てた。

レースのパンティーの下までジーンズを下ろしたところで、ケルが自分のジーンズを腰の下まで押しやってさっと脱ぎ捨て、下着と靴下も一瞬のうちにはぎ取った。

足首までジーンズを下ろすまえに、ケルが体ごと抱き上げ、ベッドまで運んでのしかかり、ふたたび唇を重ねた。

エミリーは短く小さな叫び声を何度も漏らした。ケルが大きな力強い体でその場に押さえつけ、太腿のあいだに身を収め、両手で両手首をマットレスに固定して、唇をむさぼった。

これまでケルは触れるたびに、まるですべての愛撫が制御され、すべてのキスが計算されているかのように、ゆるやかで意図的な誘惑をしてきた。今回はちがった。

計算はどこにもなかった。あるのは純粋な男の飢えだった。

「俺の言うとおりにしてくれ」突然ケルが唇を離して、断固とした粗野な声で言った。「約束してくれ、エミリー。俺に従うと。誓ってくれ」

エミリーはベッドの上で頭を振り動かした。

「きみを失うことはできない。きみだけは。エミリー」ケルがうめいた。「もう二度と生き延びられないんだよ。俺を置いていかないでくれ」

エミリーが、ケルの目のなかで燃える苦痛をちらりと見て、胸にその余韻を感じ、問いかけようとしたとたん、ケルが唇で鎖骨をなぞり、レースのブラジャーからこぼれそうな胸のふくらみまでたどった。

「絹のレースに縁取られた甘い悦び」ケルがうめいて身を引き、こちらを見つめた。そのまなざしが、レースの下の硬い乳首へと移動した。「もう言ったっけ？　どれほどこのきれいな胸が、この甘い小さな乳首が好きか？」

「ケル――」エミリーはケルの苦しげな表情を見てなにか言おうとした。

「きみを見つめると、そこには平和がある。天国のかけらが」手首を離し、指を両胸のあいだにすべらせ、ブラジャーのホックのところまで持ってくる。ケルの顔は渇望に満ちていたが、それは性的なものだけではなかった。エミリーにはそれが感じられた。見えた。セックスを越えて魂にまで及ぶ欲求。

ブラジャーのカップがするりとはずれると、ケルが視線を下げ、黒く濃いまつげの奥で緑色の目をきらめかせた。

「きみと愛を交わしたいんだ」ケルがささやいた。「柔らかな蠟燭《ろうそく》の明かりのもとで。危険も心配もなく。俺ときみだけで」

「できるわ――いますぐに」エミリーは息を切らして答えた。ケルが指の背で、すぼまった乳首を撫でた。「蠟燭はいらないわ、ケル。あなただけでいい」

「お父さんがなぜきみを守る必要があるのか、俺にはわかる」ケルがまたかがみこんで、唇で乳首をかすめた。「きみはみんなに触れるんだ。お父さんの心に触れる。他人の忠誠心に、俺が持ってることも知らなかった魂に。きみは触れて、この世界で俺たちが失ってしまったあらゆる純真さを思い出させるんだ」

エミリーは首を振った。「わたしは純真じゃないわ、ケル。ただの女よ」

「美しいほど純真だよ」ケルが反論した。「とても清らかで輝いている。まるで生きている炎のようだ」顔を上げ、言葉では表現できないような痛切さをまなざしにこめて、じっと見つめる。「俺を温めてくれ。こんなふうに、いつまでも」

ケルに触れなければ。エミリーは両手を彼の顔に持っていき、頬を包んで親指で唇をなぞった。今朝剃ったあと、また伸びてきた粗い顎ひげが手のひらをちくちくと刺した。ケルが唇を動かし、親指にキスして舌で舐めた。

「わたしはここにいるわ」エミリーはささやいた。

「いつまでもここにいてくれ、エミリー」

「あなたがいさせてくれるかぎり、ずっといるわ」

永遠にそばにいてもいい。ケルがとどまってくれるなら。愛してくれるなら。わたしが愛するように。

エミリーはケルを愛していた。そうなることはわかっていた。その気持ちが高まっていることを感じた。しかし、抑えなくてはいけないと自分に言い聞かせてきた。でも、もう抑えようがなかった。それはすでにエミリーの心をとらえ、ゆっくりと取り返しのつかないまでに、魂へと入りこんでいた。

ケルの目の苦痛がゆるやかに和らぎ、激しく荒々しい感情に場所を譲った。荒々しく、抑えがたい感情に。ケルの心がくっきりと見え、エミリーは息をのんだ。

「きみは俺のものだ」ケルが力強く粗野な声で言った。「俺のものだよ、エミリー」

ケルが太腿のあいだで腰を動かし、硬くそそり立った部分をレースの薄いパンティーに押し当てた。

「あなたのものよ」エミリーはあえいだ。異議はなかった。これからもずっと彼のものだろう。ずっと彼を求め、焦《こ》がれつづけるだろう。

何年も前から、ケルを夢見ていた。悪い男。茶目っ気と荒っぽさ。たくましさと意志の強さ。ケルはそういう男であり、それ以上の男だった。

か細く低い叫び声が漏れると、ケルがもう一度頭を下げて感じやすい乳首を唇で覆い、口のなかへと吸いながら、手をパンティーのひものほうへ動かした。

エミリーは背を反らして、乳首をさらに熱い唇の奥へと押し入れた。ひもがちぎれるのを感じた。ケルがぐいっと引っぱると、レースが破れた。反対側も同じように破られて、ばらばらになったパンティーが残されると、ケルの熱い部分がなめらかなひだに当てられた。

「ケル。ああ。わたし、耐えられないかも」体から下着を破り取られるなんて、刺激的すぎておかしくなりそうだった。

いまにも達してしまいそうだ。カプリパンツの縫い目を引き裂かれ、太腿のあいだに唇をうずめられたときのように。

ケルは予測不能な男だ。官能的でセクシー。全身を打ちつける炎を感じ、神経の末端まで焼けつくほど熱くさせる。

「ああ、そうこなくちゃ」ケルがものうげに言って、腰を動かし、猛《たけ》る部分でひだを撫でつけた。

脈打つ硬いもので敏感な蕾をこすられ、転がされ、まさぐられると、エミリーはうめき声をあげた。

「ああ！　きみを感じる」ケルが乳房から顔を上げ、目を妖しく光らせながら身動きし、ひざをつくと、激しい欲求をこめてこちらを見下ろした。

エミリーの内側にも激しい欲求がうずまいていた。どうやって制御すればいいのか、ケルのほうに手を伸ばす以外どうすればいいのかわからなかった。

両手を彼の胸から硬いお腹まですべらせ、爪で素肌を引っかくと、その下の筋肉が縮んで波打った。

視線を下げると、太腿のあいだに押しつけられていた彼の分身が、恥丘の上に姿を見せた。したたる蜜に光り、幅広い笠の先端には小さなしずくがわき出ている。

「なにをぐずぐずしているの？」エミリーは息を切らして言った。

ケルが荒い息をついて、両手でエミリーの太腿をつかみ、指の力を落ち着きなく強めたり弱めたりした。

「コンドームだ」食いしばった歯のあいだから言う。「コンドームを持ってこなかった」

「ひとつも？」エミリーはもどかしさに唇を開いた。

「部屋にある」ケルがゆっくり慎重に息を吸った。「かばんのなかに置いてきた。部屋の。きみの執事が部屋にかばんを運んだ」

コンドーム。コンドームについて考えるのはいやだった。ケルの体と自分の体をさえぎるものについては。しかしその先のことを考え、エミリーは捜しはじめた。

ケルの苛立たしげなうなり声を無視し、身を引いて彼の体をよけると、横を向いてナイトテーブルの引き出しに手を伸ばした。

指で探っていると、ケルが手のひらでお尻をぴしゃりとたたいた。軽い平手打ちにびくりとして、目の前に星が飛び散った。なんとか引き出しのなかに手を入れ、前回ここに来たときに放りこんだ小さなアルミパックを捜した。女性は準備をしておかなければならない。

あった。エミリーはそれをつかんでベッドにくずおれた。ケルが、先ほど手でたたいたところに唇を当てて素肌をなだめ、舌で舐めて湿った炎の軌跡を残した。

エミリーは横向きに寝て、片方の脚をマットレスの上で曲げ、もう片方を伸ばした。ケルがその脚を撫で上げ、指を太腿からしっとり濡れた体の芯へとすべらせた。

「世界でいちばん甘いプッシー」ケルがかすれた声でささやき、指で膨れたひだをかすめ、体の位置を変えた。「そのコンドームをよこすんだ、エミリー。さもないと、愛を交わすだけじゃすまないぞ」

ケルの声の響きに、子宮がぎゅっと締めつけられた。張りつめて訛りが強くなった口調。

ケルが硬い部分でそっと突き、エミリーの太腿を持ち上げて、濡れたひだに分け入ろうとした。

ケルの先端が押しつけられた感触にエミリーはわななき、顔を枕にぐっと沈めて手を後ろに伸ばし、アルミパックを差し出した。

「コンドームを手もとに持ってるなんて、お尻をたたいてやるぞ。あとで忘れてたら言ってくれ」ケルがすばやく受け取り、包装を破く音が聞こえた。数秒後、ケルが動いて、身を引くのを感じた。

「ガールスカウトに入りたかったのよ」エミリーはうめくように言った。「備えよ、常に」

「それはボーイスカウトだ」ケルはうなり、エミリーが横向きになると、太腿を押さえた。

「このままの姿勢で」ケルが片手でわき腹を撫で下ろした。「このままの姿勢できみを奪うよ、エミリー。きみは俺をもっと深く、もっと濃密に感じるだろう。炎に悦びを与えられるかのように」

ケルが片方の太腿を持ち上げて自分の太腿で支え、後ろから覆いかぶさって先端をこすりつけた。耳に彼の吐息を感じる。

「俺を感じてくれ、エミリー」ケルが耳にささやいてから、徐々に進みはじめた。「きみを奪う俺を感じてくれ。きみの魂の奥までだよ、エミリー。きみを奪う俺を感じてくれ」

ケルが大きな手の指をエミリーの細い指に絡めて、入口へと分け入るのを感じた。簡単だとは思っていなかった。痛みを予想していた。初めてのときはそれほど大きな悦びもないだろうと思っていた。

しかし悦びはそこにあった。いっぱいに広げられ、熱く引きつるような快感が呼吸を奪う。

ケルが膨れた笠を入れたり出したりして、ゆっくりエミリーを開いていった。ケルの分身が脈打つのを感じた。その先端はエミリーのなかでとても太く、とても重く、敏感な内側を広げた。閉じたまぶたの裏で鮮やかな色がはじけた。

ケルの下で動き、体を押しつけようとする。そうしたかった。彼に満たされ、所有されたかった。

「いい子だから、落ち着いて」ケルがかすれた声で耳にささやいた。「ゆっくり、落ち着いて」

ゆっくり、落ち着いて？　ケルはゆっくり落ち着いてしたいの？

「待たせて殺す気なの」エミリーはあえぎながら叫んだ。「もう死ぬほどじらしたじゃない、ケル。これ以上耐えられないわ」

エミリーはぎゅっと締めつけ、ケルがしゃがれたうなり声をあげるのを聞き、高まる愉悦にうめいた。

もう一度締めつけ、もっと奥まで引き入れて、自分を奪わせようとする。待つことなど望んではいなかった。

14

ケルは汗が額に吹き出して髪と肩を湿らせ、体のなかで暴れる炎を少し静めるのを感じた。エミリーは熱かった。ケルを熱く包みこんで溶け、さらに奥へと引き入れ、理性を麻痺《まひ》させた。ほかの女性にこれほどの悦びを感じたことは一度もなかった。自身を焼き尽くすまばゆい熱を感じ、彼女のなかへ押し入りたいという欲求で震えるほど自制心を失ったことは一度もなかった。

エミリーはとてもきつかった。無垢だからこその障壁に、自分がいともたやすく彼女を傷つけられることに気づかされる。

しかしエミリーは、ケルがとらせた体位をものともせず、大胆だった。ケルは彼女を横向きに寝かせて、後ろから覆いかぶさり、丸めたお腹のほうに片脚を曲げさせて貫こうとしていた。

「ケル」エミリーが腕と腕を絡め、ケルは彼女の傍らでぐっと体をこわばらせた。「お願い。いますぐ奪って」

ケルは必死で息を吸い、敏感な先端を包む心地よいビロードのような体を感じようとした。「すごくなめらかで濡れてる」ケルは頭を下げて顎を彼女の肩にのせ、汗で湿った素肌を舌で舐めながら、また身を引いた。

「ファックしないつもりなら、あなたの銃で撃ち殺してやるわよ」エミリーが荒々しく叫んだ。

その言葉。まったく、なんてことだ。〝ファック〟という言葉をエミリーの口から聞いて、分別を失わずにいられるだろうか。ケルは腰を丸めて、両ひざをマットレスにつき、歯を彼女の肩に当ててから、深く突いた。

エミリーは叫んだ。彼の名を。慈悲を求めると同時に、電流のように背筋を駆け上がって頭ではじけた悦びに叫んだ。

痛みもあったが、それは悦びと混じりあい、よくわからないめくるめく感覚を呼び起こした。

それは愉悦を超えていた。予測できるなにもかもを超えていた。内側の繊細な筋肉が彼をぎゅっと締めつけて波打ち、いっぱいに広がって、隠れていた神経の末端をあらわにし、脈打つ彼のものを感じて暴れだした。

ケルの歯がまだ肩を噛んでいて、背後から聞こえる荒い呼吸の音が、また別の淫らな感覚を呼び起こした。ケルはじっと身じろぎもしなかった。動いているのは腰に当たるお腹の筋肉の収縮と、エミリーの内側で脈打つ部分、そして荒い呼吸だけだった。

エミリーの内側で、ケルはとても大きく、重く、熱かった。貫かれたまま身動きし、体をざわめかせる感覚をもっと高めようとする。差し迫った絶頂が、もう待ちきれなかった。

「じっとしていて」ケルが喉から絞り出すような声でうめいた。「俺をゆったり包んでくれ」

ゆったり包む？　彼はとても大きかった。太く重いものが感じやすい部分を貫き、熱い竿が脈打って見えない愛撫をするたび、エミリーはさらに興奮した。

ケルが腰をぐっと動かすと、頭のなかで光がはじけ、唇から驚きの叫び声が漏れた。ああ、この愉悦、やみつきになってしまいそう。限りなく痛みに近いけれど、あまりにも強烈なその感覚に、もっと欲しくて体が暴れはじめた。あらゆる神経が、あらゆる細胞が、あらゆる叫び声が要求し、懇願した。エミリーは身をよじりはじめた。渇望はすさまじい大きさに成長しつつあった。

「いい子だ、エミリー。待ってくれ」ケルが顔をエミリーの首にうずめて、大きな体で押さえつけた。「いってしまいそうなんだよ」訛りが強く、濃くなってきた。

「早く」エミリーは泣き声で言った。「ああ、ケル。早くして。お願い。欲しいの。あなたが欲しいの」

以前になにかで読んだことをぼんやり思い出し、もう一度彼を締めつけてみた。ほかの男性には一度もしたことがない方法で、ひたむきにケルを愛撫しようとする。その効果は驚くほどだった。

ケルが喉からざらついた男らしいうなり声をあげて、動きはじめた。一度身を引いてから、長くゆっくりしたひと突きでなかへと入り、エミリーの唇からむせぶような泣き声を引き出す。彼が完全に身をうずめたのが感じられた。厚い笠が飢えたひだを分けた。太い血管が熱と渇望で脈打った。もう一度根元まで突くと、ケルの理性が吹き飛んだようだった。

エミリーはひたむきに五感すべてを使って彼の反応を受け止めようとしたが、ケルが動きはじめると、呼吸を保つだけで精いっぱいであることに気づいた。

ケルは体から心を引きちぎりつつあった。片手でエミリーの太腿をつかんで持ち上げ、もっとあらわにさせて、突きはじめる。深く力強く分け入り、リズミカルに腰を動かし、考える力をすべて奪い去った。

エミリーはケルの体に押さえつけられ、マットレスに指を埋めた。制御する力を求めるべきだったが、体の内側で高まって燃え上がる興奮があまりにも強烈すぎて、感じることしかできなかった。その感触はあまりにも強烈で、あまりにも破壊的だった。彼の分身が内側をふさぎ、痛いほどの、焼けつくほどの悦びが押し寄せた。

現実は過去のものになった。危険は存在しなかった。あるのはいまだけだった。神経の末端を駆けぬける矢のような興奮、体の奥を広げて満たす彼の感触だけだった。それから、魂を粉々に砕くまばゆいオーガズムが全身を走り、大変動を起こした。

ああ、エミリーのなかはとてもきつかった。彼女が絶頂にのみこまれてぎゅっと締めつけると、ケルは呼吸を奪われた。深く力強く身をうずめて動きを止め、彼女のなかで脈打つ自分を感じ、しっかり包んで引きつる彼女の熱と愉悦を楽しむ。

解放を押しとどめるのは苦しかった。歯を食いしばり、汗をまばたきで追いやって、待つことを自分に強いる。

あともう一度だけ。あともう一度だけ、エミリーが自分の周りではじけたときの、波打ち締めつける熱を感じたかった。

差し迫った欲求が少しだけ和らぎ、ケルはふたたび動きはじめた。エミリーが息を弾ませ、彼の名前をかすれた声で祈りのように何度もささやくと、胸の奥のざらついた部分がなだめられるような気がした。

「夢と愛を交わしてるみたいだよ」ケルはエミリーの耳にささやいた。「とても心地よくて、とてもきつい。すごくいい気持ちだよ、エミリー。すごくいい気持ちだ。何度でも欲しくなる。きみのベッドを離れざるをえなくなっても、何度でも夢見るだろう」

ふたたび貫きはじめると、エミリーがか細い泣き声を漏らした。強く、深く突き、腰で力強いリズムを刻んでいく。ふたりのどちらも、もうこの心地よさから長く離れてはいられないだろう。

ケルはエミリーの腰をつかみ、ベッドに押さえつけて、もっと激しく速く動いた。想像したこともないような甘く熱い体を何度も貫く。悦びが炎のように燃えさかり、ひと突きごとに炎が高く舞い上がった。ぎゅっと締めつける甘い体、猛烈な熱さ、彼女の叫び声。

エミリーのなかで高まっていくものを感じた。彼女の体が張りつめ、ケルは片手を前から太腿のあいだにすべらせ、指で膨れた小さな蕾を見つけて、撫でたりさすったりしながらさらに突いた。

エミリーが達し、もう解放を止めるものはなくなった。コンドームのなかに勢いよく熱い液体をほとばしらせると、自分の体からエミリーが魂をさらっていくのがはっきりわかった。だがほんとうの意味で彼女のなかを満たしてはいないことを思い出してうなる。自分のすべてを奥深くに注ぎこんで、いっときも忘れないようにさせたかったのだが。

俺のものであることを忘れないように。俺が所有のしるしを刻んだことを常に意識しているように。

ケルはエミリーの肩に顔を当て、素肌を歯で噛み、口で吸って唯一の所有のしるしを残した。

エミリーは俺のものだ。彼女のためなら死ねる。彼女を失えば死ぬ。

となりにくずおれて荒い息をつき、自分のうなり声に驚きながら、コンドームに覆われた分身をゆっくりと抜いた。

小さく身をわななかせたエミリーに両腕を回し、胸に引き寄せる。少ししたら起き上がらせて、先ほどバスルームで目にしたあの巨大なバスタブにふたりで入ろう。いたわってやらなければ、痛みを感じるかもしれない。エミリーにとっては初めての経験だ。甘やかして、くつろがせ、慈しんでやらなければならない。

二十五歳にして、エミリーは無垢だった。自身の無垢にどんな理由をつけていようとかまわない。ケルにはわかっていた。エミリーは待っていたのだ。悦びが拒めないほど大きくなるまで、自分にふさわしい男を見つけるまで。ふたりでいて大胆になれる男を。心の底から求める自由を許容してくれる男を。

今回のことが終わったら、夏にドゥランゴ部隊が訓練を行なっている特別訓練場へエミリーを連れていこう。自分の身を守り、ケルを援護し、周囲に目を配る方法を教えよう。ケルが国外にいるあいだになにか起こっても、ケルが帰ってくるまでのあいだ、身の安全を守る方法を。

隠れ家に連れていって、逃げなければならない場合どう備えればいいかを教えよう。エミリーを訓練して、安全を確保すると同時に、自分の安全も確保するように努める。そして祈る。

なぜなら、エミリーを失うことはできないからだ。ケルはずっと待っていた。あまりにも長いあいだ、魂を脅かす孤独に耐えてきた。心を占める寒々しく暗い影を和らげてくれる女が現われるまで。

ケルは家庭を持たない、家族を持たない男だった。かつては温かな団欒《だんらん》と家族の愛を知っていたが、のちに魂を損なうほどの裏切りを経験した男だった。

もう何年も前、ケルは起こりうる事態を恐れてタンジーとお腹の子どもを隠した。家族が所有していたミシシッピ川下流域の狩猟小屋に連れていって、いったんそこに残し、雇い主の刑事にもっと安全な場所を確保してもらおうとした。

ケルは妻をひとりで残した。妻の居場所を知っていたのは、ほかにひとりだけだった。ケルがかつてはわが家だと思っていた場所に忍びこみ、小屋へ行くのに必要な古いボートの鍵を盗もうとしたところを見つけた人物。

母が憎しみと怒りをこめてこちらをにらんでいた。しかしケルは、母が裏切るとは一瞬たりとも想像しなかった。タンジーとお腹にいる孫の居場所を敵に教えるとは。

母が裏切ったのだ。ケルはけっして母を許さなかった。自分に背を向けたほかの家族をけっして許さなかったのと同じように。

果てしなく長いあいだ、その怒りとともに生きてきた。一日一日を。エミリーが現われるまでは。

彼女の笑い声、冒険心、自由への欲求が心に触れるまでは。彼女の誠実さ、その欲求を抑えようとする意志が魂に触れるまでは。

エミリーは、闘って勝ち得るのにふさわしい、生きがいとするのにふさわしい女だった。現実になるとは思ってもみなかった夢だった。

15

ケルの腕のなかで目覚めることが、どうしてこれほどまでに自然なのか、翌朝エミリーは不思議に思った。ケルは体ごと毛布のようにエミリーをくるみ、腕と脚を巻きつけて、がっしりした温かい胸を背中に当てていた。

毛布は夜のあいだに押しやられて床に落ちていた。ケルのほうへ身をすべらせ、もう一度抱かれて、悦びに叫び、体を駆けぬける解放を味わったときに。

そう。エミリーは向こうの壁をぼんやり見つめ、口もとをゆるめて胸につぶやいた。解放。二度や三度ではなく、絶頂の脈動が次から次へと合体していって、最後には息もつけなくなるまで強烈なエクスタシーに叫びつづけるしかなかった。

最初に愛を交わしたあと、ケルは大きなバスタブのなかでエミリーを温かい湯に包み、ただキスをして抱きしめてくれた。

そこにはなんの要求もなく、ただ体に回されたケルの腕と、あまり深く掘り下げたくはない親密な空気があった。

「ああいうときのきみには、びくびくさせられるね」ベッドの上で、背後からケルが眠そうな声でぼやいた。

「どういうとき?」エミリーは口もとをゆるめずにはいられなかった。朝のケルのかすれた声はあまりにもセクシーだった。

「きみがなにかを考えてるときさ」ケルが片手で脚の外側から腰まで撫で上げ、膨れてきたものでお尻をつつきはじめた。「きみが考えると、ものごとが危険になる」

「ばか言わないで」振り返ってほほえむと、ケルがキスと眠りで腫《は》れた唇をけだるそうにひねって笑みを返した。「わたしはまったく危険じゃないわ」

「初めてストリップクラブにあの弱虫ダイソンを連れていく前の晩、きみは考えていた」ケルが指摘した。「きみを追いかけて裏口をのぞいたダイソンは、心臓発作を起こしかけたんじゃないかな」

「あなた、あそこにいたの?」エミリーはにらむような目をした。

「それから、あいつを犬の訓練学校に連れていった日も。エミリー、いったいどんなふうにあいつを説得して、パッドを着けさせて犬たちに襲わせたんだ?」

エミリーは口もとをぴくりと引きつらせた。「わたしがやるつもりだったのよ。でも、ダイソンが真っ青になってしまったの。だから彼がやってみて、体験したままを報告してくれればそれで我慢すると言ったの」

ケルが首を振った。「なんて悪い子だ」

「あとでお尻をたたくってこと?」エミリーは彼の胸に身を寄せた。「いまたたいて、ちょっと懲《こ》らしめてくれてもいいのよ」

ケルが謎めいた緑色の目をセクシーに光らせたあと、ひどく残念そうなまなざしをして、ナイトテーブルの上の時計をちらりと見た。

「きみが目を覚ますまで、もう二時間も待ってたんだ。もうすぐ会合がある。約三十分後に、部隊のメンバーがきみのお父さんといっしょにここにやってくる」しかしケルは少しのあいだ、エミリーの提案を考えているようだった。それから首を振り、手を離した。「さあ、雌狐ちゃん。お尻をたたくのはまたあとでな」

「わたしが寝てるあいだ、なにをしていたの?」エミリーはベッドにあおむけになり、目の前の引きしまった完璧な肉体に見とれた。大きく膨らんだ部分も含めて、すばらしい眺めだった。

視線でお尻を愛撫していると、ケルがジーンズをはき、ボタンは留めずにファスナーを引き上げた。

「きみを抱いていた」ケルの表情にはあからさまな独占欲があった。「寝顔を見ていた」

ケルはそのことを少しも恥じていないようだった。以前、カイラはなんて言っていた?男はけっして、抱きしめてかわいがってはくれない。自分の欲求が満たされたら、それで終わり。

そう口にしたときの友人の苦い口調は、エミリーの心を締めつけた。ケルが与えてくれたようなやさしさが欲しかったから。これほどまでに求めていたとは、ケルが与えてくれるまで気づかなかった。

抱き上げて、お風呂に入れてくれたこと。寝顔を見つめ、ただ抱いていてくれたこと。

「抱かれているのが好きよ」エミリーはケルを見上げてささやいた。「すごく好きだわ」

ケルがふと、にっこり笑って目を輝かせた。ベッドの上にかがみこみ、両腕で体重を支えて頭を下げる。一日分の無精ひげが頬をかすめたあと、やさしく唇が重なった。

「起きて、エミリー」ケルがものうげに言って、エミリーの両腕をつかみ、引っぱり起こした。「きょう一日がきみを待ち受けてる。俺はそのかわいいお尻を守るために、やらなくちゃならないことがたくさんあるんだ。あとでたたいてやれるようにね」

お尻を振ってみせると、ケルがたたこうとした。エミリーはきゃっと叫んで、ぎりぎりのところで引っこめた。

「いっしょにシャワーを浴びる？」肩越しに思わせぶりな視線を投げて言ってから、バスルームのほうへ歩く。

ケルが首を振って、大きく息を吸ってから、しかめっ面で断わった。

「だめだ。会合に遅れたら、リーノにぶちのめされちまう。シャワーを浴びておいで。俺もしたくをすませて迎えにくるから。いっしょに朝食に下りていきたい」

エミリーははっとした。「わたしはここにいても安全じゃないと思ってるの？　パパの家にいても？」

「きみが安全だとわかってると気が休まるんだ」ケルがきっぱりと言った。「確実にきりぬけよう、エミリー。あとでルールの調整をするよ、いいな？」

「ルールはあっという間に増えていくわよ、クリーガー」エミリーは警告するように言った。

「わたし、リストを作ってるの」

「きみならそうだろうな」ケルがくすくす笑った。「まちがいない。さあ、シャワーを浴びて。二十分で戻ってくる」

「四十分にして」

「三十分だ。腹が減ったんだよ。昨夜だれかさんに酷使されてね。エネルギーを補給する必要がある」

「ええ、そのだれかさんは、今晩またあなたを酷使するかもしれないわよ」エミリーは思わせぶりに言って、ケルが昨夜の悦びを思い出す様子を見て、胸を高鳴らせた。

ケルがいたずらっぽくウインクして、ブーツをはいた。それから寝室を出るまえに、ドアノブの錠を回し、しっかりと扉を閉じた。

エミリーにはその意味がわかった。自分以外のだれのためにも、扉をあけるなということだ。

口もとをゆるめてバスルームに入り、シャワーの温度を調節した。近いうちに、ふたりで話をしなくてはならないことはわかっていた。ケルには秘密がある。ときどき目のなかにそれが見え、声のなかにそれが聞き取れた。どんな秘密であろうと、それは苦痛に満ちていた。

シャワー室に足を踏み入れ、どれほどケルを知らないかについて考えた。過去だけでなく、現在のこともほとんど知らない。しかし彼は、これまでに知りあっただれよりも大切な人になりつつあった。

エミリーはケルに恋していた。そう、彼を愛していた。それは怖いことだった。ケルはエミリーの一部を所有している。たとえ彼が歩み去っても、けっして取り戻せないはずの一部を。

深く息を吸って、ケルとともに過ごすあらゆる瞬間を楽しもうと誓った。どんなことがあっても、それを逃したくはない。この幸せの絶頂を。ひょっとしたらわたし自身よりも、わたしとわたしの体の両方を知っている人がいるという感覚。生まれて初めて、理解してくれる人がいるという感覚。わたしを理解してくれるどころか、生きることへの欲求も理解してくれる人。

エミリーは生きる必要があった。そして、ケルの腕のなかで生きたかった。たとえ今回のことが終わって彼が立ち去ってしまっても、離ればなれになってしまっても、ケルはこれまでだれも与えてくれなかった贈り物を与えてくれた。彼はわたしのなかに〝パパの娘〟以上のものを見つけ、奥に隠れていた〝女〟を引き出してくれたのだから。

一時間後、ケルはエミリーとともに朝食を終え、彼女の護衛を父親と提督に任せて、屋敷内に会合場所として用意された小さな部屋に向かい、リーノと仲間たちに会った。

「よう、色男。リーノによると、もうすぐ結婚式の招待状が郵便受けに届くらしいじゃないか」副隊長のクリント・マッキンタイアがにやにやしながら言った。ケルは部屋に入って扉を閉めた。

「ああ、数週間のうちにな。まずは、フエンテスを目の前から消しておきたい」と答える。

仲間たちの表情は見ものだった。リーノ、クリント、メイシーがぎょっとしてこちらを見返した。イアンはいつもどおり読み取りにくい顔つきをしていたが、驚いたというより思案ありげな様子だった。

「なんてこった、優秀なシール隊員がまたひとりくたばったか」メイシーがため息をついた。

「おまえたち、いったいどうしちまったんだ？　伝染病かなにかにかかったのか？」リーノからクリント、ケルへと視線を移す。

「そうかもしれないぜ、メイシー。あまり近づかないほうがいい。さもないと、次はあんたが、かけがえのない相手を探しはじめるかもな」イアンがざらついた低い声で静かに言った。

メイシーがふんと鼻を鳴らしてから、ノート型パソコンの画面に向き直った。「くだらん話はもういい。集まってくれ。今朝四時〇分、〈ユダ〉がまた接触してきた。ディエゴのぼんくら子分のひとりにしては、インターネットに通じてるらしい」

「情報提供者に対して、あまり丁重な口のききかたじゃないな、メイシー」イアンがおもしろがるかのような調子で指摘した。

「ちくしょうめ」メイシーがうなった。「あいつの玉を切り取ってやりたいよ。もうちょっと協力的になればいいものを」

ケルはテーブルを回って、メイシーの肩越しにEメールを眺めた。メイシーが使っている傍受不能なはずのアカウントに届いたものだった。


暗殺者および/または誘拐者、移動中。目的地、DC。条件は下記のとおり。上院議員および/または娘。上院議員への辞任要求は無視された。フエンテスのスパイ〈ミスター・ホワイト〉は行動を求めている。警戒せよ。DC到着後、娘を誘拐あるいは殺害する確実な手段がホワイトから伝えられる予定。現時点では、人質として利用できる誘拐の可能性が最も高い。酒盛りのあいだは背後に気をつけろ《ウォッチ・ユア・シックス》、別の目もそこを見ている。

ケルは画面に目を凝らした。このEメールにはなにかがある。

「どこかで聞いたことないか？」メイシーが仲間たちを見上げてきいた。

「背後に気をつけろ《ウォッチ・ユア・シックス》」ケルはつぶやいた。「軍事用語だ。俺たちにとってはめずらしくない」

「妙に聞き慣れた口ぶりなんだよな」メイシーが首を振って、画面に向き直った。「もう何年も、この野郎を追いかけてるってのに。どうも腑《ふ》に落ちないんだ。どんなに必死になっても、こいつの手がかりはまったくつかめない」

「やつの情報は、常に事実に基づいてる」イアンが指摘した。

「異常なくらい事実に基づいてるよ。こいつはあまりにも知りすぎてる」メイシーがうなった。「俺に接触するのにこのEメールアドレスを見つけたってことが、いちばん気がかりだ」

そのアドレスは、何年も前に救援要請用アカウントとして設けられた。なにがあろうと、隊員たちは仲間だ。だれかが苦境に陥れば、ほかのだれかが駆けつける。

「あんたはやつを見つけるさ、メイシー。時機を待てよ」イアンが少なからずからかいを含んだ口調で言った。「俺の疑問は、なぜ〈ミスター・ホワイト〉がフエンテスへの要求を、殺しから誘拐に変えたのかということだ」

「Eメールの言うとおり、誘拐すれば人質が得られるからさ。殺しちまったら、人質は得られない。駆け引きの手段がなくなる」

「なぜ駆け引きが必要なんだ？」ケルは尋ねた。「これまでの計画では、まず娘を殺して上院議員に報復し、次に本人を殺すつもりだったんだろう。なぜ途中で変更する？」

「いつものディエゴのやりかただよ。おそらくな」メイシーが皮肉っぽく言った。あの人でなしは誘拐や拷問、男の魂の破壊が楽しくてしかたないんだ。女の魂については言うまでもない。遊びたいのさ」

「やつのゲームのひとつか」ケルは怒りに奥歯を噛みしめた。

「俺たちの第一の目的は、上院議員とその娘の命を守ることだ」リーノが言った。「第二の目的は、ディエゴと〈ミスター・ホワイト〉の両方、もしくは一方を捕らえること。あのくそったれホワイトはどうしても捕まえたい。あの野郎は、ここ一年のあいだに至るところで政府職員を裏切ってる。今年の初めには、カリフォルニアで国土安全保障省の職員ふたりが殺された。ＤＣでもひとり、国内でさらに三人。国外を含めればさらに四人の職員がそこに加わる」

「明らかに、政府内の責任ある地位に就いただれかだろう」クリントが言った。「国防総省と世界じゅうの作戦任務にアクセスできるだれかだ。選挙で選ばれた役人か、あるいは傭兵《ようへい》かもしれない」

「だれでもおかしくないさ」ケルはどなった。

「しかし、今夜のパーティーに参加してるだれかのはずだ」メイシーがにやりとした。「この一文、〝酒盛りのあいだは背後に気をつけろ、別の目もそこを見ている〟。今夜、俺たちはパーティーへ行く。そうだろ？」

ケルは目の前にいるコンピューターの天才を見据えた。メイシーは、ダラス・カウボーイズのラインバッカーになれそうなくらい大柄でどう猛な男だ。しかしその長く太い指は、パソコンのキーボードの上を優雅かつ軽やかに動いていた。

「これが招待客のリストだ」上院議員が数日前に提出したファイルを呼び出す。「いま、ここにある名前をいくつかのプログラムにかけてる。少し時間がかかるが、うまくヒットして、進むべき方向が見つかる可能性はある」

「パーティーが始まるまえに?」ケルはきいた。

メイシーが顔をしかめた。「それはむずかしいな」

ケルはリーノのほうに振り返った。「イアンを、エミリーを護衛する俺の後方につけてくれ」

リーノはゆっくりうなずいたが、まなざしは鋭かった。

「ケル、私情にとらわれすぎてないか? あんまり気負って彼女の命を危険にさらすなよ」

ケルはリーノを冷ややかににらみ返し、固い決意が胸にこみ上げるのを感じていた。

「彼女は俺のものだ」きっぱりと言う。「あんたは、ほかのだれかにレイヴンの身を守らせるか? クリントは、ほかのだれかにモーガナを守らせるか?」

リーノの妻レイヴンは、クリントの妹でもあった。黒髪のおてんば娘で、しょっちゅう夫の頭をおかしくさせている。しかしそのレイヴンも、リーノの妹でクリントのフィアンセのモーガナに比べればおとなしいものだった。

　その質問に、ふたりの男が顔をしかめた。

「イアン、こいつから目を離さないでくれ」リーノがため息をついた。

「了解、中佐」イアンが壁に寄りかかって仲間たちをじっと見た。茶色の目を暗く陰らせ、考えこむように眉根を寄せる。

「上院議員は、娘よりも遅れてダンモア邸に到着する」リーノが告げた。「出発前に議事堂で会議があるんだ。つまり、シークレットサービスの警護官がふたり邸宅の敷地外に配置されるほかは、援護が手薄になるだろう。俺たちがダンモア邸に向かうときは、連絡する。おまえはいまも、彼女の恋人ということになってる。それについては、作戦上の条件を変更しない。おまえにとっては、なんの問題もないだろうけどな」

　ケルがにやりとしたのを見て、仲間たちが忍び笑いを漏らした。しかしイアンと目が合うと、訳知りの真剣なまなざしが返ってきた。ケルの過去について一部始終を知っている人間はほとんどいない。イアンは数少ないそのひとりだった。

　イアンがゆっくりうなずいた。約束だ。ケルにとってかけがえのない人を、ともに守るという誓い。

「リムジンがエミリー、ケル、イアンをパーティーに連れていく。俺たちは上院議員の防護装備付SUVで到着する。気を引きしめてかかれよ。〈ミスター・ホワイト〉の正体を暴いて、なんの後腐れもなくさっさとこの作戦を片づけようじゃないか」リーノが部屋に視線を走らせた。「なにか質問は？」

隊員たちは首を振った。

「よし。一時間以内に上院議員とともに出発する。いま現在、彼は娘を執務室のなかにとらえて、このあいだのストリップクラブでの冒険と、今後のふるまいについて話しあってるところらしい。どっちが勝つか、賭けるか？」

クリント、リーノ、メイシー、イアンは上院議員のほうに賭けた。元シール隊員で、二十五年間、なんらかの形で娘を支配してきた男のほうに。

全員の目が集まるなか、ケルはジーンズのポケットから財布を出し、賭け金の二十ドルを引きぬいて、メイシーに渡した。「俺の金は、ご婦人のほうに」のんびりと言う。「雌狐は飼いならせない。あとをついていくだけさ」

エミリーは父の執務室を見回した。炉棚のいちばんよい位置に母の写真が並んでいた。母とエミリーの肖像画が、机の向かいの壁にかかっている。エミリーが生まれた直後に、父が美術家に依頼して描かせたものだ。

わたしは母に似ている、とエミリーは考えた。同じ明るい鳶色の髪、青い目、好奇心旺盛な顔つき。長年のあいだ、それをあまり気に留めたことはなかった。自分の容姿にはほとんど関心がなかったのだ。しかし肖像画を眺めて父を待っているいま、それがよく見えてきた。とはいえ、母はもっと繊細だった。線が細く、すらりとして、優美だった。エミリーの髪は肩の長さだが、母の髪はもっと長く、ウエスト近くまであった。

母はパーティーが好きだった。エミリーは冒険のほうを好んだ。山登りや、スカイダイビングや、山での戦争ゲームがしたかった。

母はファッションを生きがいにしていた。エミリーは絹よりもジーンズが好きだが、絹の必要性は理解していた。

あまり長い時間をかけて母を知ることはなかった。あまりたくさん母の笑い声を聞く機会はなかった。父によると毎晩寝るまえに歌ってくれていたという歌も、ほとんど憶えていない。

「母さんはおまえを心から愛していたよ」父が執務室に入ってきて、背後から言った。「おまえはわたしたちの最良の部分を受け継いでいると、よく言っていた。わたしもいつも同意したものさ」

「弱さのこと?」エミリーは尋ね、振り返って父と向きあった。「ふたりのどちらかがそんなに弱いなんて、聞いたことがなかったわ、パパ」

「それがおまえの見かたなのか? 慎重であろうとすることを弱さだと思うのか? わたしがおまえを保護しようとすることを? わたしに保護されてきたことが、おまえの弱さだというのか？」

「義理の息子候補をわたしに押しつけることは？　罪悪感と愛の糸でがんじがらめにして、生きるとはどういうことかもほとんどわからなくさせたことは？」エミリーはきり返した。

　その質問に父が顔をしかめた。

「ここ七年の、パパの坊やたちの食費、光熱費、宿泊費を書き出しておいたわ」エミリーは父が手にした書類に向かってうなずいた。「かなり長いリストだし、確認するのに数週間かかるかもしれないけど、最終的な金額は、わたしが耐えることを強いられた苦労からすれば、ずいぶん安いはずよ。申し訳ないけど、返してほしいの」

「わたしと母さんがおまえのために開いた口座の利子から引き出したらどうだ」父が提案した。

「ごめんなさい、パパ。そのお金は理由があって貯蓄してるのよ。いつか生まれるわたしの子どもたちのための蓄えなんだから。時間があるときに小切手を書いて、送ってちょうだい」

　父が苛立たしそうにぎろりとにらんだ。「なぜいまなんだ？　これまでは金を受け取らなかったじゃないか」

「パパがいつも、必要な金額よりずっと多く入金してたからよ。借りてる以上の金額を払ってほしくはないの。これまではけっしてわかってくれなかったけど。わたしはパパの敬意が欲しいの。信頼が欲しいの。施《ほどこ》しではなくて」

「それでおまえは、ばかげたリサーチがどうとか言って、ストリップクラブやバーや暗い裏通りをほっつき歩くことで、わたしの信頼が得られると考えたのか？　まだ本は見ていないよ、エミリー・ペイジ。うわさには聞いているがね」

エミリーはゆっくり息を吸った。父とどなりあう気はなかった。「パパ、つまらない小細工はもうやめて。そんな暇があったら早く小切手を書いてちょうだい。家に戻ったらすぐ預金できるようにね」

父が広い額にしわを寄せた。「なにが小細工だって？」

「わたしが怒ってここを飛び出していくように、わざとけんかをしかける小細工よ。わかってるくせに。どんなけんかをしようと、必ずパパが勝つための小細工よ」エミリーは腕を組み、決意をこめて父を見据えた。「今回は、そうはいかないわ」

「クリーガーと寝ているからか？　教えてくれ、少なくともあいつと結婚するつもりなんだろうな？」父がどなった。

エミリーはまゆをつり上げた。「結婚の話は出てないわ。どうしてそんなに怒るの？　パパが選りすぐりの男たちをボディーガードとしてよこしたのは、それが目的じゃなかったの？　そのうちのひとりが、いつかわたしのベッドに潜りこむのを期待してたんでしょう？」

「望ましいのは結婚指輪とともに、だ」父がうなり声で言った。「あの男がおまえの救出部隊に加わりたいと要求してきたときから、なにかあると見抜いてしかるべきだった。せめて、あいつはコンドームを着けているんだろうな？　あいつが以前恋に落ちた女性のように、おまえが妊娠させられたあげくに死ぬなんてことだけは勘弁してくれ」

妊娠させられたあげくに死ぬ。

エミリーは長いあいだ身動きもせず父を見据えていた。心にぞくりと冷たいものを感じた。

「いったいなんの話？」

「あいつは昔の妻と子どものことを話してないのか？」父が尋ね、その目になにか漠然とした、後悔に近いようなものがよぎった。

「知らなかった――」エミリーは唇を震わせてささやいた。

「それならきいてみればいい」父がぶっきらぼうに言った。「そして、自分がしていることをよく――」

「彼のことでお説教なんかしないで」エミリーは思わず手を振り上げ、横柄な態度で父に指を突きつけた。怒りがふつふつとわき上がってきた。「パパは何年もわたしのベッドに男たちを送りこんできたのよ。ようやくそのひとりを受け入れる気になったのに、それをだいなしにしようとするの？」

「夫候補だよ、エミリー」父が言い返した。「彼らは婚約指輪なしにおまえのベッドの一メートル以内に近づこうとはしなかっただろう。わたしはクリーガーを夫候補として送りこんだわけではない。あいつは護衛だ。部隊の一員なんだからな」

「わたしが選んだ男は、パパが厳選した男ではないって言うの？」エミリーは冷笑した。「まったく、いったいどこでそういう神経を養ったわけ？」

「あいつと同じ場所でさ」父が誇らしげに顎を引き上げた。「海軍だよ」

エミリーはぶしつけに鼻を鳴らした。「そうは思えないわね。いいから小切手を書いてちょうだい。もう癇癪は爆発させたんだから、大事な議事堂へ行って、きょう計画してるどんな面倒でも起こせばいいわ。でもわたしの人生に干渉するのはこれで終わりよ。わかったわね？」

「冗談じゃない」父が抑えた声で言った。「なあ、エミリー、あいつがおまえに好きなようにさせてくれると思うのか？　切望する自由をすべて与えてくれると？　あいつはニューオーリンズで警察のたれこみ屋として働いていたとき、妻と子どもを亡くしたんだ。まだ十八歳にもなっていなかった。そのあらゆる瞬間を、あいつが忘れたとでも思うのか？　ふたりの死のあらゆる詳細を？　わたしがおまえを過保護に扱っているって？　あいつがおまえの指に指輪をはめて、子どもを授《さず》かってみればわかるさ。一瞬たりとも気の休まるときはないだろうよ」

これまでずっと、父の声が不気味に低くなったときは常に、我慢の限界に達したことを示していた。エミリーは常に、その不気味な低音の意味するところがよくわからないまま、それを突き止めたくもなくて、うまくかわしてきた。

しかしいまはもう、それもどうでもよかった。

「わかったわね？」エミリーは叫び、目尻に涙がにじんでくるのを感じた。胸にこみ上げる苦痛に耐えながら、恋人について暴露された事実を無視する。「小切手を書いて。言っておくけど、今度わたしの家に新しい男をよこしたら、警察を呼ぶわよ」

今度は父が衝撃に目を見開く番だった。

「エミリー――」父が用心深い目つきをして歩み寄った。「このままでは収拾がつかんよ」片手で顔をこすり、ためらいの表情を浮かべる。

「パパになにかを頼んだことなんてないでしょう」エミリーはなんとか言葉を絞り出し、胸をかきむしられるような痛みを感じていた。

ケルは過去に、結婚していたの？　奥さんと子どもを亡くしたなんて、まったく知らなかった。知りたいと思わなかった。わざと距離を置いて、彼の大きな個性である情熱に心を惹かれながらも、遠ざけてきたのだ。

「ああ、おまえはなにかを頼んできたことなどない」父が同意した。「あるいは、それが問題なのかもしれん。おまえはわたしなど必要ないように見える」

「いいえ、必要だったわ」エミリーは押し殺した声で言った。「山登りをやめたくないと、また山で訓練を受けたいと言おうとしたとき。海軍に入隊したいと言おうとしたとき。パパが必要だったのよ。でも、どれも聞こうとはしてくれなかったわ」

「危険すぎたんだよ」父がさっと首を振った。「おまえはもう子どもではなかった。限界があることを見ようとはしなかった。おまえは常に、もっと多くを得ようとし、もっと高くをめざそうとした」

「生きようとしてたんじゃない？　パパのかわいいお嬢ちゃん以外のなにかになろうとしてたんじゃない？」エミリーは茶化すように尋ねた。「許してね、父さん。もしかすると、言われたとおり最初に家に送りこまれたろくでなしと結婚して、欲しがってる孫をたくさん産んであげればよかったのかもしれないわね。もしかするとわたしは、必死に歩み寄ろうとするより、もっとひどい方法で人生をめちゃくちゃにする道を見つけるべきだったのかもしれないわね」

　父が指で髪をかき上げ、顔をゆがめて、娘をどう扱うべきか判断しようとしていた。

「このことについて、優位に立つ方法を探してもむだよ、スタントン上院議員」エミリーはぞんざいな口調で言った。「じゃあこうしましょう。お金は持ってればいいわ。フエンテスとの対決が終わったら、貸し借りなしということにしましょう。そのあとは、わたしは自分の人生を生き、父さんは父さんの人生を生きるのよ」

「本気ではないだろう」エミリーが背を向けて出口へ向かおうとすると、父が腕をつかんだ。

「エミリー。こんなふうにわたしの前から去っていくべきではないよ」

エミリーは、自分と母の肖像画を見つめた。父の机の向かいにかかった絵。いつでも見えるように。憶えていられるように。

「父さん、わたしはあなたとちがって、人生に関わるすべてのものや人を制御する必要はないの」エミリーはゆっくり背を向けた。「たったひとりで過去と向きあって生きたいとも思わない。わたしはもうあなたのかわいいお嬢ちゃんではないわ。成人した子どもよ。あなたの娘よ。それを受け入れられれば、あなたも自分の人生を楽しめるかもしれないわね」

エミリーは腕を振り払い、父の目にあふれる苦痛に背を向け、戸口へと歩いた。扉をあけて、父のほうを見る。

「もう二度と、わたしの人生に干渉しないで。そんなことをしたら、ただではすまないわよ」

エミリーは扉の外に歩み出て、その場に凍りついた五人のシール隊員に面と向きあった。彼らの顔つきは――ひとりをのぞいて――無表情で用心深かった。残りのひとりは、濃いエメラルドグリーンの目に憂いと苦痛を湛えて、こちらをじっと見つめていた。

「今夜のパーティーのまえに、やることがあるの」エミリーはきびきびと言った。「五時ぴったりに、階下で会いましょう、ケル。ちょっとした口論をするまえに、せめて心の準備をする時間くらいくれるでしょうね？　なにしろ正直に言って、あと一分でも、また別の頑固で手に負えないシール隊員を相手にすることになれば、あなたの銃でこのうちのだれかを撃ってしまうかもしれないから」

それだけ言うと、エミリーは五人の男たちの横をかすめて立ち去った。けっして振り返らず、目にあふれてきた涙をこぼすまいとする。

よく知らない男性と寝てしまったのは、自分のせいだ。反撃に必要な武器を父に与えてしまったのは、自分のせいだ。

父はエミリーとのけんかに負けることを嫌った。昔からずっと。エミリーがなるべく衝突を避けてきたのは、それが理由でもあった。なぜなら、いつだって傷ついて立ち去るのは自分のほうだったからだ。

16

五時ちょうどに、ケルは礼装用軍服を着て玄関広間で待ち、非現実感を覚えながら階段を見つめていた。エミリーが下りてきた。

まるで燃え立つ炎のようだ。まばゆいほど輝いている。長いエメラルド色のドレスは上品なデザインだった。しかしエミリーが着ると、それは官能の表現になった。薄い絹が豊かな胸を包み、細いストラップが肩をなめらかにすべる。

高めのウエストラインは曲線美をちらりと見せているだけだったが、そのせいで余計に魅惑的に感じられた。絹がお腹と腰を撫で、ちらちら光る色彩の滝となって足もとに落ちている。ドレスに合わせたハイヒールが、少なくとも七センチは上背を高くしていた。

女王のように堂々と階段を下りてくるあいだ、片方の肩から垂れかかった輝くショールが背後になびいた。

鳶色の髪はアップにまとめてあった。巧みに結われた炎のような巻き毛にエメラルドがきらめき、化粧はエキゾチックな顔立ちをさらに強調していた。

この世で最も美しい女。

青い目はまつげに覆われ、心のなかで暴れているはずの感情をちらりとも見せようとしなかった。

ケルは執務室の扉の外で、あの言い争いを聞いていた。父が娘にケルの過去について情報を与えるのを聞いていた。部隊長でさえ詳しくは知らない情報を。

エミリーが知ったのはほんのわずかだったが、それでもケルの背筋をぞっとさせるにはじゅうぶんだった。あとでもっと詳しい説明を求められるのにじゅうぶんなことを知られたのだ。

まったく、どういうわけでこれほど短いあいだになにもかも起こったのだろう？　一瞬のうちに人生が変わってしまったかのようだ。ただ存在することから、生きることへと。

しかし、上院議員はひとつ勘ちがいをしていた。エミリーは自由を得られるだろう。彼女を隠したり抑えつけたりするわけにはいかない。それは狂気の沙汰だ。第一、エミリーは愛する男とのそんな人生をけっして受け入れないだろう。無理強いしようとする男を、けっして愛さないだろう。一方でケルは、妻と将来の子どもたちが身を守る手段を持たないままでは、生きていけないだろう。

「ウィルマ・ダンモアが、すばらしい手腕でパーティーを手配してくれたわ」エミリーが大理石の玄関広間に下り立って言った。「会場に到着したら、ほんの数分だけ、彼女と細かい部分を確認して、ケータリング業者やそのほかの人たちとも会わなくちゃ」話しながらハンドバッグのなかを確かめる。「これまでの父のボディーガードたちみたいに、周りの人をにらみつけるようなまねはしないでくれるとありがたいわ。そういうことをすると、みんなを居心地悪くさせるのよ」

「了解。にらみつけるのはなしだ」ケルはうなずき、口もとがゆるむのを抑えた。

エミリーは闘う気満々だった。ケルにはそれが見て取れた。たとえ目が見えなかったとしても、感じ取ることができただろう。それはうねりとなって彼女からあふれ出ていた。雌狐は鉤爪《かぎつめ》を忍ばせ、挑発しようとする男ならだれにでも、すぐにそれをあらわにするだろう。

「なぜそんな荷物を持ってるの？」ケルの手にぶら下がったひもに目を向けてきく。

「準備がすべてさ」ケルは肩をすくめた。

「準備ね。それで思い出したわ」エミリーが細長い夜会用のバッグをあけ、折りたたんだ紙を取り出した。「きのうウィルマと、パーティーのために配置した警備について話したの。いくつかの弱点にしるしをつけたわ」

ケルは慎重にその紙を受け取った。

「どんな弱点だ？」

「招待客が到着しはじめるまえに、ウィルマと話しあうつもりよ」エミリーが答えた。「邸宅の図面をじっくり見るまでは、正確な位置がわからなかったの。昔雨水でできた深い溝が地下に何本も通っていて、いくつか地上に出入口があるのよ。わたしが子どものころ、ジェームズ・ダンモアのお父さまのウィンチェスターが、溝にタイルを張って上を覆ったの。あの家を訪問したときには、よくそのなかでダンモア家の子どもたちといっしょに遊んだわ」

ケルはエミリーが作成した手書きの図面を眺めた。驚くほどうまくまとめられている。邸宅と、母屋からの出入口、地下道の位置。

「この地下道は家のなかへ続いてるのか？」まゆをひそめて尋ねる。

「地上の鉄格子までつながってるわ。男性でも余裕で入れるくらい大きいのよ。地下道の周りの警備について、ウィルマに確認したかったの。昔は地下道の入口に錠の下りた門があったけど、何本かは家から数キロ先の河床《かしょう》まで走ってるのよ。忘れられている可能性もあるわ。鉄格子は必ずボルトで留められていたから、昔はそれほど心配されてなかったみたい。でもなにかをたくらんでいる人物なら――」

「鉄格子を突破して、パーティーに入りこむかもしれない」ケルはゆっくりうなずいた。「このことは、ミセス・ダンモアには話すな。俺がリムジンからリーノに連絡して、どう処理すべきか相談する。もしフエンテスが今夜、きみに手をかける絶対確実な計画を立てているとすれば、それが方策の一部かもしれない」

エミリーがうなずいた。ケルは先ほど、エミリーが電話をかけにいった書斎にイアンを行かせて、〈ユダ〉からのEメールで得た情報を伝えてもらっていた。

イアンを信頼してもらう必要がある。自分の代わりに行かせたのは考えあってのことだった。

「あの地下道は完璧な侵入口になりそうね。あなたくらいの体格の男性でも通りぬけられるくらい広いし、開口部の鉄格子はそれよりも少し広いわ。でもウィンチェスター・ダンモアはそれが敷地に危険を及ぼすとは考えなかったし、当時ジェームズとウィルマはあの家に住んでなかったの。忘れられていてもおかしくはないわ」

「それじゃ、行こう」ケルは腕を差し出し、独占欲と誇らしさを感じながらエミリーを見つめた。如才《じょさい》のない女だ。タイル張りの溝は、部隊が邸宅に関して与えられた警備用の図面には載っていなかった。つまりそれは、エミリーの言うとおり忘れられたか、あるいはもっと後ろ暗い理由で伝えられなかったかのどちらかということになる。「わたしは同じ場所にとどまっていられないし、動く必要があるたびにいちいちあなたに言うこともできないわよ」

「俺はきみについていく自信があるよ、エミリー」ケルはまじめな顔で言った。エミリーがかろうじて癇癪を抑えているのが感じられた。パーティーのまえにそれを爆発させてほしくはなかった。なによりまずいのは、例の件ですでに過酷な試練を受けたエミリーの感情をさらに逆撫でしてしまうことだ。

「出るぞ」ケルは制服の襟につけた小型マイクに向かって言い、イアンのものとつながっている無線機の受信状態を確かめた。

「危険なし」イアンが応じた。「リムジンへ向かえ」

ケルが慎重に玄関扉をあけると、執事が心配そうにこちらをうかがった。

「気をつけてください、エミリーお嬢さん」執事が歩み寄って静かに言った。

「わたしはしっかり護衛されてるわ、シーマン」エミリーが請けあい、ケルとともに扉のほうへ進んだ。「またあとでね」

ケルは視線を外に走らせ、イアンが同じことをしているのを意識しながら、エミリーを無事にリムジンに乗せた。あとに続いて乗ると、イアンが扉を閉め、運転手を務めるシークレットサービスの警護官のとなりに移動した。

ケルはボタンを押して後方の窓を閉め、向かいの席に座るエミリーを見つめた。自分たちが薄暗い親密な空間に包まれてから、リュックを手に取る。

「きみに着けてもらいたい武器がある」マジックテープのついたホルスターとレッグストラップを出すと、エミリーがドレスの裾を持ち上げた。

絹とタフタがさらさらと脚をすべり、ケルの視線はそこに引きつけられた。黒いストッキングに包まれた脚が少しずつあらわになっていき、やがてスカートの裾が、太腿の内側に細い革のストラップでぴったり留められた小型拳銃ボブキャットの上まで達した。

ケルの股間がぴくりと動き、不意に熱を帯びはじめた。歯を食いしばって胸の奥から漏れかけたうなり声を抑える。まるで獣のような、交尾への欲求に興奮したうなり声を。

その銃の眺め、エミリーの体にぴったり押しつけられて車内の明かりにきらめいている胡《く》桃《る》材《み》のグリップの眺めは、腹への一撃のように効いた。興奮しすぎた脳に、警告のひらめきを感じてもいいはずだった。しかし目に映るのは、黒い絹のストッキングと、白くなめらかな素肌と、女らしい自信だけだった。

「気に入った?」エミリーが愛撫するように指を武器にすべらせ、淡い桃色の爪の先で細い革のホルスターを軽くかすめた。

「気に入りすぎるほどな」咳払いをしなければ声が出なかった。

「それなら、こっちもすごく気に入るわね」スカートが拳銃を覆い隠し、今度はもう一方の太腿があらわになった。ケルは拳を握りしめて、触れるのを我慢した。反対側の太腿の、銃より少しだけ高い位置に留められていたのは、短剣だった。しっかり鞘に収まっていたが、たしかにそこにあり、丸い柄《つか》が昨夜だけでは探索し足りない領域を指し示している。

ケルはエミリーが武器を身に着けていることさえ気づいていなかった。あの位置にホルスターを留めていれば、自由に動けるうえに、武装した危険な人物だとばれることもない。

「お父さんは知ってるのかい?」ケルは体じゅうを打ちつける情欲に逆らって、なんとか呼吸しようとした。

ありがたいことに、ドレスとタフタのペティコートは、すばやく下ろされて脚を覆い、揺らめく光とときぬずれの音とともに足もとに落ちた。

「どう思う?」エミリーがからかうような目つきをした。

ケルは唇をぎゅっと結んで、荒い息をついた。「それはよかった。ひと晩に一回の攻撃でじゅうぶんだからな」

額に汗が吹き出てきて、股間が激しく貪欲に脈打つのを感じ、会場でエミリーを暗い片隅に誘いこむことなくパーティーを乗りきれるのだろうかといぶかった。

それがいちばんの護衛になるだろうに、と捨て鉢な気持ちで考える。自分の体でエミリーの体を覆い、ずっと貫いていればいい。彼女のせいで体は張りつめて硬いままだから、銃弾もスーパーマンのように跳ね返すことができるだろう。

車がダンモア邸に到着するまでには、ケルはなんとか自制を取り戻していた。しかしエミリーの存在はあまり心を落ち着かせてはくれなかった。移動するあいだずっと、思案ありげな表情をして、伏し目がちのまなざしでこちらを見つめていた。

近いうちに話をしなければならないことはわかっていた。タンジーのことを説明しなければならない。過去について話したくないわけではなかった。問題は、自身の行動をいまも恥じているという事実だった。

ケルは妻と子どもを守れなかった。それなのになぜ、エミリーを守れると信じてもらえるだろう?

リムジンが邸宅の湾曲した石段の前に止まると、ケルは情欲と苦痛と、ますます大きくなるエミリーへの所有欲を押し殺した。リムジンから降り立ち、注意深くあたりを見回してから、エミリーに手を差し出す。

私道は閑散としていて、数時間後に予定されているパーティーの気配はまだなかった。


「エミリー」ウィルマ・ダンモアが、両開き戸から優雅に歩み出てきた。ケルに導かれて石段をのぼるエミリーに向かって、しわの寄った顔に満面の笑みを浮かべる。「今回の青年たちは、どちらさまかしら？」茶色の目を好奇心で輝かせ、ケルとイアンを眺めてから、エミリーに視線を戻した。

「ウィルマ、今夜のエスコート役をご紹介するわ。ケル・クリーガー中尉よ。その後ろが、今夜のボディーガード、イアン・リチャーズ中尉」

ウィルマが〝ボディーガード〟という言葉に顔をしかめた。

「あなたのお父さまは、いまだにあなたにボディーガードを押しつけているの？」目をぐりと回してあきれ顔をする。「年を取ってもちっとも成長していないようね？」

「ええ、ウィルマ、そうみたい」エミリーはこわばった笑みを浮かべた。「でもわたしたちは、耐えなければならないことに耐えるだけよ」

ウィルマが笑った。六十八歳のこの女性はとうの昔に、男たちが我《が》を通すためならなんでもすることを学んだのだろう。ウィルマの夫は国際銀行業に携《たずさ》わる有力者で、かなり心配性なところがあり、しばしば妻にボディーガードを雇わせていた。

「さあ、お入りなさいな。なにか飲み物を持ってくるから、今夜の計画をおさらいしましょう。ご要望どおり、なにもかもごく簡素にしたの。今回お手伝いをさせてくれて、どんなにうれしかったことか、口では言い表わせないくらいよ。パーティーを開くのが大好きなんですもの」

ウィルマに協力を求めたのは、それが理由だった。ウィルマはこういう一連の過程が大好きなのだ。エミリーのほうは、どうにか義務を果たすことを学んだ程度だったが。

活発な年上の女性のあとについて家に入りながら、ケルをちらりと見た。ボディーガードのようなふるまいはしていなかった。イアンが代わりにその役を務めてくれていた。ケルは興味ありげにふるまいつつも、自分が男であることを示す程度に退屈そうだったが、招待客が集まる舞踏室に案内されるあいだ、とても丁重な物腰をしていた。

ダンモア家の舞踏室はとても広かった。こぼれんばかりのクリスタルで飾られたシャンデリアが、高い天井からつるされている。数百人の招待客が入れる広さで、庭に続く扉があけ放してあったので、さらに多くの人が入れそうだった。

舞踏室のはずれの、あいたガラスドアの外には楽団が配置されていた。涼しい夜の空気が大きな部屋に漂い、歩調を弾ませるウィルマの期待と響きあっているかのようだった。

ウィルマはすでに、パーティー用の美しい装いをしていた。歩くたびにレースと絹がさらさらと音をたて、年齢を重ねたいまもすらりとした姿には優美さと自尊心がにじんでいる。

エミリーは、パーティーの段取りについてウィルマから正確な詳細を教えてもらった。計画を最後まで確認し終えるころ、招待客がぽつぽつと到着し、楽団が準備を始めた。

ケルの表情は変わらなかったが、舞踏室が人でいっぱいになり、ケータリング業者や給仕係が行き来しはじめるにつれ、彼のなかで警戒心が高まるのが感じられた。八時には、パーティーの盛り上がりも最高潮に達した。

絹のスーツ、軍服、色とりどりの夜会服が、舞踏室のなかをくるくると動き回った。シャンパンが惜しげもなくふるまわれ、広々とした大理石のテラスでは、おおぜいのカップルたちが音楽に合わせて踊っていた。

父はまだ到着していなかった。エミリーは、知らない人や知りすぎていて好きになれない人にほほえみかけることに疲れはじめた。

こういう行事が嫌いな理由のひとつはそれだった。陰で中傷する連中や、おべっか使いを見ると、ひどく腹がたつのだ。

自分が加わっている小さな集団から群衆の向こうへ視線を移すと、口もとに本物の笑みが浮かんできた。なじみ深い人影が舞踏室に入ってくるのが見えた。

「彼女はここでなにをしてる？」ケルが身を寄せて不思議そうに尋ねた。

「彼女の叔父さんはジェーソン・マクレーンといって、多国籍法律事務所の所長なのよ。叔父さんの頼みであちこちのパーティーに出席して、ゴシップを集めて、それを伝えるの。その見返りとして、自由気ままな暮らしを続けさせてもらってるわけ」エミリーは答えた。「欲しいものを手に入れるためなら実際的になれるのが、カイラのいちばんの取り柄よ」

「こんばんは、エミリー。パーティーはたいへんな盛り上がりね」カイラがほほえみ、エミリーの頬に優雅にキスしてから身を引いた。「後ろにいるいかつい男も、あいかわらずすてきね」

そのいかつい男が、濃い緑色の目で思案ありげにじっとカイラを見た。

裾が床に届く長さのぴったりした黒いドレスをまとい、挑発的なほど胸の膨らみをあらわにしたカイラは、すばらしくきれいだった。エミリーがうらやむ豊かな黒い巻き毛は、背中にこぼれ落ちて烏《からす》の濡羽色《ぬればいろ》に輝き、グレーの目は笑いにきらめいている。

「いかつい男から、ありがとう」ケルが皮肉をこめて言い、片手をエミリーの腰に当てて自分の体に引き寄せた。

ケルはパーティーのあいだじゅう、これをやっていた。軽い愛撫、柔らかなまなざし、燃えるようなまなざし、そして一度ならず見せた純粋な欲望に満ちた熱いまなざし。ただ、どうやって触れたり引き寄せたりするかについては、ずっと慎重さを保っていた。

「憂い顔のご近所さん、イアン・リチャーズも見かけたわ」カイラが舞踏室を眺めわたし、奥の壁にもたれて立っているイアンをすばやく見つけ出した。「あの人は壁の花向きではないわね、エミリー。どう見ても絶対に」

エミリーは顔をしかめた。その口調には聞き覚えがあった。カイラは興味を引かれている。「最高に神秘的で憂いに満ちた色気があるわ」カイラがため息をついて振り返り、秘密めいた小さな笑みをエミリーに向けた。「そう思わない？」

イアンはひどく危険な男に見えた。百万ドルもらっても近づきたくないタイプだ。

「エミリーはあいつを、とんでもない不細工だと思ってるよ」ケルがからかうように語尾を引き延ばしながら言った。「俺以外の男には目もくれないのさ」

おどけた口調だったが、エミリーはかすかな驚きを覚えた。まるで〝本物の〟恋人のように聞こえる。ずっとそばにいるつもりの男のように。関係を築こうとする男のように。何年も前に失った妻と子どもではなく、わたしに心を捧げている男のように。

「あなたもかっこいいけど、あそこまでじゃないわ」カイラがケルに言って、いたずらっぽく鼻にしわを寄せた。「さて、失礼してシャンパンを一杯取ってきて、タフで気むずかしい男をダンスフロアに誘い出せるか試してみるわね」

「あいつを誘惑してなにかをさせる気なら、ウイスキーを探したほうがいいよ」ケルがくすくす笑った。「イアンはあまりシャンパンはやらない」

カイラがまゆを上下させてから小さく手を振り、舞踏室を横切っていった。

「ねえ、見込みはあると思う?」エミリーはじっと考えながら尋ね、イアンを一瞥《いちべつ》した。彼はまゆをひそめ、険悪な表情でカイラを見つめていた。

「なんについて? セックス、それとも愛?」ケルが意味ありげに答えた。「セックスならありだ。愛はまずありえないね」

「カイラが愛を求めてるとは思えないわ」エミリーはため息をつき、ケルに向き直った。「あなたはなにを求めてるの、ケル?」

思わず口にしてしまった言葉を取り消したかった。知りたいという欲求を取り除きたかった。

ケルがものうげな笑みをよぎらせ、輝く目に謎めいた訳知りのまなざしを浮かべて、口には出さない感情を表わした。「腕に抱いてるものだよ、エミリー。ほかになにがある?」

たしかに、ほかになにがあるのだろう。

エミリーは唇を開いて答えようとした。言葉が自分の痛みや切望をあらわにしてしまいそうなことはわかっていた。

「エミリー、きみかい?」

男性の声がしたので、エミリーはケルの腕のなかで振り返った。正面に立っている男性を見て、目を丸くする。

記憶にあるよりも背が高い。たくましくなり、成長したのはたしかだった。

「チャーリー」エミリーがうれしさに笑うと、チャーリーが腕を回して軽く抱きしめた。身を引いたあと、ケルが警告するように腰をぎゅっとつかむのを感じた。

「チャーリー、こちらはケル・クリーガー、わたしの友だちよ。ケル、こちらはチャーリー・ベンソン」

ケルはあまりうれしそうではなかった。

背が高く、短く切った茶色い髪と楽しげな茶色い目をしたチャーリーは、たしかに成長していた。絹の夜会服が引きしまったしなやかな肩を包み、筋肉がついたとはいえないまでも、がっしりして見える。

「会えてうれしいよ、エミリー」ケルににらみつけられながらも、唇に笑みを浮かべたまま、穏やかな声で言う。「来てるんじゃないかと思ってたんだ」

「あなたの名前は、招待客のリストに載ってなかったわ」エミリーは驚きに首を振った。「どうやって入ったの？」

「間際になって父が裏から手を回して、きみを驚かすことができるようにしてくれたのさ」チャーリーが両手をズボンのポケットに入れ、賞賛をこめてこちらを見た。「きれいになったね。とてもきれいだ」

背後でケルが、体をこわばらせたのがわかった。

「ケル、チャーリーとお父さまは国防総省《ペンタゴン》でデータ処理と情報収集の仕事をしてるのよ」

「よろしく、ベンソン」ケルが言って、チャーリーに手を差し出した。

チャーリーが慎重にその手を握り、ケルが離すまえに少しだけ顔をしかめた。それから皮肉なまなざしでエミリーをちらりと見た。「シール隊員かい？　とうとうお父さんに説き伏せられて、候補者のひとりを選んだってわけ？」

「そうじゃないわ、チャーリー」エミリーは明るい笑みを浮かべたままでいたが、ケルがますます体をこわばらせていくのを感じていた。「父はわたしが協力的になるよう願ってるだけよ。ケルはわたしが選んだの」

「彼女は天の恵みだよ、クリーガー。そのことに気づいてるといいんだが」チャーリーが言ってから、警告するような口調になった。「そうでないと、悲しみに沈む彼女につけこんで、ぼくらがかっさらっていくかもしれないからな」

エミリーは顔が赤くなってくるのを感じた。

「悲しみに沈むようなことがあればな」ケルがうなり声で答えた。「悪いが、彼女とダンスの約束をしたんでね」

エミリーは口もとがゆるむのをこらえて、ケルに導かれていった。ちらりと振り向いて手を振ると、チャーリーは少し残念そうな顔をして、目に物欲しげな光を浮かべていた。良心がかすかにうずいた。

チャーリーとは長年のあいだ連絡を取っていたが、パーティーで顔を合わせるのは初めてだった。

「きみの男の趣味は最悪だな」テラスに出ると、ケルが言って腕のなかに抱き寄せた。

エミリーはまた口もとがゆるみそうになるのを抑えた。「わたしはあなたを選んだのよ」

「強制されて、だろ」ケルがぶつぶつと言った。「ウィルマ・ダンモアは、予定外の来客はないと言ってなかったか？」

「予定外の来客は必ずあるものなのよ」エミリーはケルの胸に頭をもたせかけて踊り、ダンスフロアを導かれていった。

彼の腕は温かく力強く、守られているという気分にさせてくれた。こんな経験は初めてだった。それがどんなに心安らぐことか、いままで知らなかった。

「すぐに帰ったほうがいい」ケルが耳にささやいた。「長居して、俺たちのどちらかが油断につけこまれるような事態は避けたい」

腰に股間の膨らみを感じ、自分の体といっしょに揺れる体の熱を感じながら、ケルの心臓の真上に当てた手でそっと胸をまさぐった。

「まだ帰れないわ。せめてあと一時間くらいはいなくちゃ」

ダンスしながら、ケルが周囲に目を配っているのがわかった。張りつめた体に、頭をエミリーの頭の上で動かすしぐさに、それが感じられた。

「どうもいやな予感がするんだ」ケルが言った。「ダンモア夫人は、予定外の来客がないことを確信してるようだった」

「言ったでしょう、予定外の来客は必ずあるものなのよ。都合が悪くなって招待状を友だちに譲る人もいるし、勝手に押しかけて、潜りこんで、無料のお酒を飲んで、ビュッフェで軽食を食べて、群衆の一員のふりをする人もいるわ。よくあることよ」

しかし、よくあることには思えなかった。ケルは首筋のうぶ毛が逆立つのを感じた。しっかり研ぎ澄まされ、きょうまで自分の命を救ってきた本能による反応だった。チャーリー・ベンソンが潜りこめるなら、ほかにどんなやつが潜りこめる？

ケルはダンスフロアに視線を走らせてから、エミリーの体をくるりと回転させて、また舞踏室を見渡せるようにした。ベンソンが両開きのフレンチドアのところに立って、少し物欲しげな目つきをしていた。こちらに向かってあきらめたようにシャンパンのグラスを持ち上げてから、一メートルほど離れた位置に立つブロンドの女性のほうを向く。

イアンとカイラはテラスの扉のすぐ外に立って、ケルとエミリーがダンスフロアを移動する様子を眺めていた。カイラのまなざしには、本人がこちらに見せたがっているより、もっときびしく抜け目ないものが見えた。あの女にはなにかがある、とケルは感じ取った。

「あなたと踊るのは好きだけど、あなたがわたしとのダンスに集中できないなら、少しのあいだどこかに座るほうがいいわ」

ケルは身を引いて、柔らかな青い目をのぞきこんだ。ああ、ここではないどこかへ行きたい。こんなにたくさんの見知らぬ人々の目や、差し迫る危険のないどこかへ。エミリーを抱き、愛撫し、顔に見え隠れする不安を静めてやれるどこかへ。

エミリーはききたいことを抱えている。それほど長くは待てないだろう。ケルとしては、答えるまでの時間をなるべく引き延ばしたかった。

エミリーをビュッフェのほうへ導いた。上品な磁器の皿ふたつに料理を盛って、それぞれがワインのグラスを受け取り、テラスに戻って、ダンスフロアに囲まれた小さなテーブルのところへ行く。

空腹は感じなかった。ワインも飲みたくはない。必要なのは、首筋をつつく漠然とした警戒感を説明することだった。

ケルは何度も周囲に視線を走らせ、またエミリーに戻した。招待客たちが立ち止まって話しかけたり、笑ったり、政治生活に刺激を与えてくれるらしいゴシップにエミリーを引き入れたりした。いまはおおぜいの人に囲まれていたので、暗殺者の銃弾を心配する必要はなかった。

ふと、テラスで踊っているひと組の男女に目を留め、ケルは凍りついた。

彼らには十五年間会っていなかったが、どこにいようと見分けはついた。年を取って老《ふ》けこみ、顔には苦悩と疲れでしわが寄り、目には悲しみがあふれていた。その目がこちらを向いた。

ちくしょう。勘弁してくれ。どうしていま、この場所でなんだ。

「エミリー」ケルは立ち上がって手を差し出した。エミリーが驚いて見つめ返した。椅子から立ち上がってこちらへ歩み寄ろうとすると、周囲の招待客がさっと道をあけた。

エミリーはなにもきかず、ケルのもとに来た。

「すぐに立ち去らなければならない」ケルは抑えた声で言った。「いますぐに」

エミリーがすばやくうなずき、テーブルからハンドバッグを持ち上げて向き直った。

しかし、遅すぎた。ちくしょう。あまりにも遅すぎた。

「ケル」アーロン・ボーレインが目の前で立ち止まった。老いた顔に決意と希望をみなぎらせ、丸まった肩をしゃんと伸ばして、小柄な妻パトリシアに腕を回している。

「失礼します」ケルは冷ややかに答えた。「いま帰るところですので」

「ケル。十五年ぶりなのよ」パトリシア・ボーレインがささやき声で言った。「十五分くらい、話せないかしら？」

エミリーが困惑のまなざしで、ケルと年老いた夫婦を交互に見つめるのがわかった。

「すみません」ケルはまた答えた。「もう行かなければなりません」

エミリーの手を引っぱったが、引き戻された。身をこわばらせて奥歯を嚙みしめ、さっと彼女をにらむ。怒りがふつふつとわき上がってくるのを感じた。

「こんばんは」エミリーがアーロンに手を差し出した。「エミリー・スタントンです」

「リチャード・スタントンの娘さんか」アーロンの笑みは震えていた。「初めまして、ミス・スタントン。アーロン・ボーレインと申します。こちらは妻のパトリシアです」かすかなケージャン訛りが残っていた。ケルとはちがって、アーロンは母音を低い音で引き延ばす昔ながらの訛りを、完全に消すことはできていなかった。

エミリーがケルの陰鬱な表情を見てから、また年老いた夫婦に目を向けた。

「ケル、あれからずいぶん長い年月がたったわ」パトリシアが手を差し伸べた。緑の目は、ケルの目ほど濃い色でも明るい色でもなかったが、潤《うる》んだ光で揺らめいていた。華奢な手が震えた。

最後に会ったときよりずっと小さく見えた。ずっと弱々しく見えた。

「じゅうぶんに長い時間がたちましたか？」ケルは尋ねた。「あなたにとっては、じゅうぶんな長さですか？」

耐えがたい気分だった。十五年間、彼らと接触してこのような場面を演じることのないよう、注意を払ってきたというのに。

「男の人生には、きびしい決断をすべきときが来るのだ」アーロンがしわがれ声で言った。「過去の過ちに目を向けるべきときが。年を取ったからといって、わたしたちが過ちを犯さないとは限らない」

過ち。彼らはそう見ているのだ。タンジーとの結婚を、そう見ていたのだ。妻とともにつくった子どもをそう見ていたのだ。

「そして、どれほど大きな後悔も、ある種の過ちやその結果を変えることはできないと、認めるべきときが来ます」ケルは顔の表情と同じ、感情に欠けた冷静な声で続けた。「いまは、そういうことを話すときでも場合でもないんです、ミスター・ボーレイン。いずれまたお会いしましょう」

祖母《マメール》がくすんと小さく鼻を鳴らした。ケルは思わず手を伸ばしかけたが、はっと気づいて引き戻した。自分の本能的な反応に怒りがこみ上げてきた。

「ケル、わたしたちも、もうそれほど長くは生きられないわ」パトリシアが明らかに周りの目を意識して、声をひそめたまま言った。「お願いよ、償いをさせてちょうだい」

ケルは首を振った。「償いは一生必要ありません」この世には修復できないこともある。

それだけ言うと、ケルはエミリーの手を離して上腕をつかみ、老夫婦のそばから舞踏室のなかへ引っぱっていき、そのまま玄関へ向かった。

エミリーはなにも言わなかった。しかし顔をちらりと見ると、その目には疑念と怒りがあった。

ちくしょう、俺が好きこのんで祖父母に背を向けていると思うのか？　ふたりは年寄りだ。あまりにも年をとっているので、祖父母のことを考えるたびに、ふたりに残された時間の短さが激しく胸に迫ってくる。

そしてふたりに再会して手を差し伸べることを考えるたびに、母親といっしょに死んだ子どもを思い出す。抱くことも顔を見ることもなかったが、心の底から愛していた子どもを。

エミリーが頭痛かなにかを言い訳にして、ダンモア夫妻にいとまを告げ、パーティーのもてなし役を務めてくれたウィルマに大げさな感謝の言葉を伝えた。円形の私道へ続く石段の下にリムジンが停めてあり、イアンがそちらへ移動するのが見えた。

ケルの首筋はまだちくちくしていた。明るく照らされた地面を見回し、周りを取り囲む木立の影に目を凝らす。

エミリーを導いて石段を下りはじめたとき、ケルは見た。暗殺者のライフルの照準器から発された小さな赤い点が、エミリーの胸で躍るのを。

ケルが思いきりエミリーを横へ引っぱると同時に、背後のコンクリートの円柱が破片を飛ばした。イアンが反射的に行動に移り、あいているリムジンの扉から石段を駆け上がって、エミリーの前に立ちふさがった。ケルは彼女のウエストをつかみ、イアンとふたりでほとんど投げこむようにリムジンに乗せた。すぐさまその横に飛び乗る。

数秒後、車は邸宅から離れ、イアンが盗聴防止装置付の携帯電話を使ってリーノにどなり声で状況を報告した。

エミリーが目を見開き、青ざめた顔をして、少し離れた位置からケルを見つめた。

「わたしにも見えたわ」エミリーがささやいた。声に含まれた恐怖がケルの胸を締めつけた。

「フエンテスはわたしを殺すことにしたの？　誘拐したいのかと思ってたけど？」

「暗殺者がきみを殺すつもりだったなら、レーザー照準器なんて使わないさ」ケルはうなり、両手の拳を固めた。エミリーを抱きしめて唇をむさぼり、ほんとうに無事であることを確かめたいという衝動をどうにかこらえる。「あのくそ野郎はまたゲームをしてるんだ。俺たちが大あわてでなにが起こってるのか突き止めようとするのを、大笑いして見てやがるのさ。必ず突き止めて、あいつが血を流して死ぬところをこの目で見届けてやる」

17

エミリーは、家のなかが安全であることをケルに告げられると、すぐに寝室に逃げこんだ。父は階下でシール隊員たちとともに作戦を練り、フエンテス・カルテルの目的と次の動きを突き止めようとしていた。

エミリーに見えたのは、自分の胸からケルの胸へと移動した小さな光の点だけだった。レーザー照準器が自分ではなくケルを狙っていることに気づき、彼がいなければ人生が一変してしまうという衝撃的な事実を悟った。

彼がいなければ、わたしはいまのわたしではなくなってしまう。

わたしはケルを愛している。

彼は秘密主義で、謎めいていて、セクシーで、人を操るのがうまい。それはわかっていた。わたしの人生に入りこんできたその日から、わたしを巧みに操ってきたのだから。しかしその操作は、欲しいものを求めて闘うよう励ますためのものだ。欲求を抑えつけるためのものではない。

探りを入れられるときもあれば、強く押されることもあった。そして触れられるたびに、体が熱く燃え上がった。

いまは、ケルに対して腹をたてていた。そして彼のために胸を痛めていた。パーティーで祖父母が近づいてきたとき、彼の目には苦痛が見えた。

そう、ボーレイン家のことは知っていた。一家の歴史についてもある程度は知っていた。何年も前、唯一の孫が勘当され、その後すぐに妻を亡くした。妻が亡くなると、一家は断絶を修復して孫を呼び戻そうとした。しかし彼らが捨てた少年は大人の男に成長し、彼らを受け入れることを拒んだ。

エミリーが活動している政治・社会領域では、それは秘密ではなかった。ボーレイン家は、父の政治資金の大口献金者だった。考えてみれば、彼らの親しい友人ダグラス・クリーガーと妻ミナもそうだった。

エミリーは寝室の中央で身をこわばらせた。なぜそれをつなぎあわせてみなかったのだろう？　たしかに、クリーガー夫妻とは一度しか会ったことがないし、ダグラスはケルとまったく似ていない。ケルは母方の祖父に似ていた。鋭いまなざし、唇の形。

彼らは、妊娠したガールフレンドと結婚したことを理由に、ケルを勘当した。家族もなく、住む家もなく、なにより後ろ盾となる財産もないスラム出身の若い黒人女性と結婚したことを理由に。

エミリーはベッドに座って重いため息をついた。

老夫婦に背を向けたときのケルの目を見た。それは苦悩にあふれ、あまりにも寒々として、痛みを伴う絶望に満ちていたので、無作法な態度をとがめることもできなかった。

ケルは彼らを愛している。祖父母を愛し、懐《なつ》かしんでいる。しかしずっと昔に起こったなにかが、彼らを永遠に引き裂いてしまった。

だからケルは、父からの自立を宣言するようわたしをせき立てるのだろうか？　自分の欲求と父の欲求のあいだに妥協点を見出そうとせず、立ち向かえと？　最後になってもうたくさんだと決意したとき、どんな痛みを味わうことになるか、その潜在的な危険を知っていたから？

エミリーは両手を見下ろし、あふれてきた強烈な認識に手が震えていることに気づいた。

ここ数日、あまりにもたくさんの激しい感情に翻弄《ほんろう》されていたから、ケルの過去について尋ねる機会が持てなかった。しかし、彼がどういう男なのかは見えていた。力強く、決然とした男。何年も前に自分の道を定め、ひとりで歩いてきたのだ。自分自身の選択で。家族に頼って、愛する妻と子どもという大切なものを失うよりも、だれにも頼らないほうがいいとわかったから。

いったいなにがあったの？

エミリーは両手で体を抱え、指で上腕をぎゅっと握りしめて立ち上がり、また寝室を行き来しはじめた。

いったいどんな理由で、ケルは長年愛してきた家族を永遠に拒絶することに決めたのだろう？

そして両親との関係は？　夫妻がすでに故人であることは知っていた。スターギル・クリーガーと妻のリーサは、エミリーが子どものころ亡くなった。たしか自動車事故だった。うわさでは、息子がルイジアナ州から消えた直後のできごとだったらしい。

ケルは両親の望む生きかたをしなかった。両親が身分ちがいだと考える少女を見捨てず、一族が歩んできた道筋を歩もうとはしなかった。もっと大きな権力と、もっと大きな富と、同じ社会的階級に属する女性との結婚につながる道筋を。

「ああ、ケル」エミリーはつぶやいた。「あの人たちは、あなたになにをしたの？」

「彼女を殺したのさ」

エミリーはさっと振り返った。ケルが寝室の扉をあまりにも静かにあけたことに驚く。

「なんですって？」

ケルが扉を閉めて、礼装用軍服のボタンをはずして広い肩からはぎ取り、ベッドの足もとに放った。

「彼女の名前は、タンジー」ケルが世間話でもするかのように言った。穏やかな口調は、緑色の目に満ちた苦痛とひどく対照的だった。「タンジーは俺たちの息子を身ごもっていた。

俺に名前を選ばせてくれたんだ。ふたりの祖父の名前をもらって、アーロン・ダグラス・クリーガーと名づけたいと思っていた」

ケルが言葉をとぎらせて、じっと上着を見下ろしてから、さっと振り返り、長いあいだ黙ってこちらを見つめていた。

「ボーレイン夫妻がだれだか、知っていたのか?」ときく。

「あなたのお祖父さまとお祖母さまね」エミリーは小声で答え、腕を下ろしてまだ着ていたイブニングドレスのスカート部分をぎゅっと握った。

ケルがゆっくりうなずいた。「母の両親だ。アーロン・ボーレインと妻パトリシア。ルイジアナ、正確にはニューオーリンズのボーレイン家。ハリケーン・カトリーナが彼らの私有地を壊滅させたことは知っていたか?」

エミリーはうなずいた。なにを言えばいいのか、なにをきけばいいのかわからなかった。

「彼らはあのくそ屋敷を愛していた。その周囲の土地を。一族が誇りとするその歴史と、何代にもわたって築いた権力を。彼らはボーレイン家だ。そして自然の気まぐれのせいで、彼らにはあとを継ぐ息子がおらず、娘がひとりいるだけだった。俺が生まれるまではね。そして当然、俺が伝統を受け継ぐものと考えた。このケリアン・ボーレイン・クリーガーが」ケルが唇をゆがめた。「ルイジアナのボーレイン家に生まれた最後の希望の星が、スラムの女と結婚し、脈々と続いてきた非の打ちどころのない血統を永遠に汚そうとしたというわけさ」

ああ、彼の目にあふれる苦痛。表情は澄みきって穏やかで、涙が瞳を曇らせることもなく、怒りに顔がゆがむこともなかった。しかし彼の目は、苦痛でいっぱいだった。

「どうしてタンジーは亡くなったの？」

ケルが無精ひげの生えた顎を片手でさっと撫でた。

「彼らは俺を放り出した。俺は十七歳で、金も仕事もなかった。その年に高校を卒業していたが、まだまだ愚かだった。そして、ニューオーリンズのカフェで働きはじめた。そこには、両親の友人たちがよく出入りしていた」あざけるように唇をゆがめる。「両親は俺を面よごしと呼んだよ。夜、両親の友人たちがカフェにやってきて俺が働いてることに気づいたとき、その顔に浮かぶ表情を見てよく笑ったものさ。俺にチップをくれるときに浮かべる哀れみの目つきをね。彼らがうわさしてることは知っていた。両親が苦しんでることは知っていた」

ケルが表情をゆがめ、苦痛に顔をしかめて、目を背けた。

「カフェを利用してたのは、両親の友人たちだけじゃなかった。当時は、ディエゴ・フエンテスがカルテル内で勢力を振るいはじめた初期の時代だった。やつの麻薬供給者たちがそこにいた。連中は自慢屋だったから、自分たちのしてることを隠そうとはしなかった。ある晩、仕事明けに刑事が接触してきた。俺は日中にカルテルの情報を集めて、刑事に売るようになった」

「連中がそれを知ったのね」

「連中はそれを知った」ケルはうなずいた。「やつらは地方判事を襲う計画を立てていた。決行の晩、俺が刑事に電話をして、やつらは現行犯で逮捕された。俺は証言しなければならなくなった」

ケルが両手で髪をかき上げた。「証言しなければならなくなったんだ」

荒々しく首を振って、背を向ける。

「証言したの？」

「連中はタンジーを利用した。俺は仕事中にメッセージを受け取った。陳述を取り下げなければ、妻が代償を支払うことになるぞ、と。俺は仕事を抜け出してボーレイン邸へ向かった。古いボートの鍵がそこにあった。タンジーをかくまうために、そのボートが必要だったんだ。一族はミシシッピ川の下流域に狩猟小屋を所有していた。家族以外はだれも、その場所を知らなかった。だれも小屋のことは知らなかったんだ」

エミリーは迫り来るものを感じた。苦痛と恐怖が胸の内で高まってくるのを感じた。

「連中は彼女を見つけたの？」

ケルが暗い顔でうなずいた。「鍵を盗もうとしているところを、母に見とがめられた。母は、タンジーと別れなければ、必ず彼女に代償を支払わせると警告した」声を落として続ける。「母は麻薬供給者に伝言を送り、タンジーが身を隠してる場所を教えた。俺はそこにいなかったが、俺もいると伝えた。いないことは知ってたんだ。俺は働かなくてはならなかった。子どもが生まれるまえに医者に前金を払う必要があったし、タンジーはお腹が大きくなるにつれて弱ってるようだったから。いっしょに隠れてるわけにはいかなかった」

エミリーは言葉を失っていた。ケルは口をつぐみ、長いあいだ遠くを見つめているかのようだった。

「俺は隠れる必要はなかった」ようやく抑えた声で言う。「その晩、土手にボートをつけたとき、なにかがおかしいと気づいた。タンジーが死んでいることはもうわかっていた。鰐《わに》が水のなかでぐるぐる回っていた。やつらにも彼女の血のにおいがかぎ取れたんだ。俺の赤ん坊の血のにおいが。やつらは飢えていた」まなざしがすうっと冷えて、硬い氷になったように見えた。「その晩、鰐はごちそうにありついたよ、エミリー」うなり声で言う。「俺の家族を殺したけだものたちの死体を、やつらに食わせてやった」

エミリーは目から涙がこぼれ落ちるのを感じ、しゃくり上げるのを懸命にこらえた。ケルは泣いていなかった。石のように硬く、氷のように冷たい表情をしていた。

「俺を産み、十七年のあいだ俺を心の光と呼んでた女が、俺の家族を裏切った。母は少しの後悔も覚えずに、孫の死亡証明書にサインしたんだ。すべてが終わって、妻の墓の前に立ってると、母のくそ弁護士が近づいてきて、俺が望むなら勘当を解いて家に戻してやると言った」あざけるように笑う。「妻と子どもの死など、彼らにとってはちょっとした不都合でしかないかのように。俺が医者に払う金をかき集め、妻を養ってきた半年間など、彼らの小さな世界では一瞬のできごとでしかないかのように」

「ああ、なんてことなの。ケル」ケルの顔に当時の恐怖が浮かぶのを見て、エミリーは手を差し伸べた。

拒絶されて押しのけられるような気がしたが、触れずにはいられなかった。目のなかの凍りついた怒りを温めてあげたかった。

歩み寄ってケルの胸に頭を当て、腕を伸ばして背中に巻きつけた。ケルは身をこわばらせて、両手でエミリーの肩をつかみ、一度激しく体を震わせてから、腕を回してきた。

そしてエミリーの体をそっと揺さぶった。唇を首に押し当て、荒い息をつく。

「タンジーと結婚した俺は、ばかだったわけじゃない」ケルが押し殺した声で言った。「彼女は俺を愛してくれた。だが、彼女が麻薬の誘惑に連れ戻されそうになってることは知っていた。それでも、赤ん坊がいた。俺の赤ん坊だよ、エミリー。俺の子どもだ」

ケルは子どものためなら死んだだろう。子どものために人を殺しもした。そして、裏切りによって彼の人生を永遠に変えてしまった家族に背を向けたのだ。

「わかってるわ」エミリーは涙声でささやいた。

ケルの声に含まれた怒りと苦痛が、疲れたあきらめに覆われていくのを聞き、彼の胸を涙で濡らした。

ケルが両手でエミリーの頭をつかんで引き戻し、目をのぞきこんだ。独占欲と熱情に満ちた燃えるようなまなざしに息をのむ。

「きみを失うわけにはいかない」ケルがかすれた声できっぱりと言った。「いいかい、エミリー？　家族を失ったとき、俺のなかのなにかが壊れてしまった。だがきみを失ったら、もう激情に耐えて生きることはできないだろう。わかるかい？」

「ケル――」エミリーは彼の宣言にびっくりして、ささやき声で言った。

「それがきみの欲しいものでないなら、目の前から消えてもいい。でもきみは、永遠に俺の魂をまといつづけるだろう。どこへ行こうと、なにをしようと、だれを愛そうとだよ、エミリー。きみはずっと俺の一部でありつづけるだろう」

エミリーは唇を開いた。魂を満たしていた重荷が、ふっと軽くなったような気がした。

「少年だった俺は、タンジーを愛した」ケルがささやいた。「大人の男になった俺は、きみに結びついてるんだ、エミリー。きみを失ったらと思うといても立ってもいられずに、陛下でのお父さんとの会合を抜け出して、きみが無事であることを確かめにきた。自分の目で確かめて、触れるために。そう、ただきみに触れるために」

ケルが両手をすべらせてエミリーの顔をしっかり包み、唇を下げてそっとキスをした。

「そのドレスの下にあるストッキングの眺めを憶えてるよ」うなったように言う。「太腿に留められた武器の眺めをね。軍服のなかでいってしまうかと思った。今夜の俺は硬くなる一方だよ、エミリー。貪欲になる一方だ」

エミリーは両手を彼の両手に重ね、目をのぞきこんだ。官能の悦びで全身がぞくぞくしはじめた。ケルが額と額を合わせて見つめ返し、セクシーに口もとをゆがめた。「俺は階下にいるべきなんだ。作戦を練っているべきなんだ。それなのに、きみの香りで、きみの味の記憶で、自分を苦しめてる」

「わたしから離れないで」エミリーはささやいた。「ここにいて」

「きみから離れる?」ケルが親指で頬骨をなぞった。「エミリー、きみとふたりきりになれるときのことばかり考えてるんだ。きみから離れたら、魂を体から引きちぎられてしまう」

エミリーが返す言葉を見つけるまえに、突然こみ上げてきた気持ちの意味を理解するまえに、ケルが腕を下ろして腰に巻きつけ、ぐっと引き寄せて体を傾けさせると、うずく太腿のあいだに自分の股間を押しつけた。

エミリーは唇を開いた。体のなかで暴れる熱と期待に、胸から大きな息が漏れた。

「きみが欲しい。いますぐ」ケルの声が、情欲の熱で官能的に響いた。

彼の切羽詰まった思いが、鋼のような決意が感じ取れた。エミリーを抱いてさらに引き寄せ、床から足を上げさせて、壁に押し当てる。

それから唇を重ねて舌を差し入れ、エミリーの高まる欲求をむさぼった。こんなに心地いいなんて、いけないことだ。ケルに腹をたてていたのに。もうすっかり彼のとりこだった。

キスの味は風のように荒々しく、彼の両手は自然の猛威となって、たちまちドレスをまくって太腿をあらわにした。

武器ははずしてあったが、まだストッキングははいていた。体を引き上げられると、ストッキングが彼の太腿をすべった。腰に両脚を巻きつける。

「ああ。そうだよ」ケルがうめき、片手ですばやくズボンのボタンとファスナーをあけて、太腿までズボンを下ろし、勃起した部分をあらわにした。

ケルは硬く、太く、熱くなっていた。

アルミパックを破る音が、かすかに注意を引いた。ケルがコンドームをつけているのだと気づいて残念な気持ちがこみ上げたが、それもほんの一瞬のことだった。

絹に覆われた鉄がいきなり力強くなかへ入ってきて、信じられないほどの愉悦の叫びを唇が封じこめた。

大きな肉体のくさびが自分を押し広げるのを感じ、挿入の焼けつくようなうずきと、不意にむき出しになった神経の末端と引きつる内側の敏感さが混じりあっていくのを感じた。

「ああ、すごくきついよ」ケルはうなった。「きみを抱きながらだったら、幸福に死ねるよ、エミリー。きみに身をうずめて。こんなふうに」

ケルが腰をぐっと動かし、また差し迫った叫び声をあげさせた。いきなり背中のファスナーが下ろされ、絹の覆いが取り除かれて、胸があらわになった。

「完璧な乳首だ」ケルが舌でその一方を、次にもう一方をなぞってから、また激しく突いた。エミリーは肉体的な面でも感情的な面でも、必死でつかまっていようとした。「すぼまった甘い乳首。無垢そのもので、ピンクで硬くて、陽射しを浴びて熟れたベリーみたいだ」ケルが唇で先端を覆って口に含み、深くゆっくり吸いはじめると同時に、力強く激しいリズムで腰を動かした。

「かわいいエミリー」ケージャン訛りが戻ってきた。「ああ、ぎゅっと抱きしめてくれ。そうだよ、いとしい人《べべ》」

エミリーは両脚でケルのウエストを締めつけて、すすり泣くような声を漏らした。お尻を手のひらで包まれ、指でぎゅっとつかまれて、強く深く貫かれる。

あまりにも濡れていたので、太腿が湿ってきた。絶頂が近づいてきて、快感が極限にまで高まり、クリトリスが膨らんで、体の奥が燃え上がった。ケルを解放へと導こうとする。しかしエミリーが身をよじらせると、ケルの突きがやさしくなった。

「じらさないで」エミリーは叫び、ケルの肩をつかんで爪を食いこませた。

「じらしてないよ」ケルが歯を食いしばって言った。「エミリー、きみを感じさせてくれ。きつくやさしく俺を包んでくれる、甘く心地よく俺を吸いこんでくれるきみを」

空気がセックスの、愉悦の香りと音で満ちてきて、エミリーは息を切らした。ケルの淫らで露骨な言葉が、ショックと快い刺激を与えた。それは体のなかで高まる性的な興奮をあおり、彼だけが満たせる飢えを満たしていった。

オーガズムを与えてくれさえすれば。あと少しだけ強く、速く貫いてくれさえすれば。

「ああ、エミリー。きみの甘いここは、ゆっくりのんびりやるのが好きなんだろう？」

エミリーは首を振った。まるでケルのなかの正体不明の獣が、突然解き放たれて自由を与えられたかのようだった。

ケルのまなざしはさらに鋭く熱くなり、唇はさらに貪欲になった。彼の分身がじらしてからかい、不規則な突きで押し入ってきた。エミリーは焼けつくような欲求にケルの名前を叫ぼうとした。オーガズムを求め、体を駆けめぐる耐えがたい悦びに耐える以外、なにもする力が残っていなかったから。

「ケル、お願い」エミリーはケルの腕のなかで背を反らし、不意に背後に隙間があき、体が動かされたのを感じた。

予想していたのはベッドで、床ではなかった。ケルが絨毯《じゅうたん》に倒れこんで覆いかぶさり、身をうずめたままズボンを下ろし、エミリーのドレスを脱がせた。

ドレスの生地が頭の上に引っぱられると、タフタと絹がさらさらと音をたてた。ケルがそれを放り投げ、エミリーは黒いストッキングとハイヒールだけという姿になった。

「ああ、そうだ」ケルが満足そうに喉を鳴らし、上体を後ろに反らしてひざをつき、エミリーの脚を太腿の上に引き寄せて、両手でお尻をつかんだ。

強く。ケルが一度強く奥まで突くと、エミリーは腰をびくんと動かした。

「ああ、死んでしまうわ、ケル」エミリーは泣き声をあげて、腰を支えているケルの手首のほうに両手を伸ばした。

「俺はきみを愛するよ、エミリー」ケルが濃密な官能と男の悦びに満ちた淫らな表情を浮かべると、子宮を刺し貫かれたような気がした。

「わたしを愛してくれるの？」エミリーは息を切らしてあえぎ、ケルを見つめた。感じているのは高まっていく愉悦への欲求や、激しい突きや、両手の感触だけではなかった。もっとずっと言葉にしにくいなにかが触れるのを感じた。彼の心が触れるのを。

「ああ、エミリー」ケルが身をかがめて顔を近づけ、両手でエミリーの手を握って床に押さえつけた。それから唇を重ね、舌でなぞった。「わからないのか？　きみは俺の魂を所有してる。どうして愛さずにいられるというんだ？」

その言葉に続いて三回強く激しく突かれ、体の奥で愉悦がはじけた。エミリーはケルの名前を繰り返しつぶやき、エクスタシーに空高く飛んで粉々になった。

それでもまだ、ケルは硬いままでなかにいた。容赦ないほど硬いままで。彼の分身がなかで脈打つと、内側の筋肉が猛烈な悦びに張りつめて、締めつけた。

「じっとしていて」ケルがうめいて、もう一度身を起こし、エミリーの腰をつかんで根元まで貫いた。

エミリーは泣き声をあげ、切実な声で懇願した。神経の末端までわななきが走り、悦びが駆けぬけて、オーガズムが果てしなく続くかに思えた。

少しのあいだだけ、じっとしていてくれたら……。このゆっくりしたやさしい突きで、内側を撫でつけるのをやめて、最後のオーガズムの脈動が和らいできたというのに、ふたたび悦びをかき立てるのをやめてくれたら……。

エミリーはふたたび絶頂へとのぼりはじめた。高まる快感に震える声で叫ぶ。

「その調子だよ、エミリー。受け止めるんだ」ケルが大きな手をお腹に当て、指を広げて収縮する筋肉をぎゅっと押した。エミリーは頭を床に打ちつけて、爪を絨緞に突き立てて引っかき、ふたたび押し寄せてきた感覚に圧倒されて、なんとか体をつなぎ留めようとした。

受け止める？　ばらばらになってしまいそうだ。ケルがまた動きはじめると、ふたたび炎が走りぬけ、筋肉をぎゅっと締めつけた。

今度は、ケルの突きにリズムがあった。差し迫ったひと突きごとに、力強く打ちつけて身をうずめる。ひたむきな表情で、目を妖しく光らせ、筋肉をこわばらせて。

エミリーは彼の下で背を弓なりにした。愉悦にのまれ、またもや容赦のないオーガズムのなかに放りこまれると同時に、力強い男のうめき声が響きわたり、体のなかで彼が激しく脈打つのを感じた。エミリーがあえぎ声で名前をつぶやくと、ケルが解放の波に身を投じたのがわかった。

あまりにもきつく締めつけていたので、彼の収縮が感じ取れた。内側に脈打つ分身を感じながら、ケルが名前をつぶやく声を聞いた。

「ああ、かわいい、かわいいエミリー……」

18

数時間後、ケルは胸にもたれて眠るエミリーに腕を回していた。ぐったりと疲れきった体の湿った重みを感じる。暗い炎の色をした髪が胸の上に垂れ、柔らかな寝息が胸毛をくすぐった。

ケルはベッドわきの時計をちらりと見て顔をしかめた。二時間。エミリーのきつい内側に締めつけられ、触れるたびに唇から漏れる低い叫び声に包まれ、二時間が過ぎていた。

しかし、今夜はまだすべきことがある。ジョージア州に戻るまえに計画を立てておかなければならない。朝には部隊が分散してしまうので、ここを発《た》つまえに関連の情報をすべて手に入れておきたかった。

横たわっていると、祖父母の記憶がゆっくりよみがえってきた。祖母《マメール》はとても痩せて弱々しくなった。かつては巧みな手腕でボーレイン邸を取り仕切っていたものだ。あるいは、取り仕切っていると信じていた。ケルの母親がクリーガー家の跡取りと結婚して、その権力を組織的に自分の周りに張りめぐらせるまでは。

そして祖父《パペール》。ケルは祖父のことを考え、重いため息を漏らした。昔は、だれよりも祖父と親しかった。いっしょに釣りや狩りに行った。雌狐をとらえるわざを教えてくれて、ケルが失敗するたびに愛情のこもった笑い声をあげた。

たくさんの思い出がある。長年のあいだ遠のけてきたというのに、いまそれは、まるでミシシッピ州の豪雨のごとく周囲に降り注ぎ、激しく、すばやく、ケルの心を悲しみで浸した。

タンジーの死後、ほどなく両親も亡くなった。ケルは父のために嘆き、自分を裏切った女ではなく、かつて存在したはずの母のためにも嘆き悲しんだ。

タンジーの葬式に来なかった両親とはちがって、ケルはふたりの葬式に顔を出した。注意深く人目のない位置に立って、納骨堂が閉じられるのを重い心で眺め、もう後戻りはできないのだと自分に言い聞かせた。タンジーと子どもを生き返らせることはできない。大好きだった母の思い出を取り戻すことはできない。

エミリーに話したように、タンジーへの愛は少年の愛だった。エキゾチックな美しい少女への情熱で胸をいっぱいにし、彼女を救う決意を固め、自分には守る力があると確信していた。俺はボーレイン・クリーガー家の者だ。俺は無敵だ。母がそう教えてくれたんじゃなかったか？

ところが結局、どれほど自分が無力であるかを思い知ることになり、子どもがその代償を支払った。

俺の子ども。無垢な、血を分けた俺の子ども。ケルが十八年近く父を頼りにしてきたように、ケルを頼りにするはずだった無防備な命。

ときどき、子どもの夢を見た。あの晩を生き延びた子どもの夢を見た。緑色の目と生き生きとした表情で、こちらを見上げて笑う息子の夢を。そしてときどき、涙をためた目をこちらに向ける息子の夢を見ることもあった。手を伸ばして、なんとか助けようとする夢を。

ケルは首を振ってエミリーを胸からそっと下ろし、不機嫌そうな小さなため息を聞いて少し口もとをゆるめた。エミリーは枕の上に落ち着いて、またすやすやと眠りはじめた。

顔から髪を払いのけてやり、身を寄せて彼女の香りを吸いこんでから、額にやさしくキスをする。

唇を当てたまま、目を閉じた。

なんということだろう。エミリーは、これまでの人生のなによりも大切なものになりつつあった。ケルの魂に入りこんだだけではない。魂そのものになりつつあるのだ。

なんとか自分を奮いたたせて身を引き、ベッドから下りた。軍服のズボンをはき、残りの服を集めて、自分の部屋へシャワーを浴びに行った。

朝になるまえにリーノたちと話す必要があった。エミリーにはジョージア州へ戻ってほしくなかった。あそこではあまりにも無防備だ。暗殺者に居場所を教えているようなものではないか。今夜身にしみてわかったように、銃弾はケルの横を通りぬけられるのだ。

そう考えると、はらわたが怒りでぎゅっと締めつけられた。フェンテスの暗殺者をこの手で捕らえた日には、ただではおかない。

ケルはシャワーから出るとすばやく服を着て、先端が鋼鉄製の編み上げ靴をはいてひもを結んだ。それからホルスターに収めた銃を体のわきに留め、訪問者を迎えるために寝室へ向かった。

数分前に、イアンがひとりで入ってきた音が聞こえていたのだ。イアンは、読書灯がのった小さなテーブルわきの安楽椅子にだらりと腰かけていた。長い脚を前に伸ばし、濃いブロンドのまゆをぎゅっとひそめて、バスルームから出てきたケルを見る。「別のだれかだったかもしれないんだぞ」イアンが低く陰鬱な声で怒ったように言った。ケルはベッドの片側に座り、興味をこめて相手の顔を見た。

「だとしたら、おまえは死んでるさ」ケルは肩をすくめた。

イアンはいつものようににやりとはしなかった。むしろ、さらに表情が暗くなったように見えた。

「どうしたんだい?」しだいにケージャン訛りを隠したり抑えたりするのがむずかしくなってきた。

イアンがその発音を聞いて口もとをゆるめた。

「彼女はおまえの緊張をほぐすんだな」イアンが言った。「それはいいことだよ、相棒」大きくため息をついてから、椅子の上で身を乗り出す。「リーノと仲間たちは、上院議員とともに出発した。議員は明朝早くに、フェンテスのスパイがどうしても通したくないらしい法案の通過をめざす会議に出るんだ。パーティーに行ってるあいだにメイシーが受け取った新しい情報があってね。寝るまえにおまえに伝えておこうと思った」

「メイシーが〈ユダ〉からまた情報を受け取ったのか？　あいつはよっぽどこの件に興味があるらしい」ケルは鼻を鳴らした。

イアンのまなざしに危険な光がひらめいた。「メイシーが、あの屋敷のなかから発信された電波をとらえた。〈ユダ〉がだれであろうと、あそこにいたということだ」

ある人物がケルの頭に浮かんだ。カイラ・ポーター。あの女の顔と目には、見たことのあるなにかがあった。ダンスフロアの向こうにいるのを見かけたとき、一瞬だれかを思い出しそうになったのだ。

「ポーター？」ケルはきいた。

イアンが首を振って、口もとに小さな笑みを浮かべ、はしばみ色と青の混じった不思議な目をおもしろそうに輝かせた。

「麗《うるわ》しきミス・ポーターは、国土安全保障省の職員さ」ものうげに言う。「上院議員のシール時代の親友の娘でもある」

それでぴんときた。二度ばかり見かけたことがあるのだ。一度めはロシアでのことだった。

ポーターはブロンドのセクシーな姿で、アメリカ大使のためのカクテルパーティーに出席していた。二度めは数年後の南米でのことで、彼女はまるでハンドバッグを抱えるかのように軽々と自動小銃を抱えていた。当時の髪は栗色で、目はそれと同じ色、きめ細かな頬にはほんのかすかな傷跡があった。

「あの女はカメレオンと呼ばれてる」イアンが言った。「仕事のたびに、外見を変えるのさ。ちなみにボリビアにいたときの頬の傷は本物だ。国土安全保障省はそれを負わせるために金を払い、任務のあと元に戻すのにも金を払った。たいていは監視のみの目立たない任務に就いてるが、上院議員が見せてくれたあの女についてのファイルは恐ろしかったぜ。実に恐ろしかったな」

イアンの口調は少しも怖じ気づいてはいなかった。むしろ——期待に満ちていた。

「パーティーの招待客のなかに、〈ユダ〉らしき人物はいたのか?」

イアンが考えこむようなまなざしで、部屋の向こうの壁を見つめた。「〈ユダ〉から送られてきた伝言には、〈ミスター・ホワイト〉があそこにいたとあった。メイシーが招待客のリストを洗って、俺たちの友好的な情報提供者〈ユダ〉を捜してる。いずれつかまえるさ」

ゆっくり脚を組む。「上院議員の命令で、俺たちは明朝アトランタに戻る。ポーターを片側に、俺を反対側に配置して、おまえをエミリーとともにマンションに配置すれば、娘はじゅうぶんに安全だと考えてるらしい。議員はばかだと俺は思うが、それはここだけの話にしておいてくれ」

「脅威を取り除く唯一の方法は、エミリーと逃げることだ」ケルは考えこむように言った。

「リーノもそう指摘した」イアンがうなずいた。「しかしメイシーが言ったように、それは〈ミスター・ホワイト〉に、俺たちが近くまで迫ってると感づかせることになる。たしかにメイシーは近くまで迫ってるよ。あいつはコンピューターの天才だからな」

イアンのつぶれた声はざらついていて、からかいに満ちていた。

怒りが頭を打ちつけたが、ケルはぐっとこらえた。なんとか論理的に考えようとする。エミリーとともに逃げれば、ずっと逃げつづけることになるだろう。フエンテスはそれを弱さのしるしし、ゲームの中断と見なして、きっと激怒するだろう。現時点では、配られたカードを使って、フエンテスに勝たせないようにするしか道はなかった。

「俺たちが〈ミスター・ホワイト〉を捕らえれば、おまえの女に対する脅威は去るだろう」

イアンが肩をすくめた。「重要なのはそれだけだ」

「すべての準備を整えておきたい。必要なとき逃げられるように」ケルは歯を食いしばって言った。「フエンテスはまだエミリーに手をかけてないんだ、イアン。これからも絶対に手出しはさせない」

イアンがゆっくりうなずいて立ち上がった。「少し眠れよ、相棒。俺たちは海軍の軍用機でジョージア州に戻って、防護装備付SUVでマンションに戻る。三日後に、エミリーが出席すべき最後のパーティーが予定されている。〈ユダ〉の伝言によれば、そこでもすべての役者がそろうらしい。〈ミスター・ホワイト〉を見つければ、おまえの女を救い、ネイサンを見つけられるだろう」

そうだ、ネイサンだ。それについては考えていなかった。だれにとっても信じられない情報だったが、写真があり、証拠もあった。前回のエミリー救出の際に殺されたと考えられていたシール隊員ネイサン・マローンは、生きていたのだ。生きていたが瀕死の状態で、〈ミスター・ホワイト〉として知られるスパイの管理下にあった。

「アトランタに着いたら、カイラとの会合を手配してくれ」ケルは言った。「彼女の情報が欲しい。それに、援護の計画も知っておきたい」

イアンがうなずき、少し間を置いてから言った。「おまえが、祖父母と話してるのを見た」

ケルは身をこわばらせた。「俺に祖父母はいない」

「パーティーではひそひそ話があちこちで交わされてたよ。ニューオーリンズのボーレイン家とその行方不明の孫についての、ちょっとした興味深いうわさ話がね。この国最大級の資産をふたつ相続するはずの孫。シール隊員としては、とんでもない身分だな。俺たちは危険な生活を送ってるんだから」

「やめろ」

「血は水よりも濃いんだよ、相棒」イアンがつぶやいた。「ときには、過去とそこに含まれる人々の過ちを認めなくてはならないことがある。簡単に投げ捨てられないものもあるのさ」

ケルは無言で冷ややかに相手をにらんだ。

イアンがそっけなく肩をすくめた。「俺が言ったことを考えてみてくれ。夜明けに会おう」

イアンが寝室を出ていくと、ケルはベッドから立ち上がって衣装箪笥のほうへ行った。礼装用軍服をきちんとつるして保護カバーをかけ終え、とりあえずそのままにしておく。次にワシントンDCまで持ってきたリュックをあけて、すばやく中身を確かめた。

必要なものはすべてそこにあった。現金、偽名の身分証明書、着替え、武器、弾薬。常に備えよ。常に備えはできていた。エミリーに会うまでは。

彼女がどんな影響を与えるか、どんなことを感じさせるかについて、備えはできていなかった。

エミリーは、タンジーのことがあって以来感じられるはずがないと思えたことを感じさせた。エミリーへの愛があまりにも深くなり、あまりにも強く心と魂に絡みついていたので、万が一彼女になにかあったら生きていけないような気がした。

それはひどく恐ろしかった。エミリーと過ごした時間はあまりにも短い。なのにこれほどしっかり所有されてしまうとは、予想もしていなかった。

祖父《パペール》はかつてこう忠告した。ボーレイン家の男たちは瞬く間に愛し、激しく愛し、永遠に愛すると。ボーレイン家の男たちは、自分の女を見つけたとき、彼女が永遠に自分の人生を変えることが即座にわかると。

ケルはばかにして笑った。若かった。あまりにも傲慢だった。男をそこまで満たす女などいるはずがないと確信していた。祖父はほほえんだ。若者とはそういうものだ、と年寄りが認めるときのあの穏やかな訳知りのほほえみ。若者は常に年寄りの教えをばかにして笑うものだ、と。

ああ、どれほど祖父を恋しく思ったことだろう。両親の勘当はつらかったが、祖父母が自分の味方について手助けしてくれなかったことはそれよりもっと耐えがたかった。祖父はケルのヒーローだった。祖母は天使だった。

クリーガーの祖父母は昔から少しよそよそしかったので、彼らに背を向けられたことは驚くまでもなかった。しかしボーレインの祖父母とは常に仲がよかったのだ。かつて祖父は言った。血は水よりも濃いからな、と。血のつながりは重要だからな、と。

ため息をついたとき、扉を軽くノックする音がした。ためらいがちな、柔らかい音。エミリーだ。

ケルがリュックを衣装箪笥に放りこむと、扉があいてエミリーが入ってきた。絹のローブを一枚はおっているだけだ。どんなになめらかな絹も、彼女の素肌にはかなわない。

エミリーは戸口に立って、濃い鳶色の髪を耳の後ろにかき上げた。ケルが服を着ているのを見て、表情を曇らせる。

ケルは口もとがゆるむのをこらえた。まなざしにこめられた気持ちが読み取れた。ためらい、情欲、腕のなかに包まれたいという欲求。

こういう親密さには、まだ慣れていないのだ。性的な欲望を操りながら、自由を与えてくれる男との。

「リーノをつかまえて最新情報をもらおうとしてたんだ」ケルは穏やかな声で言って、ベッドに座ってふたたびブーツを脱いだ。「だが、彼はすでに出発したようだ」

「イアンが階下へ行くのを見たわ」エミリーが細い指をぴんと緊張させて、ローブのひももてあそんだ。

「俺に最新情報を伝えてくれたんだ」ケルはブーツと靴下をわきに置いた。「あと数分でベッドに戻るつもりだった」

エミリーがぎくしゃくとうなずいた。「万事順調なの？　任務のことだけど」

「万事問題なしさ」

立ち上がってゆっくり近づいていくと、エミリーがそわそわと唇を舐めた。

「すぐに片づくかしら？」エミリーがきいた。

「すぐだよ」ケルは約束してから、エミリーが息をのむのもかまわず、腕に抱き上げた。ローブが脚の上で開き、両わきに垂れるのを見つめる。「ベッドに戻ろう。きみは休む必要がある」

エミリーはケルの肩に腕を巻きつけたが、こちらを見つめる青い目は心配そうに陰ってい た。

「話をしなくちゃ」念を押すように言う。

「あとで話す時間はたっぷりあるさ」もう訛りを抑えようとするのはやめていた。高まる情欲を抑えるのに精いっぱいだったからだ。「いまは、きみにもう一度触れたいんだ。きみの体をもう一度感じたい」

エミリーの寝室に入り、扉を蹴って閉めてから、錠を下ろした。すぐさまエミリーをベッドに横たえ、白いローブをじっと眺める。硬くなった小さな乳首が生地を押し上げ、先端を取り囲む暗いピンク色の影がうっすらと見えていた。

ケルは頭からシャツを脱ぎ、両手でジーンズを下ろしてすばやく投げ捨てた。

あまりにも硬くなっていて、痛いほどだった。あまりにも飢えに満ちていて、これまで一度も達したことがないかのようだった。股間が張りつめ、早く彼女を奪えとせきたてた。

エミリーが淫らな笑みを浮かべて細い指でローブのひもを引き、結び目をほどいて前を開くと、ひざをついてローブを脱ぎ捨てた。

ケルは荒々しく息を吐いた。ペニスが熱く激しく充血し、睾丸が張りつめた。エミリーはヴィーナスの再来のようだ。男ならだれでも暗く孤独な夜に思い描いたことのある、性的な夢の象徴のようだ。

　そして、彼女はケルのものだった。

「おいで」エミリーがベッドにひざまずき、ケルが両手で彼女の顔を包むと、炎のような髪がふたりを豊かでなめらかな深みに引き入れた。

　エミリーはケルを見つめてエメラルド色の深みにおぼれ、ふたりのあいだで高まる欲望と飢えで空気が濃密になるのを感じていた。

　こんなことは予想していなかった。これまで、ボディーガードを押しのけるのに苦労したことは一度もない。彼らは父の使い走りだった。過保護な父に関わる苦労だけでじゅうぶんだった。父が選んだ義理の息子候補のひとりを受け入れて、さらなる苦労を背負いこむ気はなかった。

　しかしケルはちがう。

　第一に、彼はもっとたくましい。エミリーは唇を覆われながら、彼の胸に両手を当て、波打つ筋肉を撫でさすった。彼はもっと強く、もっと力にあふれている。彼の周りに漂う自信と有能さのオーラに惹きつけられた。支配と情欲の気配がエミリー自身の性的欲望と響きあって、触れられるたびにやけどしそうになる。

　いま、そうされているように。ケルが唇の上で唇を動かして開かせ、戯れるように舌を入れてから引き戻し、唇で下唇を挟んで軽くなまめかしく吸った。

それから両手で背中を撫で上げ、撫で下ろし、お尻をつかんで引き寄せると、硬い部分をお腹に当てた。

「ひりひりするかい？」ケルがささやいて身を引き、片手をお尻からすべらせて大胆に太腿のあいだへ進めた。手のひらで包みこまれる感触に息をのむと、ケルが湿った部分を指でなぞった。

彼の指がひだをまさぐり、そのあいだへと移動して、感じやすい入口に円を描いた。エミリーは頭をぐっと後ろに反らした。ケルがそれを利用して、唇を顎へ動かし、首の下まで進めた。

「ひりひりしすぎることはないわ」エミリーは小声で答えた。「心地よすぎるんだもの、ケル」

「よすぎることはないさ」ケルが唇で鎖骨をなぞりながら太くセクシーな声でささやき、指をうずく入口にすべり入れた。

「ああっ。いいえ、よすぎるわ」エミリーは太腿を広げてもっと深い挿入を求め、彼のために自分を開いて、愛撫のすばらしい悦びをもっと味わおうとした。

「きみは絹のように柔らかくて、炎のように熱いよ」ケルが胸の曲線に向かってささやいてから、力強い歯でやさしく淫らに噛んだ。

その愛撫に、エミリーはわなないた。原始的な飢えを表わす噛むという行為と、内側を撫でてもてあそぶ淫らな指の刺激が重なりあう。

「あなたは硬いわ」エミリーはうめいて、顔を上げ、唇でケルのたくましい首を見つけた。

ケルはエミリーの好きなようにさせ、歯が首をこするのを感じた。肌をなぞる小さな鋭い刺激に、股間がぎゅっと締めつけられる。

エミリーがサテンのような両手を肌にすべらせ、お腹を軽く押し当てて硬い部分をこすった。体のなかでますます大きくなる原始的な情欲に、ケルは歯を食いしばった。

エミリーをベッドに押し倒してのしかかり、絶頂に導いてやりたい。

しかしそうする代わりに、じっと動かずエミリーに探索させた。少年のころつかまえることを夢見た雌狐のように、エミリーは知りたがりで好奇心旺盛だった。爪で胸から腹までかすめられると、ケルは奥歯を嚙みしめてじっとこらえた。

エミリーが唇で首から胸までたどり、嚙んだり舐めたりした。ケルの体に電流を注ぎこみ、神経の末端を締めつけ、耐えがたいほどの快感を細胞のひとつひとつに伝える。

エミリーはまるでウイスキーのようだ。瞬く間に酔わせ、熱く燃え、女の欲求と鋭く小さな歯となめらかな舌で、魂まで焼き尽くす。

「ああ、エミリー。そんなことを続けられたら、おかしくなっちまう」ケルは言って、胸の下方をついばまれながら、両手をエミリーの髪に差し入れて、髪の房に指を通した。

エミリーはさらに下へ向かった。貪欲な唇と舌が股間に近づくと、筋肉が大きな期待で張りつめた。

「あなたを感じたいの」エミリーが唇をさらに下へ進め、先端まで数センチのところを舐めながらささやいた。「口のなかに。舌に。わたしのなかにいるときにはできない方法で、あなたを感じたいの。コンドームなしで。わたしに触れるあなたの体だけを」

ちくしょう、だめだ。触れられるまえにいってしまいそうだ。エミリーをつかまえなければ――。

しかし、エミリーのほうがケルをつかまえた。舌がペニスの先端をすべり、口が包みこむと、ケルの正気が危うくなった。両手でしばらく彼女の髪をぎゅっとつかみ、早すぎる解放を必死に押しとどめ、制御を取り戻そうとした。

エミリーの口が脈打つ先端を包み、深く引き入れ、吸いはじめた。あまりの無垢な悦びに、目が潤んでくるのを感じる。

これほどの悦びとともに口で愛撫されたことは一度もなかった。かわいいエミリーが崇《あが》めてくれるように、この体を崇めてくれた女はひとりもいなかった。

「ああ、かわいい、かわいいエミリー」ケルはうめいて、こらえきれずに彼女の口に向かって腰をびくりと動かした。「そのいたずらな口のせいで、いずれひどい目にあうぞ」

淫らな脅しにエミリーがぞくりと震え、ケルが片手で髪から背筋をたどって丸いお尻の曲線をつかむと、もう一度激しくわなないた。

「気に入ったかい、雌狐ちゃん？」ケルはささやいた。

猛る部分に満足げなうめき声が響くと、体が引きつって解放を警告した。

ケルはぎゅっと拳を握り、口もとにこわばった笑みを浮かべた。エミリーが吸う力を弱めたが、そのうめき声は同じくらい刺激的で危険だった。

細い指が玉を包み、もう一方の手が竿をつかんで撫でつけた。

ケルは大きく息を吸いこんだ。

「これが気に入るかどうか、試してみようか？」お尻を手のひらで軽く打つ。エミリーがびくりとするのを見つめ、うめき声を感じた。

強く打ちはしない。エミリーは乱暴な愛撫を好まないだろう。エミリーは強いが繊細だ。素肌は感じやすく、あざや傷が簡単にできてしまう。

ごく軽く触れてやりたかった。炎を感じさせ、興奮をあおり、さらに先へ進むまえにあとどのくらい彼女が耐えられるのかを確かめられる程度に。

エミリーが形のよい小さなお尻をくねらせて、太い先端を貪欲に口に含み、ケルの背筋に炎を走らせた。ちくしょう。夜が終わるまでに殺されそうだ。

もう一度お尻をたたくと、エミリーが唇でぎゅっと締めつけたので、顔をしかめた。それから、浅い割れ目を指でなぞった。エミリーが動きを止めた。小さな雌狐のように、油断なく慎重に待っている。

ケルは身を引き、エミリーの体に走るわななきを眺めた。それから、また口で覆われるのを感じた。エミリーが夢に見たままのやりかたでしゃぶった。飢えた女神のように、舐めて吸い、指で玉と竿をもてあそぶ。

ケルはもう一度手のひらで少しだけ強くお尻をたたき、これ以上やけどさせられるまえに、指をお尻の割れ目から動かし、太腿のあいだに入れて、きつく熱い入口を二本の指で突然突いて広げた。

戯れてじらすのはもうじゅうぶんだ。一方の手の指を引きつる通路に差し入れ、もう一方の手で髪をつかんでその場に押さえつけ、ゆっくりとした一定のリズムで口のなかへと突く。

「じらすのはもうじゅうぶんだよ、エミリー」ケルはうなった。「そろそろ俺を受け入れてくれ。でないと、欲求のせいでふたりとも死んじまう」

19

ケルはエミリーの髪を引っぱった。エミリーが口の奥へケルを導き、頭皮への刺激にかすかな痛みを覚えたらしく、うっとりしたような表情を浮かべた。

ああ、たまらない。髪を引っぱられるのが好きな女は最高だ。

もう一度引っぱって、うめき声を感じ、頬の上ではためくまつげを眺めた。エミリーがさらに強く、深く吸った。竿を撫でつける指の動きがしっかりと力強くなり、指に包まれた玉が引きつって収縮したあと、爪が繊細な肌をやさしく引っかくのを感じた。

ケルはまた身を引いて、自分の分身を包む彼女の手に片手を重ね、腰を動かしはじめた。口のなかへと突き、手遅れになるまえに制御を取り戻そうとする。

意志の力だ、とケルは必死で自分に言い聞かせた。必要なのはそれだけだ。熱くしゃぶる口から身を引くのは耐えがたかった。

限界が迫っていた。渇望があまりにも急速に高まっていたので、エミリーの体をくるりと後ろ向きにさせて腰を持ち上げると、すぐさま深く貫いた。

エミリーは驚いてベッドの向こうを見つめ、正面の鏡に映った自分の目をまっすぐのぞいてから、視線を上げてケルの目を見た。

ひどく苦しそうな表情をしていることに、本人は気づいているのだろうか？　ほとんどエミリー自身と同じくらいに。少しずつなかへと押し入られると、ひと突きごとに神経の末端を撫でる刺すような刺激が感じられた。

ケルが背後から片方の手で髪をつかみ、もう片方の手でお尻を締めつけた。顔には情欲と欲求があらわになっていた。しかし目はちがった。彼の目にはなにかがあふれていた。なにか熱く、独占欲に満ちた、挑発的なものが。

押さえつけられたエミリーは、いきなり背を反らしてふたりの体を離し、勝ち誇った笑みを浮かべた。ケルが唇をぎゅっと結んで決意の表情をよぎらせたのが見えた。エミリーの動きを封じて、またなかへ押し入る。

ああ、あまりにも心地よすぎる。すばらしい気分。焼けつき、うずき、すでに膨らんでいる敏感な蕾の周りにひどく淫らな刺激を送りこんでくる。

「こっちへおいで、エミリー」ケルがかすれた声で言ったが、エミリーはまた前かがみになって押しのけるようにした。「かわいい小さな雌狐。俺だけの雌狐ちゃん」ぐっと前に突き出してさらに身をうずめる。エミリーは背を弓なりにした。

ケルがあからさまな得意の表情を浮かべた。海賊のような顔に男らしい満足感がちらちらと揺らめく。一日分の無精ひげとエメラルド色の目だけでじゅうぶんすぎるほどみだらに見えたが、情欲に満ちた得意げな表情がさらにそれを強調していた。

「ケル！」さらに深く貫かれると、思考が吹き飛んでしまった。ケルが髪を引っぱったり離したりしながら、内側を満たして押し広げた。

「どうしてほしいか、言ってごらん」ケルがうめいて、引いたり突いたりを繰り返した。いくら満たされてもまだ足りず、いくら強く深く突かれてもまだ足りない気がした。

髪をつかむケルの指がゆるむと、エミリーはまたぐっと前かがみになって、彼を押しのけた。ケルがまゆをひそめ、両手で腰をつかむと、エミリーが息を吸って準備を整えるまえに押し入ってきた。

「ああ、しまった！」ケルが身をこわばらせ、エミリーと同じくらい激しく震えた。「ちくしょう、エミリー。コンドームを着け忘れた」荒い息をつきながら言う。ひと筋の汗が顔の横を流れ、顎ひげのなかへ消えた。

コンドームを着け忘れた。

エミリーは動きを止めて息を吸おうとし、体のなかで猛る硬い部分を締めつけないようにした。それからケルの顔を見た。苦しげな表情と、欲求と、激しい感情を。突然、このままでかまわなくなった。彼を放すつもりはなかった。けっして。ケルに関しては、強力接着剤もエミリー・スタントンにはかなわないだろう。

「かまわない」エミリーはささやいた。「かまわないわ、ケル」

ふたりの体が結びついている部分を、ケルが見つめた。顔に玉の汗を浮かべて、ごくりと唾をのむ。指はエミリーの腰をつかんでいた。太腿の筋肉をこわばらせ、身を引きはじめる。ゆっくり、とてもゆっくり。

エミリーは、物足りなさと快感の両方を覚えて、すすり泣くかのように息を吸った。無理強いしたり、ねだったりはしない。ケルの子どもを身ごもるのは、きっと想像以上の喜びだろうけど、でも——。

ケルが喉からかすれた苦しげなうめき声を漏らした。一瞬ののち、エミリーのなかにふたたび身をうずめ、そのまま続けた。すばやく、激しく腰を動かす。突かれるたびに悦びが高まり、体のなかに彼のものがじかに触れる感触と、広がる熱と、どんどん大きくなる欲求を感じた。エミリーは鏡のなかでケルと目を合わせていた。

そうせずにはいられなかった。集中していなければ、飛んでいってしまいそうだった。ばらばらにはじけて、元に戻れなくなってしまうかもしれない。

さらに激しく突かれると、エミリーは背を反らし、指を毛布に食いこませた。かすれた叫び声をあげると、ケルが男らしいうなり声で応じた。ふたつの声が混じりあい、淫らでセクシーな旋律となって、ますます力を増しながらふたりに降り注いだ。

悦びが高まり、燃え上がった。エミリーはケルの名を叫び、解放を求めながら、懸命に鏡に目を向け、彼の顔を、唇を見ようとした。

開きかけた唇を。エミリーはばらばらになりかけていた。彼を包んで体を引きつらせると、ケルが歯を食いしばった。愉悦が内側で砕ける瞬間、彼の表情がゆがむのが見えた。苦悶とエクスタシー。唇がエミリーの名を形作り、さらに別の言葉を形作った。

〝愛してる、エミリー〟ケルは目を閉じて、唇の動きだけでそう言っていた。それからぐいっと強く突いた。体のなかに彼が熱いものをほとばしらせたのを感じると、エミリーを地上につないでいた最後の鎖が解き放たれた。

〝愛してる〟

その言葉に音はなかった。唇の動きだけだった。目を閉じ、熱烈な感情と男の悦びで張りつめた無心の表情。それはあまりにもセクシーな眺めだった。

エミリーは、自分がケルの名を叫ぶ声を聞いた。わななきが体を走りぬけ、腰をくねらせて彼の手を振りほどき、不意に襲ってきた激情から逃れようとする。悦びに継ぐ悦び、爆発に継ぐ爆発。ついには疲れ果て、力尽きてベッドにくずおれた。そして秘密を胸にしまいこんだ。

ケルはわたしを愛している。わたしが彼を愛しているのと同じくらい確実に、わたしを愛している。でもどういうわけか、それを知られたくないらしい。その言葉を声に出したくなかったから、代わりに唇だけを動かし、表情を苦悩にゆがめていた。となりに横たわったケルが、エミリーのなかに身をうずめたまましっかりと抱きしめた。まるで引き離されてしまうのを恐れるかのように強く腕を巻きつける。

「すまない」ケルが耳にささやいた。「あんなことはすべきじゃなかった」

エミリーの胸がずしりと重くなった。ケルの声には後悔があった。恐れではない。深く容赦のない後悔だった。

「なにも問題はないわ」エミリーはささやいた。「どちらにしても、いまは妊娠しにくい時期だし」

ほかになにが言えるだろう？　もちろん絶対確実ではないが、それはほんとうだった。いまはいちばん妊娠しにくい時期だ。なのに胸の奥がひどくうずいた。彼の子どもを身ごもるのは、つらいことではない。ずっと彼とともにいるのも、いやなことではない。

ケルが髪を撫で、背中に向かって重いため息をついてから、ゆっくり体を離した。

それからエミリーを上掛けでくるみ、その横に落ち着いた。ベッドわきの明かりが消えたあと、またケルの腕が巻きついてきた。

エミリーは暗闇を見つめて涙をまばたきで抑え、いま起こったことはいったいなんなのだろうと考えていた。

朝食を終えて出発に備えようとしていると、父がやってきたのでエミリーは驚いた。

イアンが食堂に顔を出して父の到着を告げてから、大理石の玄関広間に戻った。上院議員とリーノ、クリント、メイシーが入ってきた。父の表情は暗く、周りを囲むシール隊員たちは——凶暴に見えた。

「なにがあったの？」エミリーは父に歩み寄り、そのまなざしにこめられた怒りにひるんだ。父が腕を回して抱きしめたが、その抱擁は恐れに満ちていた。

「リーノ？」背後から、ケルの声がした。暗く陰鬱だったが、落ち着いた声だった。

エミリーは、父の後ろにいるシール隊員をじっと見た。メイシー。無造作な髪型をして、耳にはイヤリングを着け、袖を破り取った色あせたデニムのシャツとすり切れたジーンズをまとった姿は、コンピューターの専門家というよりバイク乗りに見えた。手は大きく、肩幅は広く、ほかの隊員たちと同じように、その体には少しの脂肪もついていなかった。

いつもの戯れるような目の輝きはなく、ひどく顔をしかめ、眉間にしわを寄せている。なにか起こったのだ。よくないことが。

「パパ、いったいなにごと？」エミリーは尋ねた。父がようやく手を離し、後ずさりして大きく息を吐き、まるで娘がそこに実在することを確信できないかのように見つめた。

「出発の準備をしろ」リーノがケルに命じた。「おまえは、ミズ・スタントンのために用意された隠れ家へ向かい、追って命令があるまでそこにとどまれ」

エミリーは眼光鋭いシール隊員たちをじっと見据えてから、父に視線を戻した。

「パパ、なにがあったの？」

「フエンテス配下の暗殺者、ルドルフ・デルガードという男が、今朝ダレス空港経由で到着した。その二時間後、情報提供者のひとりからメイシーに、デルガードがおまえを狙ってここに来たと連絡があった。おまえには、ここから離れてもらいたい」

父はエミリーに身を隠してもらいたいのだ。危険がどの程度であろうとここから逃げ出して、必要なら一生身を隠しておかせるつもりなのだ。

「こうなることはわかってたはずよ」エミリーは頑として首を振った。「逃げるわけにはいかないということで合意したでしょう」

「ミズ・スタントン、デルガードはフエンテスの配下でもいちばんの精鋭なんですよ」リーノが反論した。「昨夜の襲撃から数時間のうちに到着しました。あなたの命を危険にさらすわけにはいきません」

「でも永遠に逃げつづけるわけにもいかない」心臓がどきどきと早鐘を打った。「パパがフエンテスについてまくしたてていたのを聞いたわ。逃げれば、フエンテスがしかけたなんらかのゲームを放棄することになるんでしょう。そうしたら、あの男は自分で定めたルールを守らなくなるわ。そうでしょう？」

父が唇をまっすぐに結んで、目に怒りをよぎらせた。「おまえの命を危険にさらすわけにはいかない」

「もう遅すぎるわ」エミリーは父から遠ざかって、手で空《くう》を切りながら、懸命に考えた。

「デルガード。その男は何者？　なにを使って殺すの？」

六組の男の目が用心深くこちらを見つめた。

「やつはナイフの使い手だ」ケルが答えた。ほかの男たちに答えるつもりがないことは明らかだったからだ。

恐怖がわき上がるにつれて、呼吸が荒くなり、心臓が高鳴って、アドレナリンが体を駆けめぐるのを感じた。

「なぜＤＣへ来るの？」エミリーはごくりと唾をのんだ。「わたしの計画では、きょう家に帰ることになってるわ。みんなそれは知ってるでしょう。なぜここへ来るの？」

「俺たちがきみをかくまうとすれば、きみを首都にとどまらせると予想したんだろう」またケルが答えた。「力を分散させずに、部隊をひとつにまとめておくというのは、筋の通った考えだ」

「それがあなたたちの計画だったの？」

「いや、まさか」父が答えた。「わたしたちの計画は変わっていない」

「いいえ、変わってるわ」エミリーはきり返した。「わたしは隠れない。この件から逃げない」

「ミズ・スタントン――」リーノが反論しようとした。

「エミリーは行くよ。でなければ、俺がかついでいく」ケルが割って入ったので、エミリーはさっと振り返った。裏切られたという気持ちが広がった。

「なぜ？」エミリーはかっとして問いただした。「これが連中の望みだということを、あなただってわかってるんでしょう。フエンテスはナイフを差し向けてきた。それなら、ナイフでしか戦えないはずよ。わたしたちが逃げれば、今度は銃を差し向けるわ。わかってるでしょう？」

「まずきみに狙いを定めなくてはならないよ」ケルが断固として言った。「絶対に、そうはさせない」

エミリーはそわそわと唇を舐めた。今朝のケルは様子がちがう。いつもより穏やかで、考えこんでいて、決然としている。声の調子でそれがわかった。昨夜腕に抱かれて寝ているときも感じていたが、いまそれがはっきり見えた。避妊していない体に精をほとばしらせたとき、彼にとってのルールが変わったのだ。心の覆いが徐々にはずされ、いままでは彼が注意深く隠してきたとてつもなく強い気持ちを垣間見ることができた。

「わたしは行かない。あなたがほかのものごとに判断を曇らされていなければ、わたしが正しいと認めるはずだわ」エミリーはきっぱりと言った。「いまになってわたしを子ども扱いしないで、ケル。もう耐えられないの」

エミリーはケルと目を合わせ、あとへ引くことも、恐れを見せることも拒んだ。氷のように冷たい緑色の目をのぞきこむとき、女に必要なのは、外から迫る暴力への恐れを抑えることだけではない。すぐさま服従したくなる本能も抑えなければならない。

あまりにも長いあいだ、服従しつづけてきた。もうそこに戻るつもりはなかった。ケルとのあいだでは。

「エミリー、強情を張るのはやめなさい」父がどなった。「わたしたちが話しているのは、おまえの命のことなんだぞ」

「ケル」エミリーは懇願するのではなく、理解を求めて彼の名をささやいた。「こんなふうにわたしをゲームからはずさないで。あなたの立てた計画があるんでしょう？　連中は殺したいんじゃなくて、誘拐したいのよ。あなたたちがわたしをかくまえば、連中はとどめを刺そうとするわ」

「ナイフにはなにができると思う、エミリー？」ケルが冷ややかな礼儀正しさをこめてきいた。

「ナイフは反撃のチャンスを与えてくれるわ」エミリーは低い声で答えた。「でも、たとえそれが銃弾であっても、ほかに道はないのよ」

「エミリー、おまえは自分の命を危険にさらしているだけではない」父の声は穏やかで寛大だった。子どものころ、父の許可なく冒険を試みたとき、よく耳にしたような声。「ケルの命も危険にさらしているんだ。それで平気なのか？」

エミリーはたじろいだ。

周囲の男たちを見回す。彼らは非難ではなく考えこむようなまなざしをこちらに注いでいた。まるで、この新たな言い争いにエミリーがどう対処するのか知りたがっているかのように。

「わたしが十代のころ、パパは油断なく行動するよう訓練してくれたわ」エミリーは答えた。「戦いかたを教えてくれたわ。理にかなった判断のしかたも。なのに突然、わたしからすべてを取り上げることに決めたのよ」

「いまはそのことを言い争っている時ではない」父がぴしゃりと言った。

エミリーはケルをじっと見つづけた。「わたしは正しいわ。あなたもそのことを知ってる」

「おまえは、自分のために死ぬことを男に求めてるんだ、エミリー」いまや父の声には怒りがこもっていた。「お人好しの男に」

「いいえ」エミリーは首を振って小声で言った。「わたしはケルに、いっしょに生きることを求めてるの。もう、ふわふわした泡に包まれて生きてはいられない。そんなふうに隠れはしない。次のパーティーまで三日よ。フエンテスのスパイと誘拐者が配置につくはずのパーティーまで。なぜいまの時点で、暗殺者を送りこむの？　フエンテスはわたしを保険として欲しがってるのよ。死んでほしくはないはずだわ」

「しかし、スパイはそれを望んでいるんだよ、エミリー」父が声を張り上げた。「おまえは子どものようにふるまっているんだ。なにが起こっているのか、わからないのか？　おまえは、フエンテスとその腹黒い協力者のあいだにとらわれているんだ。そこに勝利はない。おまえに選択肢はないんだ」

エミリーはケルから視線をはずさなかった。

「あなたは、隠れ家の外でわたしを守れる?」少し間を置いてから尋ねる。「自分が殺されることなく」

ケルがさっとリーノに目を向けた。

「彼女は大人だ」リーノが淡々と答えた。「無理に隠れ家に押しこむことはできない」

「援護が必要だ」ケルはうなずき、イアンをちらりと見た。

「上院議員の警護官をひとり、アトランタに連れていかなければならないだろう」イアンが答えた。「だが、可能だよ。たった三日間だ」

「そしてフエンテスに娘を殺す機会を与えるのか?」父が叫んだ。「わたしは禁じる。わたしは許さない」

「ほかに選択肢はないわ、パパ」勝ったような気はしなかった。ケルの表情は変わらなかったからだ。どちらかといえば、さらに冷たくよそよそしくなった。

「ケル——」父が言いかけた。

「エミリーは正しい」ケルが体の両わきで拳を固めた。「いま身を隠したら、スパイを見つけるまえにゲームが終わってしまう。きっちり片をつける唯一の方法は、最後までやりきることだ。だが、俺のルールに従ってやってもらう」ケルが言った。無表情で、感情を交えずに。「それができないなら、縛り上げ、猿ぐつわを噛ませて、最寄《もよ》りの隠れ家に押しこんでやる。わかったな？」

エミリーはきびきびとうなずいた。「わかったわ」

「なにが必要だ、ケル？」リーノがきいた。

「そいつに必要なのは頭だ」父がぴしゃりと言った。「なぜなら、ほかのあらゆる男と同じように、娘にすっかりのぼせ上がっているんだからな」

エミリーは恥ずかしさで顔に火がついたような気がした。父は激怒している。そしてケルのまなざしをちらりとよぎった反応からして、彼の胸の内に積もった冷たい怒りは、見た目以上のものだろう。

「上院議員、これはあなたの作戦ではありません」リーノが言った。「あなたは標的であって、司令官ではないんです」

「わたしはきみより地位が上だ」

「この場合はちがいますね」リーノの声は冷静なままだったが、きびしく頑なになっていた。「下がってください」

「エミリー、ばかげているよ」父が両手で髪をつかんで、顔をゆがめた。「いいから隠れ家へ行ってくれ」

「隠れ家へ行くのなら、すべてをあきらめて一生そこで暮らしたほうがましだわ」エミリーはうんざりして言った。「フェンテスを捕らえられるかどうかは関係ないからよ。問題は、わたしに自分の人生と向きあう能力があるのか、だれにもわからなくなってしまうこと。わたしにとって、それは重要なのよ、パパ。パパが思うよりも、ずっと重要なの」

「おまえは訓練を受けていない」父がきり返した。

「それは、わたしがパパを愛するあまり、受けたい訓練に申しこめなかったからよ。長いあいだずっと、パパを愛していたからこそ、逆らうたびに投げつけられるひどい言葉にも我慢してきたわ。いまは逆らうよりも大事なことをしてるのよ、パパ。わたしは自分の取り分を取るつもりなの。そしてパパが想像する以上に、わたしにとっては自由が大切なの。ここにいるだれが想像するよりもね」エミリーは相手に負けないくらい冷たい視線をケルに投げた。「都合のいいときに立派なせりふを口にするのは簡単だわ」彼に向かって言う。「さあ、あなたが口にしたことを実行できるかどうか、試してみましょうよ」

ケルがエミリーの体をさっと眺め、お腹でふと視線を止めてから、また目を合わせた。「俺はもう実行したよ、エミリー。さあ、きみが命令に従う方法を学べるかどうか、試してみようじゃないか」

エミリーは思わず鼻で笑いそうになった。「命令に従う？　ケル、二十五年近く、そればかりやってきたのよ。命令に従うくらいなんでもないわ。命令に縛られるのは別だけど」

エミリーが言っているのは、今回の作戦についてだけではなかった。ケルにもそれはわかっているはずだった。

自分が心に決めたやりかたで始めよう、とエミリーは自分に言い聞かせた。彼らに不安な気持ちを見せはしない。自分が正しいときには引き下がらない。わたしは正しいはずだ。自分の身と、もし子どもができたのなら、子どもの身をしっかり守れる女だとケルに思ってもらえないようでは意味がない。

おそらくそれが、ケルがよそよそしい態度を取る理由のすべてだろう。いまでは、彼の子どもを身ごもっている可能性がある。危険のなかに歩を進め、保護を拒めば、自分だけでなく彼の子どもを危険にさらす可能性がある。

かつて最初の子どもを失ったあと、またしても。

「メイシーの情報を確認して、どう進めるか話しあおう」リーノが提案した。「この玄関広間よりも、落ち着ける場所でやったほうがいいな」

「わたしには酒が必要になりそうだ」父がうめき、エミリーをにらみつけた。彼らは上院議員の執務室へ向かった。

「お酒を飲むには早すぎる時間よ、パパ」

父がまゆをつり上げた。「娘よ、わたしがいつ酒を飲むべきかを指図できるほど、おまえは大人ではないぞ」

「ええ、でも胃潰瘍《かいよう》と血圧について注意できるくらいには大人よ。これから数年間は負けつづけるばかりでしょうから、いまは少しでも子ども扱いしたいのね」

「どうしてそうなる？」父がどなった。

エミリーは一瞬口をつぐんだ。「わたしはもう、小さな娘ではないからよ。パパのためにも、ほかのだれかのためにも、そうであるふりはしないわ。わたしのなかの感情は、パパが手際よく対処できるものとはちがうのよ」

「お父さんだけの話じゃないぜ」メイシーが茶化すように言ったが、エミリーは無視した。彼らは執務室に入り、腰を下ろした。

エミリーは父の真正面の椅子に座った。ケルがちらりと不機嫌な表情を浮かべてから、いちばん近くに置かれたカウチの片側に座り、イアンがもう一方の側に腰かけた。その向かいに置かれたふたつの椅子にリーノとメイシーが座り、クリントは予備の椅子を引っぱってきて父のすぐ後ろに座った。

「丁重な態度でやってもらえるかな？」リーノが全員にきいた。

父がにらみつけるような目をした。ケルが冷たい怒りにも思えるなにかをこめて、にらみ返した。

リーノがにやりと口もとをゆるめた。「よろしい。全員賛同してくれてうれしいよ。さあ、俺たちがフエンテスとやつのスパイのちょっとしたゲームをぶち壊せるかどうか、試してみようじゃないか。やつらをたたきのめしてやる潮時だよ」

20

ディエゴの胸に高揚感が押し寄せた。それはどんな麻薬よりも気分を浮きたたせ、血のめぐりを活発にした。ほとんど放心状態で、携帯情報端末《PDA》のメッセージを眺める。

〝了解した〟

たったひとこと。ごく簡潔な言葉にもかかわらず、それを見て目頭《めがしら》が熱くなり、激しいまばたきで感情を抑えなければならなかった。

この数週間、息子には最小限の援助しか与えていない。あの娘を生かしておくには足りるが、現在ディエゴの神経を逆撫でしつつあるスパイを探り出すには足りない程度の。

それは完璧な計画だった。ディエゴがこれまで築いてきたすべてを滅ぼそうとする、あの男を排除する完璧な作戦。

ディエゴはテロリストではない。麻薬や武器や、売春婦や闇市場の商品を動かす。テロリズムは、そういう商取引にはふさわしくない。生計手段としてそこに依存している人々の財政基盤を破壊してしまう。ディエゴのスパイとテロリストのソレルは、何世代も保たれてきた土台を利用して、フェンテス・カルテルだけでなく、麻薬や武器や女を買ってくれるアメリカ人の自由も滅ぼすつもりだ。

〝了解した〟

ディエゴはそのメッセージを長いあいだ眺めてから、返事を打った。慎重にやる必要があった。あまり発奮して、気負っているように見えてはいけない。それは、弱さのしるしになる。

〝おまえの仲間は厳重に管理されている。アンドーヴァー家のパーティーへ行け。デルガードには連絡しておく〟

ディエゴは最も信頼の置ける男デルガードをＤＣに配置して、息子を見張らせていた。間もなく、すべてがひとつの形にまとまるだろう。ソレルは上院議員だけでなく、あのシール部隊全員の死を求めてきた。あの部隊にはディエゴの、生き延びたただひとりの息子が含まれている。ソレルの要求は無礼で尊大だった。

まるでディエゴが、やつの部下のひとりであるかのように要求してきた。そういうことを要求する権利があるとでもいうように。

ディエゴは静かな怒りのうなり声をあげてから、オフィスに置かれたモニターのほうに振り返った。そこに映る秘密の監房には、息子が魂を売ってでも助けたがっている友人が横たわっていた。

そこまでの忠誠心を注がれるというのは、どんな気がするものなのだろう？　裏切りを働いてまで救おうとしてくれる友人を持つというのは？

ディエゴは、そんな忠誠心をまだ知らなかった。しかし監房にいるあの男、残り少ないデートレイプドラッグをつい先ほど投与され、裸で苦悶に震えているあの男は、ディエゴが夢見ているだけの忠誠心を知っているのだ。

「友人に服を着せてやれ」モニターに向かってうなずき、ソールに話しかけた。「食事もさせろ。連中があの男を目当てにやってきたとき、必要なら自分から息子に手を貸せる程度に、力をつけてやれ。デルガードがあの娘を誘拐して、ここへ連れてくる。シール隊員に捕らえてもらえるよう、ソレルと〈ミスター・ホワイト〉を一カ所に集合させよう」

「息子さんには、あの娘を誘拐することを伝えたのですか？」ソールが尋ねた。「彼の協力がなければ、連れ去るのは不可能でしょう」

ディエゴはゆっくり首を振った。「その部分を制御するつもりはない。だが、息子にもその仲間たちにも、誘拐を阻止することはできないはずだ。われわれのスパイを、あの娘は信頼しきっているからな。〈ミスター・ホワイト〉が、娘をここに連れてくる手助けをするだろう。命令どおり無傷で、ソレルに渡せるように。連中が到着するころには、捕虜への麻薬投与を控えめにしておけ。あの男は、〈ミスター・ホワイト〉に加えられた拷問を思い出せるだろう。捕虜が救い出されれば、ホワイトに逃げ道はない。あの娘が着いたら、必ず捕虜と同じ監房に入れておけ。娘の保護には、多少の注意が必要になるかもしれない」考えこみながら唇を指でなぞる。「娘が連れてこられたらすぐ、この場所の位置を息子に送ってくれ。あとは息子が対処する」

「彼は信用できますか、ディエゴ？」ソールは心に秘めた恐怖をささやき声で表わした。

ディエゴは、友人であり最も信頼する相談役でもある男に視線を返した。

「賭けてみるほかに、手の打ちようはない」重いため息をついて言う。「初めからやり直して、新たな息子を訓練し、身の安全を確保させつつ自信に満ちた男に成長するための自由を与えるには、すでに遅すぎる。成り行きを見守ろうじゃないか、ソール。だが同時に、われわれ自身の身も守らなければならない。息子は、自分には弱点がないかのように見せようとしている。しかし、どんな男も自分の弱点を知っているものだ。それを探し出せばいい」

「わたしがデルガードと連絡を取りましょうか？」ソールがきいた。

ディエゴはゆっくり首を振った。「わたしが連絡を取る。わたしから直接命令を下されれば、絶対的に従わねばならないことがわかるだろう。ソール、これ以降のゲームには、真剣に取り組むつもりだ。ミスの余地はなく、二度めのチャンスもない。この時点から、失敗は許されなくなる」

ソールが同意してうなずいたが、まなざしには懸念があった。顔には出さなかったが、ディエゴも同様に懸念していた。ほかの連中が息子のことを探り当てるかもしれない。ソレルがあの部隊を標的にするのは、おそらくそれが理由なのだろう。ディエゴの弱点を暴き出すため。カルテルのネットワーク支配をもくろみ、交渉に利用できるなんらかの材料を手にするため。その支配を、ディエゴはけっして許さない。

息子もけっして許さないはずだ。

21

マンションの部屋でカイラが待っていたからといって、驚くほどのことはない、とエミリーは考えた。

カイラはカウチにだらりと座って、エミリーの気に入りのクッキーをひざにのせ、テレビで大好きな外国語チャンネルを観ていた。

長い黒髪を高い位置でポニーテールにして、豊かな巻き毛を肩の下まで垂らしている。化粧はしていなかったが、それでもすばらしく魅力的に見えた。色あせて破れたジーンズとしわの寄ったキャミソールを着ていたが、それでもおしゃれに見せることに成功していた。しかし体のわきに着けた銃が、怠惰で不満そうな社交界の淑女のイメージを壊していた。

「そろそろふたりが来るころじゃないかと思ってたのよ」ケルが玄関扉を閉めて錠を下ろすと、カイラが低い声で言った。「となりに住んでる、あの背が高くて筋骨たくましい、社交性のまったくないセクシーな男はどこにいるの?」

イアンのこと?

「なぜ親友で隣人のあなたがわたしのカウチに座って、わたしのクッキーを食べ、わたしのテレビを観てるわけ？　それにあなたはなぜ、銃を着けてそうしてるの？」

もちろん、推測が不得意なわけではない。その推測にうんざりさせられそうなだけだ。DCからここに帰るまで、我慢の限界に達するほど長い時間を、むっつりした無愛想なシール隊員とともに過ごしていたのだから。もうひとりの男イアンは移動中ずっと、かすかにおもしろがるかのような表情をしていたが、沈黙を破ろうとはしなかった。

今回はヘリコプターの副操縦士席には座らず、操縦士やケルとふざけあう気にもなれなかった。恋人だった男に突然冷たい態度をされ、そのもどかしい苦痛を和らげることがどうしてもできなかった。

そう、恋人だった男だ。なぜなら――少なくともあと数時間は、彼に抱きついたりしないつもりなのだから。エミリーは無言でじろりとケルをにらんでから、視線をカイラに戻した。

「説明してもらえるかしら」疲れた声でカイラに言い、首を振って寝室のほうにゆっくり歩きだす。「そこにいる気むずかし屋に、にらみつけられないような説明をしてよね」

カイラが立ち上がってケルにウインクし、さっと小さく手を振ってから、エミリーを追って寝室に入った。

「ふむ。認めざるをえないわね。あのちょっとした男を扱うあなたの能力を、完全に見くびってたみたいだわ」カイラがものうげに言ってから、扉を閉めた。

ケルはひとことも漏らさず聞いていたにちがいない。

エミリーは鼻を鳴らした。「ええ、そうね。わたしは彼をとってもうまく扱ってるわ。もう何時間も話しかけてこないし、恐ろしく冷たくて、触ったらしもやけができそうよ」

「冷たい?」カイラが扉の前で立ち止まり、顔を手であおいで熱いというしぐさをした。「エミリー。あの目は焼けつくようだし、ジーンズは膨らんでるわ。ほんとうよ、あの男は強烈なロックンロールを踊る気満々だわ」

エミリーは高慢な態度でふんと言った。「だったら、ひとりでロックンロールを踊ってればいいわ」とりあえず数時間は。

カイラに背を向けて小さなバッグをベッドの上に放り、マットレスに座って重い息を吐く。

「それで、なぜわたしの家にいるわけ?」

「あなたのクッキーを食べて、あなたのテレビを観て、あなたの男に色目を使うため?」カイラが手助けするかのように言った。

「銃を着けて?」

「ああ、そうね。この銃があったわね」細い肩をすくめる。「昨夜、国土安全保障省の飛行機で戻って、あなたのカウチで寝て、あなたが留守のあいだに詮索好きなだれかが来ないかどうか見張ってたのよ」

エミリーはベッドにあおむけに寝転び、天井を見上げて、裏切られた気分にならないように努めた。うまくいかなかった。裏切られたような気分だった。二年前にカイラと知りあってから、彼女のことを国土安全保障省の職員だと疑ったことは一度もなかった。自分が友人ではなく任務の対象だと疑ったことも。

「国土安全保障省の職員なのね」それは質問ではなかった。「パパはどんなふうにこれをやってのけたの？　あなたをここへ連れてきて、そんな長期間にわたる任務に就けるなんて？」

「あなたのお父さんは麻薬取締委員会だけじゃなく、国家安全委員会とその他いくつかの監視委員会にも所属してるからよ。それに、どちらにしてもわたしはアトランタに住んでるし、ここ十八カ月は怪我の治療のために休暇中だったの。だから万事うまく運んだのよ」

天井を見つめているのは悪くなかった。エミリーは上方の小さく波打つようなデザインを目でたどり、癇癪を起こして許されるほど若くはないのだと胸に言い聞かせた。

しかし、癇癪を起こしたかった。叫んで、どなって、父の手先は全員とっとと出ていけと命じたかった。もうたくさん。彼らにはうんざりだった。

それでもカイラについては、これまで培《つちか》ってきた友情の問題をどうにかしなければならない。ケルについては、セックスの問題がある。ふたりにあっさり出ていけとは言えない。そうでしょう？

「あなたは二年間となりに住んでるわ」エミリーは指摘した。

「ええ、そうね」カイラがベッドの反対側に座ってから、同じように寝転がり、頭をエミリーの頭から十センチほど離れた位置に落ち着けた。「街の暗い小さなアパートから引っ越そうとしてるのをあなたのお父さんが知って、あのマンションを薦《すす》めてくれたの。残りはおまけみたいなものよ」

「あなたを好きになれない理由があるのはわかってたわ」エミリーはふくれっ面をしたかったが、もう何年も実際にふくれっ面をしたことがなかった。いまはやりかたを思い出そうとするだけで疲れそうな気がした。

「ええ、あなたはよくがんばってたわね」カイラがくすくす笑った。「でもわたしはしつこいの。それにわたしたちは友だちよ、エミリー。わたしを友だちにしておくのも悪くないわ。銃の使いかたを知ってるし」

「わたしも知ってるわよ」

その発言は沈黙で迎えられた。

「すごいわね」明らかに信じていない口調だった。

「マック・タケットの屋内射撃練習場で、技能訓練を受けたの」エミリーは言った。

カイラが顔を振り向けて、こちらを見たのがわかった。

「上院議員はそのことを言わなかったわ」カイラがつぶやいた。

「上院議員は知らないのよ。小間使いたちは知ってたわ。でもマックは、どれほど会員を失いたくないかを大男たちに納得させるのがすごくうまいのよ」

「なるほど。マックのことは知ってるわ」カイラがまた上を向いた。「ふむ。当時もあなたを見張ってはいたんだけど」

「命令に従ってたのね」

カイラは長いあいだ黙っていた。「あなたの友だちでもあったわ、エミリー」

友情。人間関係。わたしのあらゆる人間関係には、受け入れがたいゆがみがある。これまでは、わたしが感じよくさえしていれば、みんなが愛してくれた。自分以外のみんなが。でも、感じよくなくなってしまったいまは？　どうなるの？

「もうこんなふうに、わたしの家に入ってこないで」エミリーは決意が固まってくるのを感じながら言った。「わたしが許すか、了解していないかぎりは」

カイラが大きなため息をついた。「命令されてる場合を除いて？」

「もし命令されたなら、危険手当が必要だとパパに知らせたほうがいいわ。次回は、玄関先で待っていればよかったと後悔させるつもりだから」

起き上がらなければならない。シャワーを浴びて、なんとか昼食を用意しなければならない。お腹が空いている。しかしエミリーは横たわったまま天井を眺め、暗闇から迫ってくる銃や弾丸やナイフのことを考えないように努めた。

「わたしが勝つわよ」カイラが不意に言った。顔をこちらに向けたのがわかったので、エミリーは口もとがゆるむのをこらえた。

「確かめてみるのもおもしろいでしょうね」エミリーはうなずいた。「わたしはマシュマロみたいにやわに見えるかもしれないけど、護身術の訓練をいくつか受けてるのよ」

「それもリサーチ？」カイラが笑った。

「ゲーター・ジャックの円形闘技場よ」ゲーター・ジャックが大好きだった。泥レスや、素手の格闘。ここ数年、ボディーガードたちの目をかすめてこっそり通い、かなり多くを学んでいた。

もちろん、国土安全保障省の職員とまともに戦うのは無理かもしれないが、つかまれた体を引き離すくらいはできるし、速く走る方法も知っている。

「あなたって怖いわね」カイラがつぶやいた。「あなたがどんなに怖いか、お父さんはまったく知らないわよ」

「ケルもよ」エミリーはにんまりとした。「ガーターで留めた銃とナイフを見て、興奮してたわ」

そのことを思い出して得意な気持ちになった。

「あなたのたくましい体といえば」カイラがのんびりと言った。「どうして彼は怒ってるの？」

「昨夜コンドームを着け忘れたのよ」エミリーは天井をにらんだ。それは困った問題だった。

「あなたが思い出させたの？」

「彼が自分で思い出したわ。でもわたしはかまわなかった」そのことにまゆをひそめる。

「わたしが気にするべきだったのかしら？」

　エミリーは横を向いて、カイラの驚いた顔をのぞきこんだ。

「クリーガーが避妊なしでしたの？」ささやくように言う。「それはほんとうに驚きだわ。ドゥランゴ部隊がこの任務に就くと聞いたとき、彼のファイルを読んで軽く調査したの。彼は避妊にひどく熱心なのよ。偏執的なほどにね」

「そうでしょうね」エミリーは同意の短いため息とともにつぶやき、天井の模様の解読に戻った。

「ふうん」カイラがまだこちらを見つめながら、ベッドの上で身動きした。「それで、わたしたちはまだ友だちかしら？」

「いいえ」エミリーは首を振った。「痩せてる女は大嫌いなの。これからもそう言いつづけるわ」

　カイラが鼻で笑った。「わたしは曲線美の小型ヴィーナスが大嫌いよ。でもあなたの丸いお尻なら我慢してあげてもいいわ」

「かじってみなさいよ」

「けしかけられても、ごめんだわ。楽しまれると困るから」

十代の少女たちのようにくすくす笑っていると、寝室の扉があいて、ケルが戸口に立ち、眉間に深いしわを寄せてふたりを見た。

「ふたりとも、ベッドから起き上がってくれないか。イアンが来た。これから三日間の計画を確認して、アンドーヴァー家のパーティーに備える必要がある」

「ほらね？」エミリーはつぶやいた。「しもやけよ」

カイラが哀れみをこめてため息をついた。「あなたの力に期待してたのに」

「わたしだってそうよ」


ケルは自分自身に激怒していた。エミリーに激怒し、ひとりで狩りに出かけたい気持ちをどうにかこらえていた。狙撃用ライフルを手に、ディエゴ・フエンテスの眉間を狙う狩りに。フエンテスと未知のスパイの眉間を。メイシーが正体を暴いたあかつきには、覚悟するがいい。この手ではらわたを抜き取ってやる。

ケルは自制心をかき集め、行動への欲求にうずく筋肉を伸ばしたい気持ちを抑え、体をさいなむ勃起を楽にしたいという欲望に耐えた。

あの、人の頭をおかしくさせる、頑固で強情で独立心にあふれた赤毛の雌狐を相手に。

まったく、これまでのボディーガードたちには同情を禁じえない。あの男たちは途方もなく長い時間、熱を抱えこみながら必死にエミリーのあとを追っていたにちがいない。どう考えても不可能だろう。

エミリーは風のようだ。激しく自由な風。彼女の存在は、触れていないときにもケルを愛撫する。それはひどく危険だった。特にいまは。

ケルは視線でエミリーの体をなぞり、小さな丸いお腹をたどった。また胸の奥で心臓が解けていくような気がした。それは熱くなり、早鐘を打った。さまざまな感情に締めつけられ、不意にどう対処すればいいのかわからなくなった。彼女のなかに精を放った瞬間、魂を駆けぬけた感情に。

避妊をしなかった。あんな愚行を続けていたら、エミリーを妊娠させてしまう可能性がますます高まるだけだ。二度とあんなことが起こってはならない。もうそんな危険は冒せない。パーティーのまえに妊娠テストをしてもらうつもりだが、もしそれが陽性だったらどうしたらいいのだろう。その事態を乗りきれるだろうか。どんな状況であれ、エミリーの命を、自分たちの子どもの命を危険にさらせるだろうか。

いまケルは、カイラとともに居間へ戻ってきたエミリーを見ていた。女同士でベッドに寝転がってくすくす笑っている姿を目にしたときには、理不尽な嫉妬を覚えた。

自分がエミリーとともに寝転がりたかった。笑い声を聞き、彼女の大切な一部である温かさを感じ、あまりにも長いあいだ孤独だった魂の冷えきった領域を温めてもらいたかった。

しかし、となりに寝転がれなかったのは自分のせいだった。起こりうる危機を防ぐ必要性に、胸をかき乱されていたのだ。そんな気持ちは追い払わなければならなかった。抑えつけなければならなかった。さもないと、自分に対してエミリーがはぐくみつつある繊細な気持ちを永遠に損なってしまうだろう。

エミリーの愛が必要だった。今朝までは、それを勝ち取りつつあると確信していた。果たすべき任務を果たすために、魂に押し寄せる感情を無理にこらえはじめるまでは。

ケルはエミリーに、自分で自分の身を守らせなければならなかった。それこそ、これまでずっと自分の女に求めるべきだと確信してきたものだった。逆境に向き合う能力。守ろうとする男の手助けをし、そばにいないときには生き延びるだけの強さを持つこと。なぜなら、そばにいられないときがあるからだ。任務に出かけているときが。その場合は、本人がなんとかしなければならない。本人が自分と子どもたちを守らなければならない。

ちくしょう、いったいなにを考えていたんだ？

ケルは体の両わきで拳を握りしめた。恐ろしいほど独立心の強い、エミリーのような女を選んだのは狂気の沙汰だ。彼女はけっしてケルの後ろに立とうとはしないだろう。常にとなりに立ち、前に出ようとする彼女をケルが押しとどめるのだろう。

「イアン」男たちがなにも言わないので、カイラがものうげに声をかけた。

イアンは居間とキッチンを分けるカウンターにもたれて立っていた。両ひじを背後のカウンターにつき、背の高い引きしまった筋肉質の体はくつろいでいるように見えた。しかしカイラが部屋に入ってきたとたん、ケルと同様、くつろぐどころではなくなったらしかった。

「カイラ」イアンがかすかにからかうような表情でうなずいた。「俺は黒髪が好きだな。これまでに見たほかの色より、きみに似合ってる」

カイラが顔をしかめ、あきれたようにぐるりと目を回すのを、エミリーが興味深そうに見ていた。

「で、大きくて強い男子ふたりは、どういう計画でいるの？」カイラが尋ねながら、イアンの横を抜けてキッチンに入り、冷蔵庫のほうへ向かった。

なかからビールの瓶を取って、ふたをひねってあけ、唇のほうへ持っていく。イアンが振り返ってそちらを見た。

「鋼鉄の檻《おり》、鞭《むち》、ビロードの拘束具」イアンがものうげに言った。その顔がひどくまじめだったのでケルは驚いた。

「わたしたち用に、ってことね」カイラがにやにや笑った。「希望は持ちつづけたほうがいいわ、水兵さん。夢に近づけるかもしれないから」

イアンがふんと鼻を鳴らした。

エミリーが首を振って、カウチのほうへ移動し、端に身を丸めて座った。

疲れているのだ。顔を見ればわかった。目の下にはくまができ、肌は青白い。ケルが夜中まで寝かせなかったからだ。コンドームを忘れたのは一回だけだが、まだ満ち足りてはいなかった。

まったく満ち足りてはいない。

「アンドーヴァー家のパーティーまであと三日もない」ケルは全員に向かって言った。「俺たちは全員協力してことに当たる。関係者や段取りはすべて把握してある」カイラとエミリーを交互に見る。「なにひとつ運に任せてはならない。これはエミリーが出席する今シーズン最後のパーティーだ。盛大な会になる。俺たちの情報提供者によれば、フエンテスはこれ以上待たないだろうということだ。やつが誘拐のために差し向けた男が潜りこむのはまちがいない」

エミリーはさらに青ざめたように見えたが、挑戦的に顎を上げ、怒りに目を光らせた。「ヤンセン・クレイと妻のエレインが出席するわ。あのご夫婦の娘は、前回誘拐された女性のひとりなのよ。パパはどういう状況なのか、クレイ氏に伝えたのかしら？」

ヤンセンは父のシール時代からの友人で、かつて父が率いていた秘密活動を行なう精鋭部隊に所属していたこともあった。

「だれにも知らせるつもりはない」ケルはきっぱりと首を振った。「部隊の仲間ときみのお父さんと提督以外の人たちが知っているのは、きみがパーティーに行くということ、それだけだ」

エミリーはうなずいた。もうずいぶん長いあいだヤンセンには会っていない。父よりいくつか年下で、ワシントンDCとペンタゴンではかなりの有力者だった。CIAや国土安全保障省ともつながりがあるので、親しくなれればとても心強い人物だ。父が彼抜きで作戦を実行していることを知ったら傷つくだろう。とはいえ、それは父の部隊にいて、いまも健在の隊員たちについても同じだった。

エミリーはケルに目を向け、こちらを見つめつづけている目をのぞきこんだ。居間に戻ってきたときから、ケルは一度も視線をはずしていなかった。

「イアン、ミス・ポーターをマンションへ送っていって、いまの状況について教えてやってくれ。情報を整理したら、あすの夕方ここでまた会って検討しよう。エミリーは話しあうには疲れすぎてる」

わたしが疲れすぎてるですって。自分がむらむらしているから、イアンとカイラを追い出すつもりのくせに。ジーンズのなかに隠しているあの鋼鉄の棒を、わたしが気にかけていると思っているのだ。

「了解、ケル」イアンが訳知りの笑みを浮かべた。カイラはただ首を振って、こちらに向かってひどく思わせぶりにウインクしてから、イアンを追って玄関に向かった。

「がんばってね、エミリー」カイラが挑発的にまゆを上下させた。「憶えておいて、おいしい男はなかなか手に入らないのよ。相手にその気があるうちに楽しんでおくことね」

相手にその気があるうちに楽しんでおくこと。エミリーはふんと鼻を鳴らして、苛立ちのまなざしをケルに投げた。その男が、ちょっとしたことで腹をたてたとき、もう少し話しかけやすい性格ならよかったんだけど。わたしがコンドームを忘れたわけじゃないのに。

イアンとカイラが玄関の外へ出ると、ケルは扉を手でとらえ、ばたんと閉じた。エミリーはまゆをつり上げた。ケルは背を向けて警報器をセットしてから、こちらに向き直った。胸の前で腕を組み、暗く陰鬱にまゆをひそめている。なるほど、その気のあるおいしそうな男だこと。どうしてそれを見逃していたのかしら？

「そのひどい不機嫌から、すごく簡単に抜け出せる方法があるわよ」エミリーはあざけるように言った。

ケルが小鼻を膨らませて、眉間のしわを深めた。「どうすべきだと言うんだ？」

エミリーはそっけなく肩をすくめた。「次回はゴムを着けるのを忘れないで。そうすれば、あなたの小さくて元気な兵隊さんたちが勝手にうろつき回るのを心配しなくてすむでしょう」

ケルの表情がこれ以上暗くなるとは思えなかったが、たしかに暗くなった。

「俺が、ゴムを着け忘れたせいで怒ってると思ってるのか？」ケルが歯を食いしばって言った。

「ほかにどう思えばいいのよ？」エミリーは脚を伸ばして立ち上がった。「あなたは一日じゅう不機嫌な熊みたいだったわ。わたしの知るかぎりでは、あなたを怒らせたかもしれない唯一のできごとは、わたしに身をうずめてるあなたに、だめと言えなかったことだもの」

ケルの目に暗い炎が燃え上がった。

「俺はコンドームのことで怒ってるんじゃない」顎の筋肉がぴくりと引きつる。「自分が自制をなくしたことは気に入らないけどな」

エミリーはまるで理解したかのようにうなずいた。「ええ。それのどこが気に障るのかはよくわかるわ」

「俺はきみに恋してるんだよ、エミリー」

「自制はあなたにとってすごく——」エミリーは口をつぐんで目をしばたたいた。「なんて言ったの？」

「もう何年も、きみに恋してたんだと思う」ケルがぶるっと激しく首を振った。「長年のあいだ、お父さんがスパイをつけていたと思ってたかい？　以前に住んでたアパートや、このマンションの周りをうろついてる俺を見てるはずだよ。図書館や学校の行き帰りにきみをつけていき、ほかになにもすることがないからだと自分に言い聞かせていた。自分に嘘をついてることは、ずっとわかっていた」

エミリーは不意に、平衡感覚を失った。まるでわけのわからない現実に足を踏み入れてしまったかのようだった。この人は、ずっと昔から知っているあのケルだ。エミリーが想い焦がれ、欲望をいだき、夢に描いていた人。ずっと恋していた人。それが突然、空想していたとおりの男性になった。

「わからないわ」エミリーは首を振った。「なぜ言ってくれなかったの?」

「自分にさえ言えなかったんだよ、エミリー」ケルが指で髪をかき上げ、エミリーとのあいだに注意深く距離を置いた。「きみに執着しすぎて、どんなストーカーよりたちの悪い男になっていると、自分で認めることができなかった。きみを失うことがあまりにも恐ろしかったから。そんなとき、フエンテスがきみを誘拐した」顔をゆがめ、両わきに下ろした拳をしばらくのあいだぐっと握りしめる。「きみが誘拐され、俺はおかしくなりそうだった。小さな暗い小屋に押し入り、きみを見つけた。いまわしい〝娼婦の粉〟を投与されていながら、ほかの女性たちを落ち着かせようと一生懸命になっていたよ。心のどこかで、これ以上逃げられないことはわかっていた」

エミリーは憶えていなかった。あれ以降の年月、当時のぼんやりした記憶が頭の暗闇をよぎっていくことはあったが、はっきりしたことはなにも思い出せない。

「リムジンが道路をはずれてわたしたちを連れ去ったとき、あなたが来てくれるような気がしたわ」エミリーは言った。「それだけは憶えてる。わたしのなかのなにかが、あなたが助けてくれると言っていた」

「俺はきみを助けた」ケルの目が、まるで宝石のように濃密な色に光った。こちらに歩み寄って、両手でエミリーの顔を包み、親指で唇をなぞる。「でもきみも、自分を助けるために闘ってたよ。縮み上がりはしなかった。それを見たとき、心の残りの部分をきみに持っていかれたんだ、エミリー。俺の小さな雌狐、きみへの切望で灰になるまで焼き尽くされそうになったんだ」

ケルの告白に、エミリーは唇を震わせ、胸がいっぱいになった。

「それならなぜ、そんなに怒ってるの？」

「怒ってないよ」ケルがささやいた。「俺はきみを守らなければならない。すぐに、すべては片づく。頭をはっきりさせておかなくてはならないんだ。ひとつもまちがいを犯さないよう、適度な距離を置く必要がある。俺はタンジーの死と、お腹の子どもの死をどうにか乗り越えた。でもエミリー、もしきみを失ったら、生きていけるかどうかわからないんだ」

いままでは、ケルの目のなかにそれが見えた。これまでの彼の行動にも。エミリーからではなく、自分の感情から距離を置いていたのだ。常に警戒し、緊張し、準備を整えていた。

わたしはなんということをしたのだろう。ここに戻ることを彼に強要して、隠れることを拒むなんて。

「わたし、身を隠すわ」エミリーはかすれた涙声で言った。「隠れ家へ行きましょう」唇がわなわなと震え、不意にケルを心配する気持ちでいても立ってもいられなくなった。「あなたの望みどおりになんでもするわ」

もう緑色の目は、凍りついてはいなかった。暗く陰鬱で、飢えと苦悩に満ちていた。

ケルが首を振り、片手をエミリーの腰に回して締めつけ、ぐっと引き寄せた。もう一方の手を髪に差し入れ、官能的な力で髪の房をつかむ。

「恐れるな」ケルがうなり声で言って頭を下げ、もう少しで唇と唇が触れるところまで近づいた。「恐れを見せるな、エミリー。俺がきりぬけてみせる」

「だめよ」ケルのなかのひそやかな自信を見て、エミリーは首を振った。「あなたがアンドーヴァー邸へ行く必要はないわ。隠れ家へ行きましょう。わたしは身を隠すわ。ほんとうよ、ケル」必死になって、彼の肩に爪を食いこませる。「身を隠すわ」

ケルのために。自分の自由を捨ててでも、彼を守るためならなんでもする。

ケルは答えなかった。目を合わせたまま、唇と唇を重ねる。粗いビロードが唇を撫でた。エミリーは唇を開いたが、ケルはキスを深めはせずに、じらして愛撫した。

「俺がきみを守るよ、エミリー」口調にかすかなケージャン訛りが混じる。「隠れるわけにはいかない。俺たちはふたりとも、それを知ってる」

それは何年も前、ケルが妻を隠そうとしたからだ。エミリーにはわかっていた。隠そうとしたが、敵に発見されてしまった。

「すべきことを教えて」呼吸が喉に引っかかった。「あなたの身を守るためにできることを教えて」

ケルがはっとして、こちらを見下ろした。瞳孔が開き、ショックに似たなにかがまなざしに浮かんだ。

「俺のかわいい雌狐」ケルが髪から指をすべらせて頬を包み、親指で唇をかすめた。「きみのままでいてくれ。頑固で大胆で生き生きとしたきみのままで。あとは俺がなんとかする」

エミリーはもう一度首を振ろうとした。あなたを守るのはそんなに簡単ではない、と言おうとした。

「おいで、エミリー」ケルがまた唇を重ね、下唇から上唇へとなぞっていった。「いまは俺と情熱的に過ごしてくれ。そのあとで考えよう。いいだろう？」

すすり泣くような声をあげた瞬間、ケルがまた髪をつかんで頭を後ろに反らせ、唇で欲しいものを奪ってから、腕にエミリーを抱き上げて寝室へ運んでいった。

愛撫され、愛撫を返す。情熱、飢え、興奮、欲求。そして愛。エミリーには愛が感じられた。用心深く言葉にはされなくても、熱く激しく、ふたりを結びつけるものが。

それは触れるたびに伝わってきた。体じゅうの筋肉が悦びで張りつめ、細胞のひとつひとつが敏感に反応した。まるで鞭で打たれるかのように悦びが全身を駆けめぐり、服と肌を通して魂にまで染みこんでいった。

エミリーは身をよじって、ケルの髪に指を差し入れてつかみ、もっと引き寄せようとした。唇と舌がしっかり重なり、絡みあった。

熱をこめたうめき声が部屋に満ち、服がはぎ取られていった。ケルのブーツ、エミリーの靴。ケルがエミリーのジーンズとパンティーを一度にすばやく脱がせた。エミリーはぎこちなくひたむきな手つきで彼のジーンズと下着を引っぱった。

ケルがエミリーのシャツを肩から引き裂いた。すぐに服の弁償を始めてもらわなければならない。お返しにシャツのボタンをはじき飛ばし、たくましい肩の向こうにシャツを押しやった。

素肌と素肌が触れあった。エミリーは叫び声をあげてキスを求め、ケルの唇をついばみながら、乳首を彼の胸にこすりつけた。焼けつくような感触が神経の末端まで走り、体じゅうを燃え上がらせた。身をくねらせてさらに多くを求め、ケルをベッドのほうへ押す。

「わたしのものよ」マットレスの上に倒れこみながら容赦のない声でうめき、寝返りを打って彼の下から抜け出そうとする。「わたしの番だわ」

エミリーはケルの上になって、息を弾ませながら硬い太腿にまたがった。頭を下げてさらに酔わせるようなキスを求め、彼の情欲を味わう。

太腿のあいだが濡れていた。あまりにも濡れていたので、ひだを覆う湿った温かさを感じた。その部分を彼の先端にこすりつける。太い笠の部分はビロードのようになめらかで、鋼のように硬く、熱く脈打っていた。それは割れ目からすべりこみ、蕾を撫でさすった。エミリーは息をのんでから、身を起こしてひざまずいた。

わたしだってうまく手綱をさばけるだろう、とエミリーは考えた。内側で渦巻く欲求を制御できるだろう。そう確信していた。しかしそれも、ケルが両手で乳房を包み、頭を上げて片方の硬く張りつめた乳首を口に含むまでのことだった。

エミリーは背を弓なりにして頭を反らし、腰をくねらせた。それからひと息で、彼の猛る硬い部分を自分のなかへ迎え入れた。

ひたむきなか細い泣き声が喉から漏れ、ほとばしるような悦びと炎が内側の筋肉を限界まで押し広げ、特別に感じやすい神経を荒々しい彼の熱にさらした。

「受け止めろ《プランレ》。受け止めてくれ」ケルがうなり声で言って、頭を枕の上に戻し、腰を上方へひねってクリトリスを撫でつけ、さらに奥まで貫いた。「これが欲しいんだろう?」

ケルが身を引いてからまた深く突き、荒々しく貫いたので、エミリーは絶頂のきわで震えた。「受け止めてくれ、エミリー。俺のすべてを」

「そう、そうよ。これが欲しいの」エミリーは身をよじってもだえ、両手を彼の胸に押しつけて体を支えながら、腰をくねらせた。

ケルがしっかりとエミリーの体を押さえて身を引き、ふたたび強く突いてから、完全に引きぬいた。

「ああ、だめ。ケル。いやよ」エミリーは彼の胸に爪を食いこませた。ケルがナイトテーブルに置かれたコンドームを手探りし、すばやく自分の猛る部分にかぶせた。

「ほら、落ち着いて」ケルがかすれた声でうめいた。「ちょっと待ってくれ。まだまだこれからだよ」

ケルが太い笠の部分をエミリーの入口に当ててしばし間を置いてから、ゆっくりじらすようななまめかしい動きでなかへ入った。エミリーの叫び声を無視し、自分の激しい欲求も無視して、少しずつ奥へと進む。

ケルは情欲に駆られた表情をしていた。エミリーは必死に目を開いて、彼に視線を注いだ。一瞬たりとも忘れたくなかった。永遠に記憶にとどめておきたかった。

いま見せている表情には、これまでケルが注意深く隠してきたなにかがあった。大きな体を収縮させ、エミリーの奥深くへ激しく突き、あふれんばかりの感情と渇望のまなざしで見つめ返す。ケルの目は、日焼けした顔と暗闇の影のような顎ひげと対照をなして、深く濃いエメラルドグリーンの強烈な輝きを放っていた。

エミリーはケルを見下ろし、貫かれる悦びに荒く乱れた息をついた。焼けつくような悦び、子宮のなかで高まる緊張、敏感な硬い蕾を骨盤がこする感触。興奮がエミリーを燃え上がらせ、焼き尽くした。

「すごくなめらかで熱い」ケルがしわがれ声でささやいて、こちらを見上げた。「俺を撫でつけるきみを感じるよ、エミリー。俺を締めつけるきみを。すごくきつくて、熱く濡れていて、きみのなかで燃えてしまいそうだ」

荒っぽい口調に、体の芯がぎゅっと縮まる。

「悪くないだろう？」ケルがこわばった笑みを浮かべてきいた。「きみが俺にしてることを聞かされるのは？　きみが俺の魂を焼き尽くせることを知るのは？」

ケルの声。ああ、力強い突きに絶頂まで押し上げられつつあるというのに、その声にばらばらにされそうだった。

「感じてくれ、エミリー」ケルが身をうずめて動きを止め、そのままじっとしていた。硬い部分がエミリーの張りつめた熱のなかで脈打った。「きみが俺にしてることを感じてくれ。コンドームに覆われていても、きみの甘い熱を感じるよ。きみが締めつけるのを――」ケルがうめき、ぐいと動いてさらに深く貫いた。「ああ、たまらない」

止める間もなく、ケルが肩に腕を回したままエミリーをあおむけにし、たくましい体で覆いかぶさってその場に押さえつけ、激しく腰を動かしはじめた。速いリズムで力強く突かれると、エミリーはエクスタシーが炸裂しはじめるのを感じた。

エミリーは奪われ、のみこまれた。身も心も所有されて灼熱《しゃくねつ》のなかで我を忘れたとたん、彼の突きに背を反らして、体の奥でオーガズムがはじけた。

すさまじい熱が全身を駆けぬけ、エミリーは彼の名を叫んで両腕を背中に回し、太腿で腰を締めつけた。覆いかぶさったケルが身をこわばらせ、自分自身の解放にわななないた。

「愛してる、エミリー」耳にささやかれたその宣言は、エミリーの絶頂のむせび泣きが響くなかではかすかな吐息のようだったが、魂まで貫き通した。

その言葉はケルのなかから、彼の魂の奥深くから、ひとりでにわき出てきたものだった。エミリーは体の内側で彼の解放を受け止めながら、ケルの自制心のぐらつきを感じて、なおいっそうのいとおしさを覚えた。

ケルは、自分の感情を率直に伝える準備ができていないのだろう。いまはまだ。こわばって波打つ肩を抱きしめて、汗でつやつやした肌を感じていると、ケルがまだその感情と向きあう気になれないことがわかった。

ケルはとても強く、とても自信家だ。常に自分の行動に確信を持っている。しかし、自分が認めた弱さに対処するのはあまり得意ではないらしいことが、だんだんわかってきた。そして、エミリーへの気持ちを弱さだと認めているのだ。危険の種だと。

「愛してるわ、ケル」エミリーは彼の胸に向かって涙声でささやいた。心だけでなく魂まで所有されていることはわかっていた。彼に満たされて、初めてわたしは完全になれるのだ。

「すごく愛してる」

エミリーは息をつこうとして、ケルの太腿から両脚をはずし、腕をゆるめて固い抱擁を解いた。心臓が抑えきれないほど激しく打ち、感情は入り乱れていた。ケルがゆっくり体を離し、わきに横たわった。

「きみに殺されてしまいそうだ」ケルがうめいて荒い息をついたが、腕はまだエミリーに回したままだった。エミリーは体を動かして、彼の胸の上にしなだれかかった。全身の筋肉がゆるみきっていたので、移動はなかなかむずかしかった。

すぐにケルの温かさと活力に包みこまれた。たくましさと、固い意志に。これほどの情熱を持つ男性が、どんなふうにしてあの自制心を保っているのだろう？

あるいは、自制心そのものが、あの活力を生み出すケルの本質なのかもしれない。生まれながらにして自分を制御できる男性もいる。たくましく、傲慢で、断固とした男たち。自分の強さを知り、自分の限界を理解している男たち。

ケルは自分がスーパーマンではないと気づいたときの恐怖を知っていた。ときには不利な状況に陥ることもあると。あまりにも若いころに、不利な状況に陥ったときの致命的な結果を、身をもって学んでしまった。

勝ち目はわたしたちにある。胸に引き寄せられ、温かく力強い体に抱かれながらエミリーは祈った。絶対に勝ち目はあると信じよう。ケルを失えば、生きてはいけないだろうから。

22

深夜になってから、ケルとエミリーは遅い夕食をとるためにベッドを離れてキッチンへ向かった。エミリーが居間の淡い明かりをつけてキッチンに入ると、ケルの携帯電話からAC／DCの『ヘルズ・ベルズ』が聞こえてきたので、思わず口もとがゆるんだ。

たしかに、あのバンドの暗く力強い歌詞と曲をケルが気に入るのは当然かもしれない。とはいえ、ケルの好みの音楽がエレクトリックであることはわかっていた。私道に停めたブロンコに積んであるCDを見たからだが。

「それじゃ、来てください。テラスの入口を使って、交通渋滞は起こさないように」ケルがつぶやくのが聞こえた。「まったく、どうかしてる」

エミリーが振り返ると、ケルが電話を切り、不機嫌そうな顔でこちらを見た。

「だれが交通渋滞を起こしてるの？」エミリーはきいて、自分が着ている服を見下ろした。ゆるい木綿のズボンとケルのTシャツ――彼の香りに包まれていたかったからだ。

「きみのお父さんだ」ケルが苛立ちにくすぶる声で答えた。「それとホロラン提督と、マローン大佐も」

「マローン大佐？」エミリーはまゆをひそめて、冷蔵庫から総菜屋の包みに入ったサンドイッチ用のハムを出し、ほかの材料にも手を伸ばした。「ネイサン・マローンの叔父さまね。シールを除隊するまえは、父やサム叔父さんと同じ部隊にいたのよ」

三人の男たちは、ある精鋭攻撃部隊に所属していた。ほかにもふたりが同じ部隊にいて、そのうちひとりは数年前に亡くなったが、父の親友でありエミリーとともに誘拐された女性の父親でもあるヤンセン・クレイは、現在も父と親しかった。

サンドイッチの材料を並べながら、男性たちのことを考えて、ちらりとまゆをひそめる。なぜジョーダン・マローンが、父と提督といっしょにやってくるのだろう？

彼と顔を合わせるのは怖かった。いまでも、自分を救う任務で亡くなったシール隊員に対して責任のようなものを感じていたからだ。そのシール隊員がネイサン・マローンだと知ったときには、耐えられないほどの悲しみに襲われた。

ネイサンはケルと同じくらいの歳だった。長年の知り合いでもあった。リサ・クレイが長年の知り合いであるのと同じように。リサはいまも病院にいる。監禁されていたあいだに投与された〝娼婦の粉〟の副作用で、無垢な精神に障害を負ってしまったのだ。

救出以来、リサには会ったことがない。医者は監視下での家族の面会しか許していなかった。

「……はネイサンが生きてると報告してる」

エミリーはケルの声に、はっと顔を上げた。

「なんて言ったの？」リサのことを思い出してすっかり心を奪われていたので、よく聞いていなかった。

ケルが陰鬱なまなざしで見つめ返した。

「ネイサンは生きていて、フエンテスのスパイに拘束されているという報告を受け取ったんだ。メイシー宛てに写真が送られてきた。まちがいなくネイサンだ」

エミリーは凍りついた。衝撃が走りぬけ、ちぎっていたレタスは忘れ去られた。

「もう二年近くになるのよ」エミリーはささやくような声で言った。

「十九カ月だ。写真の様子からして、ネイサンはその一日一日を苦痛のなかで過ごしてる」

ケルの目に激しい怒りがよぎった。だれであれ、フエンテスのスパイがケルの手で捕らえられたとしたら、その男は死ぬことになるだろう。ひどく苦しみながら。

「スパイはどうやって、そんなに長いあいだネイサンを拘束しているの？」エミリーは混乱して首を振った。ネイサンは弱い男ではない。エミリーの知る最も強い男性のひとりだ。

「そして、どこに？」

「どこかはわからない」ケルが落ち着きなく髪をかき上げ、顔をゆがめて張りつめた荒々しい表情をした。「だが必ず見つけ出す」

エミリーは彼の目の凶暴な光に驚き、かすかに唇を開いた。そのときテラスのガラス扉を軽くノックする音がしたので、さっと振り返った。

ケルが居間の明かりを消して外を確認してから、男たちが通りぬけられる程度にガラス扉を開いた。

まず父が入ってきて、次に提督とマローン大佐、さらにケルの仲間のシール隊員たちとカイラが続いた。

ひとり残らず、エミリーが食べ物を並べたカウンターを見ている。

「ご自由に、サンドイッチを取ってちょうだい」エミリーは山のようなハムと野菜を手で示して、棚から二袋のパンを取り、冷蔵庫からアイスティーの大きな容器を出した。ワシントンDCへ行くまえに買い物に行っておいてよかった。

ジョーダン・マローンにはもう何年も会っていなかった。父よりいくらか年下だから、四十五歳くらいだろう。父が負傷して訓練担当に換わったちょうどその年に、父の部隊に配属されたのだ。

髪はまだほとんど黒かったが、前回会ったときよりも白髪が増えていた。身長は百八十センチ余り、目の色は灰色がかった青で、鷹のような顔つきをしている。テキサス州で生まれ育ち、いまも粗野で素朴な性格に見えた。

マローンは子どものいない男やもめで、甥を自分の子どものようにかわいがっていた。ネイサンが死んだという報告は、彼を打ちのめした。

エミリーはめったにない来客用にしまってあった紙皿と大きなプラスチックのカップを用意しながら、居間いっぱいに集まった男たちを眺めた。彼らは非情で危険な男たちだが、その表情は思いやりと友情で和らげられてもいた。

それぞれがサンドイッチとアイスティーを取り、キッチンの椅子を居間に持っていって周りに並べた。それから腰かけて、フエンテスとそのスパイ、さらには全員の心痛の対象である行方不明のシール隊員について得た情報を詳細にわたって検討した。

メイシーの情報提供者が送ってきた写真は、恐ろしいものだった。ネイサンにまちがいなかったが、エミリーが知っていたネイサンではなくなっていた。大きな力強い体は瘦せ細って、腹の皮膚の下から肋骨《ろっこつ》が浮き出ている。顔は腫れてあざだらけだった。脚や腕や胸に新しい傷がいくつもあった。ぱっと見て本人だとわからないほどの変わりようで、深い深いサファイアブルーの目はうつろで凶暴な光を放っていた。

「〈ユダ〉から、ほんの少しだけ情報が入った」写真をコーヒーテーブルに広げながら、メイシーがつぶやいた。「最後の通信は数時間前だった。ここアトランタまで追跡したが、俺にできたのはそこまでだ。ネイサンは拘束されてるあいだずっと〝娼婦の粉〟を投与されてる。〈ミスター・ホワイト〉という通称しか確認できていないスパイは、断固としてネイサンを落とすつもりだ。ネイサンに結婚の誓いを破らせて別の女とやらせれば、たとえ麻薬の影響下でも、ネイサンを落として、欲しい情報を引き出せると考えてる」

「それで、そいつはなにが欲しいんだ?」ジョーダンの声は殺気をはらみ、怒りにかすれていた。

「情報です」メイシーはため息をついて、疲れたきびしい表情の顔を手でぬぐった。「ご存じのように、ネイサンは精鋭部隊のひとりですよ、ジョーダン。限られた人間しか知らない情報を持ってるんです。いまのところ、彼は落ちてないようですが、〈ミスター・ホワイト〉は時間の問題だと考えてます」

ケルの椅子のそばで床に座ったエミリーは、はっとひるんだ。〈ミスター・ホワイト〉という名前。まゆをひそめて、頭のなかの暗い領域でうごめく影のなかの影と、取りつかれたような泣き声を感じる。泣いているのはだれ?

「だいじょうぶか?」ケルが肩に手を置いたので、すばやくうなずいた。

医者たちは、あのときの記憶は永遠に戻ってこないだろうと断言した。麻薬の副作用で、永遠に封印されてしまったのだ。

エミリーは視線を上げて、正面の椅子に座った父と目を合わせた。父の表情は深刻で、ネイサンを思う深い悲しみに満ちていた。エミリーにはわかっていた。父はネイサンの訓練を手助けした。ともに戦い、訓練した男たちすべてを愛してきたように、ネイサンを愛していたのだ。

「〈ミスター・ホワイト〉はうまく立ち回っている」ジョーダンが憎しみをこめて吐き出すように言った。「あいつはこの一年だけで、数人のシール隊員だけでなく、麻薬取締局《DEA》と国土安全保障省の職員の身元を暴くことに成功している。フエンテスに餌を与えているが、わたしの情報源によれば、テロリストのソレルにも餌を与え、ナイフを持ち替えるごとにフエンテスを裏切っているらしい」

「数名の国土安全保障省の職員を殺してもいます」カウンターのそばに腰かけたカイラがきっぱりと言った。

数冊のファイルからプリントアウトされたものが広げられた。数カ月かけて集められた通信記録と関係機関の報告書だった。

「フエンテスはテロリズムには関わっていない」イアンがつぶれたしゃがれ声でぼそぼそと言った。「俺たちが集めた情報によれば、やつはソレルがもくろんでる合併に抵抗してるらしい」

「なぜならそれは合併ではなくて征服だからだ。フエンテスにテロリストの援護をさせるつもりなのさ。それはフエンテスの権力と支配力を必要とする一方で、あいつを追跡している法執行機関に対しては、フエンテスを無防備にさせる」ジョーダンが話すあいだ、ほかの者たちは書類を眺め、情報を取りこみ、それらをフォルダーに戻した。

「つまり、フエンテスとそのスパイの〈ミスター・ホワイト〉とソレルの全員が、俺たちの作戦に多少なりとも関係があるというわけだ」ケルが言った。「フエンテスはまちがいなく誘拐者を送ってくる。ほかに脅威はあるか?」

父が答えるまえにためらいを見せた。「ソレルが、誘拐後にエミリーの身柄を引き渡すよう要求したという情報がある」

エミリーは手を伸ばし、すぐ横にある張りつめたケルの脚につかまった。ソレルについては聞いたことがあった。正体不明のテロリストで、人身売買を頻繁に行なっている。若い女性を誘拐して薬漬けにし、組織内部の性の奴隷にしているらしい。

「フエンテスのネットワークと人脈がなくては、ソレルはアメリカでの足場を固められないからな」メイシーが口を挟んだ。「それにフエンテスなしでは、〈ミスター・ホワイト〉は上院議員がもたらしつつある脅威を取り除けない」

「やつにとっての脅威とはなにかについて、情報は?」

「〈ミスター・ホワイト〉がだれであろうと、名の知れたわたしの同僚であることはたしかだ」父が怒りで顎をこわばらせながら答えた。「そこまでは突き止めた。同じ上院議員か、わたしが関わる委員会所属の民間人にちがいない。現時点で議会を通す予定の法案は、そういう委員会に〈ミスター・ホワイト〉のような人物が潜入できないようにする内部牽《けん》制《せい》制度だ。法案には調査計画も添付される。上院を通過すれば、〈ミスター・ホワイト〉はもう隠れていられないだろう」

「なるほど《ビンゴ》」ケルはつぶやいた。「つまり、これはエミリー救出の際にフエンテスの邸宅を破壊したことや、逮捕される麻薬供給者やディーラーを対象にあなたが通そうとしている新しい法律とはなんの関係もないんですね？」

リチャード・スタントンが、うんざりしたように首を振った。「わたしも報復だと考えていた。メイシーが最新の伝言を受け取るまではな。〈ミスター・ホワイト〉は、エミリーの身柄を引き渡せというソレルの要求に同意した。わたしの〝行儀のよさ〟と引き換えに」きりつけるような口調でどなる。「もしこれが報復なら、すでに娘は殺されているだろう。ソレルと〈ミスター・ホワイト〉とフエンテスが共通して興味を持っているのは、あの法案だけなのだ」

要するに、これまでに自分たちが気づいていたよりも危険はずっと大きいということだ。フエンテスの誘拐者が実際にエミリーを連れ去れば、彼女の命はないものと考えたほうがいい。

ケルはエミリーの肩をぎゅっと握ってから、上院議員に目を向け、まともに視線を合わせた。

いますぐエミリーを引きずり出して隠れ家に連れ去りたいという衝動を懸命に抑えなければならなかった。そこにエミリーをかくまい、自分の手で守り、あらゆる動きを追うのだ。しかしいつまで？　エミリーがいなくなれば、誘拐者は姿を消し、フエンテスは確実に次の攻撃を防ぎきれないものにするだろう。
これまでのあらゆるゲームと同様、フエンテスは現在、あらかじめ決めたルールに従って動いている。チェス盤にクイーンを置いておくなら、ゲームを続行する。景品を取り除けば、すぐに攻撃を開始する。

「〈ユダ〉は、アンドーヴァー邸の舞踏会で誘拐が決行されると確信してる」イアンが言った。「フエンテスのスパイ、〈ミスター・ホワイト〉も出席するだろう。パーティーには六百人以上の招待客がやってくる。残り時間を考えると、人物を絞りこむことはとうてい無理だ。たとえそうするための情報があったとしても」

「それじゃ、わたしたちはなにも見えない状態で歩くのね」エミリーがか細い声で言ってから、男たちをひとりずつ順番に見た。ケルは、はらわたからこみ上げる怒りを必死でこらえた。

「ドゥランゴ部隊もパーティーに出席する」リーノが言った。「あなたが到着するまえに全員が位置につく。俺たちの第一の優先事項は、あなたが連れ去られないようにすることだ。カイラ・ポーターも任務に就く。ホワイトにあなたを連れ去る機会はない。やつと仲間たちは、実行に移すだけの自信があるようだがな。敵が動けば、俺たちがやつらを捕らえる。情報提供者が言うには、それでホワイトの正体がわかるということだ」
ホワイト。その名前がエミリーの頭のなかに響きわたり、目の奥に引きつるような痛みを送りこんだ。なぜその名前に反応させられてしまうのだろう？

「エミリー？」父が声をかけた。

エミリーは首を振った。「〈ミスター・ホワイト〉」頭のなかでその名前がぐるぐると回った。「その名前をだれかが口にするたびに、寒けが走って頭痛がするの」手で額をさする。

「〝娼婦の粉〟のせいだ」父が顔をしかめた。「とらわれているあいだに、その名前を耳にしたのだろう。フエンテスがスパイに与えたコードネームなんだよ。フエンテスは被害者に自慢するのが好きだからな。おそらくその場で聞かされたにちがいない」

筋の通った説明だった。エミリーは救出されるまで、フエンテスの敷地内に四十八時間近くいた。そのあいだにフエンテスが山ほど自慢話をした可能性はある。

「パーティーまであとふた晩だ」ケルが背後から言った。その声は暗く、ケージャン訛りはほとんど聞き取れないくらいだった――しかしわずかでもそれがあるだけで、多くを物語っているような気がした。「必要なものがいくつかある。今夜リストを作って、イアンに渡しておく」

「必要なものはすべて用意させるよ、ケル」提督が口を開いた。「わたしとマローン大佐もパーティーに招待されている。できるかぎりの援護をするつもりだ」

「ヤンセン・クレイは？」エミリーは尋ねた。「手助けしたがると思うわ。リサのことがあるし」

父と提督が同時に首を振った。「この情報が伝えられるのは、関係者のみだよ、エミリー」父が言った。「ヤンセンには敬意を払っているが、彼の気性は少しばかり心配だからな。聞いたところによれば、リサの具合はかなり悪いらしい。ヤンセンは、命令に従うよりも報復に走ろうとするかもしれない」

〝パパ！　助けて！〟頭のなかに響きわたった叫び声に、エミリーは突然びくりと動いた。恐怖感に思わず立ち上がり、よろめきそうになる。ケルが腰を上げ、腕で抱き留めた。

「エミリー？」ケルが荒っぽい声できいた。「どうした？」

ごくりと唾をのみ、喉にせり上がってきた焼けつくような苦い味を抑えこむ。

「ごめんなさい」激しく首を振って、胸に募《つの》ってくる不快感をこらえた。「そんなつもりじゃなかったの」髪をかきむしって記憶を引きはがしたい気分だった。

「いまの話のせいだよ。あのときのことを話していると、筋の通らない記憶の断片が呼び覚まされてしまうんだ」提督が険悪なうなり声で言った。「フエンテスのやつには、償うべきことが山のようにあるぞ」

エミリーはすばやくうなずいた。医者や精神分析医は、フエンテスお抱えの天才科学者が作った合成麻薬の副作用について、本一冊分にもなるさまざまな情報を与えてくれた。頭のおかしい科学者は、少なくともその製造方法をフエンテスに秘密にする程度には偏執的だったらしい。その死によって、秘密は科学者とともに死に、残った〝娼婦の粉〟は麻薬市場で幻の商品となった。

「わたしはだいじょうぶよ」エミリーはゆっくりケルから身を離し、彼の視線を避けた。自分の身を守れない弱い人間になった気がした。

「ああ、そうだとも」ケルが両手で肩をぎゅっとつかんでから、片手を顎に当てて顔を上げさせ、自分のほうを向かせた。「きみのせいじゃないよ、エミリー」

エミリーは部屋にいるほかの男たちの視線を感じ、いやでたまらなかった。これでは、父を含めた全員が自分の弱さを目撃していることに気づいた。いやでたまらなかった。これでは、自分で思っているほど強くも勇敢でもないと父に証明しているようなものではないか。

「わかってるわ」エミリーはこわばった笑みを浮かべて身を引いた。「ちょっと失礼していいかしら。顔を洗ってきたいの」

ここから逃げ出す必要があった。これ以上フエンテスのことを話すまえに、落ち着きを取り戻さなければならなかった。


ケルはエミリーが部屋を出ていくのを見ていた。歯を食いしばって、慰めるためにあとを追うのをこらえる。さっと振り返って、思案ありげな視線を向けている男たちを見回してから、髪をかき上げ、扉のほうへ一歩踏み出した。

「ケル。ちょっと待ってやれ」上院議員がぞんざいな口調で言った。「数分でいい」

ケルは振り返った。「なぜ?」

上院議員が首を振った。「エミリーは自分の弱さを感じてるんだ。きみが行って慰めたら、もっと弱くなったように感じるだろう。エミリーは喜ばないよ」

「ありとあらゆる束縛野郎たちに娘を縛りつけようとしてきた人が、それを言うんですか?」ケルは怒りをこめてきり返した。「彼女を弱くさせたり強くさせたりするものが、どうしてあなたにわかるんです?」

上院議員は怒りはせず、おもしろそうに唇をぴくりと動かした。

「ここだけの話だが、あの束縛野郎たちに見込みがないことはわかっていたのだ。いずれはきみが、やつらを送りこむわたしを眺めているのに飽きて、自分でその仕事を引き受けることもわかっていた。実際にそうしたようにな」

ケルがにらみつけると、スタントンは椅子に背を預け、かすかにほほえみながらこちらを見た。

「エミリーが、たいていの男より射撃がうまいことも知っている」上院議員が指を折って例を挙げはじめた。「ゲーター・ジャックのところへ通い、護身術を習っている。射撃指導者を説得して、ふつうは警察官や軍人しか利用できない広い練習場に、もう少しで入りこむところだった。それに娘は、ラッシュアワーの高速道路で教習所の教官のように巧みに運転することもできる」さらに指を折って数え上げる。「リサーチが本を書くのに役立つと考えているようだが、本はばかげたリサーチで確実にわたしを怒らせ、ボディーガードたちの頭をおかしくさせるための口実にすぎない。さらに、きみはこの五年、休暇で家にいる時間の大半を、エミリーを追いかけて過ごしてきた。そしてボディーガードたちが丁重な興味以上の目で娘を見るたびに、取り押さえて脅すという厄介な癖がある」

ケルは身をくねらせたい気分だった。

「わたしはもう現役ではないが、だてにシール隊員だったわけではないぞ。娘はとても強い。人の指図はまったく受けない。女に関して言えば、きみもそうだ。きみたちふたりはもう何年も前に、尻をしたたかに蹴飛ばしてもらう必要があったんだ。わたしはきみにそれを与えてやっただけさ」

「こんな状況は予測できなかったはずだ」ケルはフエンテスの誘拐計画を指して言った。

「ああ、予測してなかった」上院議員が疲れたように言って、首を振った。「しかしその必要もなかった。どちらにしてもきみが介入してくるのは時間の問題だとわかっていたからな」

ケルは周囲の男たちを見回した。にやにや笑いをこらえている様子に、うなり声が漏れた。

「座りたまえ、ケル」提督が手を振って椅子を示した。「リチャードの言うことは正しい。きみが行くまえに、あの娘に落ち着きを取り戻す時間をやるんだ。あの娘は女だよ。涙を流すべきときとそうでないときくらいは心得ている」

エミリーは泣いているのか？　閉じた扉のほうにさっと視線を向ける。あのなかでひとりで泣いているとしたら、とても耐えられない。

「命令することもできるんだぞ、中尉」提督が念を押した。「あと十分我慢しろ。そうしたら彼女のところへ行っていい。まだいくつか話しあうべきことがある」

ケルは拳を握りしめてゆっくり腰かけ、バスルームから少しでもすすり泣きが聞こえたら、命令など無視することに決めた。じっと座っていられるはずがない。

苛立ちのため息をついて視線を上げると、上院議員の後ろに立ってさりげなく壁に寄りかかっているイアンと目が合った。一瞬、ほんの一瞬、相手の目に深い悲しみが宿るのが見えた気がした。その種の感情をとらえたのは、初めてではなかった。以前と同様、それは現われたと思う間もなく消え、いつもの茶化すような目つきに場所を譲った。

「アンドーヴァー邸の警備はかなり厄介だ」リーノがケルの物思いをさえぎった。ケルは集団のほうに視線を戻し、リーノがテーブルに広げた家と敷地の図面を見た。「古い農園の邸宅で、翼棟や建て増し部分もいくつかある。秘密の入口や地下道の形跡はないから、その点では幸運だな」秘密の入口や地下道がない南部の農園の邸宅だって？　その家を建てた人物はよほど度胸があったにちがいない。

「俺たちが対処しなけりゃならないのは」メイシーが上体を乗り出して敷地を指さした。

「柵のない敷地と、深い森と、手当たりしだいに狙い撃ちしたくなるおおぜいの招待客というわけだ。てきぱき動いてくれよ、おまえたち。これから、俺が用意したものを見せてやろう」うれしそうに両手をこすりあわせて、ちらりとケルを見る。「エミリーに取りつけるための、手ごろな肌色の発信器を手に入れたんだ。悪いやつらを捕まえるのは、簡単じゃないからな。万が一——あくまで万が一だが——エミリーが誘拐されたとしても、とにかく位置をつかめる見込みはある。保険をかけておくってことだ。それから、アンドーヴァー邸の監視カメラの映像も傍受できるようにしておいたから、援護のシークレットサービスの連中に監視してもらおう。パーティーが終わったあと記録を確かめて、映ったやつを見ることもできる。あの野郎を捕まえてやるんだ。捕まえれば、ネイサンがいる場所を吐くだろう。そうなったら〈ミスター・ホワイト〉もおしまいさ。片をつけたあかつきには、跡形もなくばらしてやるからな」

暴力が空気を震わせ、そこにいる男たちのまなざしをぎらつかせた。〈ミスター・ホワイト〉がだれであれ、その男はネイサンを、もう二度と元の人間には戻れないところまで拷問した。

ネイサンはかつて、陽気なアイルランド男と呼ばれていた。祖父母と母親がアイルランド出身で、子どものころ祖父の訛りに影響を受けたらしい。鮮やかな青い目と楽しそうな満面の笑みで女性を魅了し、だれにもまねのできない話術で巧みに厄介ごとをきりぬけることができた。

しかしフエンテスにとらわれたとき、ネイサンの運は尽きた。メイシーが印刷した写真の男の目に、陽気さはかけらもなかった。そこにあるのは、狂気と怒りと——死だった。ケルが知っていた、〝兄弟〟と呼んでいた男はどこにもいなかった。

万が一エミリーがソレルの手に落ちてしまったら、ネイサン以上に激しく心身を損なわれてしまうにちがいない。ソレルの拷問の逸話、とらわれた女たちが送る人生の逸話は悪夢だった。ソレルに比べれば、フエンテスは砂場で遊んでいるようなものだ。

「〈ユダ〉は最新の連絡で、もしエミリーが誘拐されたら援護すると約束した」メイシーが言った。「やつを信頼できるのかどうかは、俺にはなんとも言えない。ただ、この二年で、やつが俺たちをだましたことはまだない」

「エミリーは誘拐されない」ケルは全員に向かって言った。耳障りなしわがれ声に、自分でも驚いた。「俺たちが護衛すれば、エミリーは誘拐されない。そのあと、メイシーが取った警備の記録を見て、犯人を見つける。一瞬でもエミリーを無防備にしてはならない」

「俺たちはエミリーを守り、ネイサンを見つける」イアンが言った。「どんな犠牲を払っても」

「どんな犠牲を払っても」全員が復唱した。

しかしイアンの声に含まれた鋭い響きが、ふたたびケルの視線を引きつけた。ネイサンは、十代のころからイアンのいちばんの親友だった。ネイサンを失ったとき、イアンがだれよりも悲しんだことをケルは知っていた。

イアンはどの仲間のためにでも命を捧げるだろうが、ネイサンのためなら魂を売るだろう。ケルはそう考え、背筋に寒けが走るのを感じた。もしイアンが〈ミスター・ホワイト〉やソレルを捕らえ、ほかの隊員たちがやつらの身柄を引き離すのが遅れたら、いったいどうなるかわかったものではない。

23

その晩エミリーは悪夢にうなされつづけ、ケルが精いっぱいの努力で休ませようとしてくれたにもかかわらず、あまりよく眠れなかった。翌朝目覚めると、疲れて苛立たしい気分がして、胃を満たす漠然とした恐れにかつてないほど自分の弱さを感じた。

こんなふうに感じるのはいやでたまらなかった。フエンテスに誘拐されるまでは、真の恐怖を知らなかった。それ以来、もう二度とこんな思いはしないと誓った。しかしアンドーヴァー邸のパーティーが近づいてくるにつれて、不安で胃がねじれ、悪夢に動揺させられるようになってきた。

それは、見ていた悪夢が思い出せないせいだった。目覚めたときには、記憶の断片はすぐそばにある気がするのに、つかまえようとすると暗闇のなかへするりと逃げてしまう。

そして今朝も、こみ上げてきたむかむかするような恐怖感と闘う気力が奪われてしまった。

あすの晩にはアンドーヴァー邸の舞踏会に行く。そこでなにが起こるとしても、これまでと同じではいられないという予感があった。

エミリーは首を振ってシャワーを浴び終え、手早く髪を乾かしてから、柔らかい木綿のショートパンツとそろいのキャミソールを身に着けた。軽い素材は涼しく快適だった。コンピューター上のリサーチの覚書を整理して本の構想を練るときに、いつも着る服だ。

寝室を出るまえにちらりとノート型パソコンを眺め、落胆のため息をつく。完成までにはもう少し待たなくてはならないだろう。本はほとんど書き上げてあり、エージェントはそのことをとても喜んでくれた。いまはまるで別世界のできごとのようだった。あすの晩が過ぎるまでは、戻れない世界。すべてはあすの晩にかかっている。

居間に入ると、コーヒーの香りに迎えられた。ケルがシャツを着ずに裸足《はだし》でキッチンを歩き回っているのを見て、胸がきゅっと締めつけられる。

昨夜は悪夢から目覚めるたびになだめようとしてくれたが、部屋にはケルの怒りが満ちているのが感じられた。無言のすさまじい怒り。ケルのざらついた声で、よくわからない悪夢の苦しみから引き出されるたびに、その怒りは大きくなっていくようだった。

「イアンに頼んで、きみのために焼きたてのシナモンロールを買ってこさせた」ケルが言って、エミリーのためにコーヒーを注いだ。それから、まるでふたりで毎日そうしているかのように、コーヒーに砂糖とミルクを入れてテーブルに置いた。

「そうやって、家を出ずにシナモンロールを調達してたのね」エミリーは言った。「考えてみれば当然ね」

ケルがすばやく笑みをよぎらせてから、頭を下げて軽くキスをした。「俺は甘党なんだよ」

「わかってるわ」エミリーは座ってコーヒーを手に取り、うれしさにため息をついてから、最初のひと口を飲んだ。

ケルのいれたコーヒーは完璧だった。

「きみがシャワーを浴びてるあいだにカイラが来たよ」ケルが言って、自分のカップを持ってテーブルの向かいに移動した。「きみがパーティーで着るドレスを取りにいこうと申し出てくれた。任せたほうがいいと思う」

エミリーは用心深いまなざしを向けた。「最後の寸法直しは終わってるわ」しばらくたってから肩をすくめる。「でもアクセサリーも見繕《みつくろ》ってもらわなくてはならないわ。まだそこまで手が回ってないの」

「ああ、問題ないはずだ」ケルが答えた。

エミリーはうなずいてから、顔をうつむけてコーヒーのとなりの小さな皿にのったシナモンロールを見つめた。

「エミリー。万事うまくいくさ」ケルが言った。

「わかってるわ」エミリーはちらりとほほえんで自信を示した。「あなたが守ってくれるってわかってるわ、ケル」

ケルはひどく凶暴な決意に満ちていた。目のなかに、こわばった表情のなかにそれがあった。

「ところで、どんな悪夢を見たんだい？」ケルがコーヒーをひと口飲んで、カップ越しにこちらを見た。

「わからない」息が詰まるような恐怖感がまたこみ上げてきた。「目が覚めると思い出せなくなってるの」

「よく見るのか？」さりげなさを装った質問だったが、ケルのまなざしには探るような鋭い光があった。

「誘拐のあとは、よく見たわ」エミリーは両手で顔をこすり、疲れを感じて首を振った。「あのあと何カ月も、夜はまったく眠れなかった。暗闇が怖かったの」

「たぶん誘拐されたとき、目隠しされてたんだろう」ケルがやさしく言った。「フエンテスはそのやり口で知られてる。誘拐した被害者を、何時間も目隠しをしておくんだ。五感のバランスが失われて、恐怖をより強く感じる」

「精神分析医もそう言ってたわ」エミリーは顔をしかめた。「助け出されたあと、周囲でなにが起こってるのかを理解できるようになるまで何日もかかったのよ。その週のことはあまり憶えてないし、誘拐されているあいだのこともまったく憶えてないの。リムジンが道路をはずれて、わたしたちを連れていったあとは」

エミリーとふたりの女性は、ワシントンＤＣでのパーティーから家に帰る途中だった。上院議員ふたりの娘たちと、ヤンセン・クレイの娘リサだ。エミリーの父と、キャリーの父であるブリッジポート上院議員は、国外からの麻薬の運び屋や供給者を摘発するための決定的な特権を麻薬取締官に与えるいくつかの法案を通そうとしていた。

キャリー・ブリッジポートは〝娼婦の粉〟の過剰投与で亡くなり、リサ・クレイは現在も麻薬による精神障害で私立病院に入院している。

ああ、あの子たちはとても若かった。キャリーは十六歳で、リサは十八歳になったばかりだった。

エミリーはコーヒーに視線を落とした。立ちのぼる柔らかな湯気が濃くなったような気がしたとたん、止める間もなく、恐ろしい叫び声が頭を駆けぬけた。

〝パパ、助けて!〟

「エミリー!」ケルの声で、そこに現われた突然の記憶が打ち砕かれ、ぱっと消えた。

エミリーは混乱してキッチンを見回し、自分が椅子に座っていないことに気づいた。カップが倒れてテーブルからコーヒーがこぼれ、ケルが腕を回して熱い液体から引き離した。そのまま抱き寄せようとしたが、エミリーは抵抗した。

「どうした?」ケルが自分のほうに向き直らせた。荒々しい表情ときびしいまなざしで見下ろし、無理にでも目を合わせようとする。「なにを見たんだ、エミリー?」

大きく威圧するようなしゃがれたケルの声が、頭をがんがんと打ちつけた。エミリーは記憶のなかで待ち受ける暗闇に引き戻されないよう、必死に耐えた。

「叫び声よ」首を振ってケルから離れ、欲しくてたまらないほっとする温かさとのあいだに距離を置いた。

ケルに抱きしめられるわけにはいかない。もう一度首を振り、頭に響くささやき声に身を震わせた。

〝そいつはおまえのために来てくれるのか？〟あざけるような声が恐怖とともに全身に広がった。〝教えてくれ。そいつとの連絡方法を教えてくれ〟

エミリーは激しく首を振って、ケルに視線を戻した。「あなたはわたしが誘拐されたことをどうして知ったの？」あえぐような声できく。わたしは彼を裏切ったのだろうか？

ケルがまゆをひそめた。「ちょうどペルシャ湾での任務が終わったところだった。報告を行なっていたときに、その任務の司令官が誘拐のことを話したんだ。俺は即座に、救出部隊が乗ってコロンビアへ出航する予定の航空母艦まで飛ばせてくれと願い出た。そこに着くと、かなり強引に救出部隊に加えてくれと求めた。なぜきくんだ？」

エミリーは首を振った。わたしの記憶は筋が通らない。

「なぜだ、エミリー？」ケルがどなるようにきいた。

「ささやき声を思い出したの」エミリーはあえいだ。「叫び声も。だれなのかはわからない。わたしか、ほかの女性たちか。パパを呼ぶ叫び声。何者かが質問するささやき声。だれかが来るのかどうか、どうやって連絡を取るのかをきくの。その声はすごく暗くて……」身震いすると、ケルがまた腕を回した。

「ストレスのせいだよ」ケルが手で頭を包みこんで、抱き寄せた。「〝娼婦の粉〟は破滅的な麻薬だ。被害者が過去に憶えていたことと、麻薬を投与された夜のことがまったくつながらなくなってしまう。すべてが頭のなかでばらばらになってしまうんだ。麻薬を投与されたときから、それが完全に体から出ていくときまで。何日も、何週間もかかる人もいれば、けっして回復しない人もいるんだよ、エミリー」

リサ・クレイのように。彼女は回復していない。いまもまだ。

「きみがおびえるのも当然だよ」ケルが言った。「フエンテスになにができるか、きみは知っている。きみの潜在意識は、前回連れ去られたときどれほど怖かったかを憶えている。その潜在意識は、現実よりも破壊的になりうる。それは悪霊と悪夢と、自分でも真実か嘘かわからない記憶のささやきを作り出すんだ」

エミリーは荒く息を吸いこんだ。「最初の数週間のあとは、あまり悪夢を見てなかったのよ」

「これが片づけば、また消えてしまうさ」ケルがきっぱりと言って、少しだけ身を引いてこちらを見つめた。とても深く濃い、尽きることのない感情の泉のような瞳。

どうしてケルのことを冷たいなどと考えたのだろう？　彼の重要な一部である、強烈な性的魅力を裏ではぐくむ感情ややさしさがないだなんて？

「ただの恐怖よ」エミリーは言って、ごくりと唾をのみ、自分にそれを納得させようとした。

「ただの恐怖だ」ケルが同意したが、目に疑念がよぎるのがわかった。同じ疑念が自分のなかにも満ちていた。

「でも、ほかにもささやき声を思い出したら、知っておきたいでしょう」エミリーは言ってみた。

ケルが唇を結んだ。「念のために」

エミリーは深く息を吸いこんだ。「ほかの被害者がなにか思い出したことはないの?」

ケルが首を振って、片手でエミリーの頬を包んだ。「でもきみは、ほかの人とはちがう。ささやきや、声や、顔や、そのほかなんでも思い出したなら、知っておきたい」

「思い出したら教えるわ」

「それから、あすの晩は、俺のそばにぴったりついていろ」ケルが命じた。「命令に従うんだ。約束してくれ」

「約束するわ」エミリーは震える笑みを浮かべて答えた。「そばにいるわ、ケル。わたしに回されたあなたの腕を絶対に失いたくないもの。ふたりのどちらにも、危害が及ぶようなことはしない」

ケルがぐっと歯を食いしばって顎の筋肉をこわばらせ、険しい表情を浮かべて、抱きしめる腕の力を強めた。

「エミリー、きみが俺になにをしたか、わかってるか？」ケルの硬いものがお腹に当たり、巻きついた両腕が力を押しとどめて収縮するのが感じられた。互いをひとつにしてしまうほどきつく抱きたいという欲求を、押しとどめているようだった。

「あなたがわたしになにをしたかは、わかってるわ」エミリーは両手をケルの背中に回して撫で上げ、波打つ力強い筋肉を手のひらに感じた。「何年もあなたを夢見てた。空想を膨らませて、恋い焦がれてたの。そして、こんなにだれかを愛せるとは思わなかったほど、あなたを愛してる。ずっとあなたを愛してたのよ、ケル。ただそれを認めたくなかったの」

「お父さんの思惑どおりに動いてしまうのがいやだったんだろう」ケルがやんわりと指摘して、唇に悲しげな笑みをよぎらせた。

「どうしてわかったの？」自分でさえ完全には認めていないのに。

「なぜなら、俺がきみから遠ざかってた理由と同じだからさ。俺が欲しいものを手に入れれば、クリーガー家とボーレイン家に彼らが夢見てたものを与えてしまうことになる。彼らが承認できる女性、ゆくゆくは彼らの血筋を受け継ぐ念願の孫たち。自分がみすみす逃していたものをフエンテスに思い知らされ、今回の新たな脅威が生じてようやく、俺は行動に出てきみを自分のものだと宣言した。俺は絶対にきみを放さないよ、エミリー。憶えておいてくれ。この先の人生できみがどこへ行こうと、俺はあとをついていく。死のなかへでも」

ケルはあまりにも若くして、あまりにも多くを失った。その喪失に傷つき、長い年月のあいだ苦悩を抱えて頑なに生きてきた。いまエミリーは、こちらを見つめるエメラルド色の熱いまなざしのなかに、ケルの内側に存在するひとりの男性を見ていた。

彼は戦士だった。荒々しく、決然とした、力強い戦士。そしてわたしの恋人。

ケルが唇を重ねてやさしい奇跡に満ちたキスをすると、エミリーの胸に熱いものがこみ上げてきた。彼が必要だった。ひとりの男性をここまで必要とするとは信じられないほどに、ケルを必要としていた。

そしてケルはエミリーを必要としていた。

彼女を腕に抱き上げてベッドまで運びながら、長年のあいだ心と魂が知っていたことを自分に認めた。エミリーは自分の片割れなのだ。勇敢でりりしく、挑戦的であどけない片割れ。彼女は、ケルがこれまでの人生でずっと大切に胸にいだいてきたあらゆる夢を表わしていた。

祖父《パペール》は、ボーレイン家の男が自分の片割れを見つければすぐにわかると言った。疑問の余地はなかった。もう何年も前から、自分の女がだれであるかに疑問の余地はなかった。疑問は自分のなかにあった。自分の頑固さと、過去の干渉を振りきって欲しいものに手を伸ばすことができない無力さのなかに。

エミリーをベッドに寝かせて服を脱がせ、自分も服を脱いだとき、ケルはこれが過去とはなんの関係もないことを悟った。エミリーは俺の未来だ。

「きょうは、きみをくたくたにさせるまで愛するつもりだよ」ケルは言った。「夜になれば、眠るしかなくなるように」

自分の硬いものを指で包んで握ると、エミリーが視線を落として、熱い小さな舌で膨れた唇をさっと舐めた。青い目を熱く妖しく光らせて、マットレスの上で体を移動し、太腿を開く。

ケルは視線を下げ、硬くすぼまった乳首からその先の楽園までたどった。ケルの舌を磁石のように引きつけるクリームのように柔らかな素肌が甘い蜜にきらめき、硬い小さな蕾が内気な欲望をこめてひだからのぞいている。

「わたしをくたくたにさせるのは、むずかしいかもしれないわよ」エミリーがささやいた。「長いあいだずっとあなたを待ってたんだもの、ケル」

「ああ、エミリー、俺が夢見てた時間ほど長くはないさ」ケルは自分の分身をさすって期待を高め、硬い部分への彼女の熱い視線を感じた。それはますます張りつめて、先端にとろりとしたしずくが浮いてきた。

エミリーが小さな真珠の粒に目を凝らし、官能的な意図をこめて優雅なしぐさでひざをつき、ケルの呼吸を奪った。

ペニスの先端に舌がからみつくと、肺に残っていたわずかな空気がひゅうっと音をたてて抜けていった。エミリーがなめらかな液体を吸い取ってから、口で膨れた先端を覆った。

「かわいい人」ケルはかすれた声でうめいた。「そうだよ、奥まで吸ってくれ」

エミリーが舌に沿って導き、口のなかをケルで満たすと、先端が激しい期待に脈打った。ケルは握りしめていた指を開き、彼女の顔の周りに垂れた鳶色の髪に差し入れて、後ろへかき上げた。唇が自分の分身をくわえて、豊かな悦びを湛えた口の奥へ吸う様子を眺める。

「エミリー、いいよ」ケルは五感を解き放って、目の前の光景と快い感触で満ちていくに任せ、これまで味わったことのない悦びに浸った。

根元から睾丸までが張りつめ、快感が背筋を伝い、電気を帯びた熱い刺激が果てしない脈動となって頭皮までじりじりと焦がした。

エミリーに触れられるたびにこうなるのだ。経験したことのない愉悦でひざの力が抜けてしまう。エミリーはケルの頭を未来のことでいっぱいにさせ、体を欲望で満たしてひざまずきたいような気にさせる。

ケルは指で彼女の髪を後ろに引っぱりながら、彼女の唇に吸われ、口の奥の温かい湿り気に覆われる心地よさに顔をゆがめた。

膨れ上がった笠を引き戻すと、舌先で舐められ、すばらしい快感に奥歯を噛みしめる。エミリーが不満のうめき声をあたりに響かせた。

ケルは彼女の頭を押さえたまま、真っ青な瞳のビロードのような深みを見つめ、陶然とした。自分の硬い部分をつかんでふたたび彼女の唇に当てて挿入し、また身を引く。口のなかへ激しく突いて自分を一滴残らず注ぎこみたいという欲求に体が張りつめた。

「じらしてるのね」エミリーがうめいて指をケルの太腿にすべらせ、太い竿の根元を包んだ。

「よくないことよ、ケル」

「きみの口に入れるのは、ゆっくりのんびりやるべきだよ」ケルはものうげに言って、豊かな髪をつかんで頭を後ろに反らせた。「堪能しなくてはね、エミリー。こんな心地よい悦びを、急いで終わらせてはいけない」

ふたりでいるときには隠せないはっきりしたケージャン訛りに、エミリーが目を見開いて瞳の色を煙らせた。胸の奥からこぼれてくるその声は、自分の生《お》い立ちと同じくらい重要なケルの一部だった。

「でもわたしをじらすのはだめよ」エミリーが息を弾ませた。ケルはふたたび彼女の唇に自分を押し当て、エミリーが目をしばたたいて閉じ、両手で根元を握るのを見て、腰を前へ突き出した。

ゆっくり、温かな口の奥へ入る。舌が感じやすい下側を舐めてまさぐるのを感じ、片方のすらりとした手が玉を包み、もう一方の手が竿を撫ではじめるのを感じて、自分も指を動かした。

ケルはエミリーの好きにさせ、愉悦に浸りながら、夢中でしゃぶりはじめた姿を眺めた。両手で頭を抑える代わりに、絹のような髪を撫でつけて、頬と耳に触れる。言葉では表わせない悦びを与えてくれる彼女に、とにかく触れたくてたまらなかった。失わずにいるためなら、なんでもしたいと思わせる悦びを。

「ああ、かわいいエミリー」ケルはささやいた。「なんて熱くて心地いい口だ。なんていたずらな小さい舌だ」そのいたずらな舌が、ゆっくりした口の動きとともに先端をなぶった。脈打つ笠に巻きつき、下部をまさぐって炎のような悦びを送りこむ。

気をつけていないと口のなかへ射精してしまいそうだった。それだけは、自分たち両方のためにしたくなかった。解放が訪れるときには、エミリーのなかで達する必要があった。自分の周りで引きつる彼女を感じながら、熱いものをほとばしらせたかった。

コンドームなしで彼女を感じるほうがよかったが、その危険をふたたび冒すわけにはいかない。いまはまだ。自分の子どもを身ごもったかもしれないエミリーを、あのパーティーに連れていくのは耐えられなかった。

「もうじゅうぶんだ、エミリー」ケルはうなった。睾丸がひどく張りつめて引っぱられるような感覚にさいなまれる。

身を引いて、エミリーの手をはずす。挿入への欲求に、嚙みしめた奥歯が痛いほどだった。エミリーを奪いたい。所有したい。永遠に自分のものであるというしるしを刻みたい。

しかしそうする代わりに、唇を重ねて覆いかぶさり、ベッドに押しつけた。女の欲情の香りと、喉の奥から漏れるくぐもったすすり泣きで五感を満たす。

俺のかわいい小さな雌狐。

ケルは両手をエミリーの腕にすべらせ、手首をつかんで頭の上に持っていき、常に自分を驚かせてやまない激しい飢えに駆られて彼女の唇をむさぼった。

やさしい奪いかたではなかったが、そうする必要があった。そうしたかった。飢えは猛威を振るう嵐のように膨れ上がり、自制心を打ちつけた。可能なかぎりエミリーを愛撫し、味わおうとする。

「ケル――」欲求に満ちた柔らかな叫び声が唇からこぼれた。唇を動かして首の敏感な素肌を味わうと、ケルの体に震えが走りぬけた。

エミリーの体は、たぎる情熱に少し汗ばんでいた。首の曲線から鎖骨に沿って舌を這わせ、甘く完璧な素肌を味わう。

熟れた甘い乳房はつんととがり、乳首はすぼまって紅潮し、触れられ味わわれることを求めていた。

ケルは上気した膨らみを手で包むと、貪欲なうなり声とともに張りつめた蕾を口に含み、舌で覆った。

舌でなぶるたびにエミリーがびくりと動き、背を反らして乳首をさらに口の奥へ押しこんだ。勃起した部分に太腿をこすりつけられると、ケルは胸からうめき声を漏らして、片方の乳首からもう片方の乳首へと移動した。貪欲な愛撫に反応するあえぎ声が、体を打ちつけた。

もっと触れなければ、もっと味わわなければ、欲求のせいで頭がおかしくなってしまう。自制？　ケルはその発想をあざ笑い、唇を彼女の腹へと移動して貪欲なキスを浴びせ、舌ですばやく舐めた。愛撫のたびにエミリーが体を跳ねるように動かし、悦びをあらわにした。「味わいたいんだ」ケルはなめらかな腰の素肌をついばんだ。「きみのあそこに口をうずめて、その味に酔いたい。きみは最高に喉ごしのいいウイスキーのようだ。甘くて熱くて、効き目がすごくて、心を奪われちまう」

柔らかな太腿を開き、すばやくそのあいだに移動して、じっと見上げ、五感を彼女の姿で満たした。ベッドの上に腕を伸ばし、指で毛布をつかんで、悦びに頭を反らしている姿。

濡れた割れ目を指でなぞると、エミリーがうめき声をあげて背をしなわせた。ゆっくりと繊細なひだを開く。柔らかな内側の部分が層になった蜜できらめき、喉からかすれた嘆願が漏れた。

ケルは頭を下げて最初のひと舐めを味わい、飢えに身をゆだねた。クリトリスの周りを撫でつけて、両手で太腿をつかんで胸のほうに押しやり、赤らんでしっとり濡れた部分を口に近づける。それから、しっかり太腿を押さえてさらに開かせ、謎めいた奥へ続く繊細な入口を見つめた。

ケルは舌でその謎を解くつもりだった。ぐっと挿入したとたん、彼女の味が五感ではじけた。甘く激しく、かすかに蜂蜜と炎を感じさせ、これまでに飲んだどんなウイスキーよりも酔わせる味だった。

エミリーはケルの五感を痺れさせた。心を揺り動かした。そしてケルの魂を所有した。舌を差し入れ、ぎゅっと締めつける柔らかな肉体を感じる。エミリーが背を反らして指を髪に絡め、ケルはさらに奥深く舌で突いた。

すばやく激しく突くと、エミリーが身をよじって舌の上に蜜をあふれさせたので、ケルは純粋な悦びにうめき声をあげた。

繊細な部分が舌の周りで激しく引きつると、股間がびくりと反応して解放を求めた。体から汗が吹き出して彼女の体を湿らせ、空気を熱烈な飢えで満たした。ケルはすばやく頭を上げて彼女に覆いかぶさった。

もう限界まで自分を追い詰めていた。ナイトテーブルに手を伸ばして引き出しからコンドームを取り、猛る部分にすばやくはめて、一度のなめらかな動作で彼女のなかに身をうずめる。

熱に包みこまれた。ああ、なんて熱くきついのだろう。湿った体に押しつけた睾丸が収縮し、締めつけられたペニスが差し迫った欲求に脈打って、五感が焼き切れそうになる。

もう抑えられなかった。自分の解放を見つけるまえにエミリーを解放に導こうと懸命になり、ほどよい速度で動きはじめる。ゆったりした突きで。解放に屈してしまいたいという苦しいほどの欲求をこらえ、体じゅうが張りつめた。

エミリーが身もだえして背をしなわせ、太腿を押さえた手に逆らいながら、両手で肩をつかんで小さな爪を食いこませた。

ケルを強く締めつけ、熱烈な欲望に満ちた声をあげる。敏感な部分が波打って張りつめ、痙攣するのを感じたとたん、泣き叫ぶような声が唇から漏れ、ケルを包んだまま砕け散った。

「そうだ。俺のためにいってくれ」ケルはうめいた。「すごくきつくて、すごく熱いよ。かわいいエミリー、ふたりとも死にそうになるまでこうしていよう」

エミリーが達したことで、最後に残った自制が粉々になった。ケルは腰を打ちつけ、すばやく力強い突きで引きつる体の奥へと分け入った。

歯を食いしばり、必死になって首を振ったが、自分の解放を押しとどめることは不可能だった。

自分がなにを言っているのかわからなかった。言葉が勝手に唇からこぼれてきた。エミリーを貫き、自分の体から熱いものがどっとほとばしるのを感じた。

わかっていたのは熱と飢え、解放と切実な思いだけだった。

「愛してる《ジュテーム》。愛してるよ。俺のかわいい人——かわいいエミリー」

ケルは彼女に身をうずめたまま覆いかぶさり、腕で囲うようにして、荒い息をつきながら唇を首に当てた。

「俺の最愛の人、俺の命」首に向かってうめき声で言い、エミリーがあえぎながら愛の言葉を耳にささやくのを聞いた。

「……わたしのものよ」泣き叫ぶような声で所有を訴え、小さな鋭い歯で肩を噛んで、ケルの体に新たな炎を送りこむ。

「まだ終わってないよ」ケルは首に向かってうめき、耳の下に何度もキスを浴びせた。

「エミリー、ぜんぜん終わってないよ」ケルはまだ硬く、まだ飢えていた。

いったん身を引き、硬いままの分身にふたたびコンドームを着けてから、エミリーの体を腕に抱き上げて引き寄せ、ひざをついてもう一度彼女を貫いた。

エミリーが目を丸くしてから、またうっとりして腕を巻きつけ、少しだけ背中をのけぞらせてケルの上で動きはじめた。

「そうだよ」ケルはうなった。「俺を奪ってくれ、最愛の人《マ・ビヤネメ》」いままで一度も使ったことのない、唇から漏らしたことのない愛の言葉をささやく。俺のいとしい、最愛の人。「いいよ《サ・セボン》、すごくいい。もっと激しく俺に乗ってくれ」腰をつかんで駆りたて、きつく締めつけられ熱く包みこまれて、もう一度彼女を所有する快感に我を忘れる。

ケルは自分に乗るエミリーを眺めた。両脚を腰に巻きつけ、上半身を後ろに反らして乳房を突き出す。ケルは甘く硬い乳首を口に含んで抱きしめ、身をうずめて彼女におぼれた。

「マ・ビヤネメ――俺のいとしい人」

ふたりは同時に絶頂に達し、ケルの荒々しい叫び声とエミリーの甲高い声が混じりあうとともに、手脚を絡ませたまま汗まみれの体でベッドに倒れこんだ。

「少し待ってくれ」骨抜きになり、ほとんど息もできないままうめき声で言う。「もう一度やろう、愛する人《アムルーズ》、いいだろう？」俺の恋人、俺の魂。

反抗的に低く鼻を鳴らす音を聞いて、口もとをゆるめる。

「わたしに触れたら死ぬわよ」エミリーがつぶやき、ケルをなかに入れたまま体を引きつらせた。

「触れないと死んでしまうんだ」ケルはつぶやき、やっとのことで身を引いて横向きにベッドに寝そべり、エミリーを胸に引き寄せた。「まずは食べ物が必要かもしれないな」

賛成も反対もしていないつぶやきに、また口もとがゆるんだ。「きみが料理してくれるんだろう？」

「夢でも見てるんじゃない？」エミリーがぼそぼそと言った。

そう、見ている。エミリーの夢を。いつだって、彼女の夢を。

ケルはさらに強くエミリーを引き寄せて胸の上にもたれかからせ、満足のため息をついてから、目を閉じて少し眠ることにした。きょう一日を乗りきれるよう、じゅうぶんな蛋白質《たんぱく》を含んだ食べ物を用意するまえに、少しだけ。今夜、エミリーは眠れるだろう。セックスでくたくたになることは、悪夢に驚くほどよく効くのだ。悪夢は訪れないだろう。今夜エミリーは眠る。なぜなら、あしたはふたりとも、五感を落ち着かせていなければならないからだ。

あしたは、彼女の抱える悪魔と向き合わなければならないからだ。

〈ユダ〉は、手のなかの盗聴防止装置付の携帯電話と、ボタンひとつで送信できるようになっているメッセージを見つめた。親指を動かすだけで、それは終わる。

二年前に、選択はしたはずだ。なぜいまになって迷っているのかわからなかった。いつかこの日が来ると知りながら長いあいだ真実から目を背けてきたが、もう抵抗するすべがないことは認めていた。

しかしそれでも、ためらいがあった。

数日前、父の要求を受け入れた。カルテルでの父の地位を引き継ぐ。〈ミスター・ホワイト〉の身柄と、エミリーの安全と、そしてなによりもネイサンの保護と引き替えに。

ネイサンのことを考え、片手で顔をぬぐった。〈ユダ〉についての真実を知りながら、けっして口外せず、けっしてそのことで判断を下しはしなかった男。

メッセージは待機していた。すでに同意したのだから、いまさら尻込みする理由はどこにもない。すべては準備万端整えられ、父は〈ミスター・ホワイト〉を銀の皿にのせて差し出すつもりだ。しなければならないのは、この最後のひと仕事だけだった。この最後のメッセージを送るだけ。数日のうちに、メイシーを自分のところへ導くはずのメッセージを。しかしそれは同時に、ドゥランゴ部隊の男たちと〈ミスター・ホワイト〉の最後の戦いに決着をつけるだろう。ホワイトは一巻の終わりだ。

送信ボタンを押して電話を閉じ、腰かけて、自分を取り巻く部屋の暗闇を見つめた。やっただけの価値があることを願う。自分の選択が、いずれ夢に見た成果を得られることを。どれだけそれを夢見ただろう。しかし最近では、もっと別のものも夢に見るようになっていた。グレーの瞳と長い黒髪。謎めいたほほえみと、女の欲望のささやき。それを投げ捨てることになるのはわかっていた。

〈ユダ〉。裏切り者。自分はそう見られるはずだし、それに対処できるはずだった。それに値する報酬があることを憶えておかなければならない。その報酬を見守りつづけなければならない。さもなければ、秘密の重みに殺されてしまうだろうから。

24

リムジンがアラバマ州の農園の大きな門を通りぬけたとき、アンドーヴァー邸の舞踏会は宴たけなわだった。蔦《つた》で覆われた木々が、家の正面を囲む私道に立ち並び、敷地周囲の装飾用の明かりに濃い影をちらちらと揺らしていた。

家自体にも明るい照明がともされ、招待客が外や敷地の周りにたたずんでいた。家の反対側の庭に配置された楽団の演奏が、正面から聞こえてきた。ジャズ風のかすかな旋律が夜のなかを流れると、たちまち心がなごむような、謎めいた官能をかき立てるような雰囲気が漂った。

招待客の多くは、両開きの扉をあけ放ってある広い正面玄関に立っていた。ほのかな薄暗い明かりが正面の芝生に金色の光を投げかけ、うろうろする招待客たちを幽霊のように見せている。

夜会服は、体にぴったりしたドレスと極端に短いデザイナードレスが入り混じっていた。男性はタキシードや、制服姿の人も多かったが、ケルとイアンはふつうの夜会服を着ることにした。身分を隠したほうがやりやすい、とケルは言った。

エミリーは青銅色の絹のドレスと硬いペティコートの下に、ホルスターと武器を着けていたが、短剣は引き出しのなかに置いてくることにした。ペティコートが木の柄《つか》に引っかかってどうしようもないからだ。

リムジンがすうっと止まると、緊張で胃がむかむかしてきたので、大きく息を吸って勇気を奮い起こそうとした。

昨夜遅く、メイシーは〈ユダ〉から新たなメッセージを受け取っていた。関係者はすべて配置につき、誘拐はまちがいなく計画どおり実行に移されるという知らせだった。

「そばについていろよ、エミリー」ケルがささやき、シークレットサービスの運転手が扉をあけるために近づいてきた。「俺たちが護衛するから」

エミリーはぎこちなくうなずいた。

「俺のそばについていることを忘れるな。常に護衛された状態でいてほしい。化粧室に行く必要があったら、カイラがいっしょに行く。イアンと俺は、パーティー会場の扉のそばにいる。リーノとほかの隊員たちも、俺たちのすぐそばにいてくれる」

エミリーは小さなハンドバッグをぎゅっとつかんでケルを見つめ返し、強さを分けてもらおうとした。「パーティーを楽しもう」ケルのしっかりした穏やかな声音が、緊張を和らげてくれた。「準備はいいか？」

エミリーはすばやくうなずいた。

ドレスの下の腰の位置に、ケルが〝いぼ〟と呼ぶ小さな肌色の丸いテープが貼ってあった。万が一ふたりがはぐれてしまったときのために、とケルは言った。エミリーを守るためにあらゆる予防策を講じてくれていたが、危険に取り囲まれているという意識に気が休まることはなかった。

リムジンの扉があくと、エミリーは深く息を吸った。ケルが先に降りてから、車のなかに手を差し伸べた。

エミリーはリムジンから降りた。こちらに振り向いた顔の多くには、見覚えがあった。あの人たちのことは知っている。ケルとイアンとともに招待客のリストに目を通したとき、そこに並ぶ名前のほとんどが、子どものころからの知り合いであることには気づいていた。そのなかの誰かが殺し屋やスパイ、あるいは国際テロリストかもしれないとは、とても信じられなかった。いや、とらえどころのない〈ミスター・ホワイト〉やテロリスト仲間のソレルは、招待状なしでパーティーに潜りこむつもりにちがいない。これだけ込みあっていれば、あまりにも簡単なことだ。

エミリーはケルの腕につかまって幅広い石段をのぼり、ゆったりとした大理石の玄関広間に足を踏み入れた。頭上にはシャンデリアの明かりがきらめき、クリスタルのプリズムが光を集めて十倍にして反射し、さらに無防備な気持ちにさせた。だれに見られていてもおかしくはない。

「ミス・エミリー・スタントンとミスター・ケリアン・クリーガーのご到着です」ふたりが入るとドアマンが大声で告げ、ケルが招待状を手渡した。

なるほど。こっそり忍びこむことはできないようだ。

「エミリー。ケル」主催者のマークウェル・アンドーヴァーと妻のキャサリンは四十代の夫婦だった。マークウェルは身長百八十センチ近くで、落ち着いた茶色の目と薄くなりつつある茶色の髪をしていた。ハイヒールをはいたキャサリンは、夫より数センチだけ背が低く、短く切った赤い髪と冷ややかな水色の目の持ち主だった。エミリーは昔からあまりキャサリンが好きではなかったが、アンドーヴァー夫妻は父の選挙資金に多大な貢献をしているうえに、父が関わる政財界の有力者でもあった。

「マークウェル」エミリーは本能的な嫌悪感をこらえながら、相手の頬へのキスを受け入れた。この男は貪欲な鮫《さめ》だ。機会さえあれば触れるべきではないところに触れようとする。

しかし今回は、両手をエミリーの肩に置いただけで身を引き、ケルの手を握った。

「キャサリン」こちらのほうは問題はない。相手はじゅうぶんな距離を置いて頬に形だけのキスをして、互いに同程度の好意しかいだいていないことを確信させた。

「お会いできてとてもうれしいわ、エミリー」キャサリンが気取った口ぶりで言った。「ここ数回のわたしたちのパーティーを欠席なさったでしょう。誘拐が悪い影響を及ぼしたんじゃないかと、心配していたのよ」

どんな影響を及ぼしたと思っているのかしら？

エミリーは冷ややかにほほえんだ。「ただ忙しかっただけですわ、キャサリン」

「ああ、そうね。学校が休暇に入って、書き物に手を出しているんですってね、そうでしょう？」

エミリーは笑みを顔に貼りつけたままでいた。「まあ、そんなところです」

「そしてケリアン・クリーガー」キャサリンがケルのほうに振り返って、癇《かん》に障る、猫のような笑みを浮かべ、視線を彼の胸から太腿へと移した。この魔女は、ケルに色目を使っている。エミリーはひどく不愉快だった。

「ミセス・アンドーヴァー」ケルがキャサリンの手を取って持ち上げ、紳士らしく指の背に唇をかすめた。「お会いできて光栄です」

「ずいぶんお久しぶりね、ケル」キャサリンがため息をついた。「方々からお招きを受ける行事に、あなたはあまり出席しないんですもの」

「いろいろ忙しかったんです」ケルが冷静な声で言った。

「ああ、そうね」キャサリンがどことなく意地の悪い笑みをよぎらせた。「クリーガー家の跡取りが、シール隊員として身を危険にさらしているんですものね。残念だわ」

「失礼します、キャサリン」エミリーは言って、ケルの腕に指を巻きつけた。「話をしたい友人を見つけましたので」

ケルが身をこわばらせたことに気づいて、主催者夫婦から引き離す。

「あの人たちを知ってるの？」エミリーは低い声できいた。

「ボーレイン家とクリーガー家の友人さ」ケルが冷たく容赦のない声で答えた。彼が言う場合、それは褒め言葉ではなかった。

「それじゃ、パーティーにはよく来てるの？」大きな舞踏室へ移動しながら尋ねる。

「ときどきな」ケルはシールモードに入っていた。緊張し、準備を整えている。

「パーティーでは、いつもそんなに悠々とふるまってるのかしら？」

ケルが顔を近づけた。「いいや。いつもは壁に貼りついて、招待に応じさせたリーノに悪態をついてるよ」

「ふうん、そうなの。わたしも、もっと頻繁にパーティーに出席するべきだったわね」エミリーはうなずいて口もとをゆるめた。「どうすればいいか教えてあげられたのに」

「どうすればいいんだ？」いまは訛りは消えていたが、それでもケルの声には、情欲で体の奥をぎゅっと縮めさせるような力があった。

「壁に貼りついてないで、庭の木立に貼りつくのよ」エミリーはくすくす笑った。「あのなかなら簡単に隠れられるわ」

ケルが腰を強くつかんだが、エミリーが顔を上げると、唇には笑みが浮かんでいた。

「きみが木立に貼りつくのを手伝ってやることもできるぞ」ケルがつぶやき、ふたりは人込みを縫って進みはじめた。「だが、はっきり言えば、もし見つかったら俺たちは逮捕されるだろうな」

「そうでもないわ」エミリーはささやき声で答えた。「そういう庭で、闇に包まれた変態ショーをたくさん見たのよ、ケル。だれも捕まったことはないわ」

ケルが片手で首の後ろをさすって、驚きの目を向けた。「まったく、きみにはぎょっとさせられるな。そういうものを見てはいけないんだよ」

それを聞いてエミリーは立ち止まり、わざとらしい無邪気さを装った表情でケルを見上げた。ケルは首を振っただけだった。

「お尻をたたいてやるから、忘れてたら言ってくれよ」

エミリーはため息をついた。「ずっと悪い子でいるのに、ちっともその意味を察しようとしないんだもの。広告を出さなくちゃならないのかしら?」

ケルが煙るようなまなざしを向け、視線を顔から胸へとさまよわせたあと、淫らな熱意をこめてまた目を合わせ、エミリーをぞくぞくさせた。

「二度と忘れないよ」

「ケル・クリーガー!」ケルの右側から、驚きに満ちた女性の金切り声が聞こえた。エミリーはまたケルが身をこわばらせるのを感じ、冷たいまなざしに変わるのを目にした。ケルがその人に挨拶《あいさつ》するために振り返った。知り合いのなかで、エミリーが大嫌いな数少ない人たちのひとりに。

タビー・ディートン。

「ケル。まあ、驚いた。ずいぶん久しぶりね」

エミリーは、タビーのデザイナーブランドのイブニングドレスをじっと見た。スリットが太腿の上端近くまで達し、明らかに人工のふたつの胸が、襟ぐりからこぼれ落ちそうになっている。タビーが豊胸手術を受けたと聞いてはいたが、いままで信じてはいなかった。

濃い茶色の髪が肩の周りに垂れ、青白い顔とぎらつく赤い唇を縁取っていた。ふっくらした赤い唇。なんてこと。タビーは唇まで整形したのだ。

「タビー」ケルが冷ややかにうなずいた。

タビーがエミリーをちらりと見た。「あら、エミリー。そこにいたの」完璧にまっすぐで貴族的な鼻を向けて、エミリーを上から下まで眺める。「ケルに連れてきてもらえるなんて、いいわね。あなたのお父さんの頼みごとなら、彼が喜んでかなえてくれるんだから」

エミリーは臼歯にひびが入りそうなほど奥歯を強く嚙みしめた。「タビー、あいかわらずすばらしく愛想がよくて、うっとりするほど礼儀正しいのね」

タビーがにらむような目つきをした。「もちろんよ。それが淑女のあかしだもの」ふんと鼻で笑い、こちらがはらはらするほど乳房を揺らしてから、ケルのほうに向き直って、両手を差し出す。「友人に挨拶はないの、ケル？」

ケルが丁重に頭を下げた。「こんにちは、タビー」

そこにはなんの愛情もなかった。エミリーは胸の内で満足を覚えた。

タビーがわざとらしく口をとがらせたが、頬を膨らませた顔は、あまりこの女性の容姿にそぐわなかった。胸と唇は美容整形のたまものだとしても、驚くほどあでやかなタビーのとなりに立つと、エミリーはいつも気後れがした。ストラップレスのドレスは足首まで落ちていてもおかしくないのに、きちんとその場にとどまっている。太腿まで達したスリットは、けっしてその上を見せることはない。巧みに整えられた濃い色の髪は、優雅に顔を縁取っている。

そしてタビーは、ケルをじっと見つめていた。まるで必要以上に彼の体を知っているかのように。

不機嫌そうにため息をつく。「去年は、まるであの街には住んでないみたいにアトランタから消えてたでしょう。何度か、あなたのアパートのそばを通りかかったのよ」

「街を出ていたんだ」

ケルが手をエミリーの腰に当てて、指の先で絹のドレスを落ち着きなくさすっているのが感じられた。

タビーがまた口をとがらせ、まつげの下からエミリーに嫌悪のまなざしを投げた。

「わたしたちみんな、ものすごく驚いたのよ」


「引っ越してエミリーのところに住んでるって聞いたけど」のんびりした口調で言う。「わたしたちみんな、ものすごく驚いたのよ」

ああ、DCのうわさ話はみんな大好きなはずだ。エミリーの場合は、大嫌いだったが。

「なぜ？」ケルが鋭く張りつめた声できいた。

緊張が高まるのが感じられた。ケルのなかでではない――彼は冷静で、目敏《めざと》く、危険なまだった――タビーのなかでだ。黒い小さなバッグをぎゅっと握りしめ、真っ赤な唇をわずかに引き結ぶ。

「ただ驚いただけよ」つぶやくように答える。「エミリーは昔から、すごくおとなしかったんだもの」ほんとうに使いたいのは、おとなしいという言葉でないことは明らかだった。

「エミリーといると心が安らぐんだよ」ケルが穏やかな口調で言った。「ほかの人とはちがってね。それじゃ、失礼していいかな」

「逃げないでよ、ケル」タビーがやんわりと訴えて、片手をケルの腕に当て、絹の生地に指を巻きつけた。「今夜はエミリーの友だちも、何人かここに来てるのよ。みんなとおしゃべりできるわ」

予測しておくべきだった。タビーはこういうパーティーの常連で、それは彼女に限ったことではないのだ。

「わたしの知り合いのほとんどが、ここに来てるかもしれないわ」エミリーは笑みを浮かべながら言った。「これだけの人が集まっていれば、驚くまでもないでしょう、タビー」タビーが満足げに目を光らせた。

「デューター・マイヤーズは、あなたがケルといっしょに暮らしてることにすごく驚いてたみたいよ」悦に入った笑みを浮かべて言う。「今朝、DCからパーティーだけのために飛んできたのよ。欠席するつもりでいたらしいんだけど、あなたが来ると伝えたら、もちろん顔を出さなきゃいけないだろうと思ったらしいわ」

エミリーは、両腕がうずき、寒けが走るのを感じた。昔、デューター・マイヤーズと同席したあるパーティーから立ち去ったあと、何週間も残っていたひどいあざの余韻だった。

「デューター・マイヤーズ？」ケルが鋭い疑念をこめてこちらを見た。

「大学時代の知り合いよ」エミリーは自分の反応に気をつけながら、肩をすくめた。

「わたしの知るかぎりでは、とても親しかったのよ」タビーが混じりけのない悪意をこめた笑みを浮かべた。「とてもね」

エミリーはあきれた表情をしてみせたかった。しかしそうする代わりに、上体をぐっと前に傾けた。「ほかのだれかさんとはちがって、ケルはわたしのベッドに来たとき、だれとわたしを共有して、だれと共有してないかをきちんと把握したのよ。あなたのしてることは見当ちがいだわ」この性悪女。

タビーが疑わしそうなまなざしでケルを見た。「いやだ、お願い、バージンの策略に引っかかったなんて言わないで」

「ケルはもっと賢いわよ、タビー」エミリーは指摘した。「どんな策略にもめったに引っかからないわ。あなたも知ってるでしょう」

　この女にも、この女の入念に練られた誘惑にも引っかかっていないことが明らかなように。タビーが敵意のこもった目でにらんでから、ケルの反対側の腕に手をすべらせた。「わたしと踊ってよ。この前ふたりで踊ってから、ずいぶんたつんだもの」

　まったく、いい加減にしてほしい。

「タビー、そうはいかないことはわかってるだろう」ケルの声は、この女にはもったいないほどやさしかった。もちろん、タビーへの敵対心がそう感じさせるだけかもしれないが。

　タビーの目に怒りがよぎった。「かわいそうなケル」と言ってため息をつく。「いまだに、自分の社会的な階級の外にいる不憫《ふびん》な子に惹かれてしまうらしいわね。わたしの両親は、あなたが成長してその癖から抜け出したと信じてたのに」

　なんて意地の悪い女だろう。

「失礼、タビー」ケルの声は、いまでは氷のようだった。「エミリーは新鮮な空気を吸う必要があるようだ。では」

　ケルがすばやくその場から引き離そうとしたが、その前にエミリーは振り返って、仕返しを誓う目つきでタビーをぐっとにらんだ。パーティーにはそれほど出席しないかもしれないが、自分なりの人脈はある。あの女に少しばかり居心地の悪さを感じさせられるような人脈が。

「ドレージ・マスターズに頼めば、きっとクラブでのタビーの会員資格を今年いっぱい停止してくれるわ」エミリーはつぶやいた。過激なボンデージSM界をリサーチするためにクラブに行ったとき、何度かタビーを見たことを思い出したのだ。

ケルが壁沿いにすばやくエミリーを導きながら、驚きの目を向けた。「なぜドレージを知ってる?」

「ドレージはわたしを気に入ってるのよ」エミリーは肩をすくめた。「リサーチに彼のクラブを使いたくなったとき、いきなり押しかけるまえに、彼とジェーンなんとかっていう女性に予約を入れたの。わたしのことを、とても礼儀正しいと思ったみたい。彼の〈サブ〉を演じるつもりがあるなら、階下の秘密クラブを見せてもいいとまで言ってくれたのよ」

ケルがなにかつぶやいた。〝死〟とか〝八つ裂き〟とか〝ドレージ〟などの単語が混じった言葉を。

「ドレージは魅力的よ」エミリーは肩をすくめた。

「あいつは女たらしの野良猫だ」ケルが言い返した。

「野良猫は最高に魅力的でしょ」エミリーは口もとをゆるめて断言した。「注目されることの意味を心得てるもの」

横道にそれた話も、タビーとデューターがここにいるという事実を忘れさせてはくれなかった。しかもふたりそろって。

いまいましいタビーとデューター・マイヤーズ。そんなものは必要なかったのに。フエンテスに誘拐される以前の小さな事件による悪夢を、まだ乗り越えたとはいえなかった。あのろくでなしとまた顔を合わせる必要なんてない。とりわけ、ケルがそばにいるときに。

「マイヤーズについて話したくなったか？」ケルがきいた。ふたりはまた歩きだして、あいたフレンチドアを抜けて蠟燭のともる庭へ向かった。

「話すことはなにもないわ」エミリーは答えてワインをひと口飲み、おかわりをもらってくればよかったと考えた。

「いいかい、エミリー、俺はきみを昔から知ってる」ケルがゆっくりと言った。「きみが子どものころから、嘘をつけばすぐにわかった。それは変わっていない」

「だったら、あなたには関係ないことなのかもしれないわ」エミリーは、あの小さな事件の大部分をうまく秘密にしてきた。知っている人はほとんどいない。父も、うわさ話でさえ聞いたことがないはずだ。

「きみから立ちのぼる憎しみと怒りをこれほど強く感じ取ってなければ、引き下がってもいいさ」ケルがうなり声で言った。「タビーがいたときには、きみはじょうずにそれを隠してた。でも俺は、あの女よりきみのことをずっとよく知ってる。デューターに直接きいたほうがいいか？」

冗談じゃない。

「あのね、ケル。わたしはあなたの元恋人についてだって、あれこれきいたりしないでしょう」エミリーは言った。「なぜわたしの元恋人じゃないとはっきりわかってる男たちについて、質問しなくちゃならないの？」

ケルは長いあいだ黙ったまま、人波を縫ってエミリーを導いた。エミリーは人々の顔を見つめ、名前を思い出そうとした。

「そいつらがきみを怖がらせるからさ」ようやくケルが言った。「なぜなのか知りたいんだ」

「ただ変なやつだったのかもしれないわよ」

「変なやつがきみを怖がらせることはないと、俺は知ってるのかもしれないよ」ケルがきり返した。「変なだけでは、きみをあわてさせることさえろくにできやしないと、俺は知ってる。いったいなにがあったんだ？」

エミリーはぎくりとした。ケルはひどく不機嫌になっていた。とはいえ、ケルが腹をたててもそれほど心配なわけではない。傷つけるようなことは絶対にしないからだ。だが、もしデューターと面と向きあうことになったら、ケルがなにをするかわかったものではなかった。

「なにもなかったわ」エミリーはぴしゃりと言い返した。「彼は欲しがったけど、わたしは拒んだの。それだけよ。あなたに関係ない過去について、そんなに心配するのはやめたほうがいいわ」

動きを予測するまえに、いきなり歩道を縁取る花の咲いた低木のあいだに引っぱりこまれ、そこに隠れた石柱に背中を押しつけられた。

ケルが体をぴったりと当て、エミリーの両手首をつかんでから、大きな片方の手で頭の上に固定した。

「さあ。もう一度きくぞ。デューター・マイヤーズとのあいだに、なにがあった?」

25

「あなたはちょっと傲慢だってこと、もう指摘したかしら？」エミリーは砕けた調子で言いながら、ケルの体にもたれてうっとりした。

ケルは硬くなっていた。体で押さえつけられた瞬間に、それに気づいた。股間がぐっとお腹に押し当てられると、まだきょうは一日分のケルを摂取していないことを思い出した。

「もう何度も言われてるよ」ケルが答えた。「さあ、デューターのことを話すんだ」

「ねえ、なんでもなかったのよ。あるパーティーで会って、少しだけわたしを混乱させたの。デューターは、自分のことをもてる男だと思いたがるのよ。それでおしまい」

「どんなふうに混乱させたんだ？」

ケルは納得していなかったし、納得していないことを隠そうともしなかった。まったく、なぜタビーはあんなおせっかいな性悪女になる必要があったのだろう？　デューターが生きていられるのは、起こったことを父にけっして知られないようにしたからなのに。もしケルに突き止められたら、デューターの命はもっとすばやく消されてしまうだろう。

あの女はほんの一瞬の愚かな判断で、エミリーの注意深い配慮をすべてだいなしにした。デューターが死んだってかまいはしない。ただ、父やケルがそのせいで刑務所に入るのが心配なだけだ。

エミリーはそわそわと唇を舐めた。ほんとうはケルに嘘をつきたくなかった。それに、嘘をつけば必ずわかってしまうらしい。

「少し乱暴だったの」エミリーは振り払うように肩をすくめた。「それだけよ。少し飲みすぎたみたいで――」

「あいつがやったことについて、言い訳なんかしなくていい」ケルがうなり声で言った。「いいから、なにがあったか話すんだ」

デューター。あの男はエミリーをレイプすることに決め、腕が折れるほど押さえつければじっとさせておけると考えた。十代のころ父に受けた訓練がなければ、そうなっていたかもしれなかった。

「ちょっと脅かされただけよ」エミリーは唇を震わせた。あの男には心底おびえさせられた。

「それだけ」

ケルはすでに、大切にしていた女性を襲われた経験を持つのだ。その妻は亡くなってしまった――お腹の子どももいっしょに。デューターにされたことを話せば、ケルはあの男を殺すだろう。あの晩タンジーを殺した犯人たちに自分がしたことを語ったとき、ケルの声は痛みと苦悶にしわがれていた。

「なにがあったか、あいつにきいてほしいのか、エミリー?」ケルがやんわりと尋ねた。「警告しておくが、俺は欲しい答えを得ることに慣れてるんだ。俺はデューターを知ってる。あいつを落とすのに、さほど長くはかからないだろう」

エミリーは身震いした。そう、デューターを落とすのは簡単だろう。しかしケルはきっと、あの男を殺すときには時間をかけるにちがいない。そしてそれは痛みを伴う。恐ろしい痛みを。

「いい加減にして、ケル」エミリーはぴしゃりと言った。「もうかまわないで。あなたに知っていてほしかったなら、とっくに話してると思わないの?」

「いいや、思わないね」ケルがどなった。「きみは、俺がおそらくそのくそ野郎を殺すだろうとわかってるのさ」

「あの男に、そうするだけの値打ちはないわ」エミリーは猛然と言った。「だからわたしが本気で怒りだすまえに、わたしに無理強いするのはやめてちょうだい。セックスにそれを利用するときはすごく魅力的だけど、わたしの意思を無視して答えを引き出すのに利用するのはまちがってるわ」

その言葉にケルがまゆをひそめ、手の力をゆるめた。「俺がしてるのは、そういうことだと思ってるのか?」

「ほかになにがあるの？　わたしを操ってるわけじゃないんだから、いかにも操ってるかのように言い聞かせるのはやめて」

「きみを操りたくなんかない」ケルが唇をゆがめた。「きみに関しては、そうすることにも利点があると思えてはきたけどな。それから、きみが隠してることは必ず突き止めてやるから憶えておけ」

「いいわ。だったら、わたしもあなたの過去をつつき回ってあげましょうか？」

「ただのセックスみたいなものだよ、エミリー。知りたいのなら、きけばいい。きみに出会った日からきょうまでのことならなんでも、答えてあげるよ。きみに出会った日から起こったできごとならぜんぶ、きみにまったく関係ないこともね」

「つまりわたしが子どものころからの話ってことね」エミリーは口をとがらせた。ケルが手を離し、腕をさすりはじめたエミリーを眺めた。

はっとして動きを止める。ケルは腕には触れていない。そして、細かい事実につながる手がかりを拾い上げることに関しては、並はずれて鋭いのだ。

「なにかきたないものをぬぐおうとするみたいに、しょっちゅう腕をさすってるのは、あいつが原因なのか？」

ああ、もう！　エミリーはぎろりとにらんだ。「わたしは寒さに弱いのよ。それにときどきあなたのせいで神経が高ぶるの」

ケルが唇を引き結んだ。「嘘をつくな、エミリー。気に入らない」

真実はもっと気に入らないだろう。

エミリーはため息をついた。「ワインをこぼしてしまったわ。それに、ここに来たのには理由があったんじゃない？」

「その理由を、俺はばかげてると思いはじめてるよ」ケルがぴしゃりと言った。「こんな人込みのなかではだれも動けない。誘拐に専念しようとするやつなどいるはずがない」

「それなら、もたれかかるための木を探すこともできるわよ」エミリーは高ぶる神経を抑えながら提案した。

「きみのせいで頭がおかしくなりそうだ」ケルがため息をついて、額と額を合わせ、両手を腰にすべらせて指でぎゅっとつかみ、エミリーを引き寄せた。

「ちがうわ、ここにいる人たちのせいよ」エミリーはささやいて、この状況に少しだけユーモアを持ちこもうとした。「しつこい女たち全員が、あなたを味見したがってるんだもの。そういう場合、男の人はちょっとそわそわしてしまうって聞いたことがあるわ」

「近いうちに、その強情さの罰として、ほんとうにお尻をたたいてやるぞ」ケルがささやいた。

その快感を想像して、お尻がきゅっと縮まった。

「そう言ってればいいわ」エミリーはささやき返し、本物の笑みを浮かべた。「わたしがそれを気に入りそうで怖いんでしょう」

「きみが気に入ることはわかってるさ」ケルが唇を首に当てた。「すごくね」

首を唇でなぞられ、舌で舐めたり撫でつけたりされると、エミリーは大きく息を吸いこんだ。

「ケル」息を弾ませながら言う。「ねえ、わたしたち、もう少しお客さんたちと交わるべきじゃないかしら」

抵抗するつもりなら、首を傾けて感じやすい素肌をケルのほうに差し出すべきではなかった。しかしエミリーはそうして、まつげをしばたたかせながら、不意に高まってきた悦びに逆らって目をあけていようとした。

ケルに触れられるのが好きだった。うっとりと浸り、もっと多くを渇望した。それはこれまでに知ったあらゆる夢、あらゆる空想の頂点だった。

「そうかもな」ケルは首に向かってうめき、鋭い歯で淫らな熱を伝えた。「すぐに行くよ」

小さく刺すように舐められると、エミリーはケルに身を預け、力を抜いて揺れるように動き、瞬く間にわき起こってきた欲望を感じた。

太腿のあいだが熱くなり、ケルのために準備を整えるのを感じた。こんなにもすばやく、簡単に。いまここで、世界が少しだけ協力してくれて、ほんの短いあいだだけでもこれを楽しむことができたらいいのに。

しかし、非協力的な世界には別の考えがあるようだった。

ケルが身をこわばらせてさっと頭を上げ、警戒態勢になって振り返った。低木林ががさがさと音をたて、女の人影がふたりの隠れている場所に入ってきた。

「問題発生よ」カイラがささやき声で言い、顔をしかめてエミリーをちらりと見た。「リーノと外の男たちがいま、かわいらしい南米系の殺し屋をぶちのめしたのよ。傷だらけにして、あくどい脅しも使って。男が言うには、〈ミスター・ホワイト〉はここにいないらしいの。〈ユダ〉にだまされたのかもしれないわ」

エミリーは身をこわばらせて、ケルの背中に頭を押し当てながら、カイラの報告を聞いた。

「さっさとここを出ていこう」ケルがうなり声で言って、エミリーの背に腕を回し、わきに引き寄せた。「イアンはどこだ？」

「反対側よ」カイラが低木林のほうに頭を振り向けた。「あなたたちの邪魔をする気になれなかったらしいわ」

ケルがポケットに手を入れて、小さな無線機とイヤホンを取り出した。装着してスイッチを入れる。

「メイシー、聞こえるか？　俺たちはここを出る。リムジンを回してくれ」

ケルがイヤホンをはずして無線機をポケットにしまい、エミリーを導いて庭に戻り、家のなかへ向かった。カイラがその前を歩き、イアンはケルの後ろについた。

彼らは奇妙な集団だった。エミリーは青銅色の絹のドレスを着て、広がったスカート部分とその下のペティコートをかさかさと擦れあわせながら歩いた。カイラはぴったりした黒いサテンをまとい、ケルとイアンは夜会服に身を包んでいる。エミリーは、緊張で胃が締めつけられると服装に注目する自分に気づいた。

エミリーのドレスは足もとからひざまで前面にスリットが入っていて、ギャザーを寄せたスカートから暗い色のペティコートとその下のスリップがのぞいていた。

ストラップレスで、胸から太腿までぴったりと体に合ったドレスは、これまでにパーティーで着たどのドレスよりも露出度が高かった。それでも、会場のなかでは最も露出度が低いほうだ。いまだに手首から足首までを覆い隠している数少ない既婚女性たちを除けば。

「行くぞ」ケルが促した。

「ハイヒールじゃ、そんなに速く歩けないわ」エミリーは言った。声が震えていた。

「だったら、そんなものは脱いでしまえ」ケルがエミリーを立ち止まらせてひざまずき、靴を脱がせた。それを上着のポケットに押しこみ、あいたフレンチドアのほうへ急がせる。

「まっすぐリムジンのところまで行くぞ。途中で立ち止まったらだめだ」

「わかったわ」エミリーにとどまるつもりはなかった。

舞踏室に入り、ダンスフロアの中央をまっすぐ突っ切って、反対側の開いた扉のほうへ向かう。

ケルが人込みを縫ってエミリーを導き、数人の招待客が呼び止めて話しかけようとするのを無視した。前にカイラが、後ろにイアンがいてくれたので、それほど急いでいるように見せずに早足で歩くことができた。

「ケル」玄関広間にたどり着いたところで、だれかの声が呼び止めた。「きみがここにいると、ドレージに聞いたんだよ」

エミリーが立ち止まると、ケルが背後で悪態をついた。エミリーは振り返って、こちらを見ている男性の穏和な薄青色の目をのぞきこんだ。片腕を妻の肩に回している。

「ヤンセン、俺たちは帰るところなんです」ケルがきっぱりと言ったが、エミリーは父の少年時代からの友人を見ていた。

彼の顔はとてもやさしげだった。目尻に烏《からす》の足跡のようなしわがあり、唇には慈父らしい笑みを湛えている。

「そうか」ヤンセン・クレイがうなずいた。「わたしはエレインを化粧室へ連れていくところだよ。妻は気分がよくないんだ」顔をうつむけたエレインのほうをちらりと見る。「リサについて、つらい知らせを受け取ったばかりなのでね」

エミリーは口のなかがからからに乾くのを感じた。エレインは蒼白で、涙に濡れた目をしていた。

「リサになにかあったんですか?」悪い事態を恐れながら尋ねる。

「生きてはいるよ」ヤンセンの表情がこわばり、エミリーは目をしばたたいた。その表情に、なにかがよぎったように見えたのだ。たぶん恐怖だろう。

「病状が悪化したんですか?」エミリーはエレインのほうに手を伸ばし、肩に触れた。エレインはリサの継母だったが、母親を亡くしたあとのリサを育てたといってよかった。

エレインが不意にすすり泣きを漏らしてヤンセンから離れ、エミリーの肩に両腕を回した。「とてもつらいわ」と泣きじゃくる。「ああ。お化粧室へ行かなくては。エミリー、いっしょに来てちょうだい」

エミリーがちらりと振り返ると、ケルは張りつめた険しい表情をしていた。

「カイラ、手を貸してくれる?」エミリーは片腕をエレインの腰に回して、化粧室のほうへ進んだ。

「マークウェルを見つけて、早めに失礼すると伝えておくよ、エレイン」ヤンセンが妻の頭にキスしてから、またエミリーをちらりと見た。

一瞬、その目が冷たくきびしく見えた。

エミリーは首を振って、その幻を追い払った。ヤンセンは冷たくもきびしくもない。昔から笑いに満ちた人で、絶えずボディーガードの件や過保護な態度についてエミリーの父をたしなめていた。

「急げ」ケルがせきたて、あとに続いた。「化粧室の外で待ってる。カイラ、いっしょに行け」

エミリーは、鼻をすすったり目をぬぐったりしている年上の女性を連れて、玄関広間を横切っていった。

「リサはとってもやさしい、いい子なのよ」エレインがささやいた。「あんな病院に入れることになって、ヤンセンは打ちのめされそうになったわ」

〝パパ、助けて！〟リサのおびえた懇願が、エミリーの頭に響きわたった。カイラとふたりでエレインを支え、化粧室に入る。

あれはわたしではなく、リサの叫び声だったのだ。恐怖と苦痛に満ち、あることを悟り――。

化粧室にはだれもいなかった。静まり返っている。

〝パパ、どうして……〟

エミリーはよろめいた。リサのおびえた叫び声の記憶に包みこまれたような気がした。

〝どうしてなの、パパ？〟

突然聞こえたうめき声に、記憶からはっと我に返る。

エミリーが頭を上げると同時に、消音装置をつけた銃の低い発砲音がして、カイラが床にくずおれた。

「カイラ」エミリーは叫んで倒れた女性に駆け寄り、胸に広がる赤い血を恐怖のまなざしで見つめた。

「そこから動くんじゃないよ、小娘」エレインが鋭い声で言い、エミリーの頭に銃を押し当てた。にらみ返すと、悪意に満ちた怒りに顔をゆがめる。

「運が悪かったわね」エレインはもう泣いていなかった。冷たい憎しみをこめてエミリーをにらみ、銃をこちらに向けたまま、ゆっくり後ずさりする。

「ケルから逃げられるはずないわ」エミリーは言った。「必ず捕まるわよ」

「あんな溝鼠《どぶねずみ》」エレインがあざ笑った。「なにが起こったか、永遠にわからないでしょうよ。ほかの連中もね。こういう古い屋敷には、秘密の通路がたくさんあるんだから」そういう通路のひとつがあいて、ヤンセンが現われた。

エミリーは口を開いて叫ぼうとしたが、ヤンセンが突進してきて、いやなにおいのするハンカチを口と鼻に押し当てて、声をさえぎった。

「ほうら、そうだよ、いい子だね」ヤンセンがあやすように言った。悪夢のなかで聞こえる声だ。「そのままお眠り」

叫び声と記憶が頭に響きわたるなか、暗闇が覆いかぶさってきた。

ヤンセン・クレイ。初めから、それはヤンセンだったのだ。しかし、思い出すのがあまりにも遅すぎた。

26

ケルは廊下を行ったり来たりして、何度も時計を確かめた。イアンは鋭い目でドアを見つめていた。洗面所のなかでなにか問題が起こっても、なにも聞こえそうにない。パーティーの音楽とおしゃべりが廊下にまでやかましく響きわたり、たとえ銃が発砲されても音が紛れてしまうだろう。

「化粧室は異次元へと誘いこむ渦巻きだ」イアンがうなり声で言った。「女たちはなかへ消えて、出てくるまでに何時間もかかる」

ケルは驚いて相手を見た。イアンは饒舌《じょうぜつ》な男ではない。数年前に襲撃者に首を絞められて喉をつぶされかけ、それからは自分のざらついた声に絶えず居心地の悪さを感じているようだった。

ケルはまた時計を確かめた。

十分。十分は長すぎる。

「化粧室に行かせるべきじゃなかった」ケルは荒々しくイアンに言った。「ここから去る必要があることを、エミリーは知ってるはずだ」

ドアのほうへ大股で歩いていくと、ヤンセンが玄関広間からやってきて、こちらに向かってまゆをひそめた。

「あまりにも長く入ったままなんです」ケルは説明して、ドアを押しあけようとした。

ヤンセンが首を振って、愁《うれ》いを帯びた笑みを浮かべた。

「きみは女というものを知らないのだ」喉の奥で笑う。「エレインが、化粧を直すだけのために三十分以上も洗面所に入ったままでいるのを何度も見たよ。あと数分待ってやってくれ、ケル。リサについての知らせに、すっかり動揺していてね」

ケルは一歩下がって歯を食いしばり、ドアをにらんだ。

「彼女は特別なんだろう?」ヤンセンが言って、わきの壁に寄りかかった。

ケルは相手にさっと視線を振り向けた。

「エミリーだよ」ヤンセンが説明した。「彼女はきみにとって特別なんだろう。何年も前に、リチャードに言ったことがある。娘にしっかり目を光らせておいたほうがいいと。きみが彼女を好いていることはわかっていたからな」

ケルはまゆをひそめてヤンセンを見据えた。「どういう意味です?」

「まあ、気を悪くしないでくれたまえ。だがきみは家族という後ろ盾がなければ、エミリーと同じ社会階級に属すことはできないのだからね」ヤンセンがやさしい声音《こわね》で言った。しかしそのまなざしには、どこかきびしく危険なものが映し出されていた。

「ケル！」イアンの声に、さっと顔を振り向ける。「足もとを見ろ」

ケルは視線を下げ、冷たく凶暴な怒りが魂を揺さぶるのを感じた。ドアの下から、少しずつ血が広がってきていた。

ヤンセンを押しのけ、ドアノブをつかんで引っぱり、隙間に肩を差し入れる。めりっと音がしてドアがあくと、手を伸ばそうとするカイラの姿が見えた。目はぼんやりとして、胸から血を流している。

「救急車だ」ケルは叫び、イアンがカイラのわきに走り寄って傷からにじみ出る血を止めようとした。ケルは内ポケットから無線機を引っぱり出し、倒れているエレインのほうへ急いだ。

「エレイン！」ヤンセンの恐怖に満ちた声が、洗面所に響きわたった。

「メイシー、救急車を。リーノ、全員を集めてくれ。エミリーは行方不明、カイラは倒された」

ケルは必死の思いで小さな空間を見回した。隠された入口があるはずだ。この古い屋敷に秘密のトンネルがないなどと、まったくばかげた報告があったものだ。

ヤンセンが吠えるような調子で使用人にあれこれ命じ、イアンはカイラを救おうと懸命になり、マークウェルは戸口に立って警備員たちに大声で命令していた。

「マークウェル、隠し扉はどこだ？」ケルは振り返ってきいた。相手が戸口から入ってくると、胸に怒りがこみ上げてきた。「隠し扉はどこだときいてるんだ」

「奥の物置のなかだ」マークウェルがすばやく答えた。

「ちくしょうめ、どうしておまえらは抜け穴のことを話さなかったんだ？」ケルはどなって、扉をあけて物置のなかへ入り、壁を確かめた。

あった。マホガニーの羽目板が少しだけずれている。引っぱると扉が壁の奥へすべるように動き、小さなトンネルが現われた。

「どこまで通じてる？」ケルは嚙みつくように言って、リーノと外の男たちに位置を報告するため、ふたたび無線機を手にした。

「道路に沿った八百メートルほど先だ。トンネルは地下水路を抜けて、沼地まで続いている」マークウェルがてきぱきと説明した。「しかし出口の門は、何年も前に溶接されて閉じられている」

ケルは無線機でその情報をリーノに伝えた。「これから地下水路を抜けていく。出口で会おう。どこのどいつがエミリーをさらったにせよ、かなり先を行ってるのはたしかだ」

ケルはすばやくイヤホンを耳に装着し、無線機を袖に押しこんで、ドアのほうに振り返った。「イアン？」

「カイラは生きてる。俺は彼女のそばについてる」イアンが鋭い声で答えた。「エミリーを見つけろ」

「明かりが必要だろう」マークウェルが懐中電灯をケルの手に押しつけた。「行こう」

ケルはマークウェルの手をちらりと見た。「あなたは必要ない」

「ふざけるな！」マークウェルが歯をむき出して、あざけるかのように唇をゆがめた。「わたしのこの屋敷で、女性が連れ去られたのだ。犯人を捕らえるのにわたしが協力しないでどうする。きみは時間をむだにしているぞ」

ふたりはトンネルに入った。懐中電灯の明かりに照らされ、柔らかい砂が敷かれた通路と、エミリーが太腿に着けていたホルスターとピストルが浮かび上がった。足跡はふた組あり、どちらも男のものだった。一方はブーツで、もう一方は底の柔らかい靴だ。

「襲撃者はふたりだ」ケルは手首を持ち上げて無線機に向かって言った。「エミリーは歩いていない」

ケルは、はらわたに恐怖が渦巻くのを感じた。エミリーは気絶しているのだ、と自分に言い聞かせる。もしやつらが彼女を殺したのなら、カイラやエレインとともに死体を残していったはずだ。わざわざ誘拐するはずがない。

「地下水路に向かっている」リーノが無線機に向かってどなった。「どのくらい遅れをとってる？」

「十分以上だ。俺たちは、出口から約八百メートルのところにいる」

「全速力で行く」リーノが冷静に言った。「出口で会おう」

「行くぞ」ケルは肩越しにちらりと振り返って、怒りの表情を浮かべたマークウェルを見た。尊大で虚栄心が強いとはいえ、この男は頭の回転の速さと正直さで知られていた。

「きみが入ったとき、化粧室にはだれかいたか？」マークウェルがトンネルを急ぎ足で進みながらきいた。

「カイラが、ドアを閉めるまえに身振りでいないと知らせた」ケルは答え、カイラがうなずいて危険なしの合図を送ったことを思い出した。

「面倒が起こったと、どうしてわかった？」

「カイラの血がドアの下から流れてきたんだ」ケルは吐き出すように言った。

命を取り留めるとしたら、カイラは幸運だろう。弾丸は心臓をほんのわずかにはずれていた。犯人は傷つけるのではなく殺そうとしたのだ。

「このトンネルのことは、だれも知らなかったんだ」ふたつめの角を曲がりながらマークウェルが言った。「見つけたとき、キャサリンにも話さなかった。門を溶接して閉じて、そのまま忘れてしまった」

「黙ってくれ。なにも聞こえない」

それは口実だった。よく聞こえてはいたが、問題は、聞くべきことはなにもないということだった。ささやきも、会話も、命令の声も。トンネルのなかでは、音は遠くまで届く。

「別の出口もあるのか？」

「いや、ない」マークウェルがすばやく答えた。

女たちは化粧室に十五分近くいた。誘拐犯は車を待たせていただろう。ちくしょう、これでは間に合わない。またもや、愛する女性を救えないのだろうか。

この手でフエンテスを殺してやる、とケルは誓った。エミリーにあざひとつでもつけるようなことがあれば、どこまでも追いかけていく。すべてが片づいたあとで。すべてが片づき、エミリーを腕に抱いて、ベッドに引き入れ、安全を確かめたあとで。

それ以外のことは考えられなかった。ああ、もしエミリーを失ったら、もう立ち直れないだろう。彼女を失望させたと、しっかり守れなかったと自覚しながら生きていくことはできない。

タンジーの幻影が頭を駆けめぐった。妻のか弱い体が、隠れ家の古いマットレスの上でよじれている光景。

妻はケルの名を叫んだだろうか？　叫んだことはわかっていた。ときどき、悪夢のなかでその声を聞いた。ケルの名を叫び、助けてと訴える声を。恐ろしい悪夢に、エミリーの声まで加えてはならない。

そんなことが起こってはならない。エミリーはケルの命だ。これまで手に取る勇気が持てなかったが、求めずにはいられなかったあらゆる夢だ。

ケルはトンネルの砂の地面をちらりと見て、まゆをひそめた。砂。カイラの体を見下ろしたとき、ヤンセン・クレイの靴に砂がついているのが見えた。たくさんではない。ごくわずかだったので、最初は見落としていたのだ。しかし、たしかに砂はあった。それに、カイラの体とエレインの体のわきにも、同じ砂があった。

ヤンセン・クレイなら、ケルと部隊のあらゆる動きをつかめたかもしれない。たとえスタントン上院議員と提督が状況を詳しく伝えていなかったとしても、それを探り出すくらいには頭が働くだろう。元シール隊員で、最精鋭のひとりだったヤンセンなら、国防総省での本土防衛に関わる自分の地位を通じて、未確認の情報にアクセスできたかもしれない。

「メイシー」ケルは手首を口のほうへ上げて、無線機のスイッチを入れた。

「どうぞ」メイシーがきびきびと応答した。

「クレイはどこだ？」

「リムジンが出たところだ。ミセス・クレイがようやく意識を回復したんで、主治医のところへ連れていった」

「あんたはどこにいる？」

重苦しい沈黙があった。

「メイシー？」

「沼地だよ、ケル。車両なし、人影なし。だが、その両方が存在した形跡はある。連中は行っちまった」

ケルはどなった。「スパイはクレイだよ」

「気でもちがったのか？」マークウェルが背後でつぶやいた。

「パソコンを持ってるか？」ケルはメイシーにきいた。

「リムジンのなかだ。いまから戻る。追跡装置のスイッチは入れたか？」

「いや」イアンが無線を通じて答えた。「〝いぼ〟はまだ作動させていない」

「ケル？」メイシーが問いかけた。

「レーダーに侵入しろ」ケルは命じた。「国防総省をハックするんだ。周辺の自家用飛行場から離陸する機があれば、すべて知っておきたい」

「了解」

ほとんど走るようにトンネルを進んでいくと、新鮮な空気のにおいが強くなってきた。数分後には、鬱蒼《うっそう》としたやぶを抜けて沼地にたどり着いた。リーノと部隊の仲間たちが、援護に就いたシークレットサービスの警護官たちとともに、周囲の森から現われた。

「どういうわけで沼地を見逃した？」ケルが担当の警護官に向かってどなった。「周辺の動きを封じるのが、おまえの仕事だったはずだ」

「弁解の余地はありません」警護官がうなり声で答えた。「見逃していました」

「見逃して当然だよ」マークウェルが反論した。「なあ、ケル、うまく隠されていたんだから」

「弁解の余地はありません」警護官が繰り返した。

「メイシーがパソコンを操作してる。ヤンセン・クレイが、俺たちの捜してる〈ミスター・ホワイト〉だ」ケルはきっぱりと言った。

その言葉は、水を打ったような沈黙で迎えられた。リーノがさっと振り向いて、ケルに視線を据えた。

「たしかか？」

「トンネル内は砂地だ。地面には草が生い茂ってる。クレイの靴にはその砂がついていた。あいつがカイラのそばに立ってるとき、この目で見たんだ。彼女についての報告はあるか？」

「救急車に乗せてるところだ」リーノが言った。「生きてはいるが、容態はかなり悪い」

「意識はあるのか？」

「いいや」リーノが答えた。彼らはリムジンに向かって急ぎ足で斜面をのぼった。

「イアン」ケルは無線機に向かって言った。「カイラを乗せ終えたら、マークウェルの車を一台失敬して、あとに続け」

「了解！」

「少なくとも、保険には入っているよ」マークウェルがため息をついた。

「ケル、ヤンセンの娘は、誘拐されてるあいだにレイプされたんだぞ」リーノがうなり声で言った。「おまえの思いちがいだろう」

「思いちがいなんかじゃない」

リーノの言いたいことはわかった。ヤンセン・クレイは友人の娘、キャリー・ブリッジポートに死をもたらした。しかも、リサは自分自身の娘なのだ。

「あの蛆虫《うじむし》野郎を殺してやる」リーノがすごんだ。「殺してやる」

「ケル、レーダーをとらえたぞ」メイシーがリムジンのなかから呼びかけた。「すぐ近くに、三カ所の自家用飛行場がある。一カ所は昨年、所有者が土地を離れるとき閉鎖された」

「俺たちがめざすべきなのはそこだ。乗れ」

リムジンは、めざす場所にいちばん速くたどり着ける方法というわけではなかったが、ほかに選択肢はなかった。六人の男たちが凶暴な意志に燃え、武器を携えて車に乗りこんだ。

「リーノが銃で捕らえた殺し屋はどこだ？」ケルはきいた。リムジンがタイヤをきしらせて急発進した。

「鰐の餌だ」リーノが答えた。「縛られ、地面から一メートルほどのところにつるされて、提督が拾いに来るのを待ってる。提督に電話したほうがいいか？」

「したよ」メイシーが答えた。「車に乗ったときに、盗聴防止装置付の携帯電話にかけておいた。提督は、やつらが離陸するまえに捕らえられなかった場合に備えて、いろいろ手配してる」

「ありえない」ケルは吐き出すように言った。「やつらは離陸しない」

ほかの男たちが向ける目つきには気づいていた。ヤンセンは洗面所の外であまりにも長くケルを足留めした。誘拐犯はかなり先を行っていた。ヤンセンもだ。飛行場は沼地の反対側にあり、彼らは車で遅れを取り戻そうとしてはいたが、本気で追いつけるとは思っていなかった。

「ガルフストリーム機が離陸した」メイシーが、悔しさとあきらめのにじむ声で報告した。リムジンがわき道にすべりこんだちょうどそのとき、自家用ジェット機が空に飛びたつのが見えた。

「コールサインを変えてるな。ちくしょう、国土安全保障省は、あれを定期旅客機に指定したぞ」

「追跡するんだ」ケルは言った。

リムジンが急ブレーキをかけて止まった。

「車を上院議員の家に向けてくれ」ケルは命じた。「メイシー、ジェット機を見失うなよ、わかったな？」

「了解、ケル」メイシーが簡潔に答えた。

ケルはズボンのホルダーから携帯電話を取ると、すばやく上院議員の番号を押した。

「家で会いましょう。装備は整ってますか?」銃、弾薬、シール隊員が身を守るのに必要なあらゆるもの。

「万全だよ」上院議員がしわがれ声で答えた。「すべてを引っぱり出して、きみを待っている」

「道を空けておいてください。全速力で向かうので、この状況で警官に対処してる時間はないんです」

「手配ずみだ」上院議員が答えた。「援護は任せておけ。とにかく速やかに来てくれ。以上だ」

「アクセルをめいっぱい踏みこめ、メイシー」ケルは要求し、緊張を和らげようと座席に背を預けた。「上院議員が武器をそろえてくれる。俺たちが着くころまでには、提督がしかるべき場所に飛行機を用意してくれるだろう。メイシー、ガルフストリーム機の位置についての最新情報を、定期的に提督に伝えてくれ。あの蛆虫野郎がいつどこに着陸するか、その瞬間を知っておきたい」

「追跡は進行中だよ、ケル。だが、やつには協力者がいるな。国土安全保障省が、なんの制限もないみたいにコールサインを変えつづけてるんだ。このプログラムがうまく働くことを願うよ」

「願うだと?」ケルはうなった。

「うまく働く、うまく働くさ」メイシーがむきになって約束した。「ああ、そうでなかったら、俺があいつを撃ち落としてやるよ」

ケルは指で髪をかき上げ、震える息を吐き出してから、リーノと目を合わせた。

「俺たちは彼女を見つけるさ、ケル」リーノが荒々しい決意に満ちた視線を返した。「絶対に間に合わせる」

エミリーを見つけなければならない。この十五年間で初めて、ケルは祈りはじめた。

27

目が覚めたとき、エミリーにはなにが起こったのかがはっきりわかっていた。その認識は、確実に、痛切に、そこにあった。まばたきをして目をあけ、自分を励ますかのように深く息を吸う。ずいぶん長いあいだ気を失っていたにちがいない。車のなかでも飛行機のなかでもなく、湿った土と絶望のにおいがする暗い部屋で、寝台に横たわっていたからだ。

前回の誘拐とあまりにもよく似ていたが、今回はヤンセンに見下ろされてはいなかった。あの哀れみを含んだ笑みと、非情な目。いまではまざまざと思い出せた。ほかの女性たちといっしょに小屋に押しこまれたあと、あの男が入ってきたときの様子を。エミリーに向かって首を振ってみせ、きみのお父さんはもっと賢く友人を選ぶべきだった、と言った。

そしてヤンセンの娘、実の娘リサは、父親を見据えて衝撃のあまり呆然とした。なぜならあの男は、けだものたちのひとりが娘に触れるのを、レイプするのを許したからだ。

その記憶に、涙があふれてきた。リサはどれほど父の助けを求めて叫び、強姦《ごうかん》者の暴力をやめさせるよう懇願したことだろう。

〝お願い、パパ。お願い〟リサは叫んでいた。しかしヤンセンはやめさせなかった。無言のまま超然として、男たちがリサとキャリーをレイプするのを許し、エミリーからは離れているように命じた。自分が個人的に面倒を見るからと言って。

ヤンセンは、自分の子どもを裏切ったのだ。

ことが終わったあと、フエンテスの部下たちが女性ふたりを押さえつけてそれぞれの腕に注射針を刺したとき、あの男は手を貸した。

エミリーはその記憶にすすり泣きを漏らした。なぜいままで思い出せなかったのだろう？どうしてあの男が怪物であることを、すっかり忘れていたのだろう？　男たちに自分の子どもをレイプさせ、エミリーの処女を自分のために取っておくような怪物を、どうして忘れられたのだろう？

〝ことを終えるころには、きみはわたしのものになっているよ。わたしのあそこが欲しいと、愛撫が欲しいと、せがむようになるさ。わたしとエレインの完璧なペットだ。わたしが奪うまえに、妻がきみの甘い体を隅々まで味わって楽しむだろうよ〟

エミリーはそれを思い出して吐きそうになった。あのときのリサの目が、はっきりよみがえってきた。薄青色の深みに燃える怒り、殺意をこめた憎しみ、衝撃を伴う恐怖。

ヤンセンが娘を強制的に病院に入れたのも、不思議ではない。リサはなにかしら憶えているにちがいないからだ。キャリーは死んでしまったので脅威にはならないが、リサはけっして忘れないはずだ。父親によるおぞましい完全な裏切りはあまりにも過酷すぎて、たとえ麻薬でも消し去れはしないだろう。

エミリーはすすり泣きながら、寝台から起き上がろうとした。胃が引きつり、喉に吐きけがせり上がってきた。

「あまり急いで動くなよ。麻薬が頭のなかで弾丸みたいに破裂しちまうぞ」暗い男性の声が警告した。

しかし遅すぎた。エミリーが顔をさっと横に向けると、頭に火花の飛ぶような痛みが走った。もっと慎重になるべきだった。痛みに備えておくべきだった。こうなるのは初めてではないのだから。

「ゆっくりな、お嬢さん」疲れて張りつめた声だった。「手助けはできないんだ。とにかくゆっくり起き上がりな。横のテーブルに、やつらが水を置いてった。飲めば楽になる」

エミリーは頭を抱えながらもう一度薄いマットレスの上で起き上がり、粗末な水差しのそばに置かれたグラスのほうに、震える手を伸ばした。水はかび臭かったが透明で、痛みには効かなくても、ひどく乾いた口のなかを潤《うるお》してくれた。

考えなくてはならない、と自分に言い聞かせる。ここから抜け出す方法を見つけなくては。今回は、ケルに助けてもらうことはできない。今回は、ヤンセンが絶対にケルには見つけられないようにするだろう。太腿に留めていた武器は連中に見つかってしまったらしく、なくなっていた。しかし発信器はまだ背中に着いていることが、その感触でわかった。それが唯一の望みだった。

「誘拐を許すほど長いあいだ、ケルがあんたから目を離したとは信じにくいな」言葉のあとに重いため息が続いた。「くそっ、いまごろは〈ミスター・ホワイト〉の正体を暴いて、俺を助けに来てくれると思ってたのに」

エミリーは顔を上げ、薄暗い明かりを通して、部屋の隅にしゃがんでいる男性をじっと見た。暗闇のなかで、鮮やかな青い目がまるで魔術のように明るく光った。

その目には見覚えがあった。救出作戦中に収容された遺体がひととおり確認されたあと、彼の追悼式が行なわれた。エミリーがどうにか快復して退院した数週間後のことだった。

「ネイサン？」エミリーはささやき声で呼びかけた。「あなたはケルの仲間？　ネイサン・マローン？　マローン大佐の甥の？」

口もとに異様な笑みが浮かんだ。

「ああ、そうだよ」歌うような調子で答えを返す。「俺の残骸さ。あんたはエミリーだろう。ずいぶん久しぶりだし、ここの明かりは最高の状態ってわけじゃないけどな」

エミリーは部屋を見回した。ベッド上方の鉄格子がついた穴から細い月明かりが射し、潮の香りがするそよ風が流れてきた。

「ここはどこ？」以前連れてこられた場所ではなかった。あのときは、ジャングルの朽ちていく植物のにおいがして、異国の鳥の鳴き声が聞こえた。ここにはそういうものはなにも感じられない。

「わからないな」肩をすくめるときの口調で言う。「海の近くだ。見張りたちが使ってる言葉からすると、カリフォルニアじゃないかな。だが、どのあたりなのかはわからない」

エミリーはゆっくり額をさすり、襲いかかってくるめまいと胃で暴れる吐きけをこらえた。

「連中はあんたを隅から隅まで調べてたよ」ネイサンが言った。「もうすぐ戻ってくる。ヤンセンは、あんたがまだ目を覚まさないことを、だいぶ気にかけてたみたいだ」

ヤンセン。エミリーは息が詰まりそうな吐きけに耐えて、歯を食いしばった。わたしはあの男を信頼していた。父はあの男を信頼していた。そして、あの男の娘も。

ああ、なぜ思い出せなかったの？　悪夢だけがそのしるしだったのだ、と気づく。ケルが来るまでのあいだ、ヤンセンに会った日は必ず悪夢にうなされていた。ようやくその理由がわかった。

「くそ野郎」エミリーはつぶやいた。

部屋の隅から鼻で笑う声が聞こえた。「あんたはきたない言葉を使わないって、ケルが言ってたぜ」

「そう、ケルの勘ちがいね」エミリーは低い声で言った。「わたしは、一文ごとに罰当たりな言葉を差し挟まなくてもいいと思ってるだけよ」

ゆっくり息を吸うと、頭痛が少しだけ静まった。

あの晩、ヤンセンとフエンテスが小屋の外で言い争っていたのを思い出した。ヤンセンは、すぐさまエミリーを飛行機に乗せてスイスの隠れ家に連れていきたがっていた。そして、ほかのふたりの女性、キャリーと娘のリサをソレルに与えようとしていた。

なんてことだろう。ヤンセンは、キャリーと自分の娘をテロリストに引き渡す計画を立てていたのだ。もう二度と、安否を確かめることすらできないハーレムのなかへ。リチャード・スタントンとホロラン提督が救出作戦を開始するまえに、そうするつもりだった。

フエンテスは激怒した。ふたりはそのことで口論し、ヤンセンは麻薬王が息子の機嫌を取りすぎていると非難した。

〝あの小僧が、きみのすることなど気にかけると思うか？〟ヤンセンが押し殺した声で言った。〝あいつはシール隊員だぞ、ばかめ！〟

〝そしてきみは、テロリストの発情した従僕にすぎない〟フエンテスが応じた。〝言っただろう、わたしのカルテルがあの毒蛇どもと取引するかどうかは、まだ決めていないと。せき立てるのはやめたまえ〟

〝手を引くには遅すぎるぞ、ディエゴ〟

〝わたしはその件でソレルと約束はしていないよ、きみ〟ディエゴがはねつけた。〝わたしに最大の利益があるという結論が出るまでは、ソレルなど知ったことではない。女性たちはここに残す。闇市場で大金を稼いでくれるからな。自発的にレイプされる彼女たちのビデオは、カルテルを潤してくれる。テロリストに彼女たちを与えても、きみの懐を潤すだけだ〟

「あんたはきれいだな」そう言ってネイサンがため息をついた。「俺を拷問するために、やつらがここへ連れてきたほかの女たちよりきれいだよ」

「なんですって?」エミリーは困惑して、頬のこけた顔を覆う狂気と、目のなかの苦悶に満ちた痛みを見た。

「ケルはあんたのために来てくれると思うかい?」そう聞いたネイサンの声には、奇妙に物欲しそうな調子があった。

エミリーは大きく息を吐いた。「わたしを見つけられればね」

「クレイがケルをだましたんだ。クレイはみんなをだますんだよ、お嬢さん」アイルランド訛り。かすかだったが、口調に柔らかな特徴を添えていた。

「ええ、クレイはわたしたち全員をだましたの」エミリーは背後の壁に頭をもたせかけた。今回はヤンセンが勝つ可能性が高いと気づいて、息が苦しくなる。背中の発信器の信号は、限られた範囲にしか届かない。ケルはそう警告した。どのくらい限られているのかは定かでなかった。

「あいつを見くびるなよ」痩せた肩を疲れたようにすくめる。「俺たちのケルは、恐ろしく凶暴なやつだよ。あいつはあんたを見つける。俺を見つける。あいつの奥さんを殺した連中と同じように、クレイのはらわたを抜き取ってやるだろうよ」

「ケルはわたしたちを助けてくれるわ。クレイのことは、司法に任せるでしょう。父とホロラン提督が、まちがいなくそうさせるわ」それを信じなければならない。父と提督とマローン大佐も、部隊といっしょに来るだろう。エミリーは確信していた。

「ばか言っちゃいけないよ、お嬢さん」歯を見せて、茶化すような笑みを浮かべる。「俺の叔父がケルにナイフを手渡すさ。ジョーダン・マローンは、なんといっても血に飢えた男だからな。まあ見てなよ、クレイが生きてここを出ることはないね」

ネイサンの言うとおりだった。エミリーにもそれはわかっていた。ケルは敵をなぎ倒しながら、この場所までやってくるだろう。

「なぜフエンテスは、あなたをこんなふうに監禁してるの?」ためらった末にエミリーはきいた。「麻薬をつくった科学者はひと月以上前に殺されたのに」

「そいつは究極の質問だね」ネイサンがうなり声で言った。「俺の地獄へようこそ。ネイサン・〝アイリッシュ〟・マローンに会ってやってくれ。現在は、ディエゴ・〝くそったれ〟・フエンテスとヤンセン・〝人でなし〟・クレイのモルモットだがな。俺はやつらにとって、〝娼婦の粉〟の実験台なのさ。シール隊員が落ちるまでに、どのくらいの投与量が必要か調べるためのな。俺はまだ落ちてないか?」

そう問いかけたとき、ネイサンのしわがれ声には苦々しさと怒りがにじんでいた。薄闇のなかで、冷たく凶暴な決意に満ちた目が光った。

「理解できないわ」エミリーはささやいた。

「俺もさ」ネイサンが頭を後ろにのけぞらせ、エミリーは彼が裸であることに気づいた。土の地面に座って、両脚を胸に引き寄せて腕を回し、できるだけ体を隠している。

エミリーは目覚めたときにかかっていた薄い毛布をつかみ、ネイサンに放った。ネイサンがぱっと顔を上げて、一瞬歯をむき出してから、自分に触れたものに気づいた。

手を伸ばし、小さな毛布を脚にかけて、指でそれを撫でているようだった。

「長くは持ってられないだろうな」そう言ってから、こちらをじっと見る。「やつらがすぐに戻ってくる」

ネイサンの周りには捕食動物のような雰囲気、抑えられた狂暴さが漂い、空恐ろしさを感じさせた。ときどき言葉が不明瞭なことがあったが、それが訛りなのか、別の原因によるものなのかはわからなかった。別の原因があると考えると、ひどく恐ろしかった。もし本人の言うとおりなら、あの麻薬のせいかもしれない。

「ケルが来てくれるわ」エミリーはささやき声で言った。以前にもそうささやいたことを思い出した。ふたりの女性とともに小屋に閉じこめられ、ディエゴ・フエンテスの決断を待ちながら、リサの体を引き寄せて震えを止めてやろうとしていたときだった。

〝ケルが来てくれる。わたしたちを助けてくれるわ。がんばって、リサ。あともう少しよ。

きっと、彼が助けてくれるわ。二度とヤンセンがあなたを傷つけないようにしてくれるわ〟約束を破ってしまった。エミリーは涙を、すすり泣きをこらえた。十九カ月間、リサは消えたままだ。やはりヤンセンは娘をソレルに引き渡したのだろうか？　病院というのは、ただの作り話なの？

ケルはヤンセンを殺すだろう。今度ばかりは、そのことになんの悔恨も感じなかった。殺してほしかった。自分であの男の心臓にナイフを突き立てることになっても、安眠を妨げられはしないだろう。怪物は退治されなければならない。ヤンセン・クレイは怪物だ。

「ケルはあんたのために来るよ」ネイサンが穏やかな声で言った。「あいつは血にまみれた道を切り開いてここまで来るだろう。そう簡単には忘れられないような姿で。連中が、解き放たれてしまったけだものを出迎える準備をしてるといいんだがな」

エミリーもそう願った。ケルが見つけてくれることを祈った。ヤンセンはケルのどのくらい先を行っていただろうか？　それほど差をつけてはいないはずだ。

「イアンは部隊にいたか？」不意にネイサンがきき、まばたきをしながらこちらを見た。一瞬、ほんの一瞬、目に正気が戻ったような気がした。

「イアン・リチャーズ？」エミリーはうなずいた。「ええ、いたわ」

ネイサンがうなずいて、なにかぶつぶつと言った。それから額をひざに押し当て、体を揺すっているようだった。

「美しいものが見える、喜びが見える。竜にとらわれた乙女が見える」ネイサンがささやいた。「ああ、お嬢さん、俺を正気に戻してくれ」

乾いたくすくす笑いが小屋に響き、エミリーは深い同情をこめて目の前の男性を見た。フェンテスになにをされたにせよ、そのせいでこの人は正気を奪われてしまったのだ。

エミリーは壁に頭をもたせかけて、反対側の壁の鉄格子から射しこむ細い月明かりを見つめた。星が見えたが、それで場所がわかるほど星について詳しくはなかった。

科学の授業を、ぼんやりせずにもっとしっかり聴いているべきだった。そう考えて小さくため息をつき、両腕の素肌をさすった。

「そんなふうに座ってると、俺の奥さんによく似てるんだ。お願いだから、二度としないでくれ」

ネイサンの苦悶に満ちた声を聞いて、エミリーはさっと頭を起こした。彼の目をよぎった荒々しさにぎょっとする。

「ごめんなさい」ささやき声で言う。「だいじょうぶ？」

「もう二度と、だいじょうぶにはなれないだろうな」ネイサンがざらざらした声で人ごとのように答え、こちらを見た。「やつらが連れてくる女たちのなかに、ときどき奥さんが見えるんだ。声が聞こえるんだ。泣いてるのが聞こえる。俺の奥さんは泣いてるんだと思うかい？」

エミリーはごくりと唾をのんだ。「あなたは麻薬を打たれたのよ」

喉から苦々しい笑いが漏れた。「ひっきりなしにだよ。俺は勃起しか脳のないばか野郎さ。ところで、俺はどのくらいここにいるんだ？　やつらは、そういうことは教えないんだ」

「十九カ月よ」エミリーは丸くなって壁に身を寄せた。あの麻薬の影響については、ぼんやり思い出すことができた。それはまさに地獄だった。

「十九カ月」ネイサンがうつろな声で言った。「ずいぶん長いじゃないか？　俺が思ってたより長い」

エミリーは、ネイサンがかかとで地面をたたくのを見ていた。ほとんど無意識に、一定のリズムで足をとんとん地面に打ちつけ、こすりつけている。まるでなにかを捜しているかのように。

「やつらが戻ってくるときには、また注射器を持ってくるだろう」ネイサンが険しい声で言った。「そうしたら、やつらはあんたを縛って俺のそばに連れてくる。俺に話しかけないでくれ。泣かないでくれ。死んだふりをするんだ。いいか？　なにが起こっても、死んだふりをしろ。わかったか、お嬢さん？」

エミリーの呼吸が、すすり泣きで喉に引っかかった。ああ、いったい連中はこの男性になにをしているの？

「聞こえてるのか？」動物のようなうなり声で、答えを求める。

エミリーは必死になってうなずいた。「わかったわ。死んだふりをするのね」

「あんたに触りたくないんだよ。ああ。こんなのはもうこりごりだ」ネイサンが、かかとを地面に強く押しつけた。「げす野郎どもめ。俺のブーツを持っていきやがった。俺のくそブーツはいったいどこだ？」

エミリーはお腹に両腕を巻きつけ、時間がたつにつれてネイサンのなかで高まっていく怒りを眺めた。話しかけたり、彼をとらえているらしき狂気について尋ねたりはしなかった。代わりに、エミリーは祈りはじめた。

28

ケルは、手慣れた正確な動きでブラックホークを操縦した。力強いヘリコプターは、レーダーをかいくぐってすばやく進み、山々を越えてサンディエゴへ向かっていた。ケルの横にはクリント・マッキンタイアが座り、その後ろにはメイシーがいて、ヘリに備えられた衛星接続を使ってノート型パソコンで魔術を働かせていた。

これまでのところ、不穏な監視の目はすべて回避できた。メイシーのとなりではリーノ・チャベスが武器を確認し、スタントン上院議員の退役した友人ストレプトン特務曹長が通信接続を確認していた。

ホロラン提督とマローン大佐、スタントン上院議員は低い声でなにか話しながら武器と装備を点検した。ケルはこの三人がここにいるのが気に入らなかった。エミリーの父とネイサンの叔父の命を守ることに、気を散らされてしまうからだ。

これ以上だれかの命を失うことなく、すべてが片づくことを願うばかりだった。クレイとフエンテスの命は除いて。このふたりは、自分自身の手でしとめたかった。両手にやつらの血を感じ、目から命の火が消えるのを見届けたい。

「二十分で到着予定」クリントがナビゲーション機器を確かめて報告し、ケルの飛行方向を復唱した。「できるだけ低く侵入しろ。ここでは軍が厳重に監視している。クレイが対空監視員を利用しているかもしれない」

この作戦はごく内密に行なわれ、ホロラン提督の部局だけがそれを把握していた。ヤンセン・クレイがフエンテスと関わっていたという知らせは衝撃的だったが、筋が通る面もあった。あの男は、兵器売買と麻薬取引でフエンテスを後押しできるだけの人脈を持っていた。しかし、それがクレイにどんな利益をもたらすのだろう？　あの男は三回の生涯を楽に暮らせる以上の金を持っている。いったいどうして、あれほどの凶悪さで、国だけでなく自分の子どもまで裏切れるほど堕落してしまったのだろう？

メイシーは、クレイがどうやってガルフストリーム機を民間旅客機のなかに隠していたかを割り出した。それによると、クレイは国土安全保障省のどこかに協力者を持っているらしかった。あの男のネットワークはゆっくり実現しつつあったが、おそらくそれは遅すぎた。エミリーの着けている発信器が作動しはじめた。〈ユダ〉からのメッセージで、ヤンセンが当面は人質を監禁しているという報告があったあとのことだった。

三秒。メイシーは三秒で、その信号が永遠に失われるまえに位置を特定した。あいつはほんとうに、奇跡を起こす男だ。

背後から夜明けの光が射しはじめ、どんどん近づいてくるようだった。ケルは軍用ヘリコプターを全速力で飛ばし、太陽が現われるまえに指定された場所に着陸しようと急いだ。

「兵士たちは配置についてる」メイシーがヘリコプターのマイクを通して穏やかな声で言った。「武器と車両が俺たちを待ってるよ」

この男がコンピューターでやってのけられることを考えると、背筋がぞっとしそうだった。しかしケルはそういう気持ちをしっかり抑えこみ、自分のなかの殺し屋を解放していた。ケージャン。それがケルのコードネームだった。戦争に行く男の名前だ。ケージャンの鰐。冷酷な殺し屋。きょう、ヤンセン・クレイとディエゴ・フエンテスは死ぬことになる。単純なことだ。

「予定どおりにいけば、夜明け直後に屋敷を襲撃できる」メイシーが報告した。「シール第二部隊は、確実に装備を整えて俺たちの到着を待ってる。なにが襲ってきたのか、悪党どもにはわからないだろう」

メイシーの仲間たち。シール第二部隊はサンディエゴで訓練を受けていた。血を流すことは、最高の教えになるだろう。

エミリー。

「屋敷はまだ静まり返ってる」メイシーが報告した。「ところで、カイラは危険を脱したが、まだ重態だ。俺たちは、援護も装備も武器も万事整ってる」

「俺が屋敷を攻める」イアンが扉のすぐ横からきっぱりと言った。「フエンテスは脱出計画を立ててるだろう。俺はそこを狙う。クレイがあとに続くなら、あの男もな」

「第二部隊、こちらは指定の位置に着陸する。準備はいいか？」

「第二部隊、準備完了、待機中だ」チャールズ中佐が応じた。

ケルはブラックホークを操縦し、ヤンセン・クレイの海辺の邸宅から数キロの山間に荒っぽく着陸させた。安全ベルトをはずしてエンジンを止め、扉を開く。

「チャールズ中佐」ケルは慌ただしく敬礼して地面に飛び降り、別の黒ずくめのシール隊員が手渡した武器を受け取った。「部下は位置についてるか？」

「ついている」チャールズ中佐が黒い頭を縦に振った。「屋敷は、周辺に配置された二、三人の警備員と犬が一頭いる以外は、静まり返ってる。やつらはきみを待ってるんだよ、中尉。人質が監禁されている小屋は突き止めて、狙撃兵を配置してある。クレイとフエンテスの位置も確認している。現在、敷地内の監房へ向かっているところだ」

クレイ。あの男のことを考えただけで、血がわき返るのが感じられた。

「突入するまえに、監房から敵をひとり残らず出しておきたい」チャールズ中佐が言った。

ケルは、リーノ、クリント、上院議員とともに装備を整えた。メイシーとイアンはジープに飛び乗り、メイシーはそこでもまだパソコンのキーボードを打ちつづけていた。

「俺たちは配置について、クレイが出てくるのを待つ」ケルはきびきびと言った。「俺がクレイを手にかけたいんだ、中佐。生け捕りが望ましい」

「フエンテスは?」チャールズがいぶかしむような目つきをしてきいた。

「捕らえられるならなんでもいい。生死を問わずな」ケルが最初にやつを捕らえないかぎりは。

「出発するぞ」チャールズがうなずいた。「車で十五分の距離だ。夜明けは近い。さっさと片づけてしまおう」

彼らはジープのほうへ急ぎ、第二部隊の残りの隊員たちとともに乗りこんで、クレイの邸宅に続く狭い道を飛ばした。

これまでフエンテスを発見できなかったのも無理はない。自身で所有地を買う必要がなかったのだ。クレイが邸宅に麻薬王を招き入れていたのだから。南米の大農場にも似た三階建ての屋敷は、海を見晴らす断崖に建ち、高い尾根に囲まれて、ふつうの交通手段では一本道から近づくしかなかった。

ふつうの交通手段では、だ。

十五分後、数台のジープが砂浜にそびえる断崖のすぐそばに停車し、シール隊員たちが邸宅に向かって断崖をのぼりはじめた。

邸宅の壁は、家を完全に取り囲んではおらず、断崖のきわまで伸びているだけだった。ロッキー山脈の山羊でさえ、この断崖をよじのぼるのはむずかしいだろう。しかしシール隊員は、ロッキー山脈の山羊より優秀だ。そして〝ケージャンの鰐〟は先頭に立ち、研ぎ澄ました頭脳と凍る血を携え、ナイフの準備を整えていた。

復讐の時が来たのだ。


エミリーは壁を抱きしめるほど、壁になろうとするほど、体を隅に押しつけた。錠前を鍵であける音が聞こえ、背筋に寒けが走った。

ネイサンが部屋の隅でうなり声をあげた。追いつめられた狼の声。不思議な穏やかさがかえって恐ろしい。

エミリーは寝台の上で後ずさりした。扉があいて、ヤンセンとディエゴ・フエンテスが警備員のひとりに伴われて部屋に入ってきた。

天井の小さな電球がともされた。あまり明るくはなかったが、ヤンセンの整った顔ははっきり見えた。いまでも、この男性がここまで邪悪な人間になれるとは信じたくなかった。表情は哀れみに満ち、こちらを眺める目は本気で悔やんでいるかのようだった。それを見ると、殺してやりたい気持ちになった。この男がいとも簡単に身に着けられる偽りのベールを、はぎ取ってやりたい。

「きみがまたしても、ディエゴの無骨な警備員たちを撃退するのを見たよ」ヤンセンが言って、両手をズボンのポケットに入れ、こちらをじっくり眺めた。「頬があざになりそうだな。

飛行機のなかで目が覚めたとき、彼らと戦おうとしたのかね？」

エミリーは頬に手を当て、ようやくそこがひりひりしていることに気づいた。連中と戦おうとしたのだ。飛行機に乗せられる直前、ほんの短いあいだ目を覚まし、錯乱した動物のように連中と戦ったことを思い出した。記憶ちがいでなければ、警備員のひとりは顔に引っかき傷を負っているはずだ。しかしエミリーはヤンセンには答えず、黙ってにらみ返しただけだった。

ヤンセンが口もとをゆがめて、粗末な監房を見回した。

「今回のきみの部屋は、だいぶましなようだ。わたしがきちんと指示をしておいたからな」隅にいるネイサンに視線を落とす。「しかも、話し相手まで用意させておいた」

ネイサンの喉から漏れた声は恐ろしいものだった。復讐を誓う低いうなり声。ヤンセンが顔をしかめてエミリーに向き直った。

「この件については、ほんとうにすまないと思っているよ、エミリー」ヤンセンが言った。「きみのお父さんが、もう少し協力的だったらよかったのだが。しかし、それももう問題ではないな。そうだろう？　きみはすでに思い出してしまったようだ。きみはリサの具合について尋ねるとき、いつもとりわけ慎重な言葉遣いをしていた。ディエゴの麻薬は、彼が当てこんでいたほど強力ではなかったらしい」南米の麻薬王に勝ち誇ったようなまなざしを投げる。「この二年間に、ディエゴはいくつかまちがいを犯したようだ。そうは思わないかね？」

ネイサンが怒りのうなり声をあげ、エミリーは激怒と憎悪の叫び声をこらえて拳を握りしめた。

「あなたたちは、ネイサンになにをしてるの？」彼はまるで動物のように薄明かりのなかで目を燃え上がらせ、青白い顔をしていた。

ヤンセンが口もとをゆるめて、こちらに向き直った。「ネイサン・マローンが、妻に対していつまでも変わらぬ大きな愛をいだいていると、聞いたことがあるかね？」エミリーにきく。「けっして断ち切れない絆《きずな》があると言う者もいた。だが、わたしたちがそれを断ち切りつつあると言っていいだろう。彼は困った男だったよ、わたしたちのネイサンは。しかし〝娼婦の粉〟を開発した科学者は、死ぬまえに完璧な麻薬の設計を成し遂げていたのだ。その新たな麻薬を与えられれば、ネイサンは妻のことも忘れてしまう。わかるのは、性交したいという欲望だけだ。そしてここにきみがいる。おそらく気は進まないだろうが、性交の相手としてはぴったりだよ」

「そんなことはできないわ」エミリーは、鎖につながれておびえた表情をしたシール隊員をちらりと見てから、ヤンセンに視線を戻した。「ケルに殺されるわよ、ヤンセン」

「わたしが関わっていたことを、ケルは永遠に知らないだろう」ヤンセンがそっけなく肩をすくめた。「きみの口と鼻にクロロフォルムを当てる以上のことを、わたしがしたとでも思うのか？　トンネルのなかには別の者たちが待っていて、きみを連れ去ったのだよ。ケルはわたしが関わっていたことなどまったく知らないさ」

「この男はなかなか優秀じゃないか?」フエンテスがこちらを見て、あざけるように言った。

「わたしたちはもう何年も協力関係にあるのだが、彼はその人脈によって、たいへん貴重な人材となっているんだよ。必要不可欠というわけではないが」おもねるような笑みを、ちらりとヤンセンに向ける。「しかしたいへん貴重だ」

ヤンセンが苛立ちに表情をこわばらせた。

「ケルが、あなたたちふたりとも殺すわ」エミリーは抑えた声で言った。「あなたたちのどちらも、生きてここを出られないわよ」

「あいつはおまえたちのはらわたを抜き取るさ」ネイサンの耳障りな声は、原始の怒りのように響いた。「あいつはナイフを手に、おまえたちの腹を魚みたいに切り開くよ。そしてにやりと笑う。気持ちいいから、にやりと笑うのさ。ああ、すごく気持ちいいだろうな。温かいどろりとした血が流れて、竜は殺し屋たちの肉を糧《かて》にするんだ」

ネイサンの言葉に含まれた死の響きに、エミリーは身震いした。ネイサンはほんとうに、正気を失っている。なにが彼を地上につなぎ止めているのかはわからなかったが、たしかなのはこの男性がたとえ命を失ってでも、ヤンセンとフエンテスに確実に死をもたらすつもりだということだった。

「麻薬がこの男の頭を冒したようだ」ヤンセンが言った。「酷使しすぎたな、ディエゴ」

フエンテスが肩をすくめた。「その罪はきみのほうにあるだろう、友よ。わたしには、なんの差し障りもないね。わたしはただ、きみが麗しのミス・スタントンを大切な友人ソレルに引き渡すまえに、損失を取り戻す機会を要求しただけだ。わたしにはなんの咎《とが》もないはずだよ」

ヤンセンがうなり声をあげて首を振り、エミリーに視線を戻した。「きみのことは、きちんと世話されるように手配しておいた」と話しかける。「ディエゴとわたしでいくつか詳細を詰めたあと、飛行機に乗せて、以前話したスイスの小さな城に連れていく。エレインは、すでにそちらへ向かっているよ。きみのために準備を整えているところだ。きみの到着を心待ちにしている。もはや無垢ではないだろうが、きみのその性的魅力をわたしたちが味見したあとで、ソレルが迎えにくるだろう」

胸からむせび泣きが漏れ、エミリーは片手で口を覆った。激しい嫌悪感がこみ上げた。

「エレインは知ってるの？」苦痛で声がかすれた。

ヤンセンが穏やかに、哀れむかのようにほほえんだ。「これはエレインの案なんだよ」

そしてフエンテスのほうに振り返った。「部下に命じて、あの男に注射をさせろ。さっさと済ませて、ここを発つんだ」

フエンテスが喉の奥で笑った。「この娘によっぽど愛着があるようだな、ヤンセン」おもしろそうにエミリーをちらりと見る。「ことによると、きみがこの娘を連れて発つまえに、わたしも味見をしてみるといいかもしれない。なぜ頭のおかしいシール隊員が、彼女をひとりじめする必要がある?」

ヤンセンが身をこわばらせた。「そんな取り決めはしていない。その男に薬を打って、カメラの用意をしろ。さっさと済ませて、ここを発つんだ」

フエンテスが残念そうなふりをして、ため息をついた。「きみの言うとおりかもしれない。聞くところによると、クリーガーはすっかり彼女に夢中らしいじゃないか。味見をしたあとでは、解放したくなくなるかもしれないな、ん?」

「わたしに殺されたいのか、ディエゴ」

フエンテスの部下たちが、武器をかちりと鳴らして身構えた。ヤンセンがフエンテスに詰め寄り、ネイサンがふたたびさっと顔を上げた。

「そいつを殺せよ、ディエゴ」ネイサンの声に含まれた熱っぽい歓喜には、ぞっとさせられた。「やれよ。点数を稼げるぞ。点数を稼ぎたくないのか?」

フエンテスがまるで子どもを甘やかす父親のように、くっくっと笑った。

「ああ、きみの願いをかなえてやれたらいいのだがな、かわいそうな友よ。残念ながら、この男にはまだ使い道があるのだよ」警備員たちのほうに振り返る。「準備しろ。手際よく片づけてしまおう。だが、女に麻薬は打つな」

「取り決めとちがうぞ」ヤンセンが鋭い声で言った。

フエンテスがまた肩をすくめた。「彼女が喜んできみにレイプされても、わたしにはなんら利するところはない。あまり調子に乗らないでくれたまえ。ほかにも、わたしの同意が必要な問題がいくつかあるだろう」

エミリーは、氷のように冷たい恐怖が体に広がっていくのを感じた。彼らはほんとうに実行するつもりなのだ。ヤンセンは少しの後悔もなく、わたしたち全員を破滅させるつもりなのだ。

「ケルに殺されるわよ、ヤンセン」エミリーはかすれた声でささやいた。「彼のことは知ってるでしょう。彼ならそうするって知ってるでしょう」

「ケルにはきみを見つけられないよ、エミリー」ヤンセンがやさしげにほほえんだ。「今回は、きちんと証拠を隠したからね。きみがどこにいるのか、推測すらまったくできないだろうな」

「ケルは、捜すのをやめはしないわ」激しい悲しみが押し寄せ、心と魂をのみこんだ。ああ、こんなふうにケルを失うなんて。彼に見つけ出されたときには、きっと心も体もすっかり損なわれていて、すべてがどうでもよくなっているだろう。ネイサンが証明してみせたように、心は限られた量の恐怖にしか耐えられないのだから。

「捜すのをやめはしないだろうが、捜索はむだに終わる」ヤンセンの声は穏やかで、表情はやさしいといってもいいくらいだった。この男は恐ろしく病んでいる。なにかがひどくゆがんでいて、邪悪さを超越してしまっている。

「ディエゴ、反抗的なそのシール隊員に、いますぐ注射をしていいぞ。新たな麻薬にどれほどの効き目があるか、試してみようじゃないか」

「だめよ！」ヤンセンが振り返って出ていこうとしたので、エミリーは寝台から飛び降りた。「そんなことはできないわ、ヤンセン」

激しい怒りが頭ではじけて、全身を駆けめぐり、いつの間にかヤンセンの頭に拳を打ちつけていた。殴るつもりではなかった。懇願し、訴えるつもりだったのに。

「この小娘」

拳で頭を殴られ、後ろへ放り出された。痛みが頭に鳴り響くなか、部屋の隅からわめき声が聞こえた。エミリーは壁にぶつかってから、床にくずおれた。

「二度とこんなことはするな、エミリー」頑丈な両手が手首をつかみ、床から引き上げて寝台の上に放り投げた。エミリーの周囲で光が踊り、頭には不気味なぶうんという音が響いた。

「今度やったら、わたし自身がレイプしてやるぞ」

ヤンセンの声は怒りに満ちていた。エミリーは必死に体勢を立て直し、相手の憤然とした顔に目の焦点を合わせた。

「死んだほうがましよ」エミリーの声は荒々しく、五感すべてで感じる衝撃に震えていた。「そうなるまえに自殺するわ」

「〝娼婦の粉〟が考えを変えてくれるさ」ヤンセンがぴしゃりと言った。「きみの解毒《げどく》治療の様子をビデオで見たよ、エミリー。きみがどんなふうに叫び、どんなふうにファックしてとせがんだのかを見たのさ。病院のスタッフは、きみを縛らなくてはならなかった」

口のなかに血の味がして、顔の横にしびれを感じたが、なんとか相手をしっかり見据える。「わたしはケルの名前を叫ぶわ」エミリーはしわがれ声で誇らしげにささやいた。「当時もそうしたようにね。想像してごらんなさいよ、ヤンセン。必要なら、それを聞いてマスをかけばいいわ。無理やりあなたを受け入れさせたとしても、わたしが口にするのはいつだってケルの名前よ」

ヤンセンが一歩退いて荒い息をつき、整った顔を怒りで紅潮させた。

「あの野郎への投与量を倍にしろ」ネイサンに向けてぱちっと指を鳴らす。「女を痛めつけてもらおうではないか。ケル・クリーガーに、親友が彼女をめちゃくちゃにするところを見せてやるんだ」勝ち誇ったような笑みをエミリーに投げる。「ケルの名前を叫びたまえ、エミリー。やつの戦友が、きみをばかみたいにファックしているあいだにな」

ヤンセンがすばやく監房を出ていくと同時に、警備員たちがネイサンのところに集まり、注射器を手にして彼をその場に押さえつけた。ネイサンは叫びはせず、うめいたりうなったりしていた。喉から怒りに満ちた動物的な声が漏れた。男たちが彼の腕に針を刺し、恐ろしい麻薬を体に送りこんだ。

音がした。

エミリーは寝台の上にくずおれた。監房の扉が勢いよく閉まり、ふたたび錠前の鍵が回る音がした。

「ふむ。ありがとうよ、エミリー」ネイサンが言った。「やつらはほんとうに、投与量を倍にしたのかもしれない」

エミリーは目を見開いて、ネイサンを見つめ返した。「あとどのくらい時間があると思う？」

ビデオを見たこともあるし、自分が経験した身の毛のよだつようなすさまじい性欲も憶えていた。ネイサンは、それよりもどのくらいひどい経験をしているのだろう？

「さあ、わからないね」ネイサンが背後の壁にもたれた。先ほどまでは地面にしゃがみこんでいたのに、いまでは壁に体を押しつけている。「数時間のときもあるし、数分のときもある。やつらは投与量と効き目をいろいろ試してるのさ。今回ので、俺は死ぬのかもしれないな」

ネイサンの目が部屋の薄暗い明かりのなかで、さらにぎらぎらと光って見えた。両手の爪で壁のわきを引っかく。

「ごめんなさい」エミリーは涙声でささやいた。「ほんとうにごめんなさい」

「ケルは間に合わないだろうな」ネイサンが顔をゆがめた。「間に合うようにここに来られるはずがない。ああ、ちくしょう。俺にはそんなことはできない」

背後の壁に頭を押しつけ、天井を見上げる。

「俺の奥さんを見かけたかい？」打ちひしがれた声できく。「彼女に会ったかい？」

「いいえ」ネイサンが身をこわばらせるのが見え、体を駆けめぐる麻薬と闘っているのが感じられた。

「ああ、あいつは、ちっちゃなかわいい女なんだ。鳥の綿毛みたいな、柔らかい体をしてる」訛りが強くなった。「笑顔はお日様みたいで、目はすごくきれいな色合いのグレーなんだ。鳩みたいな」

「美しい人みたいね」エミリーは泣きじゃくりながら息を吐いた。ネイサンが背を反らして、首の筋をくっきりと浮き立たせ、胸から恐ろしいうめき声を漏らした。

「俺の美しい、小さな奥さん。俺が愛してたことを、憶えててくれるだろうか？」

ネイサンが顔を上げ、両腕をわきに下ろしたかと思うと、次の瞬間には手のなかにむき出しのナイフが現われた。薄い金属の破片にすぎなかったが、明かりの下でぎらつくよこしまな刃に、エミリーはごくりと唾をのんだ。

「ネイサン？」寝台の上にまっすぐ座って呼びかける。

「彼女を裏切るくらいなら、死んだほうがましだ」ネイサンがしわがれ声でささやき、ナイフをしっかり握って、指でなぞった。「しばらくまえからこれを持ってて、よく考えて、計画を練ってたんだ。彼女は、俺がファックするより死んだほうがいいと思うだろうからな。もし逆の立場だとしたら、俺は彼女を責められないよ、そうだろう？　最期の最期まで、俺は彼女を愛するよ」

「がんばって、ネイサン」エミリーはすすり泣いた。「お願い。お願いだから、がんばって」

エミリーは涙ひとつこぼさないネイサンを見つめ、ナイフに目を留めた。彼がしようとしていることはわかっていた。自分が知る唯一の方法で、愛する女性に対する誓いを守るつもりだ。最後には、自分かエミリーのどちらかを殺すだろう。

「俺は、かわいいあいつを愛してる」ネイサンがささやき、ナイフにじっと見入った。「自殺が罪だってことは知ってるかい、エミリー？」

「ええ」涙が頰に流れ落ちた。「彼女は、あなたに罪を犯してほしくないと思ってるわ、ネイサン」

「姦淫《かんいん》もだよ」ネイサンがささやいて、取りつかれたようなまなざしを向けた。「妻に対して立てた誓いを破るのは罪だ。強姦は罪だよ。それは、別のだれかのものを奪うことだろ。どっちのほうが軽い罪だ？　自分の命を奪うのと、きみの命を奪うのとでは？　あるいは、不義と強姦を犯すのとでは？　いちばんつらいのはどれだ？」

ネイサンの目には、怒りと苦痛と狂気が映し出されていた。彼がここまで生き延びてきたのは、妻に対する誓いを破らなかったからだ。十九カ月間、この地獄にいながら、誓いを破らなかったのだ。

「ネイサン、あともう少しよ」エミリーはささやいた。「ケルが来てくれるわ。わたしたちふたりをここから出してくれる。そうすれば、もう苦しくないわ」

「なにもかもが苦しいのさ」ネイサンが荒々しく言って、裸体に毛布を引き寄せた。

「俺が愛してたことを、あいつは知っててくれるかな？」壁にもたれて縮こまりながらきく。

エミリーの唇が震えた。「奥さんは知ってるわ」

ネイサンが動きを止めてしばし目を閉じてから、もう一度こちらに目を向けた。「すまない。麻薬のせいだ。麻薬がこんなふうだと、彼女を見つけるのがむずかしくなる。捜して、捜して、捜しつづけるんだ。声が聞こえる。でも見つけられない」

一瞬、目に皮肉なユーモアが浮かんだが、それはまたすぐに狂気のまなざしに変わった。そのとき、叫び声が監房に響きわたった。エミリーは扉のほうへさっと振り向き、ダダダッという銃声と、不意に緊張をはらんで高くなった男たちの声を聞いた。急いでネイサンのほうに視線を投げる。

「ケルよ」エミリーは慎重に寝台のわきに下りた。「ケルが来たわ、ネイサン。聞こえる？」

ネイサンはさりげなくナイフを持って、エミリーのあらゆる動きを追っていた。

「聞いて、ネイサン」銃声が近づいている。「ケルが来たわ。あきらめてはだめよ」目から涙がこぼれ落ちた。恐怖と苦痛、怒りと喜びが胸にこみ上げた。そのときいきなり、ネイサンが歩み寄った。

エミリーは、彼の目のなかに死を見て取った。ネイサン・マローンが保っていたわずかな正気を麻薬が奪ってしまい、あとに残ったのはシール部隊が作り出したけだものだけだった。麻薬は体を支配できるかもしれないが、この男性は訓練され、鍛えられ、死をもたらす生き物につくり上げられた。心から愛した人を裏切るより、彼は死を選ぶだろう。

この男性はすべてをはぎ取られ、あとに残ったのはそういう生き物だけだった。

「ああ、ネイサン、お願い。彼が来たわ。ケルが来たのよ」エミリーは懇願するようにささやいた。「やつらにこの機会を奪わせないで。ねえ、お願い、あなたを救う機会を奪わせないで」

道理を教えなくてはならない。話を聞かせなくてはならない。さっきネイサンはなんと言っていた？　ある姿勢を取ると、妻を思い出すと。

エミリーは頭を反らして壁にもたれ、横顔だけを彼に見せて、懸命に呼吸を整えた。これが最後のチャンスだと確信していた。いま道理をわかってもらえなければ、ケルが到着したときには血まみれになっているだろう。

「ケルが来たわ」エミリーはもう一度、今度はもっと穏やかな声で言った。ネイサンの妻がどんな声をしているのかはわからなかったが、最大限の努力をした。「あなたを助けにきたのよ、ネイサン」

ネイサンが困惑したように目をしばたたいた。

「家に帰りたくないの？」

彼の手が震えた。

「わたしは家に帰りたいわ、ネイサン。ただ家に帰りたいの」ケルの腕のなかで眠りたかった。もう一度耳にささやく声を聞きたかった。「家に帰りましょう、ネイサン」

「家はなくなっちまった」ネイサンがナイフをぎゅっと握りしめた。「家はなくなっちまった。さようなら」

「あのヘリを止めろ。いますぐ止めるんだ、ちくしょう」ケルはヘリに向かってひとしきり銃撃を浴びせたが、それは離陸し、一瞬ぐらりと揺れてから、機体を傾けたまま海のほうへ飛び去った。フエンテスを乗せて。

またしても、あいつは脱出した。

「ちくしょうめ」ケルは自動小銃を肩越しに投げ捨て、エミリーが閉じこめられている監房までの数メートルを全力で走った。

腰のホルスターからベレッタ社製自動拳銃を抜いて、錠前を撃ってはずし、部屋に飛びこんだ。地獄のなかへと。

「くそっ！」

裸で興奮状態にあるネイサンが、手作りのナイフを握りしめ、エミリーを寝台から引き下ろして自分の背後に押しやった。

アイルランド人らしい青い目が狂気を湛えてこちらをにらみ、恐怖に見開かれたエミリーの暗い目は希望をこめてケルを見つめていた。

「彼は麻薬を打たれたのよ」エミリーがあえぎ声で言った。「〝娼婦の粉〟を。大量に」

「黙れ」ネイサンが叫び、ナイフを振り動かした。「彼女に近づくな。放っておけ」

〝彼のせいじゃないのよ〟エミリーが声を出さずに口の動きだけで言い、頰に涙をこぼした。ネイサンがエミリーを自分のほうにぐいっと引き寄せた。

俺の小さな雌狐。いつもほかのだれかのために闘っている。

「ネイサン」ケルは胸に絶望が忍び寄るのを感じながらも、低い声を保った。「行こう、ネイサン。撤退する時が来た」

ネイサンが目をしばたたいた。「撤退？」

「ヘリが外で待機してる。彼女をここから出して、家へ帰る時だ。奥さんがきみを待ってるよ、ネイサン。彼女をがっかりさせるつもりか？」

一瞬、ネイサンの目にかすかな正気の色がよぎった。

「やつらは追跡装置を見つけたんだ」ネイサンがうなった。「かかとは役に立たない」

くそっ！　連中はネイサンの足のかかとに埋めこんだ追跡装置を抜き取ったにちがいない。ちくしょう。

「もうそれは必要ないよ、ネイサン」ケルはやさしく言った。「さあ、家に帰ろう」

「彼女を痛めつけるのは許さない」ネイサンがうなった。「やつらは、彼女を痛めつけるために、ここに置いてった。だから、おまえが痛めつけるかもしれない。俺が痛めつけるかもしれない。だれかが痛めつけるつもりだ」

「もうそんなことはないよ、ネイサン。俺たちはフエンテスとクレイを捕まえた」ケルは嘘をつき、じっとナイフに目を据えた。「さあ、家へ帰ろう」

「家?」ネイサンがよろめき、ナイフが揺れた。

そのとき、エミリーが動いた。どういうふうにやったのか、どうしてすべきことを悟ったのか、ケルにはわからなかった。ケルが飛びつくまえに、ひじでネイサンの無防備な腹を打ち、もう片方の手で彼の手首を下からつかんで押し上げる。そのわずかな隙を突いて、ケルはネイサンに飛びかかり、エミリーを引き寄せて解放することができた。

解放。背後にエミリーを押しやり、慎重にネイサンを見つめる。一瞬、ネイサンは目に怒りをよぎらせてから、壁にどさりともたれかかった。

「こいつなら、機会さえあれば、人殺しをする度胸があると思っていたのだがな」

ケルはさっと振り返って、ふたたびエミリーを背後に押しやり、ヤンセン・クレイが突きつけているピストルの銃口を見据えた。

「ちくしょうめ!」ケルは悪態をついた。「おまえと顔を突きあわせるのはもううんざりだよ、ヤンセン。外には二部隊のシールが待ち構えている。ほんとうにここから逃げられると思ってるのか？」

「わたしについて知っているのは、きみたち三人だけだ」ヤンセンが肩をすくめた。「きみたちを殺せば、すべては片づく」

「いいや、ちがうね」ケルは、ヤンセンがおびえたように目をすがめたのを見て、大きな満足を覚えた。「俺たちは、だれがエミリーを誘拐したかを知っていた。おまえの妻を追って、スイスの城を突き止めたよ。こうしてるあいだにも、アメリカ人の捜査官がエレインを捕らえてるはずさ」

背後でエミリーが動くのを感じた。ズボンの後ろに差しこんでおいたベレッタ社製自動拳銃を、細い指がつかんだ。恐怖がケルのはらわたにずしんと響いた。

「かまわないさ」ヤンセンが穏やかな口調で言った。「目撃者がいなければ、証明するのはとてもむずかしい。きみは友人が死ぬのを見る。そしてきみも死に、わたしがエミリーをもらう」

銃がネイサンに向けられ、ヤンセンの指が引き金を絞ろうとした瞬間、蝿《はえ》も殺さないと思っていた小さな雌狐がすぐわきで銃を撃った。

まっすぐヤンセン・クレイの胸の中心を狙って。

ヤンセンが銃を取り落として、手で傷を押さえ、エミリーに驚きのまなざしを向けた。

「きみのことは傷つけなかったじゃないか」衝撃を受けてささやく。「きみを救おうとして……」手を上げ、しみついた血を眺めてから、視線をエミリーに戻す。「きみを連れていくために……」

ヤンセンが床にくずおれると同時に、マローン大佐とチャールズ中佐が部屋に駆けこんできた。

「エミリー」ケルはさっと振り返った。震える指から銃をつかみ取るつもりだった。恐怖に見開かれた目を予期していた。しかし実際に目に映ったものが、ケルの体じゅうをかっと熱くさせた。エミリーの目は澄みきっていて、ほんのかすかな悔恨が青い瞳の奥にあるだけだった。銃を握ったまま器用に手首を回し、銃身をケルからはずして下に向ける。

「怪物に生きる資格はないわ」エミリーが落ち着いた声で言った。「この男を殺したからって、眠れなくなったりするもんですか」

ケルは慎重に銃を受け取り、ズボンのベルトに差しこんでから、腕のなかにエミリーを引き寄せて、ぎゅっと抱きしめた。不意にあふれてきた感情に、喉が詰まりそうになった。

「ああ、愛してるよ」ケルはささやいた。

エミリーの額にキスをして、深く息をついてから手を離し、ちらりと振り返って監房に押し寄せてきた男たちを見た。ネイサンのために医者たちも準備を整えていたが、この男がふたたび自分を取り戻せるのかどうかは、ケルにはなんともいえなかった。

ネイサンは裸で壁にぐったりともたれ、目に狂気を湛えてヤンセンの死体を凝視していた。

筋肉をぴくぴくと痙攣させ、かつて力強かった体は痩せ細っている。

「ネイサン？」大佐がゆっくり部屋の奥へ歩み入り、甥をじっと見つめた。薄青色の目が涙でいっぱいになった。「おまえ、だらけているな。わたしが休む許可を与えたかね？」力強い口調で言う。

ネイサンがびくりとして、毛布を引き寄せ、あわてて立とうともがいた。

「ここから歩いて出るかね、それともわたしたちに担いでもらうか？」大佐がどなった。

「やめさせて」エミリーが大佐の口調にたじろいだ。「お願い、ケル」

「いいや、エミリー。歩いてここから出なければ、ネイサンに生き残るチャンスはないよ」ケルはエミリーを強く抱きしめ、ネイサンの目に正気の光が戻るのを見た。必死で気をつけの姿勢を取ろうとしている。

「おい、わたしたちに担いでもらうか、ときいたのだ」大佐がどなった。

「いいえ、大佐」ネイサンが首を振った。「いいえ」

「立ちたまえ」

ネイサンは懸命に立ち上がり、毛布を腰に巻いた。

「はい」よろめきながら言う。「立ちました」

「外のヘリのところまで歩きなさい。待機している医者に診《み》てもらうのだ。わかったかね、マローン中尉？」

ネイサンがわなないて震え、傾けた頭を肩の上でぐらりと揺らした。

「はい、了解しました」弱々しい声で答えて、歩きはじめる。ぎゅっとまゆをひそめて、一歩ずつ踏みしめるように。

甥が近づいていくと、大佐の目が潤んできらりと光った。

「大佐」ネイサンがそばで立ち止まった。

「なんだ、中尉」大佐が震える唇を固く結んだ。

「大佐、杖があると助かります」ネイサンのひざががくりと崩れたが、そこには大佐がいて、背の高い痩せた体に両腕を回し、声のないすすり泣きに震えながら、しっかり抱きしめた。

「わたしが支えるよ」とささやき声で言う。「わたしがおまえの杖になろう」

ケルは、戸口から出ていく叔父と甥の姿を眺めていた。

エミリーに回した腕の力を強め、もう一度ヤンセンの死体を見下ろす。

「射撃訓練が役立ったな」ケルはつぶやいた。

「ええ、そうね」エミリーの声はいまでは震えていたが、ケルだってそれは同じだった。

「それに、このことで眠れなくなったりしないわ」

ケルはエミリーの目をのぞきこみ、そこに予想もしていなかった理解の色を見つけた。それは、これまで自分から求めるつもりはなかったものだった。自分のなかの戦士を否定されたくなかったからだ。しかし、エミリーは理解していた。きっと初めて、なぜケルや父が戦争へ行くのか、なぜ自分たちの命を、残された者の幸福を危険にさらすのかを理解したのだろう。

無垢な者たちに生きる機会を与えるためだ。

「ふたりとも、家に帰る準備はできているか?」上院議員が戸口から尋ねた。「わたしたちには、説明しなければならないことがたくさんあるぞ」

「家って、すごくいい響きね」エミリーがため息をついた。「ほんとうに、すごくいいわ」

「エレインを捕らえましたか?」ケルは上院議員にきいた。

「少しまえに勾留した」スタントンがきびしい顔つきで答えた。「リサが入院している病院に捜査官を送りこんで、強制的にあの娘をベセズダの海軍医療センターへ移動させた。ひどい状態だ」

ケルは、エミリーが震える息を吸いこむのを感じた。

「前回わたしたちが誘拐されたとき、ヤンセンは飛行機のなかで警備員たちにリサをレイプさせたの」涙に声を詰まらせながら、エミリーがささやいた。「あの子には助けが必要よ」

スタントンがうなずいた。「助けは得られるとも。さあ、子どもたち、出発しよう。こんなひどい場所にいるには、わたしは年を取りすぎている気がするよ」

そう感じているのは上院議員だけではなかった。ケルはさっとエミリーを腕のなかへ引き寄せ、胸にしっかり抱きしめた。エミリーが顔をうずめて、どっと涙をあふれさせた。

エミリーは強かった。とても強かった。クレイの命を奪うことさえ、躊躇しなかった。あの一発で、クレイの心臓から背中まで撃ちぬいたのだ。至近距離から、氷のように冷たく、激しい怒りを胸に、この雌狐はケルに代わって復讐を成し遂げた。

「だいじょうぶかい？」ヘリコプターがクレイの海辺の邸宅から飛び立つと、ケルは腕のなかのエミリーをそっと揺すった。

エミリーがうなずいた。「でも疲れたわ。すごく疲れた」

「お眠り、ベイビー」額に唇を押し当てる。「眠っていればいい。あとは俺がぜんぶ片づけるから。約束するよ。俺がすべて片づける」

29

エミリーは悪夢を見なかった。十二時間前、ようやくベッドに倒れこんだときには、ケルがとなりに寝そべって抱き寄せたことにもほとんど気づかなかった。悪夢は現われず、深く静かに眠った。唇に羽根のように軽いキスを感じるまでは。

毛布がゆっくり体からはぎ取られるのがわかり、ケルがこれまで一度も見せたことのないような渇望をこめてキスをした。やさしく唇に触れて、軽くついばみ、舌で曲線をなぞりながら、強く引き寄せる。

「エミリー」ケルがキスの合間に名前をささやいた。「起きてくれ、ベイビー」

両手を体にすべらせて素肌を撫で、目覚めかけた頭に悦びの炎を注ぎこむ。

ケルに触れなければ。身を乗り出してキスに応じ、彼の大切な一部である熱と力に浸らなければ。ケルが必要だった。いまここで、彼が外の世界を思い出して歩み去ってしまうまえに。

腕のなかで身をくねらせ、ケルをあおむけに押さえつけようとしたが、すでに彼が自分から枕に頭を預けていることに気づいた。理由はどうあれ、エミリーはケルの上に乗って、眠気と熱のなかで目をあけ、彼の輝く瞳をのぞきこんだ。

なんて深い緑。日に焼けた顔は、どこかちがって見えた。これまでよりもっと力強く、もっと熱意に満ちている。

「コンドームはなしよ」エミリーはうめき声で言った。「あなたを感じたいの。あなたのすべてを」

「子どもを作ろう、エミリー」ケルがささやいた。「かわいい小さな子どもたちを」

エミリーははっとして、両手をケルの肩の上で広げた。

自分が震えているのが感じられた。細かい震えが胸から始まって、全身へ広がっていった。

「子どもは、永遠を意味するのよ」ささやくように言うと、ケルが抱き上げて太腿を開かせ、腰にまたがらせた。

「愛もそうさ」ケルが言って、硬い部分を太腿のあいだの湿ったひだに押し当てた。「愛は永遠だよ、エミリー。きみを愛している。永遠に」

ケルがゆっくりなかへ入った。太い笠がひだを分け、焼けつくような熱が体を浸しはじめた。

ケルが唇で唇をとらえ、さらに奥へ進んで根元までうずめた。エミリーははっと息をのみ、悦びに陶然となった。

「きみは俺をつかまえたのさ」ケルが唇を重ねたままほほえみ、くるりとエミリーをあおむけにさせて、首から肩へ唇を這わせた。「俺はきみのものだよ、エミリー。ずっときみのものだったんだ」

ケルが唇を胸に移動して乳首を覆い、貪欲に吸いながら腰を動かしはじめた。自分だけのものであるなめらかな入口を行き来し、興奮とめくるめく悦びを送りこんで燃え上がらせる。

エミリーはぐっと身を寄せて、両腕を幅広い肩に回し、唇を首に当ててケルを味わい、感じた。

ケルの体と自分の体から熱があふれた。触れあうたびにこんなふうになる。まるで体のどの部分も、冷たくなったことなど一度もないかのように。ケルがそばにいないとき、欲求の炎は慎重に抑えられているけれど、顔を見れば、またあらめらと燃え上がってしまう。

その炎はどんどん大きくなっていた。それは淫らで熱烈な悦びをかき立てる指のように体を駆けめぐり、感じやすい神経の末端を打ちつけて、さらに敏感にさせ、ますます愉悦を高めた。エミリーはケルの名前を叫び、もっと多くをせがんだ。

「ああ、エミリー」ケルが耳に向かってうめいた。「きみの素肌は絹のようだ」

力強く動く腰を両脚で締めつけると、ケルがさらに激しく深く突いた。エミリーの好きな、自制の効かない、切実な欲望に駆られたやりかたで。

ケルが腰を回して突き、エミリーのきつい内側を貫いて、いっぱいにした。エミリーはあふれそうな感情を抑え、あらゆる感覚の断片を、ふたりを取り巻くあらゆる渇望の瞬間を絞り取ろうとした。

「愛してるよ」ケルがあえぐような太く荒い声で耳にささやいた。「自分でも持ってるとは思わなかった魂のすべてで、きみを愛している。これからもずっとだ、エミリー」

「愛してるわ」エミリーは目をあけた。ケルが乳房から顔を上げて目を合わせた。「愛してるわ――ケル――愛してる」

興奮にのみこまれ、叫び声をあげる。オーガズムが駆けぬけ、神経の末端を焦がし、子宮を引きつらせた。ケルが体のなかに種を注ぎこむのを感じ、さらに高みへと押し上げられた。

過去も未来もばらばらになった。思考が砕け散って、熱と解放の力に溶けていった。エミリーの解放と、ケルの解放。その達成が魂に焼きつくと同時に、ケルがふたたび愛をささやき、固く誓った。それからエミリーの上にくずおれ、ひじで体重を支えながら、空気を求めて胸を大きく波打たせた。彼の魂のなかのなにかが、自由になったように見えた。まるでエミリーに対して感じていることと向き合い、彼女をそれに向き合わせることで、長年のあいだ自分をとらえていた影を切り離したかのように。

ケルは、最初の欲望のうねりが満たされると、まだ半分硬いまま彼女のなかにとどまり、かたわらの枕に預けた頭を上げて、エミリーの目をのぞきこんだ。

美しい、柔らかなサファイア。エミリーのまなざしは、豊かな感情と愛にあふれていた。

満ち足りて、穏やかなやさしさを湛えている。

「もう一度言って」エミリーがささやき、震える指を持ち上げてケルの唇に触れた。熱い絹のような感触がした。

「愛してる」指の腹で触れられながらささやき、エミリーの目から涙があふれてこぼれるのを見つめた。きらめくしずくが紅潮した頰を伝い落ちた。

「わたしを愛してるのね」震える唇で言う。

「愛してるよ、エミリー」

「もうコンドームフェチはなしね?」

「もうコンドームフェチはなしだ、エミリー」ケルは指の腹を軽くついばんだ。「俺たちふたりだけだよ」

また完全に勃起してきて、敏感な部分をエミリーの熱い内側に締めつけられ、ふたたび動きはじめる。

「子どもたちは?」エミリーがささやいた。

「きみの準備ができたらね」ケルは不安が喉にせり上がってくるのを感じながら、額と額を合わせた。「俺のことは、長い目で見てくれ。一歩ずつ進もう」

「一歩ずつね」エミリーが息をのみ、うっとりと目を煙らせた。「ああ、ケル――」背を反らして体を押しつけ、腰を回したりくねらせたりして動かし、両脚をまた腰に巻きつける。

そしてケルを取り囲み、抱きしめ、温めた。

「愛してるわ」エミリーが叫んだ。

彼女は俺を愛している。

「大切にするよ」ケルはなめらかな首に向かってうめいた。「俺の命と、心と、魂をかけて。大切にするよ、エミリー」

長い時間がたち、ふたりの呼吸がゆっくり元に戻ってから、ケルはごろりとあおむけになって、エミリーを胸の上に寝そべらせ、じっと見つめた。

「それで、次はどうするの？」エミリーが尋ねた。満ち足りた眠そうな目をしていたが、そこにはさまざまな問いかけがあった。

「どういう意味だい？」ケルはためらいがちにきき返した。

「過去と決別する時よ」エミリーがささやいた。「過去のすべてとよ、ケル」

ケルは目を上げてじっと天井を眺め、祖父母のことを思い浮かべた。ふたりの目には希望と苦痛があった。もうあまり長くは生きられないだろうという自覚。そう、エミリーの言うとおりだ。過去と決別する時だ。

「ルイジアナへの旅行はどうだい？」ケルは視線をエミリーに戻してきいた。不意に胸に期待がこみ上げ、素直な気持ちがあふれてきた。

エミリーのほほえみが心を明るくした。「ルイジアナへの旅行はすばらしい考えね、ケル」

「雌狐の捕らえかたをようやく身につけたことを、祖父に知らせなくちゃならない」ケルはにやりと笑って、エミリーの髪を引っぱった。「きみがいっしょに行かないと、信じないだろうからな」

「わたしはいつもあなたといっしょよ」エミリーが約束した。

ケルは信じた。愛することは、信じることを意味していたから。信頼することと、生きることを意味していたから。そして、ケル・クリーガーがもう孤独ではないことを意味していたから。

エピローグ

イアンは、病院の静けさのなかを移動した。午前三時近くで、警備が最も手薄になるいま、彼女の部屋に忍びこむにはなんの造作もなかった。

彼女は眠っていた。目を覚ましていないのはありがたかった。別れを告げるのは憂鬱だったからだ。ほとんどこの女性を知らないというのに。

ベッドに歩み寄り、青白い顔にかかった黒い髪を撫でつけてやった。

「お別れを言いにきた」イアンはささやいて、彼女を見下ろした。かすかにひそめられたまゆを見て、口もとをゆがめる。この女性は、ほんとうの意味で休んだことがあるのだろうか？　きっとないにちがいない。

「ひとこと言っておきたかったんだ。もしできるなら――」顔をしかめてから続ける。「できるなら、きみのそばにいたかった」

聞こえてはいないだろう。そのほうがいい。ただ感じているより、言葉を口にしたほうが楽になった。

「別れを告げずに立ち去りたくはなかったんだ」穏やかな声で言う。「もう一度きみの顔を見ずには」

またかすかにまゆがひそめられ、重ねた手の下で細い指が落ち着きなく動いた。

「さようなら、カイラ・ポーター捜査官」

カメレオン。国土安全保障省のなかでもとびきり優秀な捜査官だ。

イアンは身をかがめて、唇でほんのかすかに額に触れた。それから体をまっすぐに起こして、部屋を出た。すばやく廊下を歩く。もうじゅうぶんに時間をむだにした。人を待たせているのだ。

エレベーターの扉があくと、なかに乗っていたメイシーとまともに向きあうことになった。

メイシーは後ろの壁に寄りかかり、茶色の目で思案ありげにこちらを見ていた。イアンはエレベーターに乗りこんだ。

「降りるのか？」扉をあけたままにして、メイシーがカイラの様子を確かめにきたことを祈る。

「いいや。おまえに会いにきたんだ」メイシーが腕を組んで、視線を据えた。

くそっ。イアンは扉を閉じた。

「最後のメッセージを追跡した」メイシーが言った。「ずいぶん時間がかかった。二年近くだ。しかし、とうとうおまえを見つけた。おまえが〈ユダ〉だ」

イアンはエレベーターの扉を見つめた。

「いったいどうなってるのか教えてくれ、イアン。俺たちは仲間じゃないか。手を貸してくれよ」

イアンは両手をポケットに押しこんだ。「かまうな、メイシー」

「かまわずにはいられないね。〈ユダ〉はフエンテスの部下だ。それはわかってる。やつのEメールを追跡したら、おまえに行き着いた。まちがいだと言ってくれ。なんとか言えよ、ちくしょう」

「まちがいではない」

ディエゴ・フエンテスの飛行機が、空港で待っていた。イアンを父親のところへ送り出す自家用機だ。こんな結果に終わるはずではなかった。フエンテスは息子の存在を知るはずではなかった。ディエゴの父は、イアンの母が去るときにそう約束した。母の妊娠を、ディエゴが知ることは永遠にないと。なんらかの不可解な理由から、祖父は母をディエゴから救いたかったのだ。

「おまえは俺たちを裏切ったのか、イアン？」メイシーが尋ねた。

イアンは顔をしかめた。いいや。祖国を裏切ったことはない。これからも、友人たちを裏切ることはないだろう。

「リチャーズ中尉、俺は質問してるんだ」メイシーがどなった。

イアンはゆっくり振り返って、相手の顔を見た。「フエンテスさ」

「なんだって？」

「イアン・リチャーズ・フエンテス。あいつは俺の父親だ」

折よくエレベーターの扉があき、イアンはメイシーの顔に視線を据えたまま歩み出た。友人の目には、みるみる高まっていく怒りの感情が表われていた。

こうしていままさに、イアンは敵を作った。数多くのなかの、最初のひとりを。

訳者あとがき

長らくお待たせいたしました。熱くスリリングなロマンスでおなじみのローラ・リーの人気シリーズ〈誘惑のシール隊員〉から、『青の炎に焦がされて』に続く長編第二弾をお届けします。

エミリー・スタントンは、アメリカ合衆国上院議員の娘。冒険好きで好奇心旺盛な性格で、最近ではロマンス小説を書きはじめ、そのためのリサーチと称してストリップクラブでラップダンスを習ったりもしています。過保護な父は、もう何年も前からボディーガードという名の花婿候補たちを送りこんでは、なんとか娘を落ち着かせようとしてきました。エミリーはそんな男たちを頑として受け入れず、次々に解雇してきましたが、父を完全に拒むことはどうしてもできませんでした。

特に、二年前の誘拐事件のあとでは、父が過剰に心配するのも無理はなかったのです。上院議員は、麻薬の密輸をきびしく取り締まる法律の制定に積極的でした。そのせいで、娘のエミリーが、コロンビアの犯罪組織フエンテス・カルテルの標的となったのです。誘拐されて麻薬を投与され、危うくレイプされそうになったところを、シール部隊に助けられました。いっしょに誘拐された女性のひとりは亡くなり、もうひとりはいまだに入院中。エミリーはなんとか快復したものの、麻薬のせいで誘拐当時の記憶がほとんどありません。それでも、どうにか恐怖を乗り越え、自立と自由を求めて懸命に生きようとしていました。

しかしそこへ、フエンテスがふたたびエミリーを誘拐する計画を立てているという情報が入ります。父が選んだ新しいボディーガードは、シール隊員のケル・クリーガー。しかも、敵にこちらの動きを悟られないようにするため、恋人のふりをして同居するようにと命じます。実はケルは、エミリーにとって十代のころからあこがれの男性でした。エメラルド色の鋭い瞳、身にまとう危険な雰囲気。そんな男性とひとつ屋根の下で暮らして、恋人のふりをするなんて！　きっと身も心も支配されて、自由を奪われてしまう。しかも、父の思惑どおりに結婚させられるはめになってはたまらない。エミリーはなんとかケルを遠ざけようとしますが、それはしょせん、むだな抵抗というものでした。ケルの熱い誘惑に、エミリーはたちまちおぼれていきます。

意外なことに、ケルはエミリーを縛りつけようとはしませんでした。それどころか、父の顔色をうかがってばかりいるのはやめて、自分の欲しいものは自分で選べ、とけしかけます。エミリーは反発しながらもケルの言葉に励まされ、それまでの父との関係を見直して、自分が心から望むものに気づいていくのです。

そんなやさしく頼もしいケルにも、秘密がありました。十八歳のころ、フエンテスに愛する家族を殺され、ある事情から実家とも断絶したまま、非情なシール隊員として孤独な生活を送ってきたのです。エミリーの存在が、あっという間に魂の奥深くまで入りこんできたことに戸惑うケル。彼女を失うことは、絶対にできない……。

そんなふたりに、フエンテスは容赦なく魔の手を伸ばしてきます。果たして、誘拐の目的とは？　どうやらそれは、二年前の誘拐でエミリーが経験したことに関係があるようです。失われた記憶がよみがえるとき、事件は思わぬ方向へ——。

ケルとエミリーの熱いロマンスを主軸にしつつ、今作でも前作に引き続き、海軍シール部隊とフエンテス・カルテルの因縁の戦いが描かれています。加えて、シール部隊のなかに潜むフエンテスのスパイで、息子でもある〈ユダ〉にも要注目です。〈ユダ〉が誰なのかは読者にもすぐに察しがつきますが、彼がどんな動きをするのか、いっときも目が離せません。政府に入りこんだ謎のスパイ、〈ミスター・ホワイト〉の存在も気になります。シール部隊を標的にしながら、息子を取り戻そうと蜘蛛の糸を張りめぐらせるフエンテスのもくろみは果たして成功するのでしょうか？

本作は、〈誘惑のシール隊員〉シリーズの長編二作めに当たります。一作めとのあいだには、アンソロジー“*Real Men Do It Better*”に収められた短編“*For Maggie's Sake*”が挟まる形になっています。こちらは、一作めに登場した麻薬取締局のジョー・メリノ捜査官がヒーローとなり、フエンテスの甥と叔父を有罪にするための証拠を探して活躍する物語です。本作とはほとんど関連のない、スピンオフ作品と考えてよいでしょう。

また、本作にはフエンテスにとらわれていたシール隊員、ネイサン・マローンも顔を出します。別シリーズですが、関連の深い〈エリート作戦部隊〉シリーズでは、ネイサンがヒーローとなる作品も翻訳出版されています（『禁じられた熱情』オークラ出版）。ファンのかたは、ぜひチェックしてみてください。

さて、〈誘惑のシール隊員〉シリーズには長編三作めがあり、こちらでは本作にも登場したイアン・リチャーズとカイラ・ポーターが主人公となります。複雑な事情を抱えたふたりの関係がどうなるのか、気になるところです。近いうちに、日本の読者のみなさんにもご紹介できればと願っています。

二〇一二年二月

23 ザ・ミステリ・コレクション

誘惑《ゆうわく》の瞳《ひとみ》はエメラルド

著者　ローラ・リー

訳者　桐谷知未《きりやともみ》

発行所　株式会社 二見書房
東京都千代田区三崎町2-18-11
電話　03(3515)2311［営業］
　　　03(3515)2313［編集］
振替　00170-4-2639

印刷　株式会社 堀内印刷所
製本　株式会社 関川製本所

落丁・乱丁本はお取り替えいたします。
定価は、カバーに表示してあります。

ISBN978-4-576-12031-7
http://www.futami.co.jp/

青の炎に焦がされて

ローラ・リー
桐谷知未［訳］

惹かれあいながらも距離を置いてきたふたりが再会した場所は、あやしいクラブのダンスフロア。それは甘くて危険なゲームの始まりだった。麻薬捜査官とシール隊員の燃えるような恋

危険な愛の訪れ

ローラ・グリフィン
務台夏子［訳］

元恋人殺害の嫌疑をかけられたコートニーは、刑事ウィルと犯人を探すことに。惹かれあうふたりだったが、黒幕の魔の手が忍び寄り…。２０１０年度ＲＩＴＡ賞受賞作

夜風のベールに包まれて

リンダ・ハワード
加藤洋子［訳］

美人ウェディング・プランナーのジャクリンはひょんなことからクライアント殺害の容疑者にされてしまう。しかも現われた担当刑事は〝一夜かぎりの恋人〟で…!?

永遠の絆に守られて

リンダ・ハワード
加藤洋子［訳］

重い病を抱えながらも高級レストランで働くクロエは最近、夜ごと見る奇妙な夢に悩まされていた。そんなおり突然何者かに襲われた彼女は、見知らぬ男に助けられ…

天使は涙を流さない

リンダ・ハワード
加藤洋子［訳］

美貌とセックスを武器に、したたかに生きてきたドレア。彼女を生まれ変わらせたのは、このうえなく危険な暗殺者！　驚愕のラストまで目が離せない傑作ラブサスペンス

心を盗まれて

サマンサ・グレイブズ
喜須海理子［訳］

特殊能力を生かして盗まれた美術品を奪い返す任務についていたレイヴン。ある日、イタリアの画家のオークションに立ち会ったところ…ロマンス＆サスペンス

二見文庫　ザ・ミステリ・コレクション

危険すぎる恋人
リサ・マリー・ライス
林啓恵［訳］

雪嵐が吹きすさぶクリスマス・イブの日、書店を訪れたジャックをひと目見て恋におちるキャロライン。だがふたりは巨額なダイヤの行方を探る謎の男に追われはじめる。

眠れずにいる夜は
リサ・マリー・ライス
林啓恵［訳］

パリ留学の夢を捨てて故郷で図書館司書をつとめるチャリティ。ある日、投資先の資料を求めてひとりの魅力的な男性が現われた。デンジャラス・シリーズ第二弾！

悲しみの夜が明けて
リサ・マリー・ライス
林啓恵［訳］

闇の商人ドレイクを怖れさせるものはこの世になかった。美貌の画家グレイスに会うまでは。一枚の絵がふたりの運命を一変させた！想いがほとばしるラブ＆サスペンス

これが愛というのなら
カーリン・タブキ
米山裕子［訳］

新米捜査官フィルは、連続女性行方不明事件を解決すべく、ストリップクラブに潜入する。事件を追うごとに自らも、倒錯のめくるめく世界に引きこまれていき…

燃える瞳の奥に
ルーシー・モンロー
小林さゆり［訳］

政府の諜報機関に勤めるベスは、同僚と恋人同士を装い潜入捜査を試みることに。奥手なベスと魅力的なイーサン、敵の本拠地に「恋人」として潜入したふたりの運命は？

おさえきれない想い
ルーシー・モンロー
小林さゆり［訳］

女優としてキャリアを積んできたジリアンのもとにやってきた魅力的な男、アラン。ひと目で強烈に惹かれあったふたりだが、ある事情からお互い熱い想いをおさえていた…

二見文庫 ザ・ミステリ・コレクション

そのドアの向こうで
シャノン・マッケナ
中西和美［訳］
〔マクラウド兄弟シリーズ〕

影のなかの恋人
シャノン・マッケナ
中西和美［訳］
〔マクラウド兄弟シリーズ〕

運命に導かれて
シャノン・マッケナ
中西和美［訳］
〔マクラウド兄弟シリーズ〕

真夜中を過ぎても
シャノン・マッケナ
松井里弥［訳］
〔マクラウド兄弟シリーズ〕

過ちの夜の果てに
シャノン・マッケナ
松井里弥［訳］
〔マクラウド兄弟シリーズ〕

危険な涙がかわく朝
シャノン・マッケナ
松井里弥［訳］
〔マクラウド兄弟シリーズ〕

亡き父のため十七年前の謎の真相究明を誓う女と、最愛の弟を殺されすべてを捨て去った男。復讐という名の赤い糸が激しくも狂おしい愛を呼ぶ…衝撃の話題作！

サディスティックな殺人者が演じる、狂った恋のキューピッド。愛する者を守るため、燃え尽きた元FBI捜査官コナーは危険な賭に出る！絶賛ラブサスペンス

殺人の濡れ衣を着せられ、過去を捨てたマーゴットは、彼女に惚れ、力になろうとする私立探偵デイビーと激しい愛に溺れる。しかしそれをじっと見つめる狂気の眼が…

十五年ぶりに帰郷したリヴの書店が何者かに放火され、そのうえ車に時限爆弾が。執拗に命を狙う犯人の目的は？彼女の身を守るためショーンは謎の男との戦いを誓う…！

傷心のベッカが恋したのは孤独な元FBI捜査官ニック。狂おしいほど求めあうふたりに卑劣な罠が……この愛は本物か、偽物か。息をつく間もないラブ＆サスペンス！

あらゆる手段で闇の世界を生き抜いてきたタマラ。幼女を引き取ることになったのを機に生き方を変えた彼女の前に謎の男が現われる。追っ手だと悟るも互いに心奪われ…

二見文庫　ザ・ミステリ・コレクション

銀の瞳に恋をして
リンゼイ・サンズ
田辺千幸［訳］

誰も素顔を知らない人気作家ルークと編集者ケイト。出会いは最悪＆意のままにならない相手なのになぜだか惹かれあってしまうふたり。ユーモア溢れるシリーズ第一弾！

永遠の夜をあなたに
リンゼイ・サンズ
藤井喜美枝［訳］

検視官レイチェルは遺体安置所に押し入ってきた暴漢から〝遺体〟の男をかばって致命傷を負ってしまう。意識を取り戻した彼女は衝撃の事実を知り…⁉シリーズ第二弾

許される嘘
ジェイン・アン・クレンツ
中西和美［訳］

人の嘘を見抜く力があるクレアの前に現われた謎めいた男ジェイク。運命の恋人たちを陥れる、謎の連続殺人。全米ベストセラー作家が新たに綴るパラノーマル・ロマンス！

消せない想い
ジェイン・アン・クレンツ
中西和美［訳］

不思議な能力を持つレインのもとに現われたアーケイン・ソサエティの調査員ザック。同じ能力を持ち、やがて惹かれあうふたりは、謎の陰謀団と殺人犯に立ち向かっていく…

楽園に響くソプラノ
ジェイン・アン・クレンツ
中西和美［訳］

とある殺人事件の容疑者の調査でハワイに派遣された特殊能力者のグレイス。現地調査員のルーサーとともに事件に挑むが、しだいに思わぬ陰謀が明らかになって…⁉

夢を焦がす炎
ジェイン・アン・クレンツ
中西和美［訳］

特殊能力を持つゆえ恋人と長期的な関係を築けずにいた私立探偵のクロエ。そんなある日、危険な光を放つ男が訪れ、彼の祖先が遺したランプを捜すことになるが…